我讓你走

I LET YOU GO

CLARE MACKINTOSH

克萊爾·麥金托　著　　朱浩一　譯

「麥金托身爲前調查採員，初試啼音即非同凡響，令人折服！」

——《鏡報》

「震撼人心，巧妙的心理犯罪小說。」

——《紐約時報》

「眞實的驚人，故事曲折離奇，緊緊抓住讀者的心。結局完美且吸引人。」

——《寇克斯書評》

「故事轉折之巧妙讓我眼紅！」

——馬克．畢利漢，《Blood Line》得獎作家

「全書曲折離奇，讓人心跳加速。完美悲傷的寫照，讓人久久不能自已。」

——iBook

「令人驚嘆的作品。」

——李查德，《完美嫌犯》作者

「精采絕倫，內容生動，出人意表，讓人甘拜下風。實在太好看了！眞希望能永遠讀下去。」

——彼得．詹姆斯，《死者》作者

「這本書讓我落淚，讓我大聲喘氣，最重要的是，我多麼希望這本書是我的作品啊！引人入勝，非常眞實，讓人極度不安。一部讓人愛不釋手的作品！」

——伊莉莎白．海涅斯，《誰在門那邊》作者

「偏執是眞正的兇手！」

——S．J．沃森，《別相信任何人》作者

「氛圍十足，麥金托充滿情感又完美無瑕的作品！」

——**艾莉克絲·瑪伍德，《兇手在隔壁》作者**

「緊張的情節接二連三，一種危機跟恐懼感隨時重壓心頭。結局十分巧妙，令人難忘。」

——**莎曼珊·海耶斯，《直到你屬於我》作者**

「實在太厲害了！我一口氣就把書讀完了！」

——**珍妮·寇根，《夢幻婚禮》作者**

「傑出的處女作，克萊兒·麥金托筆下的哀傷、罪惡感和恐懼都非常逼真，劇情轉折讓人意外。」

——**凱絲·史丹克里夫，《最仁慈的愛》作者**

「令人動容又心碎的心理犯罪小說，劇情轉折撼動人心，節奏明快，渾然一體。翻開第一頁以後，它就再也不讓你離開」

——**茱莉·柯恩，《愛情謊言》作者**

「十分精彩，非常緊湊！」

——**《每日郵報》**

「讓人背脊發麻，爲之沉迷。」

——**瑞秋·艾布特**

「克萊爾·麥金托對警務工作的深度瞭解，讓這本心理驚悚小說既扣人心弦又動人。我讀上癮了。」

——**露西·懷豪斯**

「多麼完美的一本處女作啊！劇情緊湊，扣人心弦，故事轉折大出意料之外。」

——**薇若妮卡・亨利**

「一部讓人不安的驚悚小說，隨時掌握住讀者的情緒。」

——**寶拉・戴利**

「高潮迭起的小說，具備了所有的優良元素：驚人的劇情轉折、一流的節奏，以及完美的人物描繪。《我讓你走》不但讓你揪心，還考驗你的膽量。這本處女作眞是了不起！」

——**馬克・艾德華茲**

「栩栩如生、百轉千迴，再加上細膩的角色描繪，本書值得一讀。作者非常明白如何寫好一本扣人心弦的犯罪小說。」

——**莎拉・希拉里**

「引人入勝，極具說服力，讓人停不下來。我不停地在猜故事會如何發展；結局非常棒，讓人心滿意足。」

——**茱莉亞・克勞奇**

「一本巧妙、具說服力、結構精良的小說。故事充滿張力，人物描寫出神入化，劇情相當緊湊。我衷心喜愛這本書。」

——**亞曼達・詹寧斯**

獻給艾力克斯

序幕

風吹拂著臉上溼答答的頭髮。她的雙眼緊盯著眼前的雨。風雨讓街上行人更加匆忙，紛紛將臉埋進豎起的衣領，匆匆跑過溼滑的人行道，車輛急駛而過，濺起雨水，讓鞋子溼透了。校門打開的瞬間，車輛發出的噪音讓她只聽見斷斷續續的幾個字。他正在這個新奇的世界中成長，並為之興奮不已，口沫橫飛、顛三倒四。她只勉強聽到有個好朋友；一個跟太空有關的作業；一個新的老師。縱使冷風灌進圍巾，她仍低頭看著興奮的他微笑。男孩也笑了，同時抬頭品嘗雨的味道。溼漉漉的睫毛在眼睛四周凝聚成一簇簇的黑。

「媽咪，還有，我會寫自己的名字了！」

「眞聰明，」她停下腳步猛親他被雨水打溼的額頭。「回家後寫給我看好不好？」

五歲孩童能走多快，他們的腳步就有多快。她空出來的手拎著書包，書包碰撞著膝蓋。快到家了。

車燈反射在潮溼的柏油路面，強光每隔幾秒就照得他們看不清前方。車潮出現空隙，他們彎著身子快步走過繁忙的大街。她緊抓那隻戴著羊毛手套的小手，他得用跑的才趕得上她的步伐。

溼透的樹葉黏掛在柵欄上，原本明亮的色彩都成了黯淡的褐色。

他們來到了安靜的街道，轉個彎就到家了，誘人的溫暖浮現腦海，熟悉的鄰里讓她安心。她放開他的手，把幾綹擋住視線的溼髮撥開。水滴匯成細流緩緩而下，她笑了出來。

「你看，」轉最後一個彎時她說：「我有留一盞燈迎接我們。」

對街有一幢紅磚屋。屋內有兩間臥室，一間小得不能再小的廚房和庭院。庭院擺滿了空花盆，她一直想在那些花盆裡種滿花草。這是一個專屬他倆的家。

「媽，我們來比賽……」

他總是動個不停，從清醒到倚靠枕頭的那一刻，總是精力充沛，蹦蹦跳跳。

「快來啊！」

事情就發生在剎那間。她感覺到他從身旁往前，跑往家的方向。門廊亮著燈，客廳裡洋溢著溫暖。他要的就是這一切，牛奶、餅乾、二十分鐘的電視、配茶的炸魚。第一個學年的第一個學期還沒過一半，他們很快就習慣這些例行事務。

那輛車不知道是從哪裡冒出來的。接著，事情接連發生：汽車急煞，五歲男孩碰撞擋風玻璃發出的砰咚聲；男孩的身體在引擎蓋上轉了一圈，重重摔落路面。她衝過來，衝到仍在移動的汽車前面。溼滑而沉重的身體躺在張開的雙手上，她的呼吸因這場車禍而驟停。

剎那間，一切就結束了。

她蹲在他的身旁，慌張地測量脈搏。她看見自己的呼吸在空氣中形成一團孤單的白霧。看見一灘暗影出現在他的頭部底下，聽見不像自己的聲音的哭號。她抬頭望向沾有汙漬的擋風玻璃，雨刷將水珠變成弧形。天色漸暗，她尖聲喊叫，希望那個看不見的駕駛下來幫忙。

她屈身向前，溫暖懷中的男孩。她用大衣罩住彼此，衣襬吸進路面的積水。她親吻著他，求他醒來。此時，原本籠罩的黃色燈光縮成一條狹窄的光柱。汽車往後退到街道後方，引擎發出低鳴。爲了駛進另一條小街，汽車嘗試了兩次，三次，四次。巨大的梧桐在道路的一側成列，汽車的動作太匆忙，以致車身擦撞到其中一棵樹。

黑暗於焉降臨。

第一部

1

站在窗旁的探長雷・史蒂芬凝視著自己的辦公椅，扶手至少壞掉一年了，目前爲止，他都盡量不倚靠左側扶手。但在他去吃午餐的時候，有人用黑色簽字筆在椅背上潦草地寫下「故障」兩個字。雷心想，不知道業務支援部乍現的、查核辦公設備的熱情會不會延伸到幫他找張正常的椅子。還是說，他注定只能夠坐在這張讓人威信全失的椅子上，指揮整個布里斯托刑事調查部。

從一團亂的上層抽屜找出簽字筆後，雷蹲下，把標籤上的字改成了「警探」。辦公室的門打開，他迅速起身，套上筆蓋。

「喔，凱特，我剛剛是在……」他停下來，注意到她臉上的表情，同時看見她手裡拿著管控中心傳來的文件。「怎麼了？」

「老大，魚池區[1]有人肇逃，死者是一個五歲的男孩。」

雷伸手取過那張紙，仔細看著，凱特則尷尬地站在門口。轉調刑事調查部才兩個月的她還是

1 位於英國布里斯托東北，早年是礦場，礦產枯竭後留下的洞穴多成為魚池，目前多已填平。

新手，仍在適應新環境。但其實她很能幹，比她自己知道的還要能幹。

「沒有車牌號碼嗎？」

「目前所知沒有。值班警察封鎖了現場，現在小隊長正在幫孩子的母親做筆錄。可以想像她依然心神不定。」

「妳可以待晚一點嗎？」雷開口問，還沒說完，凱特就已經在點頭了。他們相視而笑，彼此都知道這樣的反應很不對，卻總因爲發生如此可怕的事情而血脈賁張。

「我們走吧。」

經過後門時，他們跟那群躲在門後抽菸的人打招呼。

「胖虎，有件事可以麻煩你嗎？」雷說，「我帶凱特去魚池區查肇逃案，可以請你聯絡一下情報中心，看看有沒有什麼新的進展嗎？」

「等一下就去辦。」年紀較長的男子吸了最後一口菸。在警察單位的這些日子裡，大家通常都稱呼警長傑克·歐文爲「胖虎」，因此每當有人在法院大聲念出他的全名時，眾人總會因此而嚇一跳。胖虎話不多，雖然上過戰場，卻不怎麼提起那段日子，而他無疑是雷身邊最優秀的警長。這兩個男人已經搭檔好幾年了，雖然身形矮小，但胖虎精明幹練，是個好夥伴。

除了凱特，胖虎的小組成員還包括個性沉著的麥爾坎·強森跟年輕的戴夫·希爾斯頓。戴夫積極獨立，總是竭盡所能將罪犯定罪，雷很欣賞他這種冒險犯難的精神。這幾個人組成了優秀的團隊，凱特則快速地從他們身上學習。她充滿熱情的態度讓雷想起自己也曾經是積極的探員，但十七年的官僚生涯卻壓得他熱情不再。

凱特將偵防車開過擁擠的車潮，進入魚池區。她開車時很沒耐性，遇到紅燈就不滿地碎念，遇車潮停滯就會把頭探出窗外察看。她總是動個不停，手指在方向盤上敲啊敲、揉揉鼻子、在座位上動來動去。車潮一旦開始前進，她就會往前傾，彷彿這樣能讓車子開得更快。

「想念警笛聲啦？」雷說。

凱特笑了。「或許有一點吧。」除了眼線，她沒有化妝。雖然別著要將那頭深棕色鬈髮固定的玳瑁色髮夾，髮絲卻仍失控地散落在臉上。

雷掏出手機，打了幾通電話，確定交通事故調查小組已經在路上，也聯絡了負責的警司，裝滿遮蓋證物用的帳篷、緊急照明燈以及熱飲的多功能車也已經出動。該做的事情都已經做了。他想，其實大夥兒都會把分內的事情處理好，但身為案件負責人，他有責任確認一切都安排妥當。每當刑事調查部的人員現身，開始重新審視證據時，那些在案發現場的調查人員總會有點不快，但這也是他們的職責，沒辦法。他們都經歷過類似的事情，連在基層待沒多久就升官的雷也不例外。

他聯絡了控制中心，說他們再五分鐘就會到現場，卻沒有打電話回家。除非難得地準時回家，雷不會打電話給梅格絲。這種作法似乎很實際，畢竟這份工作會占用很多的時間。

過彎以後，凱特減慢了車速，車子緩緩前進。六輛警車散亂地停在大街上，警示燈每兩秒就會朝案發現場投射出藍色的燈光。探照燈打在金屬三腳架上，強光照亮了濛濛細雨，幸好雨勢在一個小時後逐漸趨緩。

離開警局以前，凱特一度停下腳步，拿了件大衣，同時把高跟鞋換成雨靴。「實用比有型重要。」她笑了笑，把高跟鞋扔進置物櫃，隨即取出雨靴。雷很少思考實用或有型的問題，但此刻他很後悔自己連大衣都沒帶。

他們把車停下。一百公尺外架起了巨大的白色帳篷，試圖保存可能遺留下來的證據，以免受到大雨破壞。帳篷敞開著，他們看見一名鑑識人員趴在地上，用棉花棒在採取某種看不見的東西。道路更前方，另一個穿著防護衣的身影則正在檢查路旁大樹。

雷跟凱特靠近案發現場時，一名年輕的警員制止了他們。他那件螢光色夾克的拉鍊拉得很高，雷看不清那張介於帽簷跟領子之間的臉。

「晚安，長官。您要進去現場嗎？如果是的話得麻煩您簽個名。」

「沒關係，不用，謝謝，」雷說：「方便告訴我，你的長官在哪裡嗎？」

「他在死者母親的家中，」那名警員說。他指著街道前方一排低矮的小屋，然後又回過頭來躲回領口中。「四號。」他用模糊不清的聲音補充。

「天啊，眞是爛差事，」跟凱特離開時，雷說。「我記得以前還在實習的時候，也在傾盆大雨中值過十二個小時的班，看守現場。後來，隔天早上八點，總督察出現，指責我站崗時沒有露出微笑。」

凱特笑了。「你是因爲這樣才開始專攻刑事案件的嗎？」

「不完全是，」雷說：「不過當然也是原因之一啦，但主要是因爲我再也不想把那些大案子轉交給專門處理的人，然後再也不知道後續進展。妳呢？」

「差不多。」

他們來到警員所說的住宅區。尋找四號的同時，凱特繼續話題。

「我喜歡處理困難的案子，主要是因爲我很容易覺得無聊。我喜歡那些讓人傷腦筋又費心的複雜辦案過程。比起簡單的字謎，我更喜歡那些隱晦難解的。這樣的理由算充分嗎？」

「十足充分，」雷說：「雖然我對那些晦澀的字謎遊戲很不在行。」

「那是有訣竅的，」凱特說：「改天我教你。我們到啦，四號。」

微開的前門油漆刷得很漂亮。雷推開門同時朝屋裡大喊。「刑事調查部，我們可以進來嗎？」

「我們在客廳。」有人回應。

把鞋底清乾淨以後，他們走進狹窄的玄關，從擁擠的衣帽架旁邊擠過去。衣架下面整齊擺著一雙孩子穿的紅色雨靴，旁邊是雙成人的雨靴。

孩子的母親坐在一張沙發上，眼睛盯著膝蓋上的書包，緊緊抓著。

「我是雷・史蒂芬探長。妳兒子的事情我很遺憾。」

她抬起頭來看他，緊緊地絞著束口繩，繩子在皮膚上留下了紅色的勒痕。「雅各，」她欲哭無淚地說。「他叫做雅各。」

一名穿著制服的警官坐在沙發旁的椅子上，膝蓋上放了一疊筆錄。

雷在警局附近看過這個人，但不知道對方的名字。雷瞄了瞄他的名牌。

「布萊恩，可以請你帶凱特去廚房，跟她說說目前爲止的發現嗎？如果你不介意的話，我方便問證人幾個問題嗎？不會太久。你或許可以順便幫她泡杯茶。」

從布萊恩臉上的反應來看，顯然他壓根兒不想這麼做，但依然站了起來，帶著凱特一起離開，他等會兒一定會跟她抱怨刑事調查部濫用職權。雷沒多想。

「很抱歉，有問題請教妳，這件事情很重要，我們得到越多資訊越好。」

雅各的母親點點頭，但頭沒有抬起來。

「就我所知，妳沒有看到那輛車的車牌號碼，是嗎？」

「事情發生得很突然，」她說。她的情感因這些話而得以宣洩。「他當時在講學校發生的事情，後來……我才放開他一秒鐘而已。」她將纏著手的繩子扯得更緊，雷看著她的手指失去血色。「一瞬間的事情。車子來得好快。」

她輕聲回答，絲毫沒有透露出理應感受到的挫折。雷恨極了步步進逼，但他沒有其他選擇。

「駕駛長什麼樣子？」

「我看不見裡面。」她說。

「車裡有其他乘客嗎？」

「我看不見車子的裡面。」她又說了一遍，語氣呆滯而僵硬。

「好。」雷說。他們究竟要從哪裡開始著手？

她看著他。「你們會找到他嗎？那個人害死了雅各。你們會找到他嗎？」她的聲音嘶啞，說出來的話斷斷續續，如低聲的悲嘆。她緊緊抱著書包，書包陷進懷裡。雷胸口一緊。他深深吸了一口氣，強迫心中的感覺退去。

「我們一定會盡全力。」他鄙視自己剛說出口的那句陳腔濫調。

凱特回來時，布萊恩拿著一杯茶跟在後面。「老大，現在方便讓我完成筆錄了嗎？」他問。

雷想，你的意思其實是別讓我的證人不開心。「好，謝謝你。抱歉，打斷你的工作。凱特，需要的東西都拿到了嗎？」

凱特點點頭。她臉色蒼白，雷想，不知道是不是布萊恩講了什麼話讓她不舒服。給雷一年的時間，他就會跟熟悉團隊其他成員一樣地熟悉她的思緒，但此刻還弄不懂她的心。現在，他只知道她心直口快，不會因爲緊張而不敢在小組會議時發言。此外，她的學習能力也很強。

他們離開那棟房子，兩人默默地往回走向車子的所在。

「還好嗎？」顯然不好，但他還是問了。她下顎僵硬，面無血色。

「還好。」雖然這麼說，但凱特聲音沙啞，雷意識到她忍著不哭。

「嘿，」他彆扭地摟著她的肩，「是工作的關係嗎？」多年的經驗，讓雷面對這類會讓人心緒不寧的案子時，會築起一道情感防衛機制。多數警察都有這麼一堵心牆——這就是爲什麼在警局餐廳用餐時，得對一些流傳的笑話充耳不聞——但或許凱特並非如此。

她點點頭，顫抖地吸了一口氣。「對不起，我通常不會這樣，我發誓。我處理過十幾個死亡案件，可是……天啊，他才五歲！顯然是母子倆相依爲命。她不知道要承受多麼大的痛苦。」她聲音嘶啞，雷感覺胸口沉悶的感覺又回來了。他的防衛機制仰賴於將注意力放在調查上——放在眼前的眞憑實據上——不要過度沉浸在涉案人的情緒裡。如果他一直想像孩子死在自己的手裡會是什麼樣的滋味，就會變得什麼事情也做不了，會完全幫不上雅各跟他母親的忙。雷不自覺地想起自己的兩個孩子，失去理智的他很想打通電話回家，問問他們是否安好。

「對不起，」凱特噍了噍口水，尷尬地笑了笑。「我發誓不會經常這樣。」

「嘿，沒關係，」雷說：「我們都有過同樣的感受。」

她挑起了一邊的眉毛。「你也有過嗎?老大，我從沒想過你也會有感性的一面。」

「也是有過啊，」雷捏了捏她的肩膀，才將手收回。他不曾在工作時落淚，但差一點倒是有。「沒事吧?」

「沒事，謝謝你。」

駕車離開時，凱特回頭望向案發現場，鑑識人員依然忙碌。「到底是什麼樣的畜生會在撞死五歲的小男孩以後駕車逃逸啊?」

雷毫不猶豫地說：「我們就是要找出這個問題的答案。」

2

雖然不想喝茶，我還是接了過來。我用雙手托著馬克杯，臉擺在蒸氣上方，直到感覺灼燙，疼痛刺穿肌膚。我雙頰痲痺，眼睛刺痛，下意識想把茶杯拿開，但強忍著。我需要這樣的痲木感來讓不肯離開腦海的畫面變模糊。

「需要幫妳弄點吃的嗎？」

我知道自己應該抬起頭來看他，但我做不到。他怎麼能夠若無其事地問我要不要喝點什麼？體內湧起一股反胃的感覺，我把酸苦的味道嚥回去。他認爲是我的錯。雖然沒有說出口，眼神已道出一切。沒錯，是我不好。我們應該走另一條路回家才對；我不應該說話，我應該阻止他才對……

「不用了，謝謝你，」我輕聲地說：「我不餓。」

那場意外反覆在腦海中上演。我想按下暫停鍵，但影片就是播個不停：他的身體一次又一次地砸到引擎蓋上。我再次拿起馬克杯，茶已經涼了，無法帶來痛楚。我感覺不到眼淚，但飽滿的淚珠卻在墜落膝蓋時四濺。我看著淚水浸透牛仔褲。我用指甲去抓黏在大腿的汙泥。

我環顧四周，看著這個多年打造的家。窗簾是搭配靠墊的顏色買的。床上的藝術品有些是我的創作，有些則是在藝廊看到，愛不釋手而買。我以爲自己在打造一個家，但其實只是在妝點一間房子。

手很痛。我感覺到手腕的脈搏忽疾忽緩，疼痛感令我亢奮。要是能更痛就好了。要是被車撞的人是我就好了。

他又開口了。警方正四處搜尋那輛汽車……報紙會請目擊者出面……電視新聞也會報導……

房間在旋轉，我盯著咖啡桌，並在適當的時候點頭。他大跨步走到窗邊，又走回來。眞希望他能坐下，他讓我焦慮。我雙手發抖，怕打翻茶杯，便將沒碰過的茶放下，陶瓷杯跟玻璃桌面發出碰撞聲。他心灰意冷地望向我。

「抱歉。」嘴裡有金屬的味道，我意識到自己咬破了嘴唇。我呑下那些血，我不想爲了要面紙而引起他的注意。

一切都變了。在那輛車滑過潮溼路面的瞬間，我的人生就有了徹底的改變。所有的事物都變得清清楚楚，彷彿我是個旁觀者。不能再這樣下去了。

醒來的時候，我一度不太確定自己感受到的是什麼。一切都一樣，卻也都變了。還沒來得及張開雙眼，腦袋就蹦出如地下鐵般的聲響，畫面隨之浮現，色彩鮮明，無法暫停，無法消音。我用手掌按壓太陽穴，彷彿靠蠻力就可以讓那些畫面消失，卻依然快速地出現，彷彿少了這些畫面，我會遺忘那件事。

床頭櫃擺著一個黃銅鬧鐘。這個鬧鐘是伊芙在我上大學時送的——「不送妳的話，妳上課一定會遲到」——看到已經是十點半的時候，我嚇了一大跳。相較之下，手的疼痛遠遠比不上頭痛。只要移動得太快，眼前便一陣黑。從床上掙扎著起身時，渾身的肌肉都在痛。

穿上衣服以後，我往庭院走去。雖然口乾舌燥，連吞口水都有困難，但我沒有停下腳步泡咖啡。我找不到自己的鞋子。走過草皮時，寒霜凍得我雙腳刺痲。庭院不大，但寒冬已近，走到另一頭時，我已凍得感受不到腳趾頭。

過去五年，位於庭院的工作室是我的避難所。這個比工具間大不了多少的地方，是我思考和工作的基地。工作室裡的木地板上，看得見陶輪落下的一坨一坨陶土的汙漬。陶輪就擺在中央，讓我可以退一步，從各角度嚴苛地看待自己的作品。工作室的三面牆都擺了木架，架上擺著我的雕塑品。擺放的方式亂中有序，只有我自己明白。成形中的作品，擺這裡；燒好，但還沒有上色，擺這裡；等著要賣給客戶的，擺這裡。作品千百件，可是一閉上雙眼，我仍能用手指感受它們各自的形狀，仍能用掌心感受到陶器的潤澤。

我把藏著的鑰匙從窗台底下拿出來，打開門。情況比我想的還糟。遍地都是碎裂的陶器，木地板完全被覆蓋；做到一半的圓形陶罐忽然停住，邊緣參差不齊、高高低低。木架上空空蕩蕩，工作桌上的作品一件不剩，擺在窗台上的小雕像都失去了原本的面貌，破成碎片，在陽光的照射下，一片片閃閃發亮。

門邊放了個小型的女性塑像。是去年做的，有一系列，做來供一家位於克利夫頓的商店販售。我一直很想做一些眞實、不完美，卻美麗的作品。我創作出十個女性，每位女性都有獨特的曲線、凹凸、裂痕及缺陷。創作的原型是我的媽媽、姊姊、我在陶藝教室的女孩、公園裡散步的女性。這一尊是我，捕捉神韻而已，沒人認得出來，但的確是我，胸部比較平，臀部比較窄，腳掌比較大。靠近頸子底部的頭髮糾纏成結。我彎身將她拾起。原以為她完好如初，但就在碰觸的瞬間，陶像晃了晃，裂成兩半。我看著裂開的陶像，一把抓起，用力往牆壁上砸。陶像應聲碎裂，撒落在工作桌上。我深深吸了一口氣，再慢慢吐出。

意外發生至今，我不確定自己度過多少時日，也不知道自己如何在雙腳有如陷於泥淖的狀況下度過一週又一週。我不明白是什麼讓我決定今天就是關鍵之日。但這天就是到了。我把塞得進去的東西放進大旅行袋裡。我知道若此刻不走，可能再也離不開。我在屋內四處走動，試著想像自己再也回不了這裡。這個想法讓我既恐懼又自在。我辦得到嗎？人真的可以就這麼一走了之，開創另一段新生活嗎？我得去試，這是我熬過一切的唯一機會。

我的筆電放在廚房，裡面存了照片、地址，以及一些我想不到還能存在哪裡，而有一天又可能派得上用場的重要資料。沒時間想了，雖然沉重，雖然不容易放，我仍將它塞進袋子。剩下的空間不多，但有最後一樣跟我的過去息息相關的東西一定得拿。我清出了一件套頭衫還有幾件T恤，將一只木盒放進去。雪松盒裡藏著我的記憶，交錯堆疊在盒蓋底下。不用打開，我就知道裡面有些什麼。青少年時寫的幾本日記（一些會讓我懊悔的負面內容都已撕下）不規則地擺在一起；用橡皮筋捆著的一疊音樂會門票；畢業證書；第一次辦展覽的剪報，以及我用常人難以想像的深切情感去愛的兒子的照片。珍貴的照片，數量遠不及我對他的愛。雖然他的死對世界來說不痛不癢，他卻是我的世界的核心。

難以抗拒的誘惑，讓我打開盒子，拿出最上面的照片：那是在他出生那天，一個聲音輕柔的助產士幫忙拍的。他渾身粉紅，瘦小地裹在醫院的毯子裡，小到幾乎看不見。照片裡的我初爲人母，動作笨拙又僵硬，神情充滿關愛，卻也疲憊不堪。過程來得很快，很可怕，跟我懷孕期間在書上學到的知識很不一樣，但我的母愛並沒有因此而稍減分毫。我忽然覺得呼吸困難，立刻將照片放回去，放進行李袋中。

雅各之死成了頭條新聞，走過加油站、街角的商店，或巴士站牌都看得見，令人怵目驚心。此刻，排隊等著上車的我，似乎跟別人沒什麼不同，似乎並不是要逃離這裡。

所有的人都在談論那場意外。怎麼會發生這種事呢？是誰幹的？每個要來等公車的人都會帶來新聞，流言蜚語飄來蕩去，穿腦而過，無以迴避。

車子是黑色的。

車子是紅色的。

警方快要逮到人了。

警方毫無頭緒。

一個女人坐在我的隔壁。她攤開報紙時，彷彿有人在擠壓我的胸膛。雅各的臉盯著我看，他那瘀紫的雙眼在責怪我沒有好好保護他，讓他死於非命。我強迫自己望著他。我喉頭一緊，視線模糊，看不清字，但也沒必要——今天已經在每一份報紙上讀過類似的文章了。震驚莫名的教師們說了些什麼；道路旁的鮮花上留的字條寫了些什麼字；驗屍——本來已決定好時間，但延期了。第二張照片則是一個掛著黃菊花圈的棺材，棺材的尺寸小得不可思議。那個女人發出了嘖嘖聲後開始說話。我猜多半是自言自語，但或許她覺得我也有自己的一番看法。

「真可怕耶，對不對？竟然發生在聖誕節前夕。」

我沒答腔。

「居然停都沒停就開走了。」她又開始嘟噥，「妳看看，」她繼續說：「五歲耶，居然讓那種年齡的小孩單獨過馬路，天底下怎麼會有這種媽媽啊？」

我忍不住發出一聲嗚咽。灼熱的淚水不自覺滑過雙頰，滑進那張溫柔地塞進手裡的面紙上。

「可憐的小東西，」那個女人彷彿在安慰一個小孩似的說。我不知道她指的是我，還是雅各。「真難以想像，對不對？」

但我可以，而且我想跟她說，不管她想像出的畫面是怎麼樣，情況都比那慘上一千倍。她找了另一張皺巴巴但乾淨的面紙給我，同時將報紙翻面，改讀一篇提及克利夫頓的聖誕燈飾已啓用的報導。

我從沒想過自己會逃走。從沒想過自己會有需要這麼做的一天。

3

雷一口氣衝路上四樓，不同於二十四小時忙個不停的警務工作，刑事調查部辦公室鋪了地毯，安安靜靜、朝九晚五，有通報才出動。他最喜歡的，莫過於入夜後能夠在不受干擾的情況下，處理那疊從未消失過的檔案。他走到角落的探長辦公室。

「案情交接還順利嗎？」

他嚇了一跳。轉身，看見凱特坐在自己的位子上。「我以前待過第四分隊，希望他們至少裝出一副對案情有興趣的樣子。」她打了呵欠。

「還可以啦，」雷說，「他們人都不錯，除非有什麼特殊情況，不然應該都記得清清楚楚。」雷成功地讓肇逃案件的細節在案情交接表上連續出現一個星期，但終究無可避免的因陸續湧入的其他任務而被擠了出去。他盡所能地到各分隊走動，提醒他們自己仍需要協助。他輕輕地敲了敲手錶。「妳怎麼會這時間還待在這裡啊？」

「媒體的呼籲引起了一些迴響，我正在查看這些回應，」她邊說邊用大拇指輕彈一疊列印出來的文件。「不過沒多大用處。」

「沒有值得追蹤的情報嗎？」

「沒，」凱特說。「有些人注意到幾輛駕駛技術很差的車，有些道貌岸然的怪咖批評父母沒有管好自己的小孩，還有成堆常見的瘋子跟狂人，和幾個傢伙預言耶穌將重返人世。」她嘆了口氣。「我們眞的需要一個突破點，一個讓我們繼續追查下去的線索出現。」

「我知道這種情況很累人，」雷說，「妳要撐住，事情會有轉機的。轉機總是會出現。」

凱特不滿地叫了一聲，將椅子推離那一堆文件。「我不認爲老天爺有給我耐心。」

「我明白這種感受。」雷坐在辦公桌邊緣。「這是調查工作枯燥乏味的一面——觀眾不會在電視上看到的那一面。」看著她消沉的表情，他露出微笑。「以結果來說是值得的。想想看，解決這件案子的鑰匙就藏在那些紙張裡頭。」

凱特一臉懷疑地望著桌子，雷笑了。

「我先去泡杯茶再來幫妳。」

他們一張一張地篩選那些列印出來的資料，但沒有發現期望的突破點。

「唉，算了，至少該看的東西又少一樣了，」他說，「謝謝妳留這麼晚。」

「你覺得我們找得到那個駕駛嗎？」

雷肯定地點點頭。「我們得相信自己，不然別人怎麼會對我們有信心？我處理過好幾百個案子，雖然我盡力了，沒有全部都破案——我盡力了——但我總是相信眞相就在不遠的角落。」

「胖虎說，你希望這個案子能上《犯罪觀察》[2]？」

「對。這是我們處理肇逃案件的標準流程之一，特別是涉及孩童的時候。上節目會比較有效得多。」他指了指旁邊那疊除了用碎紙機碎掉外沒有任何用處的紙張。

「沒關係，」凱特說。「我可以加班，我去年買房子花了不少錢。」

「妳自己一個人住？」他想，這年頭不知道能不能問這種事情。在他還是一名警察的時候，社會風氣已經變成只要問題涉及私人領域，哪怕多微不足道，都應該迴避。使得接下來的幾年裡，人跟人之間連話都很難說上一句。「大部分時候啦，」凱特說。「但我男友常在我那邊過夜，我想這樣的距離對彼此都好。」

雷拿起馬克杯。「沒錯，妳差不多該回家了，」他說。「不然妳的男人會想，妳到底是跑哪兒去了。」

「不會啦，他是廚師，」凱特雖然這麼說，仍然站了起來。「工作時間比我還長。你呢？你太太不會因爲你上班時間太長生氣嗎？」

「她習慣了，」因爲要走去辦公室拿夾克，雷提高了音量。「她以前也是警察，我們是同一期的。」

位於萊頓安丹斯摩村的警察訓練中心沒有什麼可取之處，但廉價酒吧絕對稱得上是優點之一。一天晚上，在結束了一場十分痛苦的卡拉ＯＫ後，雷看到梅格絲跟她的同學。當時的她因爲

2 《犯罪觀察》（Crimewatch），為英國一九八四年播映至今的長壽節目，透過案件重現的方式呼籲觀眾提供破案線索。

朋友說了句什麼而笑得前仰後翻。在看見她起身去買酒時，他乾掉那杯幾乎五百CC的酒，藉口靠近吧檯，沒想到舌頭卻打了結，只能呆站著。幸好梅格絲比較外向，在為期十六週的訓練課程中，他倆從此形影不離。雷想起了自己在清晨六點偷偷地從女子宿舍溜回自己房間的往事時差點露出笑容，不過忍住了。

「你們結婚多久了？」凱特問。

「十五年了，實習結束以後就結婚了。」

「她沒做這份工作了？」

「梅格絲在湯姆出生以後申請過暫時離職。自從小女兒出生以後，就再也沒有回去了，」雷說。「露西現在九歲，湯姆也適應了七年級生活，梅格絲有打算回去工作。她想要接受教師培訓。」

「為什麼她會停職這麼久？」凱特充滿好奇。雷記得以前兩人都還在當警察時，梅格絲也有過類似的疑惑。那時，梅格絲的上司因為孩子而離職，梅格絲告訴雷，如果早晚要放棄的話，最初幹嘛要踏入這一行。

「她想要在家照顧孩子，」雷說。罪惡感利刃般刺進他的胸口。這真的是梅格絲想要的，或者只是單純覺得自己應該要這麼做呢？請保母的費用很貴，梅格絲停職似乎是唯一的選擇，他知道她想要陪孩子上下課，也想出席他們的運動會跟豐收節[3]。但其實，梅格絲跟他一樣精明能

3 慶祝秋收的節日，通常會在九月至十月舉辦。

幹——坦白說，甚至比他還有能力。

「我猜，一旦把所有的心力都放在工作以後，就得接受隨之而來的後果。」凱特關掉檯燈，頓時一片黑暗。雷走到走廊，觸動了感應照明。

「職業傷害啊，」雷同意，「妳跟妳的男朋友在一起多久了？」他們一起往停車場走去。

「大概六個月，」凱特說。「不過對我來說算滿穩定的——我通常一、兩個禮拜就會把對方甩掉。我媽說我太挑剔了。」

「這些男人哪裡不好？」

「唉唷，很多原因啦，」她開心地說。「太積極，不夠積極，不幽默或太搞笑……」

「要討妳歡心還眞困難。」雷說。

「可能吧。」凱特皺了皺眉頭。「可是找到對的人很重要，不是嗎？我上個月就滿三十歲了，我沒有時間了。」她看起來不像三十歲，不過雷向來不太會看人的年紀。望向鏡子，他看見的那個男人依然只有二十多歲，然而臉上的皺紋卻訴說著另一個故事。

雷把手伸進口袋裡掏鑰匙。「別太急著想定下來，婚姻可不是只有漂亮的玫瑰花而已。」

「多謝忠告啊，老爸……」

「喂，我哪有那麼老啊！」

凱特笑了。「謝謝你今晚幫忙，明天見。」

把自己的車從一輛警車後面開出來時，雷自顧自地笑了起來。老爸。她居然叫得出口。

回到家時，梅格絲人在客廳，電視是開著的。她穿了件他的舊運動衫和睡褲，雙腳盤坐。主播正在電視上整理肇逃事件，免得有哪位當地居民在過去一星期鋪天蓋地的報導中漏掉了這則新聞。梅格絲抬頭看雷，搖了搖頭。「我忍不住不看。小男孩眞可憐。」

他在她身旁坐下，伸手拿遙控器，把音量調靜音。電視畫面轉為早先拍攝的現場畫面，雷看見自己的後腦勺，那是在他跟凱特下車時被拍到的。「我懂，」他說，同時用手環抱妻子。「我們會逮到這些人的。」

鏡頭再次切換，雷那張充斥螢幕的臉正在對著鏡頭說話，採訪人員沒有出現在畫面上。

「有任何線索嗎？」

「算不上有。」雷嘆了口氣。「沒有人看見事發經過——就算有，也閉口不提——所以我們只能仰賴鑑識結果跟情報。」

「有沒有可能駕駛沒意識到做了什麼事？」梅格絲挺起上身，轉身面向他。她焦急地把頭髮攏到耳後。從雷認識她到現在，梅格絲一直都留著相同的髮型：又直又長，沒有劉海。她的髮色跟雷一樣深，只不過少了變灰的跡象。露西出生後不久，雷曾經想蓄鬍子，但只試了三天就作罷，因為白鬍子比黑鬍子多。如今他把鬍子剃得乾乾淨淨，試著不去想太陽穴那撮白髮，雖然梅格絲說那撮白髮「非常明顯」。「不可能，」雷說。「孩子被撞得滾上引擎蓋。」

梅格絲沒有露出畏縮的神色。原先他回家時看到的表情變了，她的眼神變得專注，一如當年一起執勤時的模樣。他記得清清楚楚。

「另外，」雷繼續說，「那輛車停了下來，倒車再掉頭。駕駛可能不知道雅各死了，但絕對知道自己撞上他。」

「你有派人去醫院查查看嗎？」梅格絲說。「說不定駕駛也有受傷，而且……」

雷露出微笑。「相信我，我們有在追查。」他站了起來。「我不希望妳誤會，但我忙了一整天，現在只想喝罐啤酒，看點電視，然後上床睡覺。」

「當然，」梅格絲果斷地說。「只是老習慣而已。」

「我知道。我答應妳，我們會逮到那個駕駛。」他親了親她的額頭。「我們一定會破案的。」雷意識到自己剛剛給了梅格絲一個他拒絕給雅各的母親的承諾，因爲他實在沒辦法保證。我們會盡力，他告訴她。他只希望他們盡的力足以破案。

他走進廚房找東西喝。梅格絲會這麼難過是因爲這個案子涉及一名孩子。或許不應該把車禍的細節跟她說才對。畢竟，他發現連要抑制自己的情緒都難以做到，梅格絲會有同樣的感受是可以理解的。他會更注意，不要讓自己的太太知道案件的細節。

雷拿著啤酒回到客廳，在她的身旁坐下，一起看電視。他轉台，不看新聞，改看一個實境節目，他知道她愛看這個。

雷從郵務室把一堆資料拿進辦公室裡。他將那些資料往本來就堆滿文書的桌上一扔，整疊就這麼滑到地上。

「媽的！」他平心靜氣地看著桌子。清潔人員來過，清乾淨垃圾桶，也試著清掃房裡的灰塵，收件架旁留下一圈毛屑。鍵盤旁擺了兩杯冷掉的咖啡，幾張黏在螢幕上的便利貼寫了重要程度不一的電話訊息。雷把便利貼都扯下來，黏在日記的封面上，而那上頭早已貼了另一張粉紅色的便利貼，提醒他記得做小組評鑑，彷彿他們還不夠忙。雷每天都得跟官僚對抗。他沒辦法開口抱怨，也從沒喜歡過，因為下個位階對他來說似乎遙不可及，卻又近在咫尺。對他來說，多花一個小時討論自己的發展，就等於多浪費一個小時，何況他們還在調查一個孩子的死亡。

等電腦開機時，他把椅子往後傾，重量放在兩隻後腳上，看著對面牆上釘著的雅各的照片。早在剛進入刑事調查部時，他就會固定將調查的重點釘在牆上。當時，他的上司曾粗聲粗氣地提醒他，偶爾放鬆一下當然很好，不過雷永遠都不應該忘記「我們幹這些事是為了誰」。照片最早是放在他的桌上，直到幾年前的某天，梅格絲來到辦公室才改變。當時，她送東西來，到底是什麼已經想不起來，或許是忘記帶出門的一份資料，或是午餐便當。雷還記得，當梅格絲從前檯叫喚他時，他很驚訝，又因為工作受到干擾而生氣。直到他知道她是特地跑這一趟時，不滿的情緒轉變成罪惡感。前往雷的辦公室途中，還停下腳步，讓梅格絲能夠跟過去的上司打聲招呼，他如今已是一名警司。

「來這裡的感覺有點怪吧，我猜。」兩人抵達雷的辦公室時，他說。

梅格絲笑了。「彷彿沒有離開過一樣。你可以把這個女孩從警局裡帶出去，但你永遠也沒辦法拿走這個女孩的警察魂。」在辦公室裡四處走動、手指滑過他的桌子時，她生氣勃勃。

桌上放著她跟孩子們的照片，另外一張照片不怎麼穩固地靠在相框上。她拿起那張照片，用開玩笑的語氣問他：「這個第三者是誰？」

「一名受害者，」雷輕輕地將照片從梅格絲的手上拿回來，擺回桌上。「她因為端茶的速度太慢，被男友刺了十七刀。」

即使梅格絲心裡相當驚訝，也沒表現出來。「你怎麼沒把相片放在檔案裡？」

「我喜歡放在隨時看得到的地方，」雷說。「能讓我記得自己在做什麼，爲什麼要花這麼多時間工作，做這些是爲了誰。」她點點頭。有時候，她比他意識到的還要了解他。

「可是雷，請不要把這種相片擺在我們一家人的照片旁邊。」她再次伸手拿那張相片，左看右看，看擺在哪裡會更合適。她的視線停留在房間另一頭那塊多餘的軟木板上，接著從桌上的小盒子裡拿了一個圖釘，把那張仍在微笑但已死亡的女子相片釘到木板的中央。

照片就這麼留在那裡了。

微笑女子的男友老早就因謀殺罪名而被起訴，後來則相當規律地由一連串其他受害者取代了她的位置。那個遭青少年搶劫而被打得鼻青臉腫的老男人；那四個被同一名計程車司機性侵的女人；現在則是穿著學校制服、容光煥發的雅各。所有被害者都必須仰賴雷。他的眼神掃過昨晚在日誌上寫下的筆記，開始準備今早的簡報。沒什麼新線索。電腦發出嗶的一聲，告訴雷總算完成開機，他要自己打起精神。或許線索不多，但他們還是有正事得做。

將近十點，胖虎跟小組成員成群走進雷的辦公室。胖虎跟戴夫．希爾斯頓占據了咖啡桌旁的椅子，其他人則站在後面，或在牆邊。男性有志一同地展現騎士精神，把第三張椅子空著，而雷則愉快地看著凱特對騎士們的大度視若無睹，走去跟麥爾坎．強森一起站在後頭。他們的人數因爲兩名借調來的當班警員（兩個人都穿著借來的制服，看起來不是太舒服），跟來自交通事故調查小組的警員菲爾・克羅格的加入而暫時增加。

「大家早，」雷說：「不會耽誤你們太多時間。我先跟大家介紹來自第一分隊的布萊恩・沃頓跟第三分隊的派特・布萊斯。很高興有你們的幫忙，要做的事情很多，大家一起幹活吧。」布萊恩跟派特點頭。「好，」雷繼續說：「這場簡報會議的目的，在於重新回到我們已知的魚池區肇逃事件，思考下一步。你們應該可以想到，上層已經把我釘得滿頭包了。」他看了看筆記，但其實早已背得滾瓜爛熟。「十一月二十六日星期一，下午四點二十八分，九九九緊急求救中心的接線生接起了一通電話，來電者是一位女性，住在安菲爾德大道上。她聽到一聲很大的碰撞聲，然後聽到了尖叫。到她走出家門時，事故已告一段落，雅各躺在馬路上，他母親則蹲在他身旁。救護車在六分鐘以後抵達現場，雅各當場宣告不治。」

雷話語暫歇，讓調查帶來的沉重感滲入體內。他瞄了凱特一眼，她的臉上沒什麼特殊的表情，看她成功地建立起防衛機制，不知該鬆一口氣還是難過。她並非現場唯一毫無情緒的人。若讓一個陌生人環視這個空間，這人或許會覺得警方根本對這個小男孩之死無動於衷，但雷知道每個人的心裡都藏了情緒。他繼續簡報。

「雅各上個月滿五歲，隨即開始在貝奇特街上的聖瑪莉學校就讀。肇逃案發生那天，由於雅各的媽媽還在上班，所以雅各去上了課輔班。她的供詞指出，他們在回家的路上聊著當天發生的事。後來因爲家門就在對面，她放開了雅各的手，他則衝過馬路。根據她的說法，雅各以前也這樣做過——但他判斷道路狀況的能力不大好，所以每當靠近馬路，他媽都會牽好他的手。」就只有這一次的例外，他無聲地補充。注意力只放空了那麼一會兒，就再也無法原諒自己。雷不自覺地打了哆嗦。

「關於肇事車輛呢？她有注意到什麼嗎？」布萊恩．沃頓問。

「不多。她說，在撞到雅各以後，那輛車不但沒煞車還加速，連她都差一點被撞；她跌倒，也受了傷。現場的警員有注意到她的傷勢，但她拒絕就醫。菲爾，可以請你跟我們說明一下現場的情況嗎？」

菲爾．克羅格是房裡唯一的制服員警，他是車禍調查專員，在交通警察部門待了許多年，每次遇到跟交通有關的案件，雷都會去請教他的意見。

「能說的不多。」菲爾聳聳肩。「天候潮溼意味著不會留下胎痕，沒辦法估算車速，也沒辦法告訴你車禍前是否有踩煞車。我們在距離肇事地點二十公尺遠的地方找到一塊塑膠殼，車輛鑑識員已經確認是來自一輛 VOLVO 的霧燈。」

「聽起來是個好消息。」雷說。

「資料都給胖虎了，」菲爾說。「除了這個，恐怕沒其他東西好提供了。」

「謝啦，菲爾。」雷再次拿起筆記。「雅各的驗屍報告顯示他的死因爲鈍器造成的外傷。身體多處骨折，脾臟破裂。」解剖時，雷也在場，一部分原因是爲了取得更多的證據，但主要是因爲他不想讓雅各孤單一人待在冰冷的停屍間。他視而不見，刻意不去看雅各的臉，而把注意力放在經內政部認可的病理學家斷斷續續說出的證據之上。解剖告一段落時，兩人都鬆了一口氣。

「依受到的衝擊力道來看，我們要找的是一輛小型的轎車，因此可以剔除掉多功能休旅車或四輪傳動。病理學家從雅各的身上取出了一些玻璃碎片，但我想應該沒有辦法據此鎖定某種特定車輛——對嗎，菲爾？」雷瞄了車禍調查專員一眼，對方點點頭。

「光從玻璃無法判定車種，」菲爾說。「如果我們逮到人，或許有辦法從衣服上找到對應的微粒——要去除這種微粒的可能性微乎其微。但現場沒有發現任何玻璃，表示擋風玻璃雖然因爲衝擊而破損，卻沒有碎裂。找到這輛車，我們就有辦法去跟受害者身上的玻璃碎片比對，但除了這個辦法以外……」

「但我們至少可以藉此知道車子可能受到什麼樣的損壞，」雷試著要在現有的幾條線索中找出點頭緒。「胖虎，能不能簡明扼要地說明一下目前的調查進度？」

這位警長看著辦公室裡的牆面。牆上掛著幾張地圖、表格，還有一份資料，上頭列了一連串的行動。「當天晚上就已經挨家挨戶問過話，隔天值班的警員又做過一次。幾個人形容他們聽到了一聲巨響，接著也聽見了尖叫聲，但沒有人看到那輛車。我們找了社區支援警察去學校跟其他家長談話，我們在安菲爾德大道的兩側貼了傳單，呼籲目擊者出面。路邊的告示牌還沒撤，凱特也依據幾通後來接到的電話所提供的線索進行追蹤調查。」

「有找到任何有用的資訊嗎？」

胖虎搖了搖頭。「老大，情況不太樂觀。」

雷無視於他的悲觀。「這個案子什麼時候會出現在《犯罪觀察》上？」

「明天晚上。我們重現了事故現場，製作單位提供了幾張栩栩如生的模擬照，讓觀眾知道該車的可能樣貌，接著節目主持人會跟總督察一起在攝影棚中談這起案件。」

「請大家幫個忙，我需要有人幫忙加班，在節目一播出的時候立刻著手調查有力線索，」雷對小組成員說。「較不重要的線索可以之後慢慢再查。」現場一片靜默，他帶著期盼的眼神望向眾人。

「總得要有人幫忙做這件事……」

「我不介意加班。」凱特舉起手，雷感激地看了她一眼。

「關於菲爾提到的霧燈呢？」雷說。

「VOLVO 已經提供零件編號給我們，我們也拿到十天內有收到這種零件的所有修車廠的名單。我已經安排麥爾坎去聯絡這些修車廠，取得事故之後所有曾修霧燈的車牌號碼。」

「好，」雷說。「調查的時候，請把這件事情放在心上，但也要記住，這不過是其中一個證據而已——我們沒辦法百分之百確定要找的是一輛 VOLVO。監視器那邊是誰負責的？」

「老大，是我們。」布萊恩．沃頓舉手。「我們已經掌握了能拿到的一切：每一台公家監視器的畫面，還有該區所有商家跟加油站的影片，查看事故發生前後各半小時，不過還有好幾百個小時得看。」

雷的表情因想到加班費用而抽搐了一下。「讓我看一下監視器的清單，」他說。「我們沒辦法清查全部，我希望你們先想一想，訂個先後順序。」

布萊恩點點頭。

「那就有很多事情得做了，」雷說。雖然憂心忡忡，他依然露出堅定的微笑。案件發生過後兩週內是破案機率最高的「黃金時刻」。雖然小組成員都盡了最大的努力，案情卻仍陷於膠著。

他頓了一下，才說出壞消息。「接下來我要說的事情，你們應該不會太訝異：很抱歉，之後的休假都會先取消，直到接獲進一步的通知。不過我會想辦法讓你們在聖誕節期間都有時間陪陪家人。」

眾人走出辦公室時都因不滿而碎念，但沒有人出聲抱怨，一如雷的預期。縱使沒有人開口，他們卻都在想，雅各的母親會帶著怎樣的心情度過今年的聖誕節。

4

一離開布里斯托，我的決心就動搖了。我沒考慮過該去哪裡。我盲目地往西，心想或許可以到德文郡或康瓦爾去。我感傷地回想童年的假期，跟伊芙一起在沙灘上蓋沙堡，每天都脫離不了冰棒跟防曬乳。這些回憶將我引往大海的方向，呼喚我遠離布里斯托那些栽種行道樹的大街，遠離車潮。公車減速，準備進站，一些車輛卻急著超車，此情此景讓我的心頭湧起一股恐懼。我漫無目的遊蕩了一下，接著將十英鎊交給灰狗巴士售票亭裡的男子，他對我將到哪裡毫無興趣，一如我自己。

車子開過塞文大橋。我低頭望向布里斯托海峽那片髒灰色的海水，到處是漩流。這是一輛毫無特色的巴士，車上沒有人在看《布里斯托郵報》，沒有人在談雅各的事。我往椅背一躺。我非常疲憊，卻不敢闔眼。只要一睡著，事故的畫面和聲音就會隨之侵入夢境；而且夢裡的我還知道，如果早到個幾分鐘，事故絕對不會發生。

這是一輛開往斯溫西市的巴士，我偷瞄一眼其他乘客。

多數都是學生，都用耳機在聽音樂，專心地讀著雜誌。一個跟我差不多年紀的女性讀著一疊資料，並在空白處整齊地做筆記。說來荒謬，我以前居然從沒去過威爾斯，但現在，我很高興自己因此不認識當地的任何人。那是一個展開新生活的絕佳去處。

我最後一個下車，在車站等到巴士離開，因爲打算離開而激起的熱情已經成爲遙遠的記憶。我來到遠方的斯溫西，但不知道接下來該往哪裡去。一個男人忽然往人行道上一坐，抬起頭，喃喃講些沒頭沒尾的話，我嚇得往後退。我不能待在這兒，也不知道該去哪兒。我開始移動，開始跟自己玩遊戲。我會在下個路口左轉，無論道路通向何方；第二個路口再右轉，然後在第一個出現的十字路口直走。我不看路標，每到一個岔路就往最小條、最少人的路前進。我覺得腦袋迷迷糊糊，幾近失控。我在幹嘛？我要去哪兒？這就是發瘋的感覺嗎？我發現自己並不在乎。發瘋與否對我來說無關緊要。

我走了很遠很遠，把斯溫西都拋在腦後。夜色已近，車潮減緩。每當車輛從旁經過，我都會緊挨著一旁的樹籬。我把旅行袋當作背包掛在背上，提帶深深陷進肩膀，但腳步沉穩。我只聽得見自己的呼吸聲，心情也逐漸平復。我不讓自己思考現況，也不去思考去向，只是走著。我把手機從口袋裡拿出來，看都沒看就扔進一旁的水溝裡。手機激起水花，隨即沉入水底。這是我跟過往的最後連結，我覺得自己更自由了。

雙腳開始疼痛，可是我知道自己一旦停下，就再也起不來了。我的腳步慢了下來，同時聽見背後響起的汽車聲。我站在草坪邊緣，那輛車開過來時，我背對著路面，但車子卻沒有轉彎離開，而是減慢了速度，停在前方約莫五公尺的地方。煞車時，那輛車發出了微弱的嘶吼，散發著廢氣。血液在耳朵深處鼓動，我想都沒想就轉身奔跑，旅行袋不停地撞擊著背部。我的腳步踉蹌，起水泡的雙腳磨蹭著靴子，汗水流進背部及胸口。聽不見那輛車的聲音以後，我回過頭，差點跌倒。那輛車不見了。

我愣愣地站在空蕩蕩的馬路上，又累又餓，腦袋昏沉沉的。剛剛眞的出現了一輛車嗎，或是我把充斥腦海裡那個橡膠輪胎停留在無聲路面的畫面投射在眼前？

黑暗降臨。我知道自己接近海岸了，我嘗到了嘴唇的鹽味，也聽見海浪拍打岸邊的聲響。路標上寫著「培菲克」，小鎭十分寧靜，我覺得自己像個入侵者。家家戶戶都拉起窗簾阻擋冬夜的寒風。月光柔和而皎潔，萬物似乎都變得扁平，前方的影子越來越長，直到成爲長長的高個兒。我穿過小鎭，直到看見海灣。海岸旁的峭壁守護者般圍住了沙灘。我選擇走下一條蜿蜒的小道，卻受到陰影的矇騙。我感覺踩空，隨即在岩石上打滑。我叫了出來。當作背包的旅行袋讓我失去平衡，邊撞邊滾地滑下小路。潮溼的沙子在底下發出聲響。我吸了一口氣，等待疼痛來臨。但我沒事。我一度以爲自己變得對肉體的疼痛免疫，彷彿人類的身體不是設計來同時處理肉體跟情感雙方面的疼痛似的。我的手在抽痛，但程度很輕，好像痛的人其實不是我，而是另外一個人。

我忽然有股衝動，想去感受些什麼。什麼都好。無畏寒冷，我脫下鞋子，感覺到腳底的沙粒。墨藍色的天空無半點雲朵，飽滿的月亮落在海面上，海中月影在陣陣波浪中搖曳。這裡跟我的家鄉完全不同，這是最重要的。這裡一點也不像我的家鄉。我用大衣裹住身體，背靠著堅硬的大石坐在旅行袋上，等待著。

早晨來臨時，我意識到自己一定是睡著了。陣陣浪花沖刷掉我的疲憊，我伸展疼痛、凍僵的四肢，起身望著鮮豔的橘色渲染了整片天際。不過陽光卻沒有帶來溫暖，我渾身顫抖。在海邊等待朝陽昇起是個過於莽撞的計畫。

天亮以後，狹窄的小徑好走多了。我注意到懸崖上並非如原先所想的那麼杳無人煙。一幢低矮的建築坐落在半英里之外，扁扁的房子實用大於美觀，一旁整齊地停放了幾輛毫無動靜的露營車。

這是個重新展開人生的好地方。

「早安，」我說。在相對來說溫暖許多的露營車營地商店裡，我的聲音聽起來又細又尖。「我想找個地方住。」

「是來這裡度假的嗎？」說話的女人把豐滿的乳房靠在一本《休息一下》雜誌上。「妳選了一個有趣的時節呢。」微笑帶走了話語中的刺，我也試著露出微笑，臉卻不聽話。

「我想要搬到這裡來。」我總算說出口。我意識到自己看起來一定很像野人：身上髒兮兮，衣服亂糟糟的。我的牙齒在打顫，開始猛烈地發抖，寒冷彷彿滲入骨髓之中。

「喔，好啊，」女人開心地說，似乎一點也沒有被我的外貌嚇到。「妳想租房子嗎？不過這裡已經休息了，要到冬季結束才會再開放，明白我的意思吧？三月以前只有商店有營業。妳該找的人是葉斯頓．瓊斯，他有間小屋。我來打個電話給他，如何？要先喝杯熱茶嗎？外面冷翻了，妳看起來快凍死了。」

她讓我坐到櫃檯後面的凳子上，接著走進隔壁的房間。伴著茶壺煮水的聲音，她繼續跟我談天。

「我叫做蓓森．摩根，」她說，「這裡，也就是培菲克露營車營地是我在經營的，我丈夫葛林掌管農作。」她從門裡探頭出來，對著我笑。「嗯，總之呢，本來的想法是這樣啦，不過我跟妳說，這年頭要靠種田賺錢可沒那麼容易。噢！我剛剛有說過要打給葉斯頓，對不對？」

沒等我回話，蓓森又消失了好幾分鐘，我咬著下唇，試著思考，等一下喝茶時，她可能會問問題，我應該要怎麼回答。胸口如塞了顆不斷膨脹的氣球，好緊好緊。

但是蓓森回來以後卻沒有問任何問題。沒有問我什麼時候來到這兒，也沒問我爲什麼選擇了培菲克，就連我是打哪兒來都沒問。她只是遞給我一個有缺口的馬克杯，杯裡裝滿甜甜的熱茶，隨即把身體塞進椅子裡。她穿著五顏六色的衣服，沒辦法看出確切的體型，但椅子的扶手擠進柔軟的身體，看起來一點也不舒適。我猜她大概四十多歲，圓臉、皮膚光滑讓她看起來比實際年輕。一頭深色的長髮綁成馬尾，下半身穿了件黑色長裙和高筒靴。上半身套了幾件T恤，外面則穿了件長度及踝的開襟羊毛衫，羊毛衫的下襬在她坐下時垂在灰塵滿布的地板上。在她身後，一枝燒盡的線香在窗台留下一條灰燼，空氣中仍殘留著線香的甘甜味。櫃檯上擺了台老式的收銀機，上面貼著聖誕彩條。

「葉斯頓正朝這邊過來。」她說。她在馬克杯旁邊擺了第三杯茶，我猜想，不管這個葉斯頓是何許人，應該再幾分鐘就會到了。

「誰是葉斯頓？」我問。我在想，自己是不是犯了錯，來到這個眾人彼此認識的地方。我應該要到一座城市才對，應該找個更平凡的地方。

「前面有塊農田，他是那塊地的地主，」蓓森說，「在培菲克的另一側，但他在這個山頭跟沿岸小徑養了山羊。」她朝海的方向指了指。「如果妳住在他那裡，就可以跟我當鄰居了。不過他那裡也不是什麼多豪華的地方。」蓓森大笑，我不自覺地笑了出來。

她的直爽個性讓我想起了伊芙，不過如果我那纖細、總是把自己整理得乾乾淨淨的姊姊如果知道我拿她們相比，大概會嚇一大跳。

「我的要求不高。」我說。

「他不大跟人聊天，我是說葉斯頓，」蓓森告訴我，彷彿我會因此覺得失望。「但他人很好。他的羊就養在我們隔壁，」她指著某個離海有些距離的地方。「就跟我們一樣，他還需要經營一些其他的事業。大家是怎麼說的？多角化經營？」蓓森嘲諷地噗哧笑出聲。「總之，葉斯頓在村裡有一間度假別墅，往前走的話則是另一間叫做布蘭塞蒂的小屋。」

「妳猜我會選這間小屋對不對？」

「如果妳真的租了的話，還真是稀客，有一段時間沒人住了。」男人的聲音害我嚇得跳了起來。我轉過身，看見一個有點壯的人站在門口。

「那裡沒那麼差啦！」蓓森反駁：「過來喝你的茶，喝完以後就帶這位小姐上去看看吧。」

葉斯頓的臉是深褐色的，皺紋多到幾乎看不見眼睛。他的衣服藏在深藍色的工作服底下，大腿兩側滿是塵埃以及沾染油汙的手指抹過而留下的痕跡。尼古丁染黃了他的白色八字鬍。咕嘟咕嘟喝下茶水的同時，他打量著我。「對大部分的人來說，布蘭塞蒂離馬路非常遙遠，」他的口音很重，我得費勁去聽才能弄懂。「他們不想提著行李走太遠，明白吧？」

「能讓我參觀一下嗎？」我起身，希望這個乏人問津的偏僻小屋就是我所企求的答案。葉斯頓繼續喝茶。他總是在嘴裡漱一漱才吞下。他終於發出滿足的嘆息，走了出去。我看著蓓森。

「我剛剛不是跟妳說過了嗎？他的話不多。」她笑了出來。「快去吧，他不等人的。」

「謝謝妳的茶。」

「是我的榮幸，妳安頓好之後，再來看我吧。」

我很自然地答應了她，但知道自己不會這麼做，隨即出門。發現葉斯頓騎在一輛覆蓋一層乾泥巴的、髒兮兮的四輪摩托車上。

我退了一步。他該不會要我坐後座吧？我才認識他不到五分鐘。

「在這附近要四處跑的唯一辦法。」他的聲音穿透引擎的噪音。

我一陣暈眩。我試著在看房子的實際需求與讓我裹足不前的本能恐懼之間取得平衡。

「如果要去看的話，就上來吧。」

我逼自己的腳往前，小心翼翼地坐在他的後面。眼前沒有扶手，除了抱住葉斯頓之外別無他法，於是我坐穩，他催動油門，摩托車疾駛過崎嶇不平的岸邊小徑。海灣環抱著我們，高漲的潮水拍打著懸崖，當我們來到沙灘延伸而上的小徑時，葉斯頓把四輪摩托車駛往大海的反方向。他回頭朝我喊了些什麼，作勢要我看前方。摩托車在路面上跳著，我四下張望，想找到那間期許的新家。

蓓森形容那是一間小屋，但布蘭塞蒂比牧人小屋要大一些。小屋曾漆成白色，但油漆早已剝落，任大自然弄成了髒灰色。相較於屋簷底下不顯眼的兩扇小窗，入口的木門則顯得相當巨大。縱使看起來不大可能有多餘的空間，但一扇天窗說明這裡一定有二樓。看得出來爲什麼葉斯頓很難把這裡當作度假小屋租出去，即使是最具創意的房屋仲介也很難找藉口美化溼氣不停蔓延的外牆或多處脫落的石板屋頂。

葉斯頓開門時，我背對著小屋，望向海岸。我以爲或許可以從這裡看到露營車營地，但通往海岸的小路是向下的，我們處於較低的地方，看不見地平線。雖然看不見海灣，但可以聽見海水拍打岩石的聲音，每隔三拍就會有一陣浪潮聲。海鷗在頭頂上盤桓，在黯淡的光線中發出小貓般的喵叫聲。我不自覺地開始顫抖，忽然很想趕快進屋裡去。

一樓不到十二呎長，以一張不平整的桌子爲界，一邊是起居空間，另一邊，在一根橡樹削成的巨大梁木底下則是廚房。

樓上分隔成臥室和浴室，浴室裡有一個大小僅普通尺寸一半的浴缸。玻璃因歲月而有了斑點，斑駁的鏡面扭曲了我的臉蛋。跟多數紅髮的人一樣，我的膚色蒼白，但昏黃的光線照在過肩的深紅色頭髮，讓我的皮膚更爲白皙清透。我走回樓下，發現葉斯頓在壁爐旁堆疊柴火。堆完以後，他從另一頭走過來，靠在爐具上。

「她的脾氣不是太好，就是這樣。」他說。他砰的一聲拉開保溫抽屜，我嚇得跳了起來。

「可以把這間小屋租給我嗎？」我說：「拜託。」我的語調聽起來很想租這裡，我猜他一定覺得我很奇怪。

葉斯頓滿腹狐疑地看著我。「妳有錢可以付租金吧，對不對？」

「有。」我堅決地說，雖然我不知道存款能撐多久，也不知道錢花完以後該怎麼辦。他不大相信。「妳有在工作嗎？」

我想起工作室地毯上的那些陶器。手已經沒有先前那麼痛了，但我感覺不到手指，很害怕沒有辦法再工作。如果我不當雕塑家，還能做什麼？

「我是一個藝術家。」我最後說。

葉斯頓嘟噥著，彷彿一切都有了解答。

我們談好租金，雖然價錢誇張地便宜，但很快就會用掉我的存款。不過這間小小的石造屋接下來幾個月都將歸我所用。我放鬆地嘆了一口氣，總算找到能待的地方了。

葉斯頓草草地在一張從口袋裡掏出來的收據背面寫下一組手機號碼。「如果妳想要的話，這個月的房租可以先拿去給蓓森。」朝我點頭以後，他跨大步走回四輪摩托車旁，引擎發出嘶吼。

我看著他離去，鎖門，拴上頑固的門閂。雖然冬陽能帶來些許溫暖，我仍然跑上樓，拉起臥室的窗簾，關上半開的浴室窗戶。

回到樓下，連接金屬桿的窗簾彷彿從沒有關上過。我使勁地拉，一團塵埃從皺褶中飄了出來。風吹得窗戶哐啷作響，窗簾幾乎阻擋不了從不嚴實的窗櫺縫隙鑽進來的凍人寒風。

我坐在沙發上，聆聽自己的呼吸。我聽不見海濤聲，一隻孤單的海鷗發出如嬰兒哭聲般的叫聲。我用手蒙住耳朵。

疲憊感席捲而來，我蜷縮成一團，用雙手環抱住膝蓋，把臉緊緊貼在粗糙的牛仔褲上。我知道那種感覺要來了，情緒如大浪般吞噬而來，悲傷從體內噴發而出，勁道之強讓我難以呼吸。我感受到的哀傷強烈到不敢相信自己居然還活著；明明心臟曾被撕扯得四分五裂，此刻居然仍在跳動。我想在腦海裡呼喚他的影像，但閉上雙眼，卻只看得到那具躺在懷中，靜止不動、失去生命的軀體。放手的人是我，我永遠也不會原諒自己。

5

「老大，我想跟你聊一下肇逃案。你有時間嗎？」胖虎探頭進來，凱特在背後。

雷抬起頭。過去三個月以來，調查規模逐漸縮小，大夥兒開始處理其他更緊迫的任務。雷每星期還是會固定召集胖虎跟他的組員兩次，了解後續的行動，但沒有人再打電話進來，已經有好幾個星期沒有得到新的情報了。

「當然有。」

他們進門以後坐了下來。「我們聯絡不上雅各的母親。」胖虎單刀直入地說。

「什麼意思？」

「就是字面上的意思，她的手機打不通，家裡也沒人。她消失了。」

雷先看看胖虎，再看看凱特，她看起來很不自在。「開玩笑的吧。」

「如果眞是玩笑，還眞不知道笑點在哪裡。」凱特說。

「她是唯一的證人耶！」雷暴怒。「更別提她還是受害者的媽媽！你們到底是怎麼把她弄丟的啊？」

凱特臉紅了，他強迫自己冷靜。

「告訴我發生了什麼事。」

凱特看著胖虎，後者點點頭，要她解釋。「記者會過後，比較不需要她的幫忙，」她說：「我們有她的證詞，也盤問過她，就把她交給家庭聯絡官[4]。」

「負責人是誰？」雷問。

「黛安娜．希斯，」頓了一下以後，凱特又說：「交通警察單位的人。」

雷在藍色的日誌做了註記，等凱特繼續說下去。

「黛安娜有一天去探望雅各的母親，卻發現人去樓空，顯然已經走了。」

「鄰居怎麼說？」

「沒說什麼，」凱特說：「她跟鄰居不熟，沒留下地址，也沒有人看到她是什麼時候走的。她就這樣人間蒸發了。」

她看了胖虎一眼，雷瞇起眼睛。「你們還有什麼沒跟我說的？」

停頓一下以後，胖虎才開口。

「當地網路論壇出現了一些批評的言論。有人說她不是稱職的母親，諸如此類的。」

「有任何毀謗性的言論嗎？」

「可能有，但都刪掉了，我已經請資訊單位的人試著救回那些檔案。不過老大，不只這樣。」

4 被害者家屬與警察之間的聯絡人。

據說，事件發生後，警察立刻訊問她，當時的態度可能有些過火，有點冷漠。似乎雅各的母親認爲我們覺得她要爲這起事件負責，因此認定我們不會盡力去找那名駕駛。」

「噢，天啊，」雷嘆口氣。他希望上頭不要因爲這些事情而怪罪下來。「她當時有提過對警察的行徑有什麼不滿嗎？」

「我們最早是從家庭聯絡官那裡聽來的。」胖虎說。

「去跟校方談談，」雷說：「一定有人繼續跟她保持聯絡，也問問那些家醫診所。當地的診所不會超過三家，而且她有孩子，一定有在家醫診所看診。如果能確定是哪一家，說不定有把她的病歷送到其他診所。」

「收到，老大。」

「還有，千萬別讓《布里斯托郵報》的人知道我們把她給弄丟了。」他無奈地笑了笑。「蘇西．弗蘭奇會四處去打探的。」

沒有人笑得出來。

「除了失去關鍵證人以外，」雷說：「還有什麼我應該知道的事情嗎？」

「我查過車輛過境的紀錄，沒有查到什麼，」凱特說。「有幾輛贓車進來，但都找到了人。當晚有觸發測速照相的車輛也都從嫌疑名單中排除了，我也造訪了布里斯托的每一家停車場跟修車廠。沒有人記得那天發生過什麼特別的事——至少他們是這樣跟我說的。」

「布萊恩跟派特在監視器那邊查得怎麼樣？」

「眼睛都快看瞎了，」胖虎說：「他們已經看完警方和公家監視器的影片，現在在看加油站的。他們從三台不同的監視器挑出了同一輛車，認爲應該就是這一輛。它在事故後幾分鐘從安菲爾德大道開過來，曾兩度鋌而走險，意圖超車，後來就開到鏡頭拍不到的地方，目前爲止還沒有再發現它的蹤跡。雖然對錯還說不準，但他們正試著找出那輛車的相關資料。」

「很好，感謝告知。」雷望著手錶，掩飾自己因毫無進展而感受到的失望情緒。「你們兩個先去酒吧，我得先打個電話給警司，差不多半個小時左右就能過去。」

「沒問題，」總是想找個機會喝一杯的胖虎說。「凱特妳呢？」

「如果你願意買單的話，」她說：「有什麼問題。」

過了將近一個小時，雷才趕到馬頭酒吧，其他人已經在喝第二輪了。雷很羨慕他們切換情緒的能力，在跟警司談過以後，他心底就有了一個讓人不舒服的結。這位資深警司人雖然很好，但牆上的字寫得清清楚楚，案件調查即將到此爲止。酒吧裡溫暖而安靜，雷希望自己可以先把工作丟一邊，花一個小時來跟夥伴們聊聊足球或天氣，或是任何跟五歲小男孩以及找不到的行凶車輛無關的話題。

「還以爲你很早就會過來了。」胖虎發了牢騷。

「你說這話的意思該不會是要請客吧？」雷說。他對凱特眨了眨眼睛。「奇蹟啊，眞是。」

他點好五百ＣＣ的苦啤酒後回座，並將三包洋芋片丟到桌上。

「跟警司談得怎麼樣？」凱特問。

他不能無視她的問題，當然也不能說謊。雷喝了一大口酒，好爭取一些時間。凱特看著他，急著想知道是否會獲得更多的資源，或是拿到更多的預算。他不想讓她失望，但她早晚都得知道。「坦白講，很糟，布萊恩跟派特都被調回去執勤了。」

「什麼?怎麼會這樣?」凱特用力地將酒往桌上一放，杯裡的酒濺了出來。

「他們可以過來支援已經很不錯了，」雷說：「監視器的部分他們眞的幫了大忙，但原單位找不到人遞補他們的缺。殘酷的事實是，我們沒辦法證明砸更多的錢調查行動會有所進展。很抱歉!」他道了歉，彷彿自己應該爲這個決定負責，但凱特的反應並沒有因此而改變。

「我們不可以就這樣放棄!」她拿起一個杯墊，開始摳杯墊的邊緣。

雷嘆了一口氣。要在調查費用以及生命的代價——一個孩子的生命——之間找到平衡點實在太難了。你怎麼可能有辦法將之量化呢?

「我們沒有要放棄，」他說：「妳還在追查霧燈那條線索，對不對?」

凱特點點頭。「在肇逃事件過後的一星期內，有七十三筆更換紀錄，」她說：「目前爲止，如果眞的是交通事故的話，車主都會申請保險公司理賠，我現在是在追查那些自己付錢換霧燈的人。」

「看吧!誰知道事情會有怎麼樣的進展，我們只是在縮小調查範圍而已。」他看著胖虎，希望對方會支持他的論調，但胖虎卻沒有這麼做。

「凱特，上頭那些人只對很快就能取得結論的案子感興趣而已，」胖虎說：「如果我們沒辦法在一、兩個星期——一、兩天的話就更棒啦——以內解決一個案件的話，這個案子就會失去它的重要性，會有另一個案子取代它的位置。」

「我知道這個制度運作的方式，」凱特說：「但不代表這麼做就是對的，不是嗎？」她把杯墊摳出來的屑屑在桌子中央堆成一坨。雷注意到她沒有搽指甲油，連指甲下的皮膚都有咬過的痕跡。「我有種感覺，我們離破案只差一點點了，你懂嗎？」

「我懂，」雷說：「或許妳說得沒錯，但要有心理準備，沒辦法單獨處理肇逃案件，蜜月期結束了。」

「我想，我會去問一下皇家醫院那邊，」凱特說：「有可能駕駛在那場撞擊中有受傷，扭到之類的。我們當晚就派了一輛巡邏車到各個急診室去，但我們應該往後追蹤，或許他們沒有立刻就醫。」

「這個想法很好，」雷說。這個建言觸動了他的腦海裡的某種東西，但他不確定是什麼。「別忘了順便查一下南米德醫院和芙蘭切醫院。」他那朝下放在桌上的手機忽然一震，是簡訊，雷拿起手機來看。「靠！」

其他人抬起頭看他。凱特訝異地看見胖虎居然咧嘴一笑。

「忘記什麼事情了？」他說。

雷做了個鬼臉，沒多解釋。他把自己的酒喝光，從口袋裡掏出十英鎊遞給胖虎。「你們拿去喝點什麼吧，我得回家了。」

他進門時，梅格絲正把碗盤放進洗碗機裡，力道大到讓雷皺起眉頭。她將頭髮鬆散地綁在後腦勺，身上穿了件運動褲跟他的舊T恤。他想，她是什麼時候開始不注重穿著的呢，隨即又討厭起自己這樣的想法。他根本沒資格批評她。

「對不起，」他說：「我完完全全忘記了。」

梅格絲打開一瓶紅酒。雷注意到她只拿出一個玻璃杯，但他認爲自己不應該提起。

「我啊，」她說：「很少要你在特定時間去特定地點。我知道有時候得先把工作放在第一順位。我懂，眞的，但我們明明兩個星期前就約好了。兩個星期耶！你答應過我的，雷。」

她說話的聲音在顫抖，雷試探性地環抱住她。「對不起，梅格絲，情況很嚴重嗎？」

「還好。」她聳聳肩，坐到餐桌旁，喝了一口酒。「我的意思是說，校方沒提到什麼大不了的事，只是湯姆似乎不像其他的孩子適應得那麼好，他們有點擔心。」

「那些老師做了些什麼？」雷從櫥裡拿出紅酒杯，把酒倒滿，坐到梅格絲身旁。「我猜他們應該跟他談過吧？」

「顯然湯姆說沒有什麼問題。」梅格絲聳聳肩。「希克森太太嘗試用各種方式鼓勵他，希望他在班上更有參與感，但他什麼也沒說。她說，會不會他個性本來就比較安靜。」

雷哼了一聲。「安靜？湯姆？」

「是啊，」梅格絲看著雷。「你知道嗎，我眞的不知道該怎麼繼續跟你說下去了。」

「我眞的徹底忘掉了，梅格絲，都是我不好。今天一樣很忙，後來我去酒吧喝了一杯。」

「跟胖虎嗎？」

雷點頭。胖虎是湯姆的教父，梅格絲很欣賞他。她知道雷下班後需要跟好兄弟喝一杯，聊點男人話題。身爲一個太太，她縱容丈夫跟胖虎去做這件事。他沒提到凱特，他不確定自己爲什麼不說。

梅格絲嘆了口氣。「我們該怎麼辦呢？」

「他會沒事的啦。妳想想，這是一所新的學校，而且對小孩子來說，升上中學是一件大事。以往他總是大材小用，現在身旁臥虎藏龍。我再來跟他談談。」

「不要又去跟他說教……」

「我不會跟他說教啦！」

「不然情況只會變得更糟。」

雷忍住不回答。他跟梅格絲是好搭檔，但說到爲人父母，想法卻南轅北轍。梅格絲對孩子非常溫柔，態度傾向於溺愛，而非讓他們學著靠自己。

「我不會跟他說教。」他承諾。

「校方建議我們觀察看看接下來幾個月的變化，學期過一半以後再去跟他們聊聊。」梅格絲定定地看著雷。

「跟我說是哪一天，」他說：「我去。」

6

車燈反射在潮溼的柏油路面上，強光每隔幾秒就照得他們看不清前方。行人急匆匆地走過溼滑的人行道，路過的車將水濺到他們的鞋子上。溼漉漉的樹葉堆在扶手上，原先明亮的色彩都成了黯淡的褐色。

馬路上空空蕩蕩。

雅各在跑。

接著的事情成串發生：汽車在雨天急煞，他撞上擋風玻璃發出砰咚聲，他的身體在引擎蓋上轉了一圈，重重摔落地面。模糊的擋風玻璃，血在雅各的頭部下積成一灘。一團呼吸形成的白色氣息。

尖叫聲劃破一切，讓我猛然驚醒。天還沒亮，臥室的燈開著。我無法承受被黑暗籠罩的感覺。心臟狂跳，我集中精神讓呼吸平復下來。

吸氣，吐氣。

吸氣，吐氣。

寂靜帶來的不是安心，而是壓迫。等待恐慌消逝的同時，指甲在手心壓出一輪一輪的彎月。我的夢境變得越來越強烈，越來越生動。我看見了他，聽見他的頭顱在柏油路上發出可怕的碎裂聲……

夢魘並沒有立刻出現，但現在來了，而且接二連三。每晚躺在床上，我都抗拒著睡眠，並且像那些可以讓讀者選擇結局的童書一樣，讓畫面一幕一幕在腦海重現。我緊閉雙眼，來到了一個不同的結局：我們早五分鐘或晚五分鐘出發，在這個劇情裡雅各還活著，此刻還躺在自己的床上，圓圓的臉蛋上有著深色的睫毛。但什麼都沒變。每天晚上我都會逼自己早點醒來，彷彿只要打斷這場惡夢，就能改變事實。但似乎身體已設定好既定的模式，幾個星期以來，我每晚都會因爲小男孩撞上引擎蓋所發出的沉重聲響而數度甦醒。我因爲他滾落引擎蓋，摔到了潮溼的馬路而發出尖叫，卻什麼也改變不了。

我成了一名隱士，藏身小屋的石牆之中，最遠就是到商店去買牛奶，三餐幾乎都靠吐司和咖啡果腹。我曾三度決定要去露營車營地拜訪蓓森，也三度改變了主意。我希望能逼自己過去，我已經很久沒有交朋友了，而我一直都需要一個朋友。

我左手握拳再張開。睡了一夜以後，手變得很僵硬。其實現在已經不太會痛了，但我感覺不到自己的手心，兩隻手更是麻木。我將手緊握，趕走那些焦慮與不安。當然，我應該去看醫生，但跟雅各遭遇到的事情相比，我的不適又算得上什麼。我理當承受這些疼痛。因此，我盡可能用繃帶把傷處纏好，每天咬牙把傷口上的繃帶拆開。傷口慢慢痊癒了，一層傷疤將永遠遮住掌心裡的生命線。

我把雙腳從床上那疊毯子裡移出來。樓上沒有暖氣，牆壁因凝結的水珠而閃閃發亮。我穿上工作服跟一件深綠色的運動衫，頭髮塞進領子裡，輕手輕腳地下樓。冰冷的地磚讓我倒吸了一口氣，我把腳套進運動鞋裡，拉開門閂。我總是早起；太陽一出來就會到工作室。少了雕塑這件事，我覺得很茫然，彷彿鐵球般沉甸甸地四處遊蕩，尋找新的身分。

我猜一到夏天，這裡就會出現遊客。但遊客不會這麼早起，或許也不會深入內陸，到小屋這兒來，不過一定會去海灘。此刻，一切由我獨享，獨處讓人心安。黯淡的冬陽攀上了懸崖的頂端，海灣附近的小路斷斷續續可以看見一灘灘積水反射出凍人的亮光。我開始跑步，呼出的白霧都被我拋在腦後。住在布里斯托時，我從不慢跑。但在這兒，我可以跑上好幾英里。

附和著心跳的節奏，我跑往海邊。鞋子踩在石子上發出聲響，每天跑讓我的腳步變得很穩。這條通往海灘的小徑我已經熟悉到縱使遮著雙眼也知道該怎麼走。我縱身一躍，跳過最後幾呎路，跳到了潮溼的沙粒上。我挨著懸崖，慢慢地沿著海灣跑，直到一排巨石將我引向大海。

潮水退到最遠處，一排浮木跟破爛玩意兒就像浴缸裡留下的一圈汙垢留在沙灘上。從崖邊轉向，我邁開步伐，衝過淺水處，雙腳一次次被潮溼的沙子吸進去。我低頭抵禦強風，抗拒潮水的阻力，全速沿著海岸跑，直到肺如火燒，聽見血液在耳際發出咻咻聲爲止。靠近沙灘另一方，懸崖赫然聳立，但我不因此變慢，反倒加速前進。風將頭髮掃過臉龐，我甩頭以對。我跑得越來越快，懸崖在眼前等著我。撞擊發生的前一刻，我把手往前伸，讓手撞上冰冷的石頭。活著。醒了。夢魘已無法進入腦中。

腎上腺素消退以後，我開始發抖，往回走去。潮溼的沙子吞噬掉我的足跡，我在懸崖兩側的衝刺沒有留下任何痕跡。腳邊有一根浮木，我彎身拿起，漫不經心地在身旁畫出溝渠，但那些痕跡卻在連樹枝都還沒拿起時就已被沙灘淹沒。沮喪的我往陸地方向走了幾步，這裡的沙是乾的。我用樹枝畫了另一個圓圈。好多了。我忽然有股衝動，想跟休假出門玩的孩子一樣在沙灘上寫下自己的名字。我被幼稚的想法逗笑了。這根浮木並不好用，又溼又滑，但我仍然成功地寫下那些字母，往後一站，欣賞自己的作品。如此勇敢又不帶羞愧地看著自己的姓名感覺很奇怪。我是一個沒有孩子的母親。那些字母是有形的，它們在吶喊。這些字母大得足以從崖頂上望見，我因為恐懼和興奮而顫慄。我正在冒險，但這種感覺很舒服。

懸崖頂端有一些沒有實際效用的圍籬，是用來提醒路過的人不要太靠近那些隨時可能崩落的岩石邊緣。我忽略那塊告示，跨過鐵絲，站在距離邊緣只有幾呎的地方。太陽越爬越高，沙灘慢慢地從灰色轉變成金黃色，而我的姓名則在沙灘中間舞動，問我敢不敢在它消失以前留下紀錄。

我決定要在潮水湧起將它吞沒前拍下照片，這樣就能捕捉住我勇敢的一刻。我跑回小屋拿相機，我的腳步輕盈多了。我意識到這是因為我朝著某個方向跑過去，而非逃離。

第一張照片平淡無奇，取景沒取好，字母距離海岸很遠。我往下跑回沙灘，在沙灘變潮溼而塌陷之前，用柔軟的沙形塑出過去人生中出現過的那些姓名。我還在沙灘上寫了些其他東西：兒時在書上讀到的角色名稱，或是一些單純只是因為其中所蘊含的美麗圓弧而鍾愛的姓名。接著，我拿出相機，在沙上蹲下，調整角度，用我的文字、浪花、岩石，和色彩美麗的一線藍天，一層又一層疊出畫面。最後，我爬上陡峭的小徑來到懸崖頂端拍下最後的成果。我在邊緣保持平衡，完全不去理會隨之而來的恐懼。沙灘上充滿了各種大小的字跡，景象一如狂人的信手胡寫，但我已經望見潮水舔舐著那些字母，並隨著一吋吋湧上海灘，而讓沙粒在水中迴旋。今天晚上，海水再次退潮以後，沙灘將變得乾乾淨淨，我也得以重新開始。

我完全不知道現在幾點了，我一定拍了好幾百張照片。潮溼的沙子黏在衣服上。我摸著因爲鹽分而變得僵硬的頭髮。我沒有手套，手指又凍又痛。我要回家洗個熱水澡，把照片存進筆電裡，看看是否有拍到任何不錯的相片。我覺得精力充沛；事故發生至今，這是我第一次想做點什麼。

我朝小屋前進，走到岔路時遲疑了。我想起了露營車營地商店裡的蓓森，她讓我想起我姊。我忽然很想家。在還沒改變心意之前，我踏上通往營地的路。我該找個怎麼樣的藉口去拜訪她呢？我身上沒帶任何錢，不能假裝去買牛奶或麵包。或許可以問她什麼，但又想不出什麼合理的問題。不管我怎麼掰，蓓森都會知道那只是藉口。她會覺得我很可憐。

走不到一百米，我已經不像先前那麼堅決。到了營地時，我停下腳步，望向商店，看到窗邊有個身影——我不知道那是不是蓓森，也沒有留下來等著看是誰。我轉身跑回小屋。

到布蘭塞蒂後，我從口袋裡掏出鑰匙，可是當我把手放在門上時，門微微動了些，才意識到門並沒有鎖。這是一扇老舊的門，門上的裝置不值得信賴。葉斯頓曾教我要先拉好門，再將鑰匙轉到某個角度上鎖，但有時候我得試十幾次才能辦到。他有留手機號碼給我，但卻不知道我已經丟掉手機。小屋有一條電話線，但卻沒有裝電話，我得走到培菲克，找台公共電話，問他能不能來修。

才進門沒幾分鐘，就有人來敲門。

「珍娜？我是蓓森。」

我站在原地想了一下，因爲實在太好奇、太興奮，立刻開門。儘管我想逃離過往，但在培菲克的我實在很寂寞。

「我帶了派來給妳。」蓓森端著一個用茶巾蓋住的盤子，沒等邀請就自己進門。她把派擺在廚房的爐具旁。

「謝謝。」我想跟她寒暄，但蓓森卻笑而不答。她脫下沉重羊毛大衣的動作嚇了我一跳。

「要喝茶嗎？」

「如果妳剛好要泡的話，」她說：「我想說過來看看妳過得怎麼樣。本來以爲妳或許會來看我，不過我懂，畢竟妳才剛來到這個新地方，還在適應。」她朝屋裡望了望，注意到客廳沒擺什麼東西，就跟葉斯頓第一次帶我到這兒來的時候一樣。

「我沒什麼東西。」我尷尬地說。

「附近的人都一樣，」蓓森笑著說：「只要妳過得溫暖又舒適就好，其他的事情不重要。」她說話時，我在廚房裡走來走去泡茶，很高興自己又可以用雙手做點什麼事。松木桌上有兩個馬克杯，我們都坐著。

「妳覺得布蘭塞蒂怎麼樣？」

「無可挑剔，」我說：「我就是在找這樣的地方。」

「妳的意思是指又小又冷嗎？」說這話時，蓓森笑個不停，笑得茶水都從杯緣濺了出來。

她用褲子去抹，但效果不大，反倒滲進布料，在大腿留下深色的茶漬。

「我需要的空間不大，爐火也能讓我保暖。」我微笑。「眞的，我喜歡這裡。」

「珍娜，談談妳自己吧，怎麼會跑到培菲克來呢？」

「因爲這裡很漂亮。」我簡單回答，同時用手掌包住馬克杯，眼睛望向茶水，以避開蓓森銳利的眼神。她沒有逼問我。

「的確如此。還有比這裡還差的地方呢，只不過這個季節眞的很冷。」

「營地什麼時候會開放？」

「復活節開始，」蓓森說：「一路就經營到夏天，到時候景象會截然不同，十月中旬以後就開始休息。如果妳有家人要過來，需要租用的話跟我說一聲，我會優先幫妳安排。」

「妳眞好，但我想不會有人來找我。」

「妳沒有家人嗎？」蓓森直直地看著我，我發現自己無法迴避她的目光。

「我有個姊姊，」我承認。「但我們很久沒講話了。」

「怎麼了？」

「喔，就是手足之間吵架一類的事情啦。」我輕描淡寫地說。就算到現在，我依然可以看見伊芙那張生氣的臉孔，求我聽她的話。回想起來，當時的我太驕傲了，因爲愛情而變得盲目。如果我當年聽伊芙的話，如今也許一切都會不同。

「謝謝妳的派，」我說：「妳對我眞好。」

「說什麼傻話，」蓓森說，她對話題的改變顯得泰然自若。她穿上大衣，將圍巾在脖子上圍了好幾圈。「鄰居是用來做什麼的？好啦，找時間來營地喝杯茶吧，這次別拖太久啊。」

雖然她沒問我樂不樂意，但我點點頭。她用那雙深褐色的眼睛凝視著我，我忽然覺得自己又變成了小孩子。

「好，」我說：「我保證。」我是眞心的。

蓓森離開以後，我把記憶卡從相機裡拿出來，把照片存進筆電裡。大部分都沒用，但有幾張完美地捕捉到沙子上的字跡以及背景裡的凜冽冬海。我把茶壺放上爐具，多煮些茶，但我對時間突然沒了概念，直到半小時過去，才發現水竟然還沒有滾。我用手去摸，發現爐具冷冰冰的。火又熄了。我太過專心整理那些照片，沒有注意到溫度下降了，現在，我的牙齒開始打顫，怎麼也停不下來。我看著蓓森的雞肉派，飢腸轆轆。上一次熄火時，我花了兩天才重新將火點燃。一想到同樣的事情又要來一次，心情一陣低落。

我搖醒自己。什麼時候變得這麼可憐了？我從什麼時候開始變得沒辦法做決定，沒辦法解決問題？我才沒這麼沒用。

「好，」我大聲說，聲音在空蕩蕩的廚房裡聽起來很奇怪。「我們來把這件事搞定吧。」

在身體還沒暖以前，培菲克的太陽已經昇起。我的膝蓋因爲蹲在廚房地板上好幾個小時而變得僵硬，頭髮上因爲油汙而變得黏膩。但在我將蓓森的派放進爐具加熱時，我感受到久未體驗到的成就感。我不在乎現在的時間點比較接近早餐而非晚餐，或是飢餓帶來的痛苦出現過又消失了。我擺好餐具吃晚餐，享受著咬下雞肉派的每一口。

7

「快快快！」雷朝著樓上的湯姆跟露西大吼，這是他第五次看錶了。「我們要遲到了！」

就像星期一早上的壓力還不夠大一樣，梅格絲昨晚還去她的姊姊那邊，要到中午才會回來，過去二十四小時，雷都是單打獨鬥。昨天晚上，他允許兩個孩子熬夜看電影（現在他才知道這是多麼不智的行爲），他本來七點半就該把最活蹦亂跳的露西從床上給挖起來，現在已經八點三十五分，快到値勤的時間了。雷被吩咐九點半要進局長辦公室，照這樣下去，雷到那個時間可能還站在樓梯底下對孩子們大呼小叫。

「快啦！」走出門，發動引擎，任前門搖搖晃晃地開著。沒梳理而披頭散髮的露西跑了出來，坐到前座，跟爸爸坐在一起。她的海軍風學生裙皺巴巴的，其中一隻應該及膝的襪子已經掉到腳踝。一分鐘以後，湯姆才悠哉悠哉地走到車子旁邊。他沒有把襯衫紮進去，被風吹得飄啊飄的。他把領帶拿在手上，看起來沒打算戴上去。他正在急速抽高，還沒適應新的身高。他總是低著頭弓著背。

雷打開窗戶。「門啊，湯姆！」

「啥？」湯姆看著雷。

「前門啊。」雷握緊拳頭。他永遠也不知道梅格絲每天是如何在不失控的情況下應付這些事情。今天很忙，腦袋裡積滿了一堆該做的事情，偏偏他還得先送他們去學校才行。

「喔。」湯姆慢吞吞地晃回去，砰一聲把前門關起來。他坐上後座。「爲什麼露西可以坐前面？」

「因爲輪到我了。」

「才不是咧。」

「是啦。」

「夠了！」雷大吼。

沒有人說話。此時，車已經開動五分鐘，來到露西就讀的小學，雷的血壓降了不少。他將自己那輛福特 Mondeo 停在黃色的鋸齒形條紋上，大步帶著露西進教室，親了她的額頭後折返，剛好看見一個女人在記他的車牌號碼。

「喔，是你啊！」他停在車旁時，她說。她晃了晃手指。「我以爲你應該會比別人守法才對呢，探長。」

「抱歉，」雷說。「情況緊急，妳懂的。」

他留她一人繼續用鉛筆輕敲記事本。該死的家長會成員，根本就是流氓嘛，他心想。問題出在他們實在太閒了。

「嘿，」雷往副駕駛座望去。露西一下車，湯姆就跑到了前座，看著窗外。「學校怎麼樣？」

「還好。」

湯姆的老師說情況雖然沒有變得更壞，但也沒有變好。他跟梅格絲去過學校，聽校方的說明，說湯姆沒有朋友，只做分內的事，一點都不積極。

「希克森太太說星期三下課以後有足球社團可以參加，你有興趣嗎？」

「還好。」

「我年輕的時候很會踢足球呢，說不定你也有遺傳到一些天分，是吧？」縱使沒看湯姆，雷也知道他一定在翻白眼。他意識到剛剛說話的方式聽起來多麼像自己的父親，因此皺了皺眉頭。

湯姆把耳機塞進耳朵裡。

雷嘆了口氣。青春期把他的兒子變成一個說話模糊不清又不想和人溝通的青少年，他很害怕女兒遲早也會面臨同樣的情況。父母不應該偏袒子女，但他就是比較喜歡九歲的露西，因爲她還會討抱，睡前也會堅持要聽故事。即使在青春期焦慮尚未發生之前，湯姆跟雷之間就時有衝突。梅格絲說，那是因爲父子倆太像了，但他看不出來。

「在這裡讓我下車就好。」湯姆說。車子還在開，他已經解開了安全帶。

「離學校還有兩條街耶。」

「沒差啦，爸，我用走的。」他伸手去握門把，雷一度以爲他會直接開門跳車。

「好，知道了啦！」今早雷第二次無視地上的禁止停車標示，把車停到路旁。「如果你想進足球社的話，要趕快去登記，不然會來不及。」

「晚點見。」

就這樣，湯姆不見了。他甩上車門後就穿過車陣，走到馬路另一頭。

他那善良又搞笑的兒子究竟跑哪兒去了？青少年都會進入這種寡言的階段嗎，還是另有原因？雷搖搖頭。你原本以爲跟複雜的犯罪調查相比，養小孩就跟在公園散步一樣輕鬆愜意，但不管任何時候跟湯姆說話，他都有種在偵訊犯人的感覺。只不過犯人說的話還比湯姆多，他諷刺地想。感謝老天，下課後就換梅格絲去接了。

抵達總部時，雷把湯姆給拋在腦後了。用膝蓋想也知道警察局長爲什麼要見他。肇逃案件發生快六個月了，調查卻仍陷於膠著。雷坐在鑲著橡木的辦公室外頭，局長祕書同情地對他笑了笑。

「她的電話快講完了，」她說：「不會太久了。」

局長奧莉薇亞・里彭是個聰明但可怕的女人。她青雲直上，曾在亞芳與薩莫塞特警察大隊當過七年的警察總監。就在距離升上倫敦都市警部總監只差一步時，奧莉薇亞因爲「個人因素」而決定留任原職。她樂於在每個月例行的警務會議上把資深警員慘電成語無倫次的傻子。她天生是個當警察的料。她會把深棕色的頭髮紮成髮髻，一雙結實的腿藏在厚厚的黑色褲襪裡。

雷將手心在褲子上抹乾。他聽說，局長有一次不讓一個表現傑出的警員升探長，只因那個可憐的傢伙手心有汗，「缺乏自信」。雷不知道傳聞是眞是假，但他不打算冒險。靠探長的薪水過日子還行，只不過有些吃緊。梅格絲還是一心想當教師，但雷算過，如果他能再升兩個職等，多出來的薪水會很夠用，她就不需要去工作了。雷想起早上的一團亂，認爲梅格絲已經夠忙了，不應該只為了多買一些奢侈品而讓她去工作。

「你可以進去了。」祕書說。

雷深吸了一口氣，推開門。「長官早。」

現場一陣靜默。局長忙著用招牌的潦草字跡在便條紙上寫下許多事情。雷在門口徘徊，假裝欣賞布滿牆面的數不清的證書和照片。這裡的海軍藍地毯比大樓其他地方的地毯更厚重也更奢華，一張巨大的會議桌占據房內的一半空間。奧莉薇亞·里彭坐在遙遠的一張弧形大桌旁。她總算停筆，抬起頭。

「我要你把魚池區的肇逃案結束。」

顯然局長沒打算招呼他坐，不過雷還是挑了張最靠近的椅子坐下。她抬起一邊的眉毛，但沒說什麼。

「我是覺得，如果再多給我們一些時間的話……」

「你們已經有夠多的時間了，」奧莉薇亞說。「準確來說是五個半月。眞丟臉啊，雷。每次報上又刊出你們稱之為進展的新聞時，只是提醒民眾警方解決不了這個案子。路易斯議員昨天晚上打電話給我，他希望結掉這個案子，我深表同意。」

雷覺得體內有股怒氣正在凝聚。「居民本來希望能把住宅區速限降到二十英里，路易斯不就是那個持反對意見的人嗎？」

沉默片刻後，奧莉薇亞冷冷地看著他。

「雷，把案子結掉。」

兩人隔著一張平滑的核桃木桌互望，什麼也沒說。令人出乎意料的是，先低頭的人居然是奧莉薇亞。她往椅背一靠，兩手緊握。

「雷，你是一個十分出色的警探，你的優點就在於執著。但若想升遷，就要接受在警界，政治手腕跟犯罪調查一樣重要。」

「我明白，長官。」雷盡力不讓對方聽出聲音裡的沮喪。

「很好，」奧莉薇亞拿掉筆蓋，手伸往另一份備忘錄。「那就說定了，案子今天就結掉。」

雷一度因爲交通繁忙讓他沒法立刻回到刑事調查部而覺得開心。他不知道該怎麼跟凱特講，他也不懂自己怎麼會這麼在意。她還是刑事調查部的新人，他想：她還沒有經歷過這種把投注了許多精力的案子結案歸檔的挫敗感。胖虎會更逆來順受。

一回到局裡，他把大夥兒叫進辦公室。先進門的是凱特，她把手裡拿的咖啡放在他的電腦旁，那裡原本就擺了三杯剩一半的黑咖啡。

「從上禮拜放到現在嗎？」

「是啊，清潔人員拒絕再洗這些杯子了。」

「不意外。你可以自己洗。」凱特坐下，此時胖虎進門，點頭跟雷致意。

「你還記得布萊恩跟派特在監視器上看到的那輛肇逃車輛嗎？」胖虎一坐下，凱特立刻就說。「就是那輛看起來似乎忙著逃離現場的車？」

雷點頭。

「我們沒辦法從影片中判定車種，我想把帶子拿去給衛斯理。如果沒有意外的話，或許能把它從嫌疑名單裡排除。」

衛斯理．巴頓是個無精打采的瘦子，卻也是公認的警方監視器專家。他在雷德蘭路上一間沒有窗戶又塞滿東西的地下室工作。他會用各種了不起的儀器去加強監視器的畫面，直到可以當作呈堂證物爲止。雷猜想衛斯理一定不是什麼犯罪人士，畢竟他跟警方的關係很密切，但想到警方居然得把證據交給外部人士處理，他就會忍不住打冷顫。

「對不起，凱特，我沒有辦法核准這筆費用。」雷說。他實在很不想說，她付出的所有努力都到此爲止。衛斯理的費用不便宜，但他是個中高手，凱特的這個想法讓雷很佩服。縱使只在心底，他也很不想承認最近這幾個禮拜自己的心思都不在工作上。跟湯姆有關的事情讓他分了心，他更曾一度怨恨起自己的兒子。他知道自己不該拿家庭當藉口，特別是這還是個眾所矚目的案子。他生氣地想，不過也沒差，局長已經下令了。

「不會很貴，」凱特說：「我已經跟他談過了，而且……」

雷打斷了她。「我沒辦法再授權一分一毫的花費了。」他意有所指地說。胖虎看著雷，這種狀況他遇過很多次，知道接下來會發生什麼事。

「局長要我結掉這個案子。」雷看著凱特說。現場安靜了一陣。

「我希望你有說服她別放棄。」凱特笑著說，但沒有人跟著笑。她看著雷跟胖虎，臉色隨即一沉。「你是認眞的嗎？就這樣放棄了？」

「不是放棄，」雷說：「而是我們幫不上忙了。霧燈那邊不是也查不出什麼結果嗎？」

「有十多組可疑的車牌號碼，」凱特說：「你絕對不會相信有多少技師根本不留下任何客戶資料，但這不表示我沒有辦法追蹤，只是需要多花一些時間。」

「妳只是在浪費力氣而已，」雷輕聲地說：「有時候得知道什麼時候該收手。」

「我已經盡力了，」胖虎說：「就跟大海撈針一樣。沒有車牌號碼，不知道顏色，不知道製造商和型號。我們需要更多資料啊，凱特。」

雷很感激胖虎的支持。「我們手上的證據少得可憐，」他說：「恐怕得暫時放下這個案子。當然，如果後續出現什麼確鑿的證據，就會繼續追查，但除此之外……」他的聲音逐漸減弱，他意識到自己剛剛說的話聽起來就跟局長在記者會上發表的言論差不多。

「終究是政治問題，對不對？」凱特說：「局長說『跳』，我們就得說『多高？』」雷意識到她的怒氣是針對他而來。

「別這樣，凱特，妳已經在警界待了好一陣子，應該知道有些時候我們只能做出艱難的抉擇。」他忽然住嘴，因爲不想對她擺出高人一等的姿態。「我們已經查了快六個月了，卻沒有查出什麼證據。沒有證人，缺乏現場物證，什麼都沒有。就算把所有的資源都投入，也不會找到什麼清晰明確的線索。很抱歉，我們還有其他案子要查，還有其他受害者要幫忙。」

「你有跟她爭辯過嗎？」凱特的臉因憤怒而發紅。「還是你就乖乖聽話？」

「凱特，」胖虎用警告的口吻說：「冷靜一點。」

她不聽勸告，用反抗的眼神凝視著雷。「我猜你得考量自己的升遷吧，跟局長吵架只會帶來負面的影響，對不對？」

「一點關係都沒有！」雷試圖保持冷靜，但他的音量超乎預期。他們瞪視著彼此。雷從眼角看到胖虎期盼的眼神。雷應該要叫凱特出去，她應該要記住自己不過是忙碌的刑事調查辦公室內的一名小探員而已，上司說要結案，案子就是得結，沒有轉圜的餘地。他張開嘴，卻說不出話。

問題就在於她說得沒錯。雷跟凱特一樣不想結束這個案件。過去，他也曾經跟現在的凱特一樣跟局長爭辯。或許他已經失去了跟上司據理力爭的能力，又或者凱特說得沒錯，也許他真的把升遷看得太重了。

「我懂，妳已經投入了這麼多精力，很難放手。」他輕聲地說。

「跟工作沒有關係，」凱特指著牆上雅各的照片。「是關係到那個小男孩，我就是覺得不應該放棄。」

雷記得雅各的母親坐在沙發上，滿是哀傷。他沒辦法反駁凱特的論點，他的確試都沒試。「真的很抱歉。」他清了清喉嚨，試著把注意力放在其他事情上。「目前還有什麼案子要處理？」他問胖虎。

「麥爾坎這整個禮拜都在法院處理葛雷森的案子，就皇后街的那件，皇家檢控署已經依重大傷害罪進行起訴了，他得去拿相關文件。我在處理結夥打劫案的資料，戴夫臨時被調去查那件持刀犯罪案的動機。他今天去大學做一些『社區參與』。」

胖虎說那個詞的語氣像在講髒話一樣，雷笑了。

「得跟著時代前進啊，胖虎。」

「你去跟那些孩子講啊，講到缺氧也沒用，」胖虎說。「他們上學還是會帶刀。」

「欸，是沒錯，但至少我們試過啊。」雷在日誌上寫下關鍵字提醒自己。「明天早上開會以前，再跟我彙報一下進度，好嗎？關於跟學校假期同時開始的『繳出持有之刀械即不予處罰』，我想聽聽你的意見。我們就盡力讓街上的刀械減少吧。」

「沒問題。」

凱特盯著地板，邊剝著指甲旁的硬皮。胖虎輕拍她的手臂，她轉過身來看著他。

「要吃培根三明治嗎？」他小聲地問。

「我的心情不會因爲這樣變好。」凱特喃喃說著。

「我懂，」胖虎繼續說：「但如果妳不要整個早上都擺一張臭臉的話，我的心情或許會比較好。」

凱特勉強笑了笑。「樓上見。」

沉寂片刻後，雷注意到她正等著要說什麼。胖虎離開以後，他關上房門，走回桌旁坐下，兩手在胸前交疊。「還好嗎？」

凱特點頭。「我想道歉，我不應該用那種口氣跟你說話。」

「我還聽過更凶的咧，」雷笑著說。凱特沒有笑，他意識到她現在沒有心情開玩笑。「我知道這個案子對妳來說意義重大。」他說。

凱特看著雅各的照片。「我覺得自己讓他失望了。」

雷感覺自己的心防崩潰了。沒錯，他們讓雅各失望了，但就算親口承認，也不會對凱特有什麼幫助。「妳盡力了，」他說：「妳只能做這些而已。」

「但做這些還是不夠，對不對？」她轉身看著雷，雷搖了搖頭。

「對，還是不夠。」

凱特離開辦公室，隨手帶上門。雷猛捶桌子，筆滾過桌面，掉到地板上。他往後靠在椅背上，手交握在腦後。他的頭髮摸起來很稀疏。他閉上雙眼，忽然覺得自己又老又累。雷想到那些每天都要碰面的資深警官，多數比他老，但有幾個比他年輕，而且一直不停地升職。他有跟他們競爭的精力嗎？他想跟他們競爭嗎？

多年以前，雷剛進入警界時，一切看起來如此單純。把壞人關起來，保護好人的安全。試著處理那些刺殺、攻擊、強暴及犯罪傷害案，盡己之力讓世界變得更美好。但他眞的是在做這樣的事情嗎？幾乎每天早上八點到晚上八點都待在辦公室裡，只有無視於該處理的文書作業，才有機會出門幹活；縱使違反自己的信念，也被迫要墨守警界成規。

雷看著雅各的檔案，裡頭塞滿了白費力氣的查緝跟沒有成效的偵訊。他想起凱特臉上的苦楚以及失望。局長做出裁決，而他竟沒有據理力爭。他很討厭到頭來，她也因此瞧不起他。但局長的話在耳邊迴響，不管凱特對這件事情有多麼不滿，雷都比她還清楚硬碰硬不會有什麼好下場。

他拿起雅各的檔案，堅決地將它收進最底層的抽屜裡。

8

我在黎明時分來到海灘。從那時起，天空就一副風雨欲來的模樣。我拉起帽子擋住初落的雨滴。我已經拍下想拍的照片，沙灘上到處都是字詞。我已經能夠嫻熟地將字母旁的沙子維持平整，照相技術也更好了。取得藝術學位時，上過攝影課程，但雕塑一直都是我的熱情所在。

現在，我樂於再次熟悉相機，在不同的燈光下擺弄背景，帶著它四處跑，讓它就像以前工作時接觸的陶土一樣成爲重要的一部分。雖然我的手依然會在拿著相機一整天以後抽痛，但已能自在地拍照。我每天早上都會來這裡，此時沙子因爲潮溼而容易塑形，但我通常會在午後陽光最熾烈時再回到這裡。我已經慢慢熟悉漲潮退潮的時間，自從事故發生以後，我第一次開始思考未來。我期待夏天的到來，期待看著豔陽照在沙灘上。爲了迎接旅遊季的到來，營地已經開放，培菲克到處都是人。我覺得很好笑，自己竟然已經成爲「在地人」，抱怨遊客入侵，占據那片安靜的沙灘。

沙灘被雨水滴成坑坑洞洞，高漲的潮水開始沖掉我做出來的形狀，讓所有的成功與失敗都歸於初始。在靠近海岸的地方寫上自己的名字已經成爲我每天的例行公事，我總顫抖著，看著大海吞噬掉那些文字。雖然早上拍的照片安全地存放在相機裡，卻無法適應這種無法恆常存在的事物。不像陶土能夠讓我一而再地反悔，讓外形漸趨完美，透露出眞實樣貌。因爲漲退潮都有時間的限制，逼得我得加快動作，而我發現這樣的過程既興奮又累人。

雨下個不停，滲進大衣和靴子。轉身離開沙灘時，我看到一個男人朝我走來，身旁跟了一隻大步跑的大狗。我屏住呼吸。他和我還有一些距離，我不確定他是否刻意朝我走過來，或只是單純要到海邊。我嘴裡有種金屬的味道，我舔了舔唇，想要滋潤它，卻只舔到了鹽分。我以前見過這個男的跟他的狗。昨天早上，我站在懸崖頂看著他們離開，沙灘再度空無一人。雖然這裡的空間很開闊，我卻有種被困住的感覺，開始沿著大海的邊緣走，彷彿一直用這種方式晃蕩。

「早啊！」他稍微改變了路徑，跟我並肩而行。

我說不出話。

「是個適合散步的好天氣呢。」他說，同時抬頭望向天空。我想他大概五十多歲，灰色的頭髮上戴了頂防水帽，剃得短短的鬍鬚覆蓋將近半張臉。

我慢慢地吐出一口氣。「我得回去了，」我含糊地說：「我得……」

「一切順心。」男人微微地點頭後叫喚了他的狗，我轉身往懸崖的方向跑去。跑過半片沙灘後，轉身確認，男人依然在水邊，把棍子丟往海裡讓狗去撿。我的心跳慢慢趨於平緩，覺得自己很可笑。

爬到崖頂時，我已渾身溼透。我決定去找蓓森，在改變心意前快步走向營地。

蓓森以燦爛的笑容歡迎我。

「我來煮水。」

她在商店的後面忙著，同時用開心的語調自顧自地說著天氣預報、可能會終止的巴士路線，以及葉斯頓壞掉的柵欄，導致七十隻羊連夜逃跑。

「我跟妳說，奧文．瑞斯氣死了！」

我笑了。一部分是因爲這個故事，主要是因爲蓓森講話的方式。她是個天生的表演者，比手畫腳的，總是很誇張。我在店裡亂晃，等她把茶煮好。地板是混凝土材質，牆壁以石灰刷白，兩側擺著貨架。第一次進來的時候，架上都是空的。現在則擺滿穀片、罐頭和新鮮蔬果，準備賣給度假的觀光客。一個巨大的冷藏櫃裡擺了幾盒牛奶跟其他生鮮食品。我拿起一些起司。

「那是葉斯頓的羊奶起司，」蓓森說：「要的話趁現在買，等一忙起來，瞬間就會賣光。來吧，坐在暖氣旁，跟我說說妳最近過得怎麼樣。」一隻黑白花紋的貓在她的腳踝邊喵喵叫，她把貓抱了起來，放在肩膀上。

「妳會想養貓作伴嗎？我有三隻同樣花色的小貓要送養。我們家的貓幾個星期前生了一窩小貓。天知道貓爸爸是誰。」

「不了，謝謝。」小貓誇張得可愛，一團毛球，尾巴動啊動，節拍器似的。這個畫面使得一段已遺忘的記憶重新浮現腦海，我在椅子上縮起身子。

「不喜歡貓嗎？」

「我不會照顧貓，」我說：「我連吊蘭都養不活，我照顧的東西都會死掉。」

雖然不是在開完笑，但蓓森笑了。她拿起另一張椅子，把茶放在我身旁的櫃檯上。

「最近在忙拍照嗎？」蓓森指著掛在脖子上的相機。

「拍了幾張海岸的照片。」

「可以讓我看看嗎？」

我猶豫了一下，把背帶拿下來，把相機打開，教蓓森如何輕點螢幕瀏覽其他照片。

「拍得好漂亮！」

「謝謝。」我臉紅了。我向來不知道如何接受人家的讚美。小時候，老師會表揚我的畫，還放在櫃檯讓訪客參觀，十二歲那年我開始意識到自己有天分，只是未經琢磨。學校舉辦了展覽——給當地的家長和居民看——我的父母也一起過來參觀，在當時很罕見。我的父親沉默地站在畫作展示的那一區，一旁還有一座我用扭曲的金屬做成的鳥的塑像。我屏住呼吸好久好久，發現自己手指交叉，放在裙子的皺褶裡。

「真了不起，」他說。他望著我，彷彿是第一次見到我一樣。「妳真厲害，珍娜。」

我應該驕傲才對。我牽著他的手，帶他去找碧琪太太，兩人聊了一些關於美術學校、獎學金跟指導老師的話題。我坐著凝望那個覺得我很厲害的父親。

很高興他現在不在這裡。我不想看見他眼裡的失望。

蓓森仍然在看我拍的風景。「我是認真的，珍娜，這些照片都很漂亮。妳有打算要賣嗎？」

我差點笑了出來，但她沒有笑，我意識到她是認真的。

我在想是不是真的有這種可能。或許不是目前的這些——我還在練習，還在學習調整光線的明暗——但如果我加把勁的話……「也許吧。」說這話時，我嚇了一跳。

蓓森快速瀏覽了照片，發現自己的名字被寫在沙灘時大笑。

「是我耶！」

我臉紅了。「是我在試新花樣啦。」

「我喜歡這張，可以賣我嗎？」蓓森拿著相機，欣賞著那些照片。

「說什麼傻話，」我說：「我印出來給妳，小禮物而已，妳一直都對我很好。」

「村裡的郵局複合商店有一台列印機，」蓓森說：「我喜歡有我名字的這一張，還有退潮的這張。」她選了我最喜歡的照片之一，是晚上拍的，當時夕陽已經落下地平線。海面幾乎是平的，如同晃動的鏡子般折射出粉紅色跟橘色，環繞的懸崖成了平滑的剪影。

「下午就給妳。」

「謝謝，」蓓森說。她態度堅決地把相機放在一旁，轉身面向我，我看出她認眞的神色。「現在，讓我來爲妳做點什麼吧。」

「不用啦，」我開始說：「妳已經……」

蓓森擺擺手，無視我的抗議。「我最近在整理，有幾樣東西不需要了。」她指著門旁整齊地放著的兩個黑色袋子。「不是什麼大不了的東西。我們整理那些露營車時清出一些坐墊跟床罩，還有一些就算我這輩子都不再吃巧克力也沒辦法穿的衣服。不是什麼漂亮的東西——培菲克這裡沒什麼機會可以穿長裙——就是一些套頭衫、牛仔褲，還有幾件實在不應該花錢買的洋裝。」

「蓓森，妳不能把自己的衣服送給我啦！」

「爲什麼不行？」

「因爲……」

她直視我的雙眼，我慢慢閉上了嘴。她的態度正經到我連尷尬都沒辦法，而且我也不能天天都穿同樣的衣服。

「只是一些最後會拿去捐給慈善機構的東西而已。挑挑看，合用就帶走。這很正常，不是嗎？」

我帶著滿滿的溫暖衣物，還有一袋蓓森稱之爲「家的溫暖」的東西離開營地。回到小屋以後，我把所有的東西都像聖誕禮物一樣散放在地板上。牛仔褲有點大，但繫上皮帶就沒問題了。撫摸著那件又厚又軟的羊毛衫時，我差點就哭了出來。小屋裡溫度很低，我總是覺得很冷。寥寥幾件從布里斯托——我意識到自己不再稱那裡爲「家鄉」——帶來的衣服因爲鹽分跟在浴缸裡手洗而變得又破又硬。

最讓我興奮的莫過於蓓森的「家的溫暖」。我把一件有著鮮豔紅色和綠色的巨大拼布床罩披在老舊的沙發上，屋裡瞬間變得溫暖宜人。我在壁爐架上擺了一堆從沙灘撿回來的、被大海洗刷得滑順的石子，在旁邊多放了一個從「蓓森慈善商店」拿回來的花瓶，決定下午摘一些柳樹放進去。那些舒適的坐墊放在壁爐旁，我經常坐在那兒讀書或編輯照片。我在袋子的底部找到兩條毛巾、一塊地墊，跟另一件床罩。

我不相信蓓森是眞的要把這些東西丟掉，但我太熟她的個性了，問也沒意義。

有人敲門，我停下手邊的動作。蓓森說葉斯頓今天應該會過來，保險起見，我等了一會兒沒說話。

「妳在嗎？」

我拉開門閂。葉斯頓一如既往地低聲打招呼，而我友善地歡迎他。一開始，我以爲他冷漠甚至粗魯，後來才知道那只是一個不善交際的男性的特徵而已。相較於他人的感受，他更在乎羊隻的健康。

「我帶了些木柴給妳，」四輪摩托車的後面接了輛拖車，拖車上隨興地堆了些木柴，他指著那些木柴說：「怕妳不夠用，我幫妳搬進來。」

「可以請你喝杯茶嗎？」

「兩塊糖。」邁開大步走向拖車的葉斯頓轉頭大喊。他開始把木柴放進籃子裡，我把茶壺放到爐子上。

「這些木柴多少錢？」坐在餐桌邊喝茶時我問他。

葉斯頓搖搖頭。「用剩的碎木頭而已，不是什麼好東西，不用錢。」

他整齊地堆放在壁爐旁的那些木頭至少可以撐一個月。我又一次懷疑是蓓森指使他來的，但我無法拒絕這麼慷慨的禮物。我一定要想辦法回報他跟蓓森。

葉斯頓對我的感謝之意只是聳聳肩。「我都認不得這個地方了，」他看著多彩的床罩、一堆貝殼以及撿回來的寶貝。「爐具用得還順手嗎？沒有太常找妳麻煩吧？」他指的是那個古老的爐子。「他們有時候很調皮。」

「用得很順，謝謝你。」我擠出微笑。我現在已經是老手了，只要幾分鐘就能讓爐具起死回生。這不過是一個小小的成功而已，但我把這些小成功都累積起來，彷彿有一天或許能抵銷我犯下的那些錯誤。

「我該走啦，」葉斯頓說：「我的家人週末要過來。葛莉妮絲擔心得不得了，好像是貴族還是什麼的。我跟她說，他們才不在乎房子乾不乾淨，或是飯廳裡有沒有擺花咧，但她希望一切都能就定位。」他翻了翻白眼，看起來很生氣的樣子，但提到自己的太太時，語氣其實很溫柔。

「是孩子要過來玩嗎？」我問他。

「兩個女兒，」他說：「還有她們的丈夫跟孩子。家裡會很擠，一家人應該不會在意吧？」

他跟我道別，我看著他的四輪摩托車顛簸著駛過崎嶇不平的路面。

我關上門，就這麼站在那兒看著小屋。不久前看起來溫暖又舒適的客廳，此刻卻顯得空蕩。我想像有一個孩子——我的孩子——在壁爐前的地毯上玩樂。我想起伊芙，還有那些成長過程中沒有我相伴的外甥跟外甥女。我雖然失去了兒子，但不管我們之間發生過什麼事，我還是有一個家。

雖然我跟伊芙相差四歲，但孩提時代很要好。我很敬重伊芙，她則很照顧我，似乎從沒討厭過這個小跟屁蟲。我們倆很不同，我有一頭亂糟糟的紅色鬈髮，伊芙則是褐色直髮。我們的成績都很好，但伊芙比我用功。我會把課本丟來丟去當玩具，伊芙卻會久久埋首於課本中。不過，我會花好幾個小時待在學校的畫室裡，或是車庫的地板上——這是在家時母親唯一允許我拉陶跟作畫的地方。我那有潔癖的姊姊對這些東西一點興趣也沒有。當我張開沾滿溼陶土的雙手面向她時，她會尖叫著跑開。「伊芙大小姐」，有一天我這麼叫她，這個稱號就這麼保留了下來，直到我們長大，有了各自的家庭都沒變。我覺得私底下，伊芙其實很喜歡這個綽號。過去這麼多年以來，我看著她因爲晚餐餐會辦得很成功，或禮物包裝得很漂亮，而飽受讚揚。

爸爸離開以後，我們就沒那麼親了。我永遠也沒辦法原諒母親把他趕走，也不懂爲什麼伊芙要幫著媽媽。不過，我還是十分想念姊姊，比以前更想。因爲一句脫口而出的批評，就這麼失去了生命中的五年時光，太沉重了。

我打開電腦，找到了蓓森想要的照片。我多挑了三張，我會用浮木做成相框，把這三張照片掛在小屋的牆上。都是海灣的照片，都是從同一個地方拍攝的，卻非常不一樣。第一張照片有著亮藍色的海水，海灣裡到處可以看見閃閃發亮的陽光。第二張照片的海面則平緩、灰暗，幾乎看不見太陽。我最喜歡第三張，當時風很強，我只能盡力在懸崖上保持平衡，連海鷗都放棄了盤旋的舉動。照片裡的烏雲快速地往下移動，海浪則翻騰洶湧。那天的海灣多麼富有生命力啊，在攝影的當下，我渾身都感受到脈搏的跳動。

我又多存了一張照片到記憶卡裡。那是第一次去沙灘寫字那天拍下的。我在沙灘上寫滿過去人生中曾出現過的名字。

伊芙大小姐。

我不能冒險讓姊姊知道我人在哪裡，但我可以跟她說自己很安全，也跟她道歉。

9

「老大，我要去哈利餐廳吃飯，要不要幫你買什麼？」

凱特出現在雷的辦公室門口。她穿著合身的灰色褲子和貼身的毛衣，外頭搭了件亮色的夾克，免得天氣太冷。

雷起身，把夾克從椅背上拉起來。「我跟你們一起去，剛好呼吸點新鮮空氣。」他通常會在餐廳或桌上用餐，但跟凱特一起吃飯好多了。此外，天氣終於放晴，而他從早上八點開始就沒從桌上抬起頭來。他有資格休息一下。

哈利餐廳跟往常一樣繁忙，排隊的人潮從櫃檯延伸到人行道上。這家店很受警察歡迎的原因不只是因爲距離近，也因爲三明治的價格很合理，而且出餐很快。對一個正在待命中的飢餓警察來說，沒有什麼是比剛拿到餐點，用餐時間就已經結束更教人沮喪的了。

他們跟著隊伍前進。「如果你趕時間的話，我可以幫你買。」她說，但雷搖搖頭。

「不急，」他對她說：「我正在審查突圍行動的細節，剛好可以趁機休息一下。我們在這邊吃吧。」

「好主意。突圍行動是針對那些洗錢的案件，對不對？」凱特小聲地說，怕一旁的人會聽見，雷點點頭。

「沒錯。如果妳有興趣的話，我再拿那份文件給妳看，妳就會知道是怎麼運作的。」

「太好了，謝謝。」

點好三明治後，他們找到兩張靠窗的高腳凳，其中一人看著哈利，沒幾分鐘他就在空中甩著褐色紙袋示意餐點好了。兩個穿著制服的警察走過窗邊，雷揮起手跟他們打招呼。

「越來越多人要說『刑事調查部』都沒在工作了。」他笑著對凱特說。

「他們懂什麼。」凱特把番茄從三明治裡面挑出來分開吃。

「雅各．喬登的案件是我最投入的案子，到頭來卻什麼都沒有。」

雷注意到了聲音中的沮喪。「才不是什麼都沒有，妳知道，遲早有一天，會有人說起他們曾經做過什麼，消息會傳出來，就可以逮到他們了。」

「不過那算不上是好警察該做的事。」

「什麼意思？」雷不確定她的直爽是逗樂還是羞辱了他。

凱特放下三明治。「這是被動辦案，不是主動出擊。我們不應該坐著等情報送上門來，我們應該去外頭找才對。」

他彷彿聽見早年還是探員時的回聲。又或者是梅格絲講過類似的話，但他記得梅格絲沒像凱特這麼果敢。她又吃起三明治，就連這個動作都帶有幾分的決心。雷藏起笑容。她有什麼話就會直接說出來，不會先斟酌，或考量自己的地位。在局裡，她這種有話直說的個性會激起一些波濤，但雷並不覺得有什麼不好。事實上，他認爲這樣挺不錯的。

「妳眞的很在意，對不對？」雷說。

她點點頭。「想到那個駕駛仍在外頭，以爲他不會被逮捕，就很生氣。我也很氣雅各的母親，她認爲我們不怎麼在意，不會積極辦案，竟然離開布里斯托。」她本來張嘴想繼續講，眼神卻忽然望向他方，彷彿覺得還是閉嘴比較好。

「怎麼啦？」

她臉頰微微泛紅，但仍挑釁地抬起下巴。「我有持續在追查。」

工作多年，雷曾發現有些警員因爲太忙或太懶，而讓該處理的文書作業不停堆積。但去做更多的事？這倒是新聞。

「是在工作時間以外。而且老大，相信我，不會害你惹上麻煩的。我重新看了監視器畫面，也檢查透過《犯罪觀察》節目呼籲後進線的電話，想看看是否漏掉了什麼。」

雷想像凱特坐在家中，案件資料散落地板上，眼前的螢幕播放著畫質不佳的監視器畫面。

「妳會這麼做，是因爲妳覺得我們找得到那個駕駛？」

「我會這麼做，是因爲我不想放棄。」

雷露出了微笑。

「你要我住手嗎？」凱特咬著嘴唇。

他原本的確有這個打算，但她是如此投入，如此專注。此外，就算案情沒有進展，又會帶來什麼壞處？如果是以前的他，說不定也會做同樣的事。

「不，」他說：「我不會要妳住手，主要是因爲我並不認爲會有什麼差別。」

兩人都笑了。

「但我希望妳如果有做什麼都讓我知道一下，也要明確知道自己花了多少時間在做這件事。局裡的工作還是要優先處理，好嗎？」

凱特打量著他。「好。謝啦，雷。」

他把紙袋揉成一團。「走吧，我們該回去了。我再拿突圍行動的檔案給妳看，就得回家，不然會惹上大麻煩。」他翻白眼做了個鬼臉。

「我還以爲梅格絲不介意你加班咧？」往警局走回去時，凱特說。

「我是不認爲我們最近處得有多好啦。」他說完立刻有不忠的感覺。他很少跟同事聊到私人事務，只有胖虎例外，因爲他認識梅格絲很久了，幾乎跟雷一樣久。但他也不是四處講，只有講給凱特聽而已。

「你不認爲？」她笑。「你連處得好不好都不確定？」

雷尷尬地笑著。「此刻，我實在不敢確定自己知道或不知道什麼。說不上來，只是……喔，對了。我們因爲大兒子湯姆的關係而有點摩擦。他在學校適應得不好，而且變得很情緒化又自閉。」

「他幾歲啊？」

「十二歲。」

「聽起來很正常啊，那個年齡的小孩都這樣，」凱特說：「我媽說我那時候可是嚇死她了。」

「哈……我相信，」雷說。凱特假裝要出拳打他，他笑了。「我知道妳的意思，可是說眞的，以湯姆來說，他的行爲實在很反常，而且幾乎是一夜之間就變了。」

「你覺得他有可能是在學校被霸凌嗎？」

「有想過。我不想問太多，免得他覺得我在煩他。梅格絲比較厲害，但連她都探不出什麼口風。」他嘆了口氣。「這年頭究竟誰還會想生孩子啊？」

「我就不想，」凱特說。他們回到警局，她刷卡讓側門打開。「暫時還不想啦。還有很多好玩的事情要先試試呢。」她大笑，雷有點嫉妒她單純的人生。

他們爬上樓梯。走到三樓轉角，也就是刑事調查部辦公室時，雷停下腳步，手放在門上。

「關於喬登的案子……」

「只有你知我知，我懂。」

她咧嘴笑，雷的心裡鬆了一口氣。如果局長知道他還把資源——縱使不花局裡的錢——投進一個她明確命令要結束的案子，她會毫不遲疑地讓他知道自己的想法。她連電話都還沒放下，他就會被打回基層。

回到辦公室以後，他開始審查突圍行動的計畫。據說城裡有人洗錢，局長指示他帶頭展開調查。市中心的兩家夜店被用來掩飾一些非法行動，他們得花很多時間去查核大量情報。兩家夜店的老闆都是商界有頭有臉的人物，雷知道局長在測試他的能耐，而他也打算接受這個挑戰。

他花了整個下午看第三小隊的案子。警長凱莉．卜洛克托請產假，雷便找小隊裡經驗最豐富的探員暫代她的位置。蕭恩做得很好，但雷想確定凱莉不在的這段期間沒有出什麼亂子。

他想，要不了多少時間，凱特就可以承擔一些職責了。她很聰明，連那些資深的警探都可以從她身上學到一、兩樣東西，她也樂於接受挑戰。他還記得凱特提起自己仍在調查肇逃案時，一閃而過的挑釁神色。毫無疑問，她眞的全力投入這份工作。

他在想，她的動力從何而來，是單純不服輸嗎，還是因爲眞的覺得有機會破案？局長要求他結案時，他是不是眞的同意得太快了？他想了一下，手指在桌上敲啊敲。理論上，他已經下班了，他也答應過梅格絲會早點回家，但他可以撥個半小時出來用，回家時間一樣不會太晚。在改變心意之前，他打開底層的抽屜，拉出雅各的檔案資料。

一小時以後，他才注意到時間。

10

「啊，我就覺得應該是妳！」我正往培菲克的方向走，蓓森氣喘吁吁地趕上，大衣在背後飄啊飄的。「我正打算去郵局，能遇到妳眞是太好了，我有事要跟妳說。」

「怎麼了？」我等蓓森的氣息平穩下來。

「昨天啊，一家賀卡公司的業務員來店裡，」她說：「我拿妳拍的照片給他看，他覺得那些照片很適合做成明信片。」

「眞的嗎？」

蓓森笑了。「是啊，眞的，他希望妳印一些樣本出來，下次來的時候會順道帶走。」

我的臉上出現了笑容。「這個消息太棒了，謝謝妳。」

「我當然會爲妳保留一些庫存在店裡。如果妳可以架一個網站，把幾張照片放上去的話，我就會把相關的資料用電子郵件傳送給客戶。他們都曾來這裡度假，一定會有一些人想要擁有一張這裡的漂亮照片。」

我告訴她，我壓根兒不知道要怎麼架網站。

「妳可以寫上一些姓名或訊息，對吧？『祝好運』，『恭喜』，諸如此類的。」

「可以啊。」我想像自己的卡片一整套擺在展示架上，顧客會看到上面有我的商標：一個斜斜的J。不用名字，只要縮寫就好，因爲誰都可能來買。我得開始做點能賺錢的事情。我的開銷很低，我不怎麼吃東西，但存款撐不了多久，也沒有其他的收入來源。此外，我很想念工作的滋味。腦袋裡的聲音笑我沒用，我強迫自己不去聽。我幹嘛不開創一個新的事業呢？既然人們以前會買我做的雕塑品，爲什麼不會買我拍的照片呢？

「我會去弄。」我說。

「好，那就解決啦，」蓓森開心地說。「妳今天要去哪裡？」

我們不自覺地走到培菲克。「我想再去逛逛海岸的其他地方，」我說：「拍些其他沙灘的照片。」

「沒有比培菲克的沙灘更漂亮的了，」蓓森說。她看了看錶。「十分鐘以後有一輛前往艾利斯港的巴士，那是個適合當作探索起點的好地方喔。」

巴士抵達時，我帶著感恩的心上車。車上無人，我坐在離司機很遠的後座，避免跟他交談。巴士專走小路，我看著海水退潮。抵達目的地時，我四下張望，看看海水是否已湧回。

巴士停靠的那條路很安靜，夾在兩座似乎與艾利斯港同寬的石牆中間。這裡沒有人行步道，我走在一條希望是通往村裡的道路上。我會先把陸地上的東西看完後，再出發走向海岸。

那個袋子被樹籬遮住一半，黑色的塑膠袋上打了一個結，扔進路旁的淺水溝裡。我差點視若無睹，以爲是觀光客丟的垃圾。

但後來它動了一下，輕輕地。

輕微到我差點以爲是自己的想像，一定是風吹動的。我探身往樹籬內側，伸手拿袋子，覺得裡面一定放著什麼活的東西。

我跪下，扯開垃圾袋。一股混合了恐懼跟排泄物的惡臭迎面而來，我乾嘔了起來，強忍著噁心，看見裡面裝了兩隻動物。一隻小狗躺著動也沒動，背上的皮膚被身旁另一隻瘋狂蠕動的狗抓到見肉，牠的叫聲細微到幾乎聽不見。我哭了出來，撿起那隻還活著的小狗，把牠裹在大衣內側。我跌跌撞撞地起身，四下張望，叫喚前方一百公尺處一個走在路上的男人。

「拜託！幫幫我！」

男人轉身，緩緩地朝我走來，似乎不為我的慌張所動。老邁的他佝僂著身軀，下巴貼在胸前。

「這裡有獸醫嗎？」他一走近，我立刻問他。

男人看了看大衣裡安靜不動的小狗，望向地上的黑色袋子。他嘖了一聲，緩慢地搖搖頭。

「亞倫·馬修斯的兒子。」他猛然轉頭，指向一個或許可以找到那人的地方，然後拾起裝了可怕東西的黑色袋子。我跟著他，感受到小狗的體溫暖和了我的胸膛。

那家動物醫院是一棟小型的白色建物，位在小路的末端，門上掛了一個招牌，寫著「艾利斯港動物醫院」。醫院裡面，一個女人坐在小小的等候室的塑膠椅上，膝上有一個貓籠。空氣裡聞起來有消毒水和狗的味道。

櫃檯小姐從電腦後方抬起頭來。「哈囉，湯瑪斯先生，有什麼需要我們效勞的嗎？」

我的同伴點頭致意，舉起黑色袋子放在櫃檯上。「這個人在樹籬裡找到了兩隻被丟掉的小狗，」他說：「媽的！無恥。」他靠向我，輕輕拍我的手臂。「他們會幫妳的。」說完後就開門走了，門上的鈴鐺搖晃個不停。

「謝謝妳把這些狗帶過來。」

櫃檯小姐穿著一件亮藍色的長袍，上面有一個名牌，用黑色的字體印著一個名字：「梅根」。

「多數的人不會做這種事，妳知道的。」

她身上掛了一串晃來晃去的鑰匙，一旁還有些色彩明亮的動物吊牌跟慈善徽章，就像兒童病房護士身上會別的那種。她打開袋子，臉色隨之一白，謹慎地把那個袋子提到看不見的地方。

幾分鐘以後，一扇通往等待室的門打開了，梅根對著我笑。「妳要把小狗帶過來嗎？派翠克立刻過來。」

「謝謝。」我跟著梅根進到一間形狀古怪的房間，房裡有些塞到角落的櫥櫃，另一頭有一張工作檯跟不鏽鋼的小型水槽，水槽旁有個男人正在用一塊鮮綠色的肥皂洗手。

「哈囉，我是派翠克，就是獸醫，」他補充，然後笑了。「不過妳八成已經猜到了吧。」他長得很高——比我還高，這不常見——暗金色的頭髮自然成形，藍色的手術服底下穿著牛仔褲跟捲起袖子的格子襯衫，牙齒潔白平整。我猜他大約三十五、六歲或再大一些。

「我叫珍娜。」我打開大衣，拿出黑白相間的小狗。小狗睡著了，發出沉靜的鼻息聲，顯然沒有因爲兄弟的不幸死亡而受到影響。

「唷，這小傢伙是誰啊？」獸醫輕柔地將小狗接過去，這個動作吵醒了牠。牠縮成一團想逃離。派翠克把小狗交還給我。「妳可以把牠放在桌上以後幫我抓著嗎？」他說。「我不想再刺激牠了。如果把狗放進袋子裡的是個男人，妳或許會發現牠得花一些時間才有辦法再次信任男性。」他用手查看小狗的身體。我蹲下，在牠耳畔說些安撫的話，毫不在乎派翠克會不會覺得我瘋了。

「牠是什麼狗啊？」我問。

「米克斯。」

「米克斯？」我起身，手仍輕輕地放在小狗身上。派翠克檢查的方式很溫柔，牠現在很安心。

派翠克笑了。「妳知道的嘛，混一點這個，混一點那個。從耳朵來看，主要應該是可卡，但誰知道還混了什麼，或許還有牧羊犬，甚至再加上一些㹴犬。可以確定的是，如果是純種狗的話，就不會被丟掉了。」他抓起小狗，交還給我。

「太慘了，」我說，同時聞到小狗的溫暖氣息。他用鼻子頂我的脖子。「到底是誰會做出這種事啊？」

「我們會報警，但抓到的機會很渺茫。住這附近的人話都不多。」

「這隻小狗怎麼辦？」我問。

派翠克把手插進手術服深深的口袋，身體靠在水槽上。

「妳有辦法養牠嗎？」

他眼睛周圍有小小的白色線條，彷彿瞇著眼在看太陽似的。他一定在戶外待了很久。

「從牠被發現的地方判斷，不太可能會有人來把牠帶走，」派翠克說：「我們這邊能養狗的空間也不多了。如果妳可以給牠一個家的話，對我們來說會是很大的幫助。從外形來看，牠是一隻很棒的狗。」

「天哪，我沒辦法照顧狗。」我大叫。我不禁認為就是因為今天跑到艾利斯港，才會發生小狗被遺棄的事情。

「為什麼？」

我猶豫不答。我要怎麼解釋身旁發生的那些不好的事？我很想再去照顧什麼東西，但同時又很害怕。如果我照顧不好怎麼辦？如果牠生病怎麼辦？

「我連房東肯不肯讓我養都不知道。」我最後終於說。

「妳住哪兒？艾利斯港？」

我搖搖頭。「住在培菲克，住在一個離營地不遠的小屋。」

派翠克眼睛一亮。「妳住在葉斯頓那兒？」

我點點頭。果然，每個人都認識葉斯頓，我一點也不訝異。

「這件事交給我，」派翠克說：「葉斯頓．瓊斯跟我爸以前是同學，我知道一堆他的糗事，妳就算想養大象都沒問題，當然是說如果妳想養的話。」

我很難不露出微笑。

「最大也只能養大象了。」我說著同時臉紅了。

「可卡是孩子的好玩伴，」他說：「妳有孩子嗎？」

沉默彷彿沒有盡頭。

「沒有，」我最後終於說。「我沒有孩子。」

小狗扭啊扭的，從我的手裡掙脫出來，開始猛舔我的臉頰。我們的心臟靠在一起跳動。

「好，」我說：「我來養。」

11

雷躡手躡腳地下床，試著不吵醒梅格絲。他答應週末不工作，但如果現在起床，就可以在她醒來以前，有一個小時的時間能回電子郵件，同時爲突圍行動做些事前規劃。他們會同時去搜索兩家夜店，如果情報無誤，兩家夜店都會起出大量的古柯鹼，以及一些應該是合法生意的金錢往來文件。

他穿上褲子，走進廚房找咖啡。煮水時，聽見腳步聲停在背後，他轉身。

「把拔！」露西猛然抱住他的腰。「我都不知道你已經起來了耶！」

「妳起床多久啦？」他拉開她的手，彎腰親她。「對不起喔，昨天睡覺前沒去看妳。學校還好嗎？」

「還好吧，我想。工作順利嗎？」

「還好吧，我想。」

他們相視而笑。

「我可以看電視嗎？」露西屏住呼吸，用哀求的眼光望著他。關於早上的電視時間，梅格絲有很嚴格的規定，但今天是週末，而且這樣雷就有時間可以稍微工作一下。
「噢，好啊，去看吧。」
在雷改變心意之前，她快速跑向客廳。他先聽見電視開機的聲響，接著則是卡通或其他節目發出的、語調尖銳的聲音。雷坐在餐桌旁，打開黑莓機。
八點時，他已經處理完大部分的信件，準備泡第二杯咖啡時，露西走進廚房，抱怨她餓了，怎麼沒早餐可吃。
「湯姆還在睡嗎？」雷問。
「對啊，懶骨頭。」
「我才不懶咧！」樓上傳來憤怒的聲音。
「你就是懶！」露西大叫。
沉重的腳步聲踩過樓梯轉角，湯姆衝下樓。他表情糾結，一頭亂髮，氣得額頭泛紅。「我沒有！」他大叫，同時伸手去推妹妹。
「啊！」露西尖叫，眼淚奪眶而出，嘴唇在顫抖。
「我又沒很大力！」
「有啦，很大力！」
雷嘟噥了一聲，心想是不是所有的手足都跟他們一樣常吵架。正當他準備用蠻力把兩個小孩拉開時，梅格絲下樓了。
「八點起床不算懶惰喔，露西，」她語調平和地說。「湯姆，不要打妹妹。」她拿起雷的咖啡。「這杯是要給我的嗎？」

「對。」雷再度煮水。他看著孩子，兩人坐在桌旁，計畫暑假要做些什麼，吵架什麼的都已拋到了一旁——至少暫時如此。梅格絲總是有辦法解決紛爭，而他則永遠也學不會。「妳怎麼辦到的？」

「這就叫帶孩子，」梅格絲說：「你改天也可以試看看。」

雷沒有回嘴。他們最近似乎總是針鋒相對，他現在沒那心情就全職上班跟全職父母這兩個議題爭辯。

梅格絲在廚房裡走動，把早餐一樣一樣擺上桌，熟練地烤吐司、倒果汁，同時喝口咖啡。

「你昨天晚上幾點回來的？我沒有聽到你回家的聲音。」

她在睡衣外面披了條圍裙，開始炒蛋。這條圍裙是好幾年前雷送給她的聖誕禮物。他把圍裙當成一個玩笑——就像那些買平底鍋或燙衣板給太太的糟糕丈夫一樣——但梅格絲之後總穿這條圍裙。圍裙上有一張一九五〇年代家庭主婦的照片，標語寫著：「我喜歡邊喝酒邊煮飯，有時候還會倒一些進食物裡。」雷還記得下班後會雙手環抱站在爐具旁的太太，感覺到圍裙在手中變皺。他已經好久沒這麼做了。

「大概一點左右。」雷說。布里斯托郊區有人持槍搶劫加油站。警員在案件發生後幾小時內就逮捕了四名男子，雷留在辦公室不是出於必要，而是要對小組成員表示他也是團體的一分子。

咖啡燙得難以入口，但他還是啜了一口，隨即燙到舌頭。黑莓機響了，他看了螢幕一眼。胖虎寫了封郵件來，說四名罪犯都已經被起訴，而且已經上了星期六早上的法庭，地方法官宣布還押候審。雷寫了封簡短的信給警司。

「雷！」梅格絲說。「不准工作！你答應過的。」

「抱歉，我在追蹤昨晚的案件。」

「雷，才兩天而已，他們得學著自己搞定，不能老是靠你。」她把一鍋炒蛋放在桌上。

「小心喔，」她對露西說：「很燙。」她看著雷。「你要吃早餐嗎？」

「不了，謝謝，我晚點再吃。我去沖個澡。」他在門框上靠了一下，看著三個人吃早餐。

「我們得把庭院的門開著，星期一有人要來洗窗戶，」梅格絲說：「可以請你明天晚上出去倒垃圾的時候記得開鎖嗎？噢，我還去跟隔壁鄰居談樹的問題，他們兩個禮拜內會找人把太長的部分鋸掉，不過我要等到他們真的做了才會放心。」

雷在想《布里斯托郵報》是否會針對昨晚的案件寫一篇報導。不過他們總是很快又開始播報那些警方沒有破的案件。

「聽起來挺不錯的。」他說。

梅格絲放下叉子看著他。

「怎麼了？」雷說。他上樓沖澡，拿出手機發了一則訊息給隨時待命的發言人。一個完美解決的案件沒被大肆報導太可惜了。

「今天謝謝你。」梅格絲說。他們坐在沙發上，但兩人都沒將電視轉台。

「爲什麼？」

「謝謝你暫時把工作放一邊。」梅格絲仰頭，閉上眼睛。眼角的魚尾紋鬆開了，她看起來年輕了不少。雷這才意識到她有多常皺眉頭，他想著是否自己也是。

梅格絲臉上有種雷的母親稱之爲「大度」的笑容。「那只是表示我有張大嘴。」梅格絲第一次聽到時笑著說。

雷的嘴角因回憶而抽動了一下。或許她現在眞的比較少笑了，但她仍是多年前的那個梅格絲。她常抱怨生完孩子胖了多少，但雷更喜歡現在的她。她的肚子又圓又軟，胸部又垂又大。他的誇獎總被她當耳邊風，他好久以前就放棄繼續稱讚她了。

「很棒啊，」雷說。「我們以後應該更常這麼做。」他們在家裡待了一整天，在庭院裡種花草、打板球，享受陽光的溫暖。雷從倉庫裡拿出搖擺球組[5]，兩個孩子就這麼玩了一整個下午，雖然湯姆大聲地說這玩意兒很遜。

「能看到湯姆笑的感覺眞好。」梅格絲說。

「他最近不怎麼愛笑，對不對？」

「我很擔心他。」

「妳想再跟校方聊聊嗎？」

「我覺得現在聊沒什麼意義，」梅格絲說：「這個學年快結束了，希望老師換人後情況會改善，再加上之後他就不會是年紀最小的人了，說不定會因此變得有自信一些。」

5 Swingball，球類遊戲，一根頂端連接網球或海綿球的桿子立於地上，玩家手持球拍互相把球擊向對方。

屍走肉一般。

雷試著去體諒兒子。就跟學年剛開始時老師所擔心的一樣，他到了下學期還是缺乏熱忱，行

「要是他能主動跟我們聊聊就好了。」梅格絲說。

「他再三強調自己沒事，」雷說：「只是一個典型的青少年而已，不過他早晚得擺脫這種情緒，因爲如果到了要準備大考那年還是這樣吊兒郎當的話，就完蛋了。」

「你們倆今天好像處得還不錯嘛。」梅格絲說。

這是眞的，兩人一整天都沒吵架。湯姆偶爾頂嘴的時候，雷會忍住不回，湯姆也減少翻白眼的次數。今天過得很愉快。

「把手機關掉還不錯吧？」梅格絲說：「沒有心悸，沒有冒冷汗，沒有出現戒斷症狀吧？」

「哈哈，沒，沒那麼嚴重。」他當然沒有關機，口袋裡的手機一整天震動個不停。他最後躲去廁所瀏覽信件，確定自己沒有漏掉任何緊急事件。他回了一封局長問突圍行動的信，也看一眼凱特傳來的有關肇逃案的訊息，即便他實在很想好好地把整封信看完。梅格絲不懂的是，如果週末不回信的話，禮拜一就會忙個沒完，導致接下來整個禮拜都在趕進度，無法處理任何其他的事情。

他起身。「不過我現在得回書房忙一小時左右。」

「什麼？雷，你說不會工作的。」

雷搞不清楚狀況。「但是孩子都睡了。」

「對，可是我……」梅格絲沒有繼續往下說，她輕輕地搖頭，彷彿耳朵裡有什麼東西。

「怎麼了？」
「沒事。沒關係，去忙你的事吧。」
「一小時以內就回來，保證。」
兩小時以後，梅格絲才推開書房的門。「我想說你或許會想喝杯茶。」
「謝謝。」雷伸了懶腰，因爲覺得背部啪啦了一下而呻吟了一聲。
梅格絲把馬克杯放在桌上，從雷的背後看見他正在讀的那疊厚厚的資料。「是夜店案的資料嗎？」她看了看最上面的那張。「雅各·喬登？那不是去年因爲肇逃而被撞死的男孩嗎？」
「是啊。」
梅格絲一臉不解。「我以爲這個案子已經歸檔了。」
「是歸檔了沒錯。」
梅格絲坐到椅子扶手上。這張椅子本來擺在客廳，因爲跟地毯的顏色不搭而搬到書房。雖然跟雷的辦公室不搭，卻是雷坐過的扶手椅中最舒服的一張，因此拒絕跟它分開。「爲什麼刑事調查部還在查這個案子？」
雷嘆了一口氣。「部裡沒再查了，」他說：「案子已經結了，但我沒有把文件歸檔。我們只是重新再看一遍，看看是否漏掉了什麼。」
「我們？」
雷頓了一下。「整個小組。」他不知道自己爲什麼沒有提到凱特，但話都說出口了，再改口也很奇怪，最好別把她牽扯進來，免得局長聽到什麼風聲。沒必要讓凱特的名聲這麼早就被破壞。

「噢，雷，」梅格絲的語調很輕柔。「你不是手頭的案子就忙不完了，怎麼還有時間去重看舊案子呢？」

「這案子沒那麼久，」雷說：「而且我總覺得我們太早被迫放棄。如果上頭願意再多給我們一些時間的話，說不定會有些新發現。」

梅格絲過了一會兒才開口。「你知道，這可不是安娜貝爾案啊。」

雷握住馬克杯的手變緊了。

「別說了。」

「你不能把每個沒辦法解決的案子都拿來折磨自己。」梅格絲向前捏捏他的膝蓋。「你會把自己逼瘋的。」

雷喝了一口茶。安娜貝爾．史諾登是他升上探長以後的第一個案子。她在放學以後失蹤了，父母親都很焦急。至少看起來很焦急。兩星期後，安娜貝爾的屍體被發現藏在她父親公寓的床板裡，雷以謀殺罪名起訴了她的父親，她被關在那裡超過一星期。

「我早知道泰瑞．史諾登這人有點不對勁，」他說，終於正眼看著梅格絲。「她失蹤的當下，我就應該堅持立刻逮捕他才對。」

「沒有證據啊，」梅格絲說：「警察有第六感當然很好，但是你總不可能全憑直覺去辦案。」她輕柔地闔上了雅各的檔案。「是不同的案子，」她說：「也是不同的人。」

「都是孩子。」雷說。

梅格絲握住他的手。「但他已經死了，雷。你要花多少時間在上面都沒關係，但你終究改變不了事實。放手吧。」

雷沒有回答。他轉身面對桌子，再次打開檔案，沒有留意到梅格絲已經離開房間而且上床了。登入電子信箱後，他收到凱特兩分鐘前寄來的新訊息。他簡單回覆。

還醒著嗎？

幾秒後有了回應。

正在檢查雅各的母親有沒有用臉書。順便在逛eBay的拍賣區。你呢？

在瀏覽鄰近警局一些燒毀的車子的報告，還要看上一陣子。

太好了，你可以陪我聊天！

雷想像凱特蜷縮在沙發上，一邊是筆電，另一邊是一堆零食。

班與傑利冰淇淋嗎？他回應。

你怎麼知道！

雷咧嘴笑著。他把電子信箱的視窗拉到螢幕的角落，這樣就可以注意有沒有新的訊息，看傳過來的醫院報告。

你不是答應梅格絲週末不工作嗎？

我的確沒工作啊！因為孩子都睡了，現在才來做一點工作。總得要有人陪妳吧……

好榮幸喔我。天底下還有什麼比在你的陪伴下度過週六夜晚更好的事情呢？

雷笑了。臉書上有什麼收穫嗎？他回應。

找到兩個可能是她的人，但她們都沒有用大頭照。等等，電話響了。立刻回來。

雷心不甘情不願地關掉電子信箱，把注意力轉到那疊醫院紀錄上。距離雅各之死已經好幾個月了，腦海裡一直有個揮之不去的聲音跟他說多做這些查驗的工作於事無補。那塊 VOLVO 霧燈的碎片最後證實是一個家庭主婦在冰上打滑，撞上其中一棵行道樹而留下來的。耗費了那麼多時間的調查工作成了枉然，但他們仍不放棄。雷在玩火，違抗局長的命令，更別提還讓凱特加入。但他陷得太深了，就算想停也停不下來。

12

晚點就會比較溫暖，但現在的空氣依舊寒涼，我聳著肩。

「今天好冷啊。」我大聲說。

我開始會自言自語，就像以前那個提著裝滿報紙的購物袋，沿著克利夫頓吊橋走的老女人一樣。不知道她還在不在那邊，不知道她還會不會每天早上過橋，晚上再走同一座橋回家。離開一個地方以後，你很容易覺得那裡的一切還是跟以前一樣，縱使萬事萬物恆常在變。我在布里斯托度過的那段日子，說不定現在已經成了別人在過的日子。

我甩頭把那些想法拋開，套上靴子，圍好圍巾。我每天都得跟門鎖搏鬥。鎖頭總會把鑰匙夾得很緊，拒絕轉動。最後總算鎖好門。我把鑰匙丟進口袋裡。阿波在腳踝邊小步跑來跑去，他如影隨形般跟著我，不願讓我離開視線。到家的第一天，牠叫了一整晚，吵著要跟我睡在同一張床上。我很不想這樣，還用枕頭遮住耳朵，無視牠的哭號，心知如果跟牠太親密，一定會後悔。幾天過後牠就不叫了，即使現在睡在樓梯底下，只要一聽見臥室地板的嘎吱聲，就會立刻醒來。

我確定自己有把訂購名冊帶在身上。其實都記下來了，但我不想出錯。蓓森持續跟那些觀光客推銷我的照片，雖然難以置信，但我眞的很忙。和以前那種忙展覽跟接受委託的忙不同，不過也是忙。我已經去露營車商店補過兩次明信片了，自製的網站上也斷斷續續有些訂單。這個網站跟以前的時髦網站不同，但每次看著它，都會覺得有點驕傲，因爲從頭到尾都是我自己設計、建構的，完全沒靠別人幫忙。雖然是小事，但我慢慢地開始在想，或許我不像自己曾經以爲的那麼沒用。

我沒有把自己的名字放在網站上：只放了一系列的照片、一個陽春又不好用的訂購系統，以及新事業的名稱：「沙文字」。是蓓森幫我選的。一天晚上，我們在小屋裡喝酒，她熱情洋溢地談起我的事業，我不自覺也被她影響。「妳覺得這個名字怎麼樣？」她不停問我。已經很久很久沒有人詢問我的意見了。

八月是營地最忙的月分。雖然我每週至少會見到蓓森一次，但依然懷念沉靜的冬天。我們會把腳靠放在店內角落的暖氣上，聊超過一個小時。海灘上也變得很繁忙，我得在日出後馬上起床，才能確保照片上的沙文字平順好看。

一隻海鷗對著我們叫，阿波衝過沙灘對著那隻鳥吠，牠則安全地從空中挑釁。我踢了踢海灘上的碎石，撿起一根長長的木棍。海水正在退潮，沙子很溫暖，而且已經開始變乾了。我會把今天的訊息寫在靠近海的地方。我從口袋裡拿出一張紙，提醒自己要寫的順序。「茱莉亞，」我說：「嗯，夠直接了當。」阿波用探詢的眼神看著我。他以爲我在跟牠說話。或許我眞的是，不過我絕對不能太依賴牠。我看著牠，同時想像葉斯頓看待他的牧羊犬：交易用的工具，具功能性。阿波是我的守衛犬。雖然目前還不需要人保護，但未來說不定會有這個需要。

我彎腰寫了一個大大的茱，然後往後一站，檢查字的大小，才把剩下的字寫完。

我對成果很滿意，把木棍丟開，拿起相機。太陽已爬了上來，低處的光源讓沙灘閃現一片粉紅色。我拍了十幾張，蹲下去用觀景窗看，直到字跡被海浪的白沫凝結。

爲了下一張訂單，我找到了一片開闊的乾淨海灘。我的動作很快，從海邊的一堆堆木棍裡收集了好幾把。最後一根浮木就定位後，我用吹毛求疵的眼神望向自己的作品。我用漂流木跟卵石做一個寬六呎的愛心，還用閃亮的海藻點綴，柔和邊緣的線條。這個大大的浮木愛心框裡有一則我用花體字寫成的訊息：「原諒我，愛麗絲」。在我伸出手要去移動一塊木頭時，阿波從海裡衝出來，興奮地吠叫。

「安靜！」我伸手護住掛在身上的相機，免得牠朝我撲上來。但小狗沒理我，衝過一片潮溼的沙，衝到海灘的另一側，在一個走過沙灘的男人身旁跳來跳去。一開始，我以爲是之前看過的那個遛狗男子，但在他把手伸進防水外套的口袋時，我深吸了一口氣。這個動作似曾相識。怎麼可能？除了蓓森跟葉斯頓以外，這裡的人我一個也不認識，然而這個現在離我肯定不到一百公尺遠的男人卻堅決地朝我走來。

我看到他的臉了。我認得他，卻又認不出他，這讓我不知所措。恐慌的情緒浮上喉頭，我大叫阿波。

「妳叫珍娜，對不對？」

我想跑，但恐懼卻使我動彈不得。我在心裡回想在布里斯托認識的每一個人。我知道自己一定在哪裡碰過他。

「不好意思，我沒有嚇妳的意思，」那個男人說，而我意識到自己在發抖。他看起來眞的很懊悔，露出了道歉似的大微笑。「派翠克・馬修斯，艾利斯港的獸醫。」他補充。

我立刻想起他，以及他把手伸進藍色手術服口袋的方式。

「抱歉，」我終於找回自己微弱而不確定的聲音。「我沒有認出是你。」我抬頭望向空無一人的海灣小徑。人們很快就會來這兒度過海灘上的一天，爲了因應各種天氣狀況，他們會隨身攜帶擋風布、防曬乳跟陽傘。我第一次因爲培菲克面臨旅遊旺季而覺得開心。派翠克的笑容很溫暖，但我以前就被溫暖的笑容騙過一次了。

他伸手揉搓阿波的耳朵。

「看來妳把牠照顧得很好。牠叫什麼名字？」

「阿波。」我不自覺地往後退了兩步，感覺胸口放鬆許多。我要自己把手放到兩邊，但立刻就發現雙手自己舉起，在腰際交會。

派翠克蹲下去逗弄阿波，阿波翻轉肚子讓他抓，並因這罕有的寵愛行爲而開心。

「牠看起來一點也不焦慮。」

阿波自在的態度讓我很放心。他們不都說狗很會判斷人的性格嗎？

「是啊，牠適應得很好。」我說。

「的確是。」派翠克起身，把膝蓋上的沙拍掉，我原地不動。

「我猜葉斯頓那邊應該沒什麼問題吧？」派翠克笑著說。

「完全沒有，」我告訴他。「他似乎覺得家家戶戶都應該養一隻狗。」

「我傾向於同意他的看法。要不是工作時間這麼長，我也會養一隻。不過我每天都要跟這麼多動物碰面，實在沒什麼好抱怨的。」

他似乎很習慣待在海邊。他的靴子沾到沙塵，大衣的皺褶滿是鹽巴。他對著沙中的愛心點點頭。

「誰是愛麗絲，爲什麼妳要她原諒妳？」

「喔，不是我啦。」他一定覺得我很奇特，竟然在沙上畫圖。「至少她不是我道歉的對象，我是在幫別人拍照。」

派翠克一臉困惑。

「這是我的工作，」我說：「我是攝影師。」我舉起相機，彷彿不這麼做他就不會相信似的。「人們會把他們想要寫在沙上的訊息傳給我，我就會來這裡寫，再把照片傳回給他們。」他似乎很有興趣。

「是些什麼樣的訊息？」

「多數都是情書，或求婚，什麼都有。顯然這則訊息是要道歉的，有時候人們也會要我寫名言佳句，或知名的歌詞。每次都不一樣。」話語一歇，我的臉大紅特紅。

「所以妳是靠這維生的嗎？眞是了不起的一份工作！」我以爲他是諷刺，結果一點也不是，我小小地驕傲了一下。這的確是一份了不起的工作，而且是我發明的。

「我也會販售其他照片，」我說：「大都數都是海岸的。這裡很漂亮，很多人都珍藏照片。」

「沒錯，我很喜歡這裡。」

我們沉默地站了一會兒，看著海浪逐漸聚集，沖上沙灘再分散而去。我開始覺得坐立難安，試著找新話題。

「你怎麼會跑到這裡來？」我問。「很少人會這麼早來這裡，除非是要遛狗。」

「我是來野放一隻鳥的，」派翠克解釋。「一個女人帶了一隻翅膀受傷的鰹鳥來，鳥在醫院住到康復。牠跟我們待了幾個禮拜，今天我來放牠走。我們都會試著在找到牠們的地方原地野放，增加存活機率。看到妳寫在海灘上的訊息，我忍不住跑下來，想看看是要寫給誰。走到這裡，才發現原來見過面。」

「鰹鳥飛得還穩嗎？」

派翠克點頭。「沒問題的，這種事常發生。妳不是當地人，對吧？我記得妳帶阿波來時，說妳才來培菲克不久。妳之前住哪裡？」

在我想到該怎麼回答之前，有電話在響，難聽的旋律跟這片海灘格格不入。我鬆了一口氣，雖然早有一套說詞，講給葉斯頓、蓓森，跟偶爾會來找我攀談的旅客聽過。我是一個靠賣藝術品賺錢的藝術家，但我的手在一場意外中受傷，改行攝影。這套說詞有幾分眞實。沒有人問過我孩子的事情，我在想是不是大家一看到我就會猜到答案。

「抱歉，」派翠克說。他把手探進口袋裡翻找，拿出一張紙條，一把馬飼料跟稻草隨之掉了出來，落在沙子上。「我得把手機調最大聲才聽得見。」他看了螢幕一眼。「恐怕我得趕快走了。我是艾利斯港救生艇站的志願救生員，每個月有兩次要隨傳隨到，看來似乎有人需要我們。」他把手機塞回口袋。「很高興再次見到妳，珍娜。眞的很開心。」

舉手道別後，他跑過海灘，跑上滿是沙塵的小徑，在我還沒告訴他我也很開心之前就消失無蹤了。

回到小屋後，阿波筋疲力盡地躺進窩裡。在等水開的同時，我把今早拍的相片存進電腦。雖然中途被打斷，但成果比預期的還好：字很立體，浮木做成的框完美無瑕。我把拍得最好的照片放在桌面，等一下要再看一遍，然後把咖啡拿上樓。我知道我會後悔，但我控制不了自己。

我坐在地上，把馬克杯放在地板上，手伸到床底下拿出一個來到培菲克以後就沒有碰過的盒子。我把盒子拉過來，雙腿交叉坐著，打開蓋子，同時吸進回憶與灰塵的氣味。我的心痛了起來。我知道自己應該關起盒子，不該繼續往下探索。但就像毒癮犯了一樣，態度很堅決。

我拿出一本放在一疊法律文件上面的小相本，手指撫過一張又一張的照片。這些照片的年代是如此遙遠，讓我覺得彷彿看著陌生人的照片。我一下子站在花園裡，然後是在廚房裡煮飯。接著我懷孕了，驕傲地秀出肚子，對著鏡頭笑。胸口一緊，我感受到眼睛熟悉的刺痛感。我眨眼抵抗。那年夏天我是如此快樂，確定這個新生命將會改變一切，我們可以重新開始。我以爲那會是人生的新開始。我撫摸著照片，用指尖沿著肚皮摸，想像他的頭在哪裡，彎曲的四肢在哪裡，他幾乎還沒形成的指頭又在哪裡。

彷彿這麼做會打擾到未出生的孩子般，我輕輕地闔起相簿，放回盒子裡。我應該趁現在還有辦法控制自己時下樓，但這就像是不停地去想一顆酸疼的牙齒或撕扯傷口上的瘡痂一樣，我用手四處摸，直到手指碰到那隻兔子的柔軟布料爲止。懷孕的時候，我每天晚上都跟這隻布偶兔一起睡，這樣我就可以在日後把它交給我的兒子，到時候布偶上會有我的味道。此刻，我把兔子拿到眼前嗅聞，拚命想聞到他的氣息。我發出一聲被悶住的慟哭，阿波悄悄地爬上樓，進入臥室。

「阿波，下去。」我告訴牠。

小狗不理我。

「出去！」我對牠尖叫。我是一個抓著玩具的瘋女人。我尖叫個不停，眼前看到的不是阿波，是那個奪走了我的寶寶的男人。那個男人在結束我兒子的生命時，也結束了我的生命。「出去！出去！出去！」

阿波趴在地板上，身體僵硬，兩耳貼頭。但牠不放棄，慢慢地，一步一步地靠近我，眼睛一刻也沒從我身上移開。

那令我渾身緊繃的感覺就像來時一樣快速消失了。

阿波停在我身旁。牠依然低著身子，把頭靠放在我的膝蓋上。牠閉上雙眼，我透過牛仔褲感受到牠的重量和溫暖。我伸出手撫摸牠，眼淚開始落下。

13

雷召集小組成員爲突圍行動做準備。他指派凱特擔任證物官。這對一個才進入小組十八個月的人來說是一個重責大任，不過他深信她辦得到。

「我當然可以！」當他提到自己的擔憂時，她說。「而且如果有任何問題，我都可以立刻去找你，對不對？」

「隨時都行，」雷說。「下班後要喝一杯嗎？」

「天塌下來都會到。」

他們每星期下班以後都會碰面二到三次，聊一下肇逃案件。在該做的調查越來越少以後，聊案子的時間就減少了，反而多數時間都花在聊工作以外的生活上。雷訝異地發現凱特跟自己一樣是布里斯托足球俱樂部的忠實粉絲，他們也花了很多夜晚爲球隊最近的降級嘆惜。這麼多年以來，他第一次覺得自己不只是個丈夫、父親，或只是一個警察。他是雷。

雷一直都很小心，不要在平常上班時間調查肇逃案件。他直接違抗局長的命令，但只要不是上班時間，她就不能有什麼意見。假使他們能找到一個強而有力的證據，逮捕罪嫌，到時候她說話的態度就會大不相同了。

由於不能讓其他刑事調查部的組員知道他們在做什麼，雷跟凱特都會約在一般警察不會去、比較遠的酒吧見面。「馬與騎師酒吧」很安靜，隔間很高，他們可以把所有的資料都攤在桌上，不用擔心會被人偷看。而老闆總是在玩字謎，很少抬起頭來。這是一個結束一天的美好方式，還能在回家前紓解壓力。雷發現自己上班時會一直盯著時鐘看，直到下班為止。

他通常會因為接電話的關係而沒辦法準時五點走。等他到酒吧時，凱特酒已經喝掉半杯了。雖然沒有說出口，但他們心有靈犀地決定先到的人先點酒，他那瓶五百CC的驕傲牌啤酒已經在桌上等他了。

「怎麼這麼晚？」凱特問，同時把酒推給他。「有什麼好玩的事情嗎？」

雷喝了一大口。「有些情報或許最後會送到我們這兒來，」他說：「克雷斯頓的一個毒販找了六到七個小毒販幫他賣毒，看起來會發展成一個不錯的小案子。」一個特別愛放炮的工黨議員自以為是的把毒品問題當背景，一逮到機會就公開表示社會受到這些「三不管地帶」的威脅，而雷知道局長非常希望外界會認為警方是採取主動出擊的立場。雷希望如果突圍行動順利的話，局長說不定會認為他是個乖孩子，把這個行動也交給他負責。

「家暴科的人聯絡了多米妮嘉．雷茲，」他告訴凱特。「她是其中一個毒販的女友，他們正在試圖說服她出面指控。我們當然不想在案子收線以前打草驚蛇，但同時我們也有責任保護他的女友。」

「她有危險嗎？」

雷頓了一下才回答。「我不知道。地方檢察官把她歸在高風險，她很堅持不提供對他不利的證據，目前爲止完全不跟警方配合。」

「我們還要多久才能行動？」

「可能要好幾禮拜，」雷說：「太久了。我們得把她弄到一個安全的地方，前提是她如果願意去，而且暫時不起訴他的家暴行爲，直到因販毒案把他抓起來爲止。」

「沒有其他選擇了，」凱特認眞地說：「哪邊比較重要，販毒還是家暴？」

「這個問題沒那麼容易回答，是吧？藥物濫用引發的暴力行爲怎麼算？癮君子爲了買毒而犯下的那些強盜案呢？販毒造成的影響或許沒那麼快，卻影響深遠，而且同樣嚴重。」雷意識到他的嗓門比平常還大，立刻就停了下來。

凱特把自己的手放在雷的手上安撫他。「嘿，我只是故意跟你唱反調而已，我知道這個決定沒那麼容易。」

雷不好意思地笑了笑。「對不起，我都忘了自己會因爲這種事情變得多緊繃了。」事實上，他已經很久沒有去想這件事了。這一行他幹太久了，做這些事的理由早已被埋藏在文書工作跟人事問題底下。能夠有機會提醒一下自己重點何在挺好的。

他跟凱特四目交接，雷感受到她的肌膚溫度。她把手抽了回去，尷尬地笑了笑。

「離開以前要再喝一杯嗎？」雷說。回到桌旁，那個感覺已經跑了，他懷疑那是否只是自己的想像。他把啤酒放下，撕開一包洋芋片放在兩人中間。

「雅各的案子我這邊沒有進展。」他說。

「我也沒有，」凱特嘆了一口氣。「我們只能放棄了，對不對？」

他點點頭。「看來是這樣，抱歉。」

「謝謝你讓我盡可能地繼續查下去。」

「不放棄是對的，」雷說：「我也很開心我們後來有繼續調查。」

「即使都沒有任何進展也一樣嗎？」

「對，我們現在要停，是因爲覺得差不多了，不是嗎？我們能做的都做了。」

凱特慢慢地點頭。「沒錯，感覺的確不一樣。」她打量著雷。

「怎麼了？」

「我猜你終究不是一個逢迎拍馬的人。」她咧嘴而笑，雷也笑了。他對自己能夠超乎她的預期很開心。

他們安靜地吃著洋芋片，氣氛很和善。雷看了一下手機，免得梅格絲發簡訊過來。

「家裡還好嗎？」

「老樣子，」雷說，同時把手機放回口袋。「湯姆吃飯時依舊嘟噥個沒停，梅格絲跟我還在吵應該怎麼做。」他簡短地笑了聲，但凱特沒笑。

「你們下次跟他的老師見面是什麼時候？」

「我們昨天又去了一趟學校，」雷憂愁地說。「開學不到六週，湯姆似乎已經開始蹺課了。」他的手指在桌上敲啊敲的。「我不懂那孩子。暑假的時候明明好好的，一回學校就變成老樣子，寡言，粗魯，不合群。」

「你覺得他有可能被霸凌嗎？」

「校方是說沒有，不過就算有他們也不會講，對不對？」雷不是很喜歡湯姆的導師。在親師座談會上，這位導師很快就怪梅格絲跟雷沒有跟學校「站在一邊」。梅格絲在事前就威脅說，下次要開親師座談會時，她會到雷的辦公室去硬把他拉去參加。雷也很擔心會忘記，當天都在家辦公，然後開車跟梅格絲一道去參加。只不過到頭來一點差別也沒。

「湯姆的老師說，他是班上同學的壞榜樣，」雷說：「顯然他是班上的『危險分子』。」他氣沖沖地嘲諷。「他才幾歲啊！壓根兒就是鬼扯。如果他們沒辦法處理不合群的孩子，就不應該去教書。湯姆才不是危險分子，他只是喜歡唱反調而已。」

「眞不知道是從哪裡得來的遺傳。」凱特擠出一個微笑。

「伊凡斯探員，講話注意點！還是妳想回去當基層警員？」他笑著說。

凱特的笑聲變成了呵欠。「抱歉，我累壞了。我該走了，我的車停在車庫，我得查一下巴士時間表。」

「我載妳。」

「你確定嗎？不順路喔。」

「沒問題，走吧，讓我見識一下城裡的高級地段。」

凱特的公寓在克利夫頓中心，雷認爲那裡的房價被炒作得太誇張了。

「頭期款是我爸媽幫忙付的，」凱特解釋：「不然我根本付不起，而且房間很小，理論上來說有兩間臥室，但除非你不打算在第二間臥室放床才能算。」

「如果買在別的地方的話，不是可以選比較大的房子嗎？」

「或許吧，但是克利夫頓什麼都有！」凱特開心地比手畫腳。「我的意思是說，還有什麼地方可以在凌晨三點買到炸豆泥啊？」

因爲雷凌晨三點只會想上廁所，他不知道吸引人的地方在哪裡。

凱特解開安全帶後停了一下，手放在車門把手上。「你想上來看看嗎？」她的語氣很隨興，但氣氛忽然變得充滿期待。在那當下，雷知道自己跨越了一條幾個月以來都不敢承認的界線。

「好啊。」他說。

凱特的公寓在頂樓。搭上一座時髦又高級的電梯後幾秒就到了。打開的電梯門外是一條鋪了地毯的小通道，一扇奶油色的大門立刻出現在眼前。雷跟著凱特走出電梯。門關上後，兩人沉默地站著。她直直地看著他，下巴稍微抬高了些，一綹頭髮掉到前額上。雷忽然發現他不想急著離開。

「我就住這裡。」凱特直視著他。

他點點頭，伸出手把那綹掉下來的頭髮塞到她的耳後。接著，在他還沒弄清楚發生什麼事情之前，他已經在吻她了。

14

阿波把鼻子塞進我的膝蓋後，我伸手搔牠的耳朵。我沒辦法阻止自己寵愛牠，現在牠如願以償地睡在我的床上。夢魘時，我尖叫醒來，躺在那兒的牠舔了舔我的手安撫我。慢慢地，在我沒有意識到的情況下，哀傷的形體有了改變，從一種無法噤聲、猛烈而血淋淋的劇痛變成了緩和的悶痛，讓我得以妥善地藏在意識之外。只要能把它安靜而不受干擾地留在那裡，就能假裝一切無恙。我從沒有過另一段人生。

「來，走吧。」我伸手關掉床頭燈，因爲更爲明亮的陽光已穿透窗戶。如今，我已熟知海灣的各個季節，幾乎看過一整年的海，賦予我一種愉悅的滿足感。海灣日日都有變化，從不相同。潮水的漲退、無法預知的天氣，即使丟在海灘上的垃圾也每小時都有不同樣貌。今天，海洋因爲一場雨而滿漲。厚厚的雲層高掛天際，沙子成了溼漉漉的灰色。營地已看不到帳篷，只有蓓森那輛永遠不會消失的露營車，跟少數幾輛野營車而已。旺季已來到尾聲，一些觀光客因爲優惠折扣而留了下來。不久以後，營地就會關閉，海灣將再次唯我獨享。

阿波跑在前頭，跑下海灘。潮水湧進，牠潛入海中，朝著冰冷的波浪吠叫。我大笑出聲。牠現在的長相不像牧羊犬，反而像可卡。對一隻年輕的狗來說，牠的腿偏長，精力旺盛得似乎沒有盡頭。

我環顧崖頂，四下無人，我任自己因失望而難過了一下，隨之將那種情緒甩開。期望再見到派翠克的想法實在太荒謬了，我們在海灘只不過見過一次而已，卻阻止不了這樣的想法成形。

我找到了一片適合寫字的空曠沙灘。我懷疑案子是會否因爲入冬而減少，但生意暫時都還不錯。每次接到訂單都會開心一陣子，也樂於去猜測訊息背後的故事。多數顧客跟海洋有些連結，許多人會在收到作品後寫信給我，告訴我他們有多麼喜歡那張照片；告訴我他們兒時有多長待在海灘上，或對灣岸旁的闔家度假之日留下多少回憶。有時候，他們會問我這片海灘在哪裡，但我從不回答。

準備開始工作時，阿波叫了，我抬起頭，看見一個男人朝我走來。我的呼吸變得急促，但來人舉起手打招呼，我發現是他，是派翠克。我藏不住微笑，心跳加速，卻不是源於恐懼。

「我想或許可以在這裡碰到妳，」離我還有一段距離，他就開口了。「妳會想收徒弟嗎？」他今天沒穿靴子，燈心絨褲上沾了一層沙。防風外套的領口一邊翻起，我忍住誘惑，沒有伸手將它翻回。

「早啊，」我說：「徒弟？」

他左手一揮，指指海灘。「我想我可以幫妳的忙。」

我不知道他是不是在嘲笑我。我什麼也沒說。

派翠克拿走木棍，等待什麼似的，在空蕩蕩的沙灘一隅站著。我忽然很緊張。「你要知道，沒有像表面上看起來那麼容易，」我用一種嚴肅的語氣掩飾尷尬。「照片裡不能出現任何足跡，而且動作得快，不然潮水就會漲起，靠得太近。」

我想不起來是否曾經有人想要跟我共享這部分的人生。藝術總是位在他方，是我必須獨自著手的東西，彷彿它不屬於現實世界。

「了解。」他臉上出現一抹令我感動的專注。畢竟這不過只是寫在沙上的訊息罷了，不是什麼正經的大事。

我把客戶要寫的東西大聲念出來。「簡單明瞭：『謝謝你，大衛。』」

「啊哈——我在想到底是要謝什麼呢？」派翠克說，同時彎腰在沙上寫第一個字。「謝謝你幫我餵貓？謝謝你救了我？謝謝你在我跟郵差發生一夜情後依然願意娶我？」

我的嘴角抽了一下。「謝謝你教我跳佛朗明哥舞蹈。」我假裝正經地說。

「謝謝你送我那一盒精選的古巴雪茄。」

「謝謝你放寬了我的周轉額度。」

「謝謝你……」派翠克伸出手要完成最後一個字，卻忽然失去平衡，身體向前傾倒，幸好一腳穩穩地踩在那些文字的中間。

「唉唷，可惡。」他往後退，看著那則毀掉的訊息，用抱歉的眼神看著我。

我大笑。「我就說沒看起來那麼簡單吧。」

他把木棍交還給我。「我對妳的超凡藝術能力感到心悅誠服。就算沒有那枚腳印，我的作品也不怎麼吸引人。字體大小不一。」

「至少你勇敢地試過了。」我告訴他。我四下張望，尋找阿波，牠正打算去找一隻螃蟹玩，我把牠叫了回來。

「這句寫得怎麼樣？」派翠克問。我看著他寫在沙上的字，以爲他會再寫一次「謝謝你」。

要喝一杯嗎？

「好多了，」我說：「可是那不是客……」我閉上嘴，覺得自己眞傻。「噢，我懂了。」

「約在十字橡樹嗎？今天晚上？」派翠克有點顫抖，我意識到他也很緊張。這讓我有了勇氣。

我只猶豫了片刻，不去理會胸腔的猛烈鼓動。「好啊。」

後來我整天都爲了自己的輕率而懊悔。晚上，我緊張到發抖。我細數了幾種可能讓事情變調的方向，在腦海中回想派翠克跟我說過的每一句話，想找出任何危險的徵兆。他表面上看起來就是一個直來直往的人嗎？從外在眞的看得出一個人的個性嗎？我想要走到培菲克打電話去動物醫院取消約定，但我知道自己沒那個膽量。我把一些時間耗在沖澡上。把水開到很燙，渾身上下都燙成粉紅色。後來我坐在床上，思考應該穿什麼衣服。我已經有十年沒有約會了，我很怕打破那些約會守則。蓓森持續把衣櫃裡沒辦法穿的衣服清出來。多數對我來說都太大，但我試穿了一件深紫色的裙子，雖然得在腰部繫上圍巾，但看起來還不壞。我在房裡走動，享受那種走路時雙腳會碰在一起、布料在大腿處擺盪的陌生感。我隱約感受到自己曾經是的那個女孩。當我望向鏡子，才注意到裙子的長度不到膝蓋，底下的腳突兀地延伸出去。我脫下裙子，揉成一團扔到櫥櫃深處，伸手去拿那件才剛脫下沒多久的牛仔褲。我找到一件乾淨的上衣，梳了梳頭髮。看起來就跟一小時前沒兩樣，就跟多數時候沒兩樣。我想起那個出門前要花好幾個小時的女孩：播放著音樂、浴室裡到處都是化妝品、空氣裡有著濃濃的香水味。當時，我還不知道眞實人生的樣貌。

我和派翠克約在營地見面。出門前最後一刻，我決定帶著阿波同行。有牠在，我才能擁有今天早晨在海灘上感受到的那股勇氣的一小部分。抵達營地時，派翠克站在商店敞開的大門旁，蓓森站在門口跟他說話。他們因爲某事而發笑，我不自覺地認爲他們聊的是我。

蓓森看到我，派翠克轉身微笑。我猜一開始他本來打算親我的臉頰，但只輕柔地碰了碰我的手臂，嘴裡說哈囉。我在想自己看起來是不是跟想像的一樣糟。

「兩人好好玩啊！」蓓森笑著說。

派翠克笑出聲，我們一起朝村莊的方向走去。他很會找話題，雖然我很確定他在講到一些治療過的動物時一定有故意誇大，仍很感謝他說這些故事給我聽。抵達村莊以後，我發現自己放鬆了一些。

十字橡樹酒吧的老闆是早我幾年從約克郡來的戴夫．畢夏普。戴夫跟妻子艾瑪現在已經是社區根深柢固的一分子了，而且——就跟培菲克這兒的其他人一樣——知道每個人的名字跟職業。我從來沒進去過，但我曾在帶著阿波要去小郵局而路過此地時，跟戴夫打過招呼。

我本來還以爲或許只是安靜地一起喝杯小酒，但在踏進酒吧大門的那一刻，這個期望就破滅了。

「派翠克！你女朋友啊？」

「我得請你去看看蘿西，牠情況還是不大對勁。」

「你老頭最近怎麼樣？沒有太想念威爾斯這邊的天氣吧？」

排山倒海的對話，加上酒吧狹小的空間讓我很緊張。我緊牽著阿波的繩子，感覺皮革因掌心潮溼而變滑。派翠克回大家的話都不會太多，卻不停地在聊天。他把手放在我背上，溫柔地引導我穿過人群，站到吧檯去。我背部的一小角感受到他掌心的熱度，而在他把手抽離並交疊放在吧檯上時，我既鬆了一口氣，又覺得有些失落。「想喝點什麼？」

我希望他先點。我很想喝杯冰涼的瓶裝窖藏啤酒，我掃視了一下酒吧，看看有沒有任何女性也在喝啤酒。

戴夫有禮貌地咳了一聲。「琴湯尼。」我緊張地說。我從沒喝過琴酒，沒辦法做決定的習慣不是今天才有，但我不記得是從什麼時候開始的。

派翠克點了一瓶貝克啤酒，我看著玻璃瓶外凝結的水珠。

「妳就是待在布蘭塞蒂的那個攝影師嗎？我們還想說妳躲到哪兒去了咧。」

跟我搭話的男子年紀跟葉斯頓差不多，頭上戴了頂呢帽，留著鬢角。

「這是珍娜，」派翠克說。「她忙著開展事業，沒有太多時間跟你們這些老頭喝酒。」

那個男人笑了，我的臉隨之一紅，感謝派翠克簡單地解釋了我的隱居生活。我們選了一張角落的桌子，雖然意識到周遭好奇的眼神，流言肯定四起，但沒多久以後那群男人就轉頭回去喝他們的酒了。

我小心地不講太多話，幸好派翠克有滿肚子的故事跟有關當地歷史的一則則趣談。

「住在這裡真不錯。」我說。

他伸長了腳。「是這樣沒錯。不是因爲我在這裡長大才這樣說的。孩子對漂亮的鄉間景致或緊密的鄰里關係沒啥興趣，對吧？我以前老是吵著要父母搬到斯溫西，深信那裡會改變我的人生，我會忽然變成大紅人，大家都想跟我當朋友，女朋友多到交不完。」他咧嘴而笑。「但他們對搬家興趣缺缺，後來就念了當地的綜合中學。」

「你一直希望成爲獸醫嗎？」

「從我還不會走路就有這個想法了。以前我會把填充娃娃在大廳裡擺成一排，然後要我媽一次帶一隻進廚房，好讓我幫牠們動手術。」說話的時候，他整張臉的表情都很生動；他的眼角會在笑容綻放開之前出現皺紋。「我費盡千辛萬苦才拿到好成績，後來進了里茲大學念獸醫系。到了那兒，我才終於找到自己想要的人際關係。」

「跟交不完的女朋友嗎？」我說。派翠克笑了。

「可能一、兩個吧。但明明長久以來都一直想逃離威爾斯，我卻忽然好懷念這裡。畢業以後，我在里茲附近找到一份工作，但在艾利斯港動物醫院想找一個合作的獸醫時，我立刻跳了出來。我爸跟我媽那時候已經有點年紀了，而我則等不及要回到海邊。」

「所以你父母都住在艾利斯港嗎？」我總是對那些跟父母關係密切的人很感興趣。不是嫉妒，只是無法想像。或許如果父親沒有走的話，事情會變得不一樣吧。

「我媽是在這裡出生的，我爸是在青少年時期跟著家人一起搬到這兒來，後來在兩人都十九歲的時候結婚。」

「你爸也是獸醫嗎？」我問了太多的問題，但我很擔心如果不這麼做，就得開始回答問題。派翠克似乎並不介意，臉上帶著一抹懷舊的微笑跟我說了家族的歷史。

「工程師，現在退休了，但他這輩子都在斯溫西的一家瓦斯公司工作。不過就是因爲他，我才會去當救生艇的志願救生員。我爸當了好多年的志願救生員。以前，他常會在星期天午飯吃到一半時跑走，而我媽會要我們禱告，祈禱每個人都能順利地被救上岸。我以前總覺得他是個貨眞價實的超級英雄。」他喝了一口酒。「當年，救生艇站還在培菲克，後來他們在艾利斯港蓋了一座新的。」

「你常被叫去嗎？」

「不一定。夏天比較多，因爲營地客滿的原因。不管立了多少告示，告訴人們懸崖很危險，或是不要在漲潮時下去游泳，他們根本不管。」他的表情忽然變得很嚴肅。「在海灣游泳的時候一定要小心，底下的暗流很強。」

「我不太會游泳，」我告訴他。「我還沒去過比膝蓋深的地方。」

「那就別去，」派翠克說。他眼裡的認眞教我害怕，我不舒服地在椅子上動來動去。派翠克不再凝望著我，花了很長的時間喝下一口酒。「那些潮流，」他輕柔地說。「會把人攫走。」

我點點頭，答應自己不會下去游泳。

「雖然聽起來很奇怪，但游泳最安全的地方反而是外海。」派翠克的眼神一亮。「到了夏天，搭船去外海感覺很棒，還可以直直地潛入海洋深處。如果妳有興趣的話，有機會我再帶妳去。」

那是一個很隨興的邀請，卻教我害怕。想到要單獨跟派翠克——或任何人——待在一起，而且還是在大海的中央，就讓我十分恐懼。

「海水沒妳想的那麼冷。」派翠克說，他誤解了我的不安。他停止說話，場面變得很安靜，很尷尬。

我彎腰撫摸睡在桌子底下的阿波，同時想著該說些什麼。「你爸媽現在還住在這裡嗎？」我總算想出話題。我一直都這麼鈍嗎？我試著回想大學時期，當時我可是派對上的靈魂人物，只要一開口，朋友們都會笑得人仰馬翻。如今，就連找個話題都很費勁。

「他們兩年前搬到西班牙去了，太爽了他們。我媽有關節炎，我想那裡溫暖的氣候對她的關節很好，至少那是她的藉口啦。妳呢？父母都還在嗎？」

「不在了。」

派翠克好奇地看著我，我意識到自己不該只是簡單地回答「不在了」。我深深吸了一口氣。「我跟我媽一直都處不好，」我告訴他。「在我十五歲那年，她把我爸趕出家門，從那以後就沒見過他了。我從來沒有原諒過她。」

「她一定有她的理由。」他提了一個問題，但我依然充滿戒備。

「我爸是個很棒的人，」我說。「她配不上他。」

「所以妳也沒再跟母親碰面嘍？」

「也是有，陸陸續續去看了她好些年，但有一次大吵，因爲我……」我頓了一下。「我們大吵一架。兩年前，我姊姊寫信告訴我她已經走了。」我看見派翠克眼裡的同情，但我置之不理。

我真的把一切都搞砸了。我根本不會是派翠克喜歡的類型，他一定很後悔找我出來，今晚只會越來越尷尬而已。能夠閒聊的話題都用得差不多了，我想不到還能說些什麼。我看到在派翠克心裡浮現已久的問題，我很怕他會開口問：爲什麼我要來培菲克，爲什麼我要離開布里斯托，爲什麼我隻身前來。他會有禮貌地問，卻不知道自己不會想知道眞相，也不知道我沒有辦法告訴他眞相。

「我該回去了。」我說。

「現在嗎？」雖然沒有表現出來，但他一定鬆了一口氣。「還早嘛，我們可以再喝一杯，或吃點東西。」

「不用了，眞的，我得走了。謝謝你請我喝酒。」我起身，在他還沒想到開口約下次見面之前拉開椅子，但他同時將椅子往後一推。

「我送妳回去。」

我聽見腦子裡響起的警報聲。爲什麼他會想要跟我一起走？酒吧裡很溫暖，他的朋友都在這兒，酒瓶裡還有一半的酒沒喝。我的頭在痛。我想起那間小屋是多麼孤絕，如果他拒絕離開的話，沒有人會聽得見我的叫喊。此刻的派翠克或許看起來和善又老實，但我知道事情變調的速度能有多快。

「不用了。謝謝。」

我推擠過一群當地人，不在乎他們會怎麼看我。我抑制住逃跑的衝動，直到走出酒吧並拐了彎，隨後在通往營地的道路上飛奔，跑上那條會帶我回家的岸邊小徑。阿波追逐著我的步伐，因爲前進速度忽然改變而訝異。冰冷的空氣讓我肺部疼痛，但我直到跑到小屋旁才停下腳步，接著又開始掙扎著用鑰匙跟門鎖搏鬥。總算進了門，鎖上門閂，靠在門上。

我的心臟猛烈地跳動，上氣不接下氣。我不確定自己眞正害怕的是不是派翠克，他跟每天在腦海裡縈繞不去的恐慌結合在一起。我再也不相信自己的直覺了，它們曾犯下太多過錯，最安全的作法就是保持距離，以策安全。

15

雷轉身，把頭埋進枕頭裡，以避開穿過百葉窗照進來的晨光。他一度沒辦法確定那種壓在心頭上的感覺是什麼，後來他知道了，是罪惡感。他到底在想些什麼？他從來沒想過要背著梅格絲偷情，結婚十五年來一次也沒想過。他在腦海裡不斷回想昨晚發生的事情。他占了凱特的便宜嗎？在他有辦法弄通這個想法之前，他忽然想到她或許會投訴他性騷擾，但他立刻因爲這樣的想法而鄙視自己。她不是這樣的人，但無論如何，心裡的擔憂幾乎排擠掉罪惡感。

身旁沉穩的鼻息讓雷知道只有他醒了過來。他悄悄地下床，看了一眼睡在隔壁的人影，被子蓋住了她的臉，如果梅格絲發現的話……他不敢再想下去。

起身的同時，被子動了。雷僵住了，膽怯的他本來以爲可以不用說話，偷偷溜出門。他遲早都得面對她，但他需要幾個小時在腦海裡想清楚到底發生了什麼事。

「幾點了？」梅格絲喃喃地說。

「才剛六點，」雷小聲地說。「我今天要早點去上班，有些文書作業要處理。」

她嘟噥了一聲，又睡回去。雷吐了一口氣。他盡快沖了個澡，半小時後就到了辦公室，關上門埋首文書作業中，彷彿藉此就能消除已發生的事。幸好凱特出去查案了。午餐時，雷冒險跟胖虎到不遠的餐廳吃飯。他們找到一張空桌，雷端來兩盤食物，點的時候說是千層麵，但長得一點也不像。局裡的女廚師茉伊拉用粉筆在當日特餐的旁邊畫了一面可愛的義大利國旗，並在點餐後露出笑容，雷只好英勇地面對那一大盤麵，同時試著無視那從他站起來以後就感受到的、揮之不去的作嘔感。茉伊拉的塊頭很大，看不出年紀，臉上總是笑咪咪的，只是有皮膚炎，每次脫下開襟羊毛衫，都會有銀色的皮屑從手腕落下。

「還好嗎，雷？在想什麼？」胖虎用叉子把剩餘的午餐吃掉。生來有副鐵胃的胖虎似乎不只能忍受茉伊拉做出來的食物，更是樂在其中。

「沒事，」雷說，也因爲胖虎沒有繼續追問而鬆了一口氣。他抬起頭，看見凱特進了餐廳，暗自希望要是剛剛吃快點就好了。胖虎起身，金屬椅腳刮擦到地板。「老大，辦公室見。」

在凱特坐下之前，雷實在想不出冠冕堂皇的理由要胖虎回來，或是中途放棄午餐，他只好強迫自己露出笑容。「哈囉，凱特。」他感覺臉頰一熱，口乾舌燥，吞嚥困難。

「嘿。」她坐下，打開自己的三明治，似乎沒有意識到他的不自在。

難以從她的表情看出些什麼端倪，作嘔感逐漸增強。他把食物推到一邊，決定寧可面對茉伊拉的怒氣也不要繼續折磨自己，然後四下張望，看看有沒有人在偷聽他們說話。

「關於昨天晚上……」他開口，覺得自己像個尷尬的青少年。

凱特插話。「眞的很對不起，我不知道自己怎麼會變成那樣——你還好嗎？」

雷吐了一口氣。「還好，妳呢？」

凱特點點頭。「老實說，還是有點難爲情啦。」

「妳沒什麼好覺得難爲情的，」雷說：「我本來就不應該……」

「實在不應該發生的，」凱特說：「但也不過就是接吻而已。」她看著雷，咬了一口三明治，滿嘴塞滿起司跟酸黃瓜。「一個很美好的吻，但也就只是一個吻而已。」

雷慢慢地吐出一口氣。沒事了。發生這種事情實在很糟糕，如果梅格絲知道的話就完蛋了，但沒事了，他們都已經是成年人了，可以從這件事情中汲取教訓，繼續若無其事地活下去。十二個小時過去了，雷第一次任由自己回想那個吻有多麼美好，吻一個精力充沛、生氣勃勃的人有多麼美妙。他感覺到熱度又回到臉上了。他咳了咳，把那些想法推開。

「只要妳覺得沒關係就好。」他說。

「雷，沒事的。眞的。我不會去申訴你，如果你是擔心這個的話。」

雷臉紅了。「天啊，當然不會，我想都沒想過。只是，我已經結婚了，而且……」

「而且我有男朋友，」凱特單刀直入地說。「而我們也都學到教訓了。所以，忘了這件事好嗎？」

「好。」

「現在，」凱特忽然用正經的口吻說：「我到這裡來是要問你，我想幫雅各．喬登的案子做個週年性的呼籲，想聽聽你的意見。」

「已經一年了？」

「下個月就滿一年了。可能不會有太多回應，但如果有人開口，或許我們還能得到一些情報，而且總是有可能剛好有人想要面對自己的良心。一定有人知道當時開車的人是誰。」

凱特的眼神熠熠生輝，臉上也出現了那個熟悉的堅定神情。

「就做吧。」他說。他想像局長對這個提案的反應，也知道這對他的職涯不會帶來什麼正面影響。但週年性的呼籲是個好主意，他們偶爾會針對沒有解決的案件這麼做，至少能讓家屬知道警方沒有完全放棄，即使已經沒有再繼續積極偵辦這個案件。這個想法值得一試。

「太好了。我得先處理一下今天早上那個案子的文書作業，但或許下午可以碰個面，計畫一下要怎麼做？」離開餐廳時，她開心地對茱伊拉揮手道別。

雷希望自己能擁有像凱特那樣把昨晚的事情拋在腦後的能力。他發現自己看著她時，很難不回想起昨晚她雙手緊抱住他的畫面。他用一張紙巾把剩下的千層麵蓋起來，把盤子放在門旁的回收架上。「太好吃了，茱伊拉。」他經過出餐口時說。

「明天是希臘日喔！」她在他身後大喊。

雷暗自決定明天要帶三明治來吃。

他正在講電話時，凱特沒敲門就進了辦公室。發現雷在忙以後，無聲地道了歉，準備退出去，但他作勢要她坐下。她輕輕關上門，坐在一張椅子上等他忙完。雷看到她看著他放在桌上、裡面有梅格絲跟孩子們的照片，心頭忽然湧起了一陣悔恨，同時努力要把心思放在跟警察局長的對話上。

「真的有這個必要嗎，雷？」奧莉薇亞說。「獲得新消息的機會微乎其微，我擔心的是這麼做只會引來不必要的目光，注意到這個有孩子死亡的案件，我們竟然沒有抓到凶手。」

他叫做雅各，雷無聲地在心裡對她說，心裡迴盪著將近一年前，男孩的母親所說的那些話。他在想上司是否如她所表現出來的那樣對此毫不在意。

「既然沒有人出來要求主持公道，似乎沒必要再去攪動這池死水。探長集合開會的日子接近了，我原本以爲你有很多事情要忙。」

這是一句再明顯不過的暗示。

「我一直有在想，是不是要請你負責克雷斯頓的毒品案，」局長說：「但如果你寧願把注意力放到舊案子上的話……」突圍行動成功了，過去幾個星期以來，局長不是第一次想用更大的案子誘惑他。他遲疑了片刻，注意到凱特的眼神。她專注地看著他，跟凱特共事，讓他想起自己多年以前爲什麼選擇進入警界。他找到了早期對工作的熱情，從現在開始，他不要再繼續配合上層，他要做正確的事情。

「我沒辦法同時處理這兩個案子，」他堅定地說：「我會負責週年呼籲的部分，我認爲這是一個正確的選擇。」

奧莉薇亞停了一下才繼續開口。「在《布里斯托郵報》上刊一篇文章，在路旁放一些呼籲的標語，就這樣，只能做一星期。」她掛斷電話。

等他開口的同時，凱特緊張地用筆輕敲椅子的扶手。

「搞定了。」雷說。

凱特的臉上露出大大的微笑。「太好了。她有很生氣嗎？」

「她的氣會消的，」雷說：「她只是想表示自己並不認同這個作法，如果我們的計畫產生反效果，民眾對警察的信心大幅下降時，她就可以自以爲高人一等地出來說她從來都持反對的態度。」

「這種作法有點自私耶！」

「高級主管就是這樣。」

「但是你依然打算去做嗎？」凱特的眼睛眨啊眨的，雷笑了。

「反正我也不可能永遠待在這個位置。」他說。

「爲什麼不會？」

雷心想，能夠不去顧慮升遷，專注工作的感覺眞好，這才是他喜歡的工作。「因爲我還得把兩個孩子養到進大學，」他最後說。「總之，未來會變的，我不會忘記這些待在一線的日子。」

「等你幹到警察局長的時候，我會提醒你說過這句話，」凱特說：「到時候我如果要做週年性呼籲，你可不能阻止我啊。」

雷笑了。「我已經跟《布里斯托郵報》談過了。蘇西・弗蘭奇很高興我們願意藉案件一週年的機會做一篇專題報導，呼籲證人出面，讓我們能獲得破案的……諸如此類啦。雅各案的背景資料他們會弄，但我希望妳打個電話給蘇西，告訴她相關細節，以及電話號碼，順便給她一個正式的說法，告訴她，警方有信心能破這個案子。」

「沒問題，那，他的媽媽呢？」

雷聳聳肩。「我猜只能把她排除在計畫之外了。跟雅各學校的導師談談，問她是否樂意在報紙上說些什麼。如果可以的話，看能不能從以前沒用過的角度去談談這件事。或許他們能找到他以前的勞作，一幅畫或什麼的。我們先看看呼籲的效果怎麼樣，再來找孩子的母親。她似乎已經人間蒸發了。」

雷很氣家庭聯絡官沒有密切留意雅各母親的動向。不過她的消失行徑卻不讓他意外。從過往的經驗來看，當人們失去某人時，會出現兩種行為：要不是決定永遠不改變家裡的裝潢，讓每間房間都像紀念室那樣維持舊樣，要不就是徹底翻修門面，因為他們無法承受明明世界已面臨巨大改變，卻還要在一個毫無變動的地方繼續生活下去。

凱特離開辦公室以後，他凝視著依然釘在牆上的軟木板上的雅各照片。照片的邊緣有點捲起來了，雷小心翼翼地把照片從板子上拿下來撫平。他把雅各的照片放在梅格絲跟孩子們的照片旁邊，隨時提醒自己。

週年呼籲是他們最後的手段了，而且通常成功機率不大，但至少是個嘗試。如果還是失敗，他就會把案件歸檔，繼續過他的日子。

16

我坐在餐桌旁，眼前放著筆電。我伸直雙腿，身上穿著一件寬鬆的針織毛衣。以前每到冬天時，在工作室裡的我就會穿上這件毛衣。爐具就在身旁，但我仍在發抖。我用大袖子遮蓋住自己的雙手。午餐時間還沒到，我就已經倒了一大杯的紅酒。我來到搜尋引擎網頁，然後停住。多少個月以來，我總是要透過搜尋來自我折磨。事情不會因此好轉——永遠也無法好轉了——但我怎麼可能不會想到他，特別是今天？

我啜飲一口酒，按下搜尋。

才幾秒鐘，螢幕就出現一大堆關於那場事故的新聞報導、論壇討論以及對雅各表示哀悼的文章。文字上的顏色顯示每個連結、每個網站我都已經點進去看過了。

但今天，正是我的世界分崩離析一週年，線上版的《布里斯托郵報》刊載了一篇新的文章。

我發出一聲哽咽，拳頭因為握得太緊而指節泛白。簡單地看過一遍以後，我又從頭開始讀。案情陷入膠著，警方沒有線索、找不到肇事車輛的相關資料，只是提醒該名駕駛因為危險駕駛導致傷亡而遭到通緝。這個詞彙讓我覺得不舒服。我關掉網路，但就連螢幕上的海灣照片也撫慰不了我的心。自從跟派翠克約會以後，我就沒有去過海邊了。我有一些訂單得處理，卻因爲那次的表現失常而覺得羞愧，很怕在海灘上再遇見他。

約會後第二天醒來時，我忽然覺得自己很荒謬，居然會怕他，差點鼓起勇氣打電話給他，跟他道歉。但隨著時間過去，勇氣隨之消逝。至今已經兩週了，他並沒有試著聯絡我。我忽然覺得很不舒服，把酒倒進水槽，決定帶著阿波沿著海灣小徑散步。

感覺走了好久好久，繞過一個靠近艾利斯港的海角。底下有一幢灰色的建築，我意識到那一定就是救生艇站。我站著一會兒，想像那些被志願救生員拯救上岸的性命。我禁不住想起派翠克，同時跨步沿著通往艾利斯港的道路走去。我沒有什麼計畫，只是單純地走著，直到抵達村莊，往動物醫院的方向走去。直到打開門，聽見小小的鈴鐺在頭頂響起時，才想到自己應該說些什麼。

「有什麼可以爲妳服務的嗎？」是同一個櫃檯小姐，如果不是看到那些色彩鮮豔的徽章，壓根兒不會記得她。

「可以請派翠克出來一下嗎？」我忽然想到自己該找個什麼理由，但她沒問。

「我立刻回來。」

我尷尬地在等待室裡站著。在場還有另一名帶著孩子的婦女跟裝在藤籃裡的動物。阿波想過去看，我把牠拉開。

幾分鐘以後，我聽見了腳步聲，派翠克出現了。他穿了一件褐色的燈心絨長褲跟一件格子襯衫，頭髮亂糟糟，彷彿剛剛才用手指抓過。

「阿波怎麼了嗎？」他禮貌地問，沒有笑，我失去了那一點點決心。

「沒有。我只是在想可不可以跟你說句話，一下子就好。」

他猶豫不決，我很確定他會拒絕我。我的雙頰滾燙，而且立刻意識到櫃檯小姐在看著我們。

「過來吧。」

我跟著他走進最初檢查阿波的那個房間，他靠在水槽邊，什麼也沒說，他不打算輕易饒過我。

「我想要……我想要跟你道歉。」我感覺到眼皮一陣刺癢，我忍住沒讓自己落淚。

派翠克尷尬地笑了笑。「我以前也被拒絕過，但通常不會這麼快。」他的眼神變得比較柔和了，我冒險露出了小小的笑容。

「眞的很對不起。」

「是因爲我做錯了什麼嗎？還是因爲我說錯了什麼？」

「不是，一點也沒有，你很……」我努力想找到正確的字眼，最後放棄。「是我不好，我很不擅長處理這種事。」

話語暫歇，派翠克對著我笑。「或許妳應該多練習。」

我忍不住笑了出來。「或許吧。」

「我還要看兩個病號就下班了。晚上我下廚給妳吃，怎麼樣？在我們聊天的同時，我正好也在用燉鍋做料理，而且分量多到兩個人都吃不完。阿波也可以吃一些。」

如果拒絕，以後就再也見不到他了。

「我很樂意。」

派翠克看著錶。「一個小時以後回來這裡找我，這段時間妳有事情可以做嗎？」

「沒問題，我剛好想拍一些村裡的照片。」

「太好了，那就待會兒見。」他的笑容散開，連眼角都露出魚尾紋。他帶我出去，我看到櫃檯小姐的眼神。

「搞定了嗎？」

我在想，她不知道會怎麼猜我來找派翠克的理由，但決定不管。我剛剛很勇敢，我或許逃離過，但我回來了，而今晚，我就要跟一個男人共進晚餐。他很喜歡我，也沒有被我的窮緊張嚇跑。

我頻頻看錶的動作並沒有讓這一小時過得比較快。阿波跟我在村子裡繞了好幾圈，約好要在醫院見面的時間才到。我不想走進去，看到派翠克走出來時，鬆了一口氣。他穿了一件防水夾克，眉開眼笑。他搔著阿波的耳朵，我們走進醫院對街的一間小屋。他把我們引進客廳，阿波立刻跑到火爐前趴著。

「要喝紅酒嗎？」

「麻煩你了。」我先坐下，因爲太緊張又站了起來。房間小而宜人，一條地毯幾乎覆蓋了整片地板。壁爐的兩邊各擺了一張扶手椅，不知道哪一張是他的，兩張看起來使用的頻率都差不多。小小的電視看起來比較像是附屬品，但扶手椅旁的起居間擺了兩個大書櫃。我轉過頭去看那些書的書名。

「我的書太多了，」派翠克說。他帶著兩杯紅酒回來。我接過來，很高興自己的手終於有點事可以做。「我應該丟掉一些的，但到頭來卻一本也沒丟。」

「我很愛看書，」我說：「雖然搬到這兒來以後幾乎一本書都沒看過。」

派翠克坐到其中一張扶手椅上。我學他，坐到另一張上，把玩著高腳玻璃杯。

「妳當攝影師多久了？」

「我其實算不上眞的攝影師，」我被自己的坦白嚇了一跳。「我是一個雕塑家。」我想起庭院裡的工作室，那些摔毀的陶器，那些已經完成、準備好要寄送出去的雕塑碎片。「至少我以前是。」

「妳現在不雕塑了嗎？」

「我沒辦法再做了。」猶豫了一下後，我打開左手，掌心跟手腕上滿布著傷疤。「我出過一場意外，手現在可以正常使用，但是指尖沒有任何感覺。」

派翠克低聲地吹了一口氣。「眞可憐，怎麼發生的？」

我忽然想起一年前的那晚，把那個回憶推回內心深處。「情況比看起來還嚴重，」我說。「我應該更小心的。」我沒辦法直視派翠克，但他熟練地轉換了話題。

「餓了嗎？」

「餓死了。」我的胃因爲聞到廚房傳來的香氣而咕嚕咕嚕叫不停。我跟著他來到一間非常大的房間，牆邊放了一個跟牆等高的櫥櫃。「我祖母傳下來的，」他說，同時把燉鍋的開關關掉。「她死後交給我的父母，他們兩年前搬到國外以後就換我繼承。超大的，對不對？裡面塞了各式各樣的東西。做什麼都行，但千萬別打開櫃子。」

我看著派翠克小心翼翼地用湯匙把燉菜放到盤子上，同時用餐巾抹掉邊緣黏稠的肉汁，結果反而在盤子上留下了更大的痕跡。

他把灼燙的餐點端到桌旁，在我面前放了一盤。「我只會做這道菜，」他帶著歉意地說。「希望合妳的胃口。」他把一些燉菜放進一只金屬碗裡，阿波聽到聲音，跑進廚房，耐心地等派翠克把碗放到地上讓牠吃。

「等等啊，老弟。」派翠克說。他用一根叉子把碗裡的肉翻面，讓它冷卻。

我低頭，藏起自己的微笑。你可以從一個人對待動物的方式看出很多東西，我深深覺得派翠克是個溫暖的人。「看起來很好吃，」我說：「謝謝你。」我已經記不起來上次有人這樣照顧我是多久以前的事。通常煮飯、打掃、持家的人都是我。我花了好多年試圖經營起一個快樂的家庭，家卻在我身旁分崩離析。

「我媽教我的，」派翠克說。「她每次過來的時候都會想再多加點料。她以爲她不在的時候，我會跟我爸一樣只吃披薩跟洋芋片過活。」

我笑了。

「今年秋天，他們在一起四十年了，」他說。「眞難以想像，對不對？」

我無法想像。「你結過婚嗎？」我問。

派翠克眼神一黯。「沒有。有一次，我以爲我會結婚，但後來發展得不順利。」

沉默了片刻。我想，當他發現我沒有問他原因時，表情放鬆了許多。

「妳呢？」

我深吸了一口氣。「結過一陣子。後來，我們要的完全不同。」我因爲自己輕描淡寫的說法而笑了。

「妳在布蘭塞蒂過著非常孤單的日子，」派翠克說：「不會覺得不方便嗎？」

「我喜歡這種生活。這個地方很漂亮，還有阿波會陪我。」

「附近沒有其他人家，妳不會覺得寂寞嗎？」

我想起那些情緒潰堤的夜晚。尖叫著醒來時，身旁沒有人會安撫我。「我常去看蓓森。」我說。

「她是很好的朋友，我認識她好些年了。」

我好奇派翠克跟蓓森有多熟。他開始跟我說一個故事。有一次，他們問都沒問就從派翠克的爸爸那兒借走了一艘船，還駛近了海灣。

「我們沒幾分鐘就被看到了，我看到我爸雙手交叉站在岸上，一旁站著蓓森的爸爸。我們知道完蛋了，只能待在船上，而他們就站在海灘，感覺好像僵持了好幾個小時。」

「後來呢？」

派翠克笑了。「當然是我們投降。我們把船划回去，接受懲罰。蓓森大我好幾歲，所以她扛起大部分的責任，但我也被禁足兩週。」

他搖搖頭，露出一副好像很難過的表情，我笑了。我可以想像他兒時的模樣，頭髮跟現在一樣亂糟糟，腦子裡裝滿了各種鬼點子。

空蕩蕩的盤子被換成了一個裝有蘋果奶酥加卡士達醬的碗。加熱過的肉桂香氣令我口水直冒。我用湯匙把卡士達醬從加了奶油的蘋果奶酥上面挖到一旁，我盡量讓動作看起來不會太粗魯。

「妳不喜歡吃蘋果奶酥嗎？」

「味道很不錯，」我說。「只是不太愛吃甜點。」減肥留下來的習慣很難改變。

「眞可惜。」派翠克幾口就吃掉了。「不是我做的。醫院裡的一個女孩子做好拿給我的。」

「抱歉。」

「不會啦，別介意。我先把它放涼，再給阿波吃。」

小狗聽到自己的名字豎起了耳朵。

「牠眞可愛，」派翠克說：「也很幸運。」

我點頭表示同意，雖然現在才知道我對牠的需要不亞於牠對我的需要。幸運的人是我。

派翠克把手肘靠在桌上，用手掌撐著下巴，同時撫摸阿波。他自在又滿足，是一個沒有祕密或痛苦的男人。

他抬起頭，注意到我在看他。因爲覺得尷尬，我望向一旁，注意到廚房角落也擺了一些書櫃。「更多的書嗎？」

「我控制不了自己，」派翠克笑著說。「那裡放的多半是我媽這幾年給我的食譜，不過也擺了一些犯罪小說。只要劇情好看，我什麼都讀。」

他開始清理桌子，我往椅背一靠，看著他。

*派翠克，我可以跟你說個故事嗎？*是一個關於雅各以及那場意外的故事。除了逃跑以外，我想不到其他重新開始，繼續活下去的方式；我每天晚上都會尖叫，因爲我永遠也逃離不了那天傍晚所發生的事情。

我可以跟你說那個故事嗎？

我看見他在聽，看見他的眼睛睜得越來越大。我告訴他煞車時發出的刺耳聲響；雅各的頭撞到擋風玻璃時發出的碎裂聲。我想要他隔著桌子來牽我，但縱使是在想像中，也沒辦法讓他來牽我的手。我希望他說他懂，不是我的錯，任何人都可能遇到這種事情。但他搖搖頭，從桌旁站起來，把我推開。他對我很反感，我讓他覺得噁心。

我永遠也沒辦法告訴他。

「還好嗎？」派翠克用奇怪的眼神看著我，好像能看穿我的想法。

「晚餐很好吃。」我說。我有兩個選擇，從派翠克的身旁離開，或瞞著他。我不想對他說謊，但讓他走又做不到。我看著牆上的時鐘。「我該走了。」我說。

「不會又跟灰姑娘一樣消失了吧？」

「這次不會。」我的臉紅了，但派翠克在笑。「最後一班往培菲克的巴士是九點。」

「妳沒有開車嗎？」

「我不喜歡開車。」

「我送妳回去。我只喝了一小杯紅酒而已，沒問題的。」

「我眞的可以自己回家。」

我想我從派翠克的眼神中看到了一絲憤怒。

「或許明天早上在海灘上還能見到你？」我說。

他鬆了一口氣，露出微笑。「當然好。眞的很高興能再見到妳，很高興妳又回來找我。」

「我也是。」

他幫我拿東西。我站在小小的玄關穿大衣時，他就站在一旁。幾乎沒有空間讓我移動手肘，而且靠這麼近讓我變得有點笨拙。我手忙腳亂地拉著拉鍊。

「來，」他說。「我幫妳。」

我看著他的手小心翼翼地把大衣的兩邊靠在一起，往上拉拉鍊。焦慮讓我渾身僵硬，但他拉到下巴左右就停了，然後幫我圍上圍巾。「好啦。到家可以打個電話給我嗎？我跟妳說我的號碼。」

他的掛念令我大吃一驚。「我很樂意，可是我住的地方沒有電話。」

「妳沒有在用手機？」

他無法置信的口吻幾乎把我逗笑了。「沒有。小屋裡有電話線，上網用的，但我沒有裝電話。我沒問題的，保證。」

派翠克把手放在我的肩膀上，在我還沒來得及反應以前靠近，輕輕地吻了我的臉頰。我感覺到他的氣息吐在我的臉上，忽然有點站不穩。

「謝謝你。」我說，雖然我的台詞如此平凡無奇，他卻笑得好像我剛剛說了什麼了不得的話一樣。我在想，原來跟一個無所求的人相處這麼容易。

我幫阿波繫上牽繩，我們互相道別。我知道派翠克會看著我們離開。走到馬路盡頭轉身時，我看到他依然站在門邊。

17

雷坐下來吃早餐時，手機響了。露西正在努力取得女童軍的料理徽章，動作遠比平常要來得認眞。她的舌尖從嘴角頂出來，同時小心翼翼地要把焦掉的培根跟煎過頭的蛋放到父母的餐盤裡。

湯姆去別人家過夜，要到午飯時間才會回來。梅格絲開心地提到湯姆交了新朋友，雷同意她的說法，但私底下卻在享受難得的平靜。屋裡終於暫時聽不到甩門跟怒吼的聲音。

「寶貝，餐點看起來很好吃呢。」雷把手機從口袋裡掏出來，盯著螢幕看。

他看著梅格絲。「是工作。」雷在想是不是獵鷹行動有了進展——這個名字指的是克雷斯頓的毒品案。局長又吊了他一個禮拜的胃口後才把這個案子交給他，並嚴格地指示他要把獵鷹行動的重要性排在第一順位。她沒有提到週年呼籲那件事，也沒必要提。

梅格絲看了露西一眼，她正在認眞地擺盤。「請你先把早餐吃完再說吧。」

雷不甘願地按下紅色按鈕，拒絕接聽來電，電話於是轉到了語音信箱。他剛用叉子叉起培根及煎蛋時，家裡的電話就響了。梅格絲接起了電話。

「噢，哈囉，凱特。很急嗎？我們正在吃早餐。」

雷忽然覺得很不自在。他瀏覽著黑莓機上的電子郵件，同時偷偷望著梅格絲，她的肩膀看起來硬邦邦的，表示她對早餐時間被打斷很不滿。凱特怎麼會打家裡電話，而且還是星期天？他努力試著聽電話另一頭的聲音，但什麼也聽不見。前幾天感受到的那種作嘔感又出現了，他意興闌珊地看著盤裡的培根及煎蛋。

梅格絲無言地把電話轉交給雷。

「嗨，雷，」開心的凱特沒有感受到他內心的衝突。「你在忙什麼？」

「家裡的事情。怎麼了？」雷感覺到梅格絲正盯著他，而且知道他故意簡單回答。

「抱歉打擾了，」凱特故意正經地說：「但我想你應該不會想要明天才知道。」

「什麼事？」

「有人回應了肇逃的週年呼籲，我們找到目擊者了。」

雷半小時以內就趕到辦公室。

「現在情況怎麼樣？」

凱特快速瀏覽著那封從警方報案中心傳過來的、列印出來的電子郵件。

「一個男人說，事故發生時，一輛忽左忽右的紅色轎車超他的車，」她說：「他本來想報案，但後來沒有。」

雷忽然覺得很生氣。「他爲什麼不在我們第一次呼籲時跟我們聯絡呢？」

「他不是當地人，」凱特說。「那天他姊生日，他來找她，他才會把日期記那麼清楚。但他當天就回到伯恩茅斯，也沒有聽過任何跟肇逃案有關的事情。總之，直到他姊姊昨晚在電話上提到警方的呼籲時，他才把兩件事情聯想在一起。」

「這個人的可信度有多高？」雷問。目擊者都是一些難以預料的人。有些記性很好的人連細節都記得一清二楚，其他的人不先看一下會連自己當時穿什麼顏色的T恤都說不出來，有時看過還會講錯。

「不知道，我們還沒跟他聊過。」

「該死，為什麼還沒？」

「當時是九點半，」凱特說，她因為處於警戒狀態而發飆了。「打給你的前五分鐘我們才接到消息，而且我想你可能會希望自己跟他說。」

「對不起。」

凱特聳聳肩，沒說什麼。

「妳打電話來的時候，如果我的語調聽起來很疏離，也跟妳道歉。因為有點，妳知道的，尷尬。」

「一切都還好嗎？」

這是個具有誘導性的問題，雷點點頭。

「還好，只是有點不自在而已。」

他們注視著彼此一會兒，然後雷開口了。

「好，那就聯絡他吧。我希望他能告訴我跟那輛車有關的所有細節。廠牌、顏色、車牌號碼，還有跟駕駛有關的任何事情。看來這次又找到一個線索了，現在就打吧。」

「他媽的，一個線索都沒有！」雷在辦公室裡的窗前踱步，絲毫沒有打算掩飾自己的沮喪。「不知道駕駛幾歲，連膚色是黑是白都講不出來。天啊！他連駕駛是男是女都不知道！」他猛抓自己的頭，彷彿這樣做就會蹦出新主意似的。

「視線很差，」凱特提醒他，「而且他在專心開車。」

此刻的雷一點也不和善。「如果一點雨就能帶來這麼大的影響，這傢伙根本就不該上路。」他重重地坐下，咕嚕咕嚕地喝了口咖啡，才意識到咖啡冷冰冰的，因而皺起了眉頭。「遲早有一天，我會把這一整杯咖啡都喝掉。」他喃喃地說。

「車牌號碼是J開頭，福特，」凱特看著筆記說：「擋風玻璃有碎裂。可能是Fiesta或Focus，至少有點頭緒了。」

「是啦，聊勝於無，」雷說。「繼續查吧。我希望妳先幫忙找到雅各的母親。如果哪天我們眞的因爲這樣逮到嫌犯的話，我希望她知道我們沒有放棄追查她兒子的案件。」

「了解，」凱特說。「因爲呼籲的事情通電話時，我跟雅各的導師聊得挺順利的。我會再打過去，看有沒有辦法多挖出些什麼情報。一定有人還有跟她聯絡。」

「我會叫麥爾坎去查車子的事情。我們會用國家警務電腦系統去查所有車牌號碼登記在布里斯托的Fiesta跟Focus。午餐我請，我們一起來看資料。」

把茉伊拉開心端上的西班牙什錦飯推開以後，雷把手放在眼前的一疊資料上。「九百四十二筆。」他吹了個口哨。

「而且只是這一區而已，」凱特說：「如果他是碰巧經過的怎麼辦？」

「看看能不能縮小一些範圍吧。」他把資料摺起來，交給凱特。「在車牌辨識系統查一下這份名單。先抓事故前後各半小時，查看看其中有多少輛車剛好在那個時間有上路，再一一排除。」

「我們有在前進了，」凱特眼神熠熠生輝地說。「我有這個感覺。」

雷笑了。「先別想那麼多，妳現在還有什麼事情得忙？」

她用手指數了數手頭的案子。「超商搶案、針對亞裔計程車司機的連續攻擊案，還有可能會交接過來的疑似性侵案。噢，我下禮拜還有兩天要上多元種族課程。」

「多元種族課不用去上了，」雷氣沖沖地說。「其他案件都拿來給我，我再找其他人做。妳專心處理肇逃案。」

「這次是正式調查嘍？」凱特抬起一邊的眉毛說。

「光明正大，」雷笑著說。「不過不要太常加班。」

18

巴士抵達艾利斯港時，派翠克已經在那兒等我了。過去兩個禮拜以來，我們每天早上都會在海灘碰面。他今天下午休假，約我共度，我猶豫了一下就答應了，我不能把一輩子都耗在恐懼上。

「要去哪裡？」我問，同時往四處看，尋找線索。他家在相反的方向，我們經過酒吧，沒有停下。

「等一下就知道了。」

我們離開村莊，沿著通往海邊的路繼續走。走著走著，我們的手碰在一起，他用十指交握的方式握住了我的手。我感覺到一股電流竄過體內，接著放鬆了被他牽住的手。

我跟派翠克在一起的消息以驚人的速度在培菲克傳開。

昨天，我在村裡的商店遇到葉斯頓。

「我聽說妳在跟亞倫·馬修斯的兒子交往啊，」他撇嘴一笑。「派翠克是個好孩子，打著燈籠都難找。」我馬上就臉紅了。

「你什麼時候可以來幫我修門?」我改變話題。「還是一樣:鎖卡得太緊,有時候鑰匙完全轉不動。」

「用不著擔心這個,」葉斯頓回答。「附近的人都不會去偷別人的東西。」

我得吸一口氣才有辦法回答他,因爲我知道他覺得我老愛鎖門的行爲很奇怪。「不過,」我對他說:「修好的話,我還是會比較安心。」

葉斯頓答應會來小屋把門修好,但到我出去吃午餐爲止,他完全沒有現身,我花了十分鐘才用力把門關起來。

道路變得越來越狹窄,我看見小路那頭湧現的海水。灰色的大海波濤洶湧。海浪與海浪之間互相推擠,白色的水沫往空中噴濺。海鷗以令人目眩的方式在天空盤旋。陣陣強風不停吹來,牠們順著風勢繞行海灣。我終於意識到派翠克要帶我去哪裡了。

「是救生艇站耶!我們可以進去嗎?」

「當然,」他說。「妳看過動物醫院了,我在想妳或許會想瞧瞧這個地方,我花在這裡的時間跟動物醫院差不多。」

艾利斯港救生艇站是一幢古怪又突兀的建築,要不是頂端有一座瞭望塔,可能會被人誤以爲是工廠,四面的窗戶讓我聯想起機場的塔台。

我們經過正面一扇雙開的藍色滑動門,旁邊有一扇小門,小門旁有個灰色的開關,派翠克輸入密碼。

「來吧,我帶妳四處看看。」

救生艇站裡聞得到汗味跟海味，還有一股會殘留在衣物上的強烈鹽味。船庫裡停著一艘亮橘色的充氣式小艇，派翠克說小艇的名稱叫做「工匠號」。

「我們都會穿救生衣，」他說：「不過如果天候太糟的話，有時候也只能待在船上。」

我在船庫裡亂晃，看到釘在門上的告示，還有一張裝備清單，每天都會檢查，檢查過後就會仔細地在上面打勾。牆上有一塊紀念匾，緬懷三名在一九一六年時失去性命的志願救生員。

「考克斯溫・P・葛蘭特和小組成員哈利・艾力司及葛林・拜瑞，」我大聲念出他們的名字。「眞可憐。」

「他們奉命去救援一艘在高爾半島外海落難的蒸汽船，」派翠克說。他站在我身旁，一隻手摟著我的肩。他一定注意到我的表情，因爲他補充說：「當時跟現在完全不同，他們的設備不到我們的一半。」

他牽著我的手，帶我走出船庫，走進一個小房間，房裡有一個穿著藍色絨毛衫的男人正在泡咖啡。臉上的皮膚是一輩子都在外頭跑才會曬成的深褐色。

「都還好吧，大衛？」派翠克說：「這是珍娜。」

「在跟妳解釋我們都是怎麼救人的是吧？」大衛朝我眨了眨眼睛，我笑了，顯然是這裡常講的老笑話。

「我以前從來沒有想過太多跟救生艇有關的事情，」我說：「好像救生艇的存在是一個理所當然的事實。」

「要是沒有持續爭取，這裡的救生艇不久後就會消失啦，」大衛邊說邊把滿滿一匙糖倒進濃濃的咖啡裡攪拌。「我們的經費不是政府出的，是皇家救生艇協會，我們總是得想辦法增加經費，更別提找新的志願救生員。」

「大衛是我們的營運經理，」派翠克說：「這裡由他經營，負責讓我們的行爲都不會脫軌。」

大衛哈哈大笑。「差不多是那樣沒錯。」

電話響起，尖銳的聲音迴盪在空蕩蕩的員工室，大衛致意後走了出去。幾秒鐘後回來，脫下絨毛衫，跑進船庫裡。

「有獨木舟在羅西里灣翻覆，」他對著派翠克大喊。「父子失蹤。海倫已經通知蓋瑞跟亞雷。」

派翠克打開一個櫃子，拉出一團黃色的橡膠物品、一件紅色的救生衣，和深藍色的防水衣。

「對不起，珍娜，我得去救人。」他把防水衣物套在牛仔褲和運動衫外面。「拿著鑰匙，去我家等我，我很快就回來了。」他的動作很快，還來不及回答，已跑進船庫。此時，另外兩個男人也跑了進來，把滑動門整個拉開，做好準備。不到幾分鐘，四個男人已把工匠號拖進水裡，跳上船。其中一名成員——看不出誰是誰——拉了拉電線，啓動舷外機，船往外衝了出去，在波瀾起伏的大海中躍動。

我站在那兒，看著橘色的小點越變越小，直到消失在一片灰色之中。

「速度很快，對吧？」

我轉身，看到一個女人斜著身子，站靠在員工室門邊。五十多歲，髮色黑中帶灰，穿了件花罩衫，一邊別了枚皇家救生艇協會徽章。

「我叫海倫，」她說：「負責接電話、帶訪客參觀之類的事。妳一定就是派翠克的女朋友。」

我因爲她的友善而臉紅。「我叫珍娜。我都搞糊塗了，他們從準備到出發應該不超過十五分鐘吧。」

「十二分鐘又三十五秒，」海倫說。她因爲我流露出來的驚訝表情而微笑。「我們得記錄所有從通話到行動的時間。我們的志願救生員都住在幾分鐘距離內。蓋瑞住前面，亞雷在大街開了間肉鋪。」

「出勤的時候店鋪怎麼辦？」

「他會在門上掛個牌子。當地人習慣了，他已經做二十年了。」

我轉身，看著海面。海上沒有小船，只有很遠的地方有艘大船。低矮的雲層罩住天頂，連地平線都看不到，海天連成一大團滾動的灰。

「沒事的，」海倫輕聲地說：「總是沒辦法不擔心，但會習慣。」

我好奇地看著她。

「大衛是我先生，」海倫解釋：「退休以後，他待在救生艇站的時間比待在家裡還長，我想，既然無法打敗他們，不如就加入他們吧。我第一次親眼看到他出勤時難過死了。在家裡跟他揮手道別是一件事，親眼看著他們上那艘救援船則是……而且天氣如果像現在這麼差的話——那可是……」她抖了一下。「不過他們會回來的，他們總是會回來的。」

她把手放在我的手臂上，我很感謝她的貼心。

「會讓人意識到一件事，對不對？」我說：「妳有多……」我頓住，連對自己都沒辦法承認這種情緒。

「妳有多需要他們回家？」海倫小聲地說。

我點頭。「對。」

「要我帶妳參觀其他地方嗎？」

「沒關係，謝謝。」我說：「我要回派翠克家等他。」

「他是個好男人。」

不知道她說的是不是眞的。她怎麼會知道。我走上山丘，每走幾步就回頭，希望能再看到那艘橘色小艇，但什麼也看不到，我的胃因爲焦慮而糾結。有不好的事情要發生了，我就是知道。

獨自待在派翠克家的感覺很奇怪。我抗拒誘惑，沒有上樓，也沒有四處看。因爲想找點事情打發時間，我扭開收音機，轉到當地電台。水槽裡堆滿衣物，我開始洗衣服。

「一艘獨木舟在距離羅西里灣一英里外的地方翻覆，船上的男子和他的兒子下落不明。」收音機劈哩啪啦個不停，我把調頻按鈕轉來轉去，想找到更穩的訊號。

「接獲消息後，艾利斯港當地救生隊已前往救援，不過截至目前爲止還沒有找到那兩名失蹤的男性。稍晚會再爲您更新最新情況。」

強風狂吹猛襲，樹木幾乎折斷。屋裡看不到海，我不知道自己應該高興，還是應該順應心情，往下走到救生艇站，看能不能望見那個橘色的小點。

洗完衣服後，我走進廚房用毛巾把手擦乾。櫥櫃上疊著高高的資料，無秩序感莫名地讓我安心。我將手放在櫥櫃的把手上，腦海裡響起了派翠克說過的那句話。

妳要做什麼都行，但千萬別打開櫃子。

裡面放了什麼？爲什麼不想讓我看？我回頭，彷彿他隨時可能走進來，同時拉開門。有什麼東西朝我掉了下來。我吸氣，伸出手，在一個花瓶掉在磁磚地板前接住了它。我把花瓶放回一堆玻璃器皿中，櫥櫃裡擺了一疊亞麻布，散發著薰衣草味，整個櫃子都充滿著這種香味。裡頭沒什麼可怕的東西，只是一大堆回憶罷了。

準備關上門時，我看見一個銀邊相框從一疊桌布裡探出來。我小心地把相框抽出來，是派翠克的相片，抱著一個牙齒潔白、留著一頭俏麗金色短髮的女人。兩人都在笑，不是對著相機，而是對著彼此。不知道她是誰，爲什麼派翠克要把這張相片藏起來。她就是那個派翠克原以爲會娶的女人嗎？我看著相片，試著找出蛛絲馬跡，好知道拍攝時間。派翠克的樣貌看起來跟現在一樣，不知道這女人只存在於他的過去，或目前仍是他生命的一部分。或許並非只有我有祕密。我把相框塞回桌布之間，關上櫥櫃的門，讓裡面的東西恢復原貌。

我走進廚房，因爲缺乏休息而疲累。我泡了杯茶，坐在桌旁。

打在臉上的雨刺刺的，使我視線模糊。在風聲的遮蓋下，我幾乎聽不見引擎的聲音，但我仍然聽見他撞上引擎蓋時的沉悶聲，以及摔在柏油路上的砰咚聲。

忽然間，流進眼裡的不是雨水，而是海水。也不是引擎聲，是救難艇的突突聲。雖然聽見的是自己的尖叫聲，抬起頭看著我的那張臉——有著溼睫毛的眼眸——不是雅各，是派翠克。

「對不起，」我說，不確定自己是不是用喊的。「我不是故意要……」

我感覺有一隻手在搖著我的肩膀，用力把我從睡夢中拉回來。迷迷糊糊中，我從交疊的雙臂中抬起了頭，木桌留著殘留的溫度，同時感覺到廚房的寒氣打在臉上。燈光刺眼，我抬起手來摀著臉。「不要！」

「珍娜，醒醒！珍娜，妳是在作夢。」

我慢慢把手放下，張開雙眼，看到派翠克蹲在前方。我張開嘴，但沒說話，夢魘帶來的恐懼仍殘留腦中，看到他卻讓我倍感安心。

「作了什麼夢？」

我慢慢把字詞湊在一起。「我……我不確定，我很害怕。」

「不用怕，」派翠克說，同時順了順我被汗水弄溼的頭髮，兩手托著我的臉。「我在這裡。」

他臉色蒼白，頭髮跟睫毛上都還有雨水。他那雙總是明亮的雙眼如今變得空洞、黝黑。他看起來身心俱疲，我想都沒想，上前親了他。他飢渴地回應，抓著我的臉，然後忽然把我放開，額頭靠在我的頭上。

「他們放棄搜救行動了。」

「放棄了？意思是說還沒有找到他們的下落？」

派翠克點點頭，我看見他眼中滿溢的情緒。他渾身無力地坐下。「天一亮，我們就會再次出發，」他語氣平靜地說：「但是大家都已經認清事實了。」他閉上雙眼，頭枕在我的大腿上，毫不避諱地爲了那對罔顧所有警告標語仍自信滿滿地出海的父子哭泣。

我摸著他的頭髮，任自己的眼淚隨之落下。我爲了一個孤獨留在海中的少年而哭，爲他的母親而哭，爲那些縈繞不去的夢境，爲了雅各，爲自己的寶寶而哭。

19

派翠克跟其他成員停止搜索後好幾天，直到聖誕夜，兩具屍體才被大海沖上岸。我原本天真地以爲兩人會同時出現，但早該知道潮水是如此無法預料。兒子先被羅西里灣漣漪陣陣的海水沖上岸，明明看似溫馴，海水卻在距離灣岸一英里處將被打上岸的父親身上留下駭人的傷勢。

派翠克接到電話時，我們正在沙灘上。從他那憂愁的嘴形來看，我知道一定不是好消息。彷彿要保護我似的，他走到離我稍遠的地方，轉身凝望大海，同時沉默地聽著大衛的話。通話結束後，他站在原地，瞭望大海，彷彿在尋找答案。我走過去，把手放在他的手臂上，他嚇了一跳，彷彿忘了我就在一旁。

「眞的很抱歉。」我無助地想尋找正確的字眼。

「我當時在跟一個女孩交往，」說話的同時，他依舊遠眺大海。「大學認識的，我們一起住在里茲。」

我聽著，不知道接下來會怎麼樣。

「回這裡時，我也把她帶過來了。她不想來，但我們不想分開，於是她放棄了自己的工作，來艾利斯港跟我一起過日子。她很不想，這裡對她來說太小，太安靜，太緩慢。」

我有點不自在，像個侵入者。我想叫他停下來，他沒必要告訴我這些，但他停不下來。

「夏天時，我們吵了一架。吵的是同樣的老話題，她想回里茲，我想留在這裡拓展動物醫院。她衝出門，跑到海灘衝浪，一陣激流攫住她，從此再也沒有出現過。」

「天啊！派翠克。」我喉頭哽咽。

他轉身看著我。「她的衝浪板隔天被打上岸，但我們找不到她的屍體。」

「『我們』，」我說。「你自己也去參加搜索嗎？」我無法想像那有多痛苦。

他聳聳肩。「我們都去了，畢竟那是我們的工作，不是嗎？」

「是沒錯，可是……」我的聲音越來越小。他當然會去找她，他怎麼能不那麼做呢？

我抱住派翠克，他把身體往我身上靠，臉靠在我的脖子上。我以爲他有一個完美的人生，因爲我只看到他表現出來的風趣、隨和的一面，但他心裡揮之不去的陰影就跟我的一樣眞切。我第一次跟一個我很需要他，而他也很需要我的男人在一起。

我們慢慢朝小屋的方向走。派翠克要我等他一下，他要去車裡拿點東西。

「什麼東西？」我好奇地問。

「等一下妳就知道了。」他眼裡的神采回來了，我很欽佩他處理生命中的哀傷的能力。不知道是不是過去的那些日子給了他這種力量，我希望自己有一天也能跟他一樣。

回來時，派翠克的肩膀上隨興地扛著一棵聖誕樹。我忽然感受到一陣濃濃的酸楚，我想起以前自己一聽到聖誕節就會變得多麼興奮。孩提時，伊芙跟我會遵照嚴格的妝點順序：先是燈飾，接著是聖誕彩條，然後再鄭重其事地掛上聖誕球，把老舊的天使搖搖晃晃地放在聖誕樹的頂端。我想像她跟自己的孩子用同樣的老方法布置。

我不想在家裡放聖誕樹。裝飾是小孩子做的，是全家一起做的。但派翠克很堅持。「我不要再把它扛回去了，」他說，同時把樹拖進門，在地板上留下四散的松葉。他把樹放在簡陋的木台上，確認是否筆直。「畢竟是聖誕節，家裡總得有棵聖誕樹吧。」

「我沒有任何可以裝飾的東西啊！」我抗議。

「看看袋子裡面。」

我打開派翠克的海軍背包，看見一只老舊的鞋盒，蓋子上綁了條粗粗的橡皮筋。掀開蓋子後，我發現十二顆紅色的聖誕球，玻璃的外殼滿是歲月的痕跡。

「噢，」我小聲地說：「好漂亮喔。」我拿起一顆，它炫目地旋轉，將我的臉投射在上面。

「是我祖母留下來的。我就跟妳說那個櫥櫃裡藏了一大堆她的東西。」

我臉紅了一下，沒讓他看到。我想起自己翻派翠克的櫥櫃，還發現一張派翠克跟一個女人的合照。我現在知道那個女人一定就是溺死的那一個。

「真漂亮，謝謝你。」

我們一起布置聖誕樹。派翠克還帶了一串小燈泡來，我也找到能掛樹枝的緞帶。雖然只有十二顆聖誕球，但每一顆球接連的躍動宛如流星。我吸著松樹的味道，想把這樣的快樂永遠珍藏心底。

布置完成後，我坐著，把頭靠在派翠克的肩膀上，看著玻璃球映射出來的光芒在牆上舞動，幻化出各種形狀。他在我的手腕上畫圓，我已經好幾年沒有這麼放鬆了。我轉身吻他，探尋他。張開雙眼時，我發現他也剛好張開了。

「上樓吧。」我輕聲地說。我不知道自己爲什麼此時此刻會想做這件事，但我感受到身體對他的渴求。

「確定嗎？」派翠克的身體稍稍往後退了些，直視我的雙眼。

我點點頭。我不確定，不眞的那麼確定，但我想嘗試看看。我必須知道生命是否能有所不同。

他用手撫過我的頭髮，親我的脖子、臉頰，我的雙唇。他起身，溫柔地牽著我來到樓梯旁。他的大拇指依然磨蹭著我的手心，彷彿每一秒都沒辦法承受不愛撫我的痛苦。爬上狹窄的樓梯時，他跟在後頭，輕輕地摸著我的腰。我感覺到自己的心跳得飛速。

由於距離火爐及爐具很遠，臥房裡冷冰冰的。但令我發抖的不是低溫，卻是期盼。派翠克坐在床上，溫柔地把我拉去躺在他的身旁。他舉起一隻手，把我臉上的頭髮往後攏，手指沿著耳後到脖子。我忽然一陣緊張，我想到自己是多麼地冷靜，多麼地駑鈍又保守，我擔心他發現我的表現以後，是否還會想跟我在一起。但我好渴望他，體內翻攪的慾望如此陌生，更激起我的性慾。我靠派翠克更近，靠近到我們的呼吸緊密結合，難分難捨。足足有一分鐘的時間，我們就那樣躺著，嘴唇磨蹭著。慢慢地，他脫下我的襯衫，過程中他一直凝視著我。

我等不及了。我伸手解開牛仔褲上的釦子，把褲子拉下，焦急地用腳把褲子踢開，笨手笨腳地解開派翠克襯衫上的鈕釦。我們狂烈地接吻，不停地丟開衣物，直到他已全裸，我身上則只剩下內褲跟T恤。他抓住T恤的邊緣，我的頭輕輕地搖了搖。

動作暫停了。我期望他能堅持下去，但他凝視著我一會兒後，彎下頭隔著柔軟的衣服親吻我的胸部。他慢慢往下移動，我往後弓起背，在他的觸碰中奉獻出一切。

我的意識矇矇矓矓，四肢糾纏地躺在糾結的床單中。此時，我不是看到，而是感受到派翠克伸手想將床頭燈熄滅。

「拜託，」我說：「讓燈亮著吧。」他沒問我原因。他用手抱住我，親了一下我的額頭。

醒來時，我感覺到有些不同，但我仍恍恍惚惚，沒辦法馬上說出差別在哪裡。雖然身旁傳來的重量讓我覺得有點奇怪，可是差異並非在於有人跟我一起躺在床上，而是意識到自己剛才眞的睡著了。我的臉慢慢地綻開笑容。我是自然醒來的，不是尖叫將我拖出夢境，也沒有聽見煞車的摩擦聲或頭顱撞到玻璃的碎裂聲。十二個月以來，我第一次晚上沒有夢見那場意外。

我打算起來煮個咖啡，但床鋪的暖意又把我拉回棉被底下，於是我裹著棉被，跟赤裸的派翠克躺在一起。我由上而下摸著他的側身，感覺到他緊實的腹部及有力的大腿。我感覺兩腿之間有一股悸動，再一次因身體的反應而感到訝異：我好想好想被人觸碰。派翠克醒了，微微抬起頭來對著我笑，雙眼依然緊閉。

「聖誕快樂。」

「想喝杯咖啡嗎？」我親了他赤裸的肩膀。

「晚一點。」他說，同時又把我拉回棉被底下。

我們在床上賴到中午，享受著彼此的陪伴。我們吃了些柔軟的圓麵包配又甜又黏的黑醋栗果醬。派翠克走下樓倒更多咖啡，上來時把我們昨天晚上小心翼翼放在聖誕樹下的禮物帶上來。

我撕開派翠克遞給我的那個包得很醜、擠得扁扁的紙包。「是一件大衣耶！」我大叫。

「雖然不是很浪漫啦，」他不好意思地說：「但妳去海灘的時候，總不能晴天雨天都穿著同一件破舊的防水大衣，妳會凍壞的。」

我立刻套上。這件大衣又厚又暖又防水，還有很深的口袋跟帽子。比我常穿的那件好上一百萬倍。原本的那件是在我搬進小屋來的時候，吊在門廊的。

「我認爲讓我保持溫暖又乾燥是一件非常羅曼蒂克的事情，」我親了派翠克。「我好喜歡這件大衣，謝謝你。」

「口袋裡有一樣東西，」他說：「算不上是禮物啦，只是一個我覺得妳應該擁有的東西。」

我把手探進口袋，拿出一只手機。

「那只手機是我以前在用的，沒什麼了不起的功能，但還可以用，需要打電話的時候，不用再大老遠走到營地去了。」

我正準備跟他說我只會打給他時，才意識到或許這正是他的意思。他不喜歡聯絡不到我。我不大確定自己對這件事的感覺，但我謝謝他，提醒自己不需要隨時開機。

他拿給我第二樣禮物，用深紫色的包裝紙和緞帶包著，包得很美。「這個禮物不是我包的。」雖然沒這個必要，他還是老實承認。

我小心翼翼地把包裝紙拆開，謹愼地打開那只小盒子。裡頭是個海螺造型的珍珠母貝胸針。一照到光線，就有十多種顏色浮現。

「噢，派翠克。」我欣喜若狂。「胸針好漂亮。」我拿出來別在新的大衣上。我害羞地把一幅要送給派翠克的素描拿了出來，畫的是艾利斯港的海灘，救生艇沒有出去，而是安全地回到岸邊。

「珍娜，妳眞有才華，」他拿著畫仔細端詳。「妳待在這裡實在太可惜了。妳應該辦個展覽，讓妳的聲名遠播才對。」

「我不能那麼做。」我回答，但沒告訴他原因。我提議散步一下，試試新大衣，於是我們帶著阿波到海岸去。

灣岸空無一人，海水退到遠處，留下一大片蒼白的海灘。厚厚的白雲懸掛在懸崖上空，跟深藍色的海洋相比似乎更顯白皙。海鷗在頭上盤旋，令人傷感的叫聲迴盪在虛空之中，海浪規律地打上沙灘。

「乾淨到幾乎讓人覺得不應該在上面留下任何腳印。」我們漫無目的地亂走，我伸手握住派翠克的手。我第一次沒有帶相機。我們走進海裡，任冰冷的泡沫淹沒靴子。

「我媽以前在聖誕節這天都會到海裡游泳，」派翠克說。「爲了這件事，她還跟我爸吵過架。他知道海浪裡潛藏著多大的危險，他會說那麼做很不負責任。但只要放在聖誕襪裡的禮物全都打開以後，她就會拿著自己的毛巾跑到海邊游泳。當然，我們全都覺得她的行爲很好笑，會在一旁為她加油。」

「眞瘋狂。」我想起那個淹死的女孩，不知道他怎麼能夠在經歷過那次的悲劇以後還有辦法靠近海邊。阿波跑到海浪旁，每次海水漲起就張嘴去咬。

「妳呢？」派翠克說。「家裡有什麼瘋狂的習俗嗎？」

我想了一下，隨即笑了出來。我想起孩提時，每逢聖誕假期來臨，我都會好興奮。「沒有像你們家那樣，」我最後說，「但我以前很喜歡全家一起過聖誕節。我的父母從十月就開始為聖誕節做準備，家裡到處都會藏著令人興奮的禮物，從櫥櫃到床底下都有。我爸離開以後，我們也會做同樣的事情，不過感覺已經不同了。」

「妳有試著去找他嗎？」他捏捏我的手。

「有。念大學的時候。我找到他，發現他有了新的家庭。我寫信給他，他回信說讓過去的美好回憶留在過去吧。我的心都碎了。」

「眞是太讓人傷心了。」

我聳聳肩，假裝不在乎。

「妳跟姊姊親嗎？」

「以前很親。」我撿起一顆石頭，本來想打水漂，但浪的起伏太快了。

「我爸離開以後，我對我媽趕他出去的事情非常生氣，伊芙卻站在我媽那邊。不過除此之外，我們會注意彼此過得好不好，只是我已經好幾年沒有去看她了。幾個禮拜以前，我寫了一張卡片給她。不知道她有沒有收到，我連她有沒有搬家都不清楚。」

「妳們吵過架嗎？」

我點點頭。「她不喜歡我丈夫。」感覺把這句話說出來很大膽，一陣恐懼竄過肩頭。

「那妳喜歡他嗎？」

這個問題很奇怪，我稍微想了一下。我花了很長的時間去恨伊安，也花了同樣長的時間去怕他。「曾經喜歡過。」我最後說。我記得他曾經多麼迷人，跟其他那些笨手笨腳又缺乏幽默感的大學男生截然不同。

「妳離婚多久了？」

我沒有糾正他。「一段時間了。」我撿起幾顆石子，開始往海裡丟。每顆石頭都代表了我曾經覺得被愛，被照顧過的一年。「有時我會想，他會不會哪天又跑回來。」我微微笑出聲，但就連我自己都覺得那個笑聲很空洞，派翠克若有所思地看著我。

「你們沒有孩子嗎？」

我彎腰，假裝在找石頭。「他對那個想法沒什麼興趣，」我說。這句話離眞相不算太遠，伊安從來都不想爲自己的兒子做點什麼。

派翠克摟住我的肩膀。「對不起，我問太多問題了。」

「沒關係。」我意識到自己是認眞的。跟派翠克在一起，我覺得很安心。我們慢慢走上海灘，小徑因爲冰霜而有點滑，我很高興有派翠克的手摟著我。我告訴他的事情比我想像的還要多，但我不能告訴他全部的事情。如果全部說出口，他會離開我，就沒有人能夠扶住我，不讓我跌倒了。

20

起床時，雷的情緒很正面。聖誕節那天他請了假，雖然曾到辦公室兩次，還把工作帶回家，他還是得承認放假挺不錯的。他在想，不知道凱特查得怎麼樣了。

在九百多筆登記在布里斯托的紅色福特 Focus 跟 Fiesta 裡面，只有四十輛左右的車觸動了車牌辨識系統。雖然影像超過九十天就會刪除，還是留下一份名單，凱特正在針對持有人進行追查，看看當天他們在做什麼。過去四、五個星期內，雖然她追查名單的速度很快，卻還是逐漸變慢。沒有透過標準的文書作業就把車子賣人、持有人搬家了，卻沒有留下地址——尤其是遇到聖誕假期，能排除大批嫌疑人眞是奇蹟。如今假期結束了，案情差不多該有突破了。

雷把頭探進湯姆的臥房。湯姆全身蓋著被子，只露出頭頂，雷無聲地關起門。他那因爲新年而產生的正面情緒沒有延伸到兒子身上，湯姆的行爲舉止已經嚴重到導師給了他兩次正式的警告，再一次就會被暫時停學。雷覺得這個處罰很可笑，因爲他蹺課次數比上課次數還多，顯然根本就不想上學。

「露西還在睡嗎？」雷進去廚房時，梅格絲問。
「兩個都還在睡。」
「今晚得讓他們早點上床，」梅格絲說：「再三天就要開學了。」
「還有乾淨的襯衫嗎？」
「你的意思是說，你連一件都沒洗嗎？」梅格絲走進儲藏室，回來的時候手臂上披著一疊燙過的襯衫。「幸好某人有弄，別忘了晚上我們還得跟鄰居喝幾杯。」
雷嘟噥了幾聲。「一定要去嗎？」
「對。」梅格絲把襯衫拿給他。
「到底誰會在新年的隔天跟鄰居碰面啊？」雷說：「這個時候開派對也太奇怪了吧。」
「艾瑪說，那是因爲每個人從聖誕節到新年這段期間都很忙，她認爲等這些慶祝活動都結束以後，剛好可以藉機調劑一下。」
「哪有什麼調劑效果啊，」雷說：「只會讓人覺得麻煩而已。他們都一樣，每個人都會跑來跟我說他們車速不過三十七而已，就在速限只有三十的地方被開單，又不是在學校附近，一點都不公平，搞到最後就變成警察批判大會。」
「他們只是想找話題跟你聊而已，雷，」梅格絲耐心地說：「他們不常跟你碰面……」
「會這麼少碰面顯然不是沒有原因的。」
「……所以他們只能跟你聊聊你的工作。對他們客氣一點，如果你眞的這麼討厭的話，就換個話題，隨便聊點別的。」

「我討厭聊些沒營養的東西。」

「好啦好啦。」梅格絲用力地把平底鍋放到料理檯上。「那你就不要來好了，雷。坦白講，如果你這麼不高興的話，還不如不要去算了。」

雷希望她不要用這種跟孩子說話的語氣跟他說話。「我沒有說我不去，只是說很無聊而已。」

梅格絲轉過來，眼神看起來沒剛剛那麼有耐性，而且很失望。「生命中不是只有有趣的事情而已，雷。」

「新年快樂啊，兩位。」雷走進刑事調查部辦公室，把一盒雀巢巧克力放在胖虎桌上。「希望可以慰勞你聖誕節跟過年都沒休假。」國定假日期間，辦公室只會保留基本人力，而胖虎籤運不佳。

「我新年那天早上七點就來上班了，才一盒巧克力哪夠啊。」

雷笑了。「胖虎啊，反正你年紀都這麼大了，也不適合參加跨年晚會。跨年那天，梅格絲跟我老早就上床睡覺了。」

「我想我還在調適中。」凱特邊打呵欠邊說。

「好玩嗎？」雷說。

「忘了。」她大笑，雷覺得很嫉妒。雷覺得凱特參加的那些派對一定不會聊超速罰單跟亂丟垃圾，他今晚就得面對這些無聊的話題。

「今天要討論什麼案子嗎？」他問。

「有好消息，」凱特說：「找到一組車牌號碼了。」

雷笑了出來。「也該是時候了，妳有多確定這就是肇事車主的車牌號碼？」

「確定。自從案件發生以後，車牌辨識系統上完全沒有再出現過這輛車的車號。雖然這個車主已經不用繳稅了，但也沒有去申請未上路證明，我猜這輛車應該是丟掉或是燒毀了。車牌登記的地址在博福特街上，距離雅各被撞的地方只有五英里。胖虎跟我昨天查看了那個住處，裡面沒人，是租的。胖虎今天會試著跟土地登記辦公室聯絡，看房東有沒有留下其他地址。」

「有查到姓名了嗎？」雷問，他藏不住興奮之情。

「查到了，」凱特笑著說。「國家警務系統跟選民登記資料庫都沒有資料，網路上也查不到任何東西，不過我們今天就會解決這個問題。我先前就已經把資料保護豁免聲明書傳送到各個公用機構。聖誕假期結束了，他們應該會開始跟我們聯絡。」

「雅各母親的去向也有進展了。」胖虎說。

「太好了，」雷說：「我應該更常休年假才對，有跟她講到話了嗎？」

「沒有電話號碼，」胖虎說：「凱特終於聯絡到聖瑪莉學校一個認識她的代課老師。事件發生以後，顯然雅各的母親覺得所有人都認為是她的錯。她深感自責，又很氣警方竟然任那名駕駛無事脫身……」

「『任那名駕駛無事脫身』？」雷說：「是啦，我們就只是坐在辦公室裡啥也沒幹，對吧？」

「我只是轉述對方跟我說的話而已，」胖虎說：「總之，她切斷了所有的聯繫，離開了布里斯托，重新開始人生。」他輕輕地碰了碰檔案，那份檔案似乎比雷最後一次看到的時候又厚了一吋。

「我在等當地的警察局回覆電子郵件，應該今天就會拿到她的地址。」

「幹得好。把媽媽找回來真的很重要，免得最後要上法院。我們最不想看到的情形就是一些反警察的人在報紙上大發議論，說我們要花超過一年才有辦法起訴犯罪者。」

凱特的電話響了。

「刑事調查部，我是伊凡斯探員。」

雷才剛轉過頭望向自己的辦公室時，凱特就開始對著他跟胖虎猛打手勢。

「太好了！」她對著電話說。「非常感謝。」

她在桌上的一本A4本子上振筆疾書，電話放下後還在微笑。

「找到那個駕駛了。」她說，同時以勝利者的姿態揮舞著手中的那張紙。

胖虎難得笑了。

「是英國電信，」說話時，凱特在椅子上晃動。「他們用資料保護豁免聲明書上的資料，在沒有登記於電話簿的用戶資料庫查詢，幫我們找到地址了！」

「在哪裡？」

凱特把本子的第一頁撕下來交給胖虎。

「太棒了，」雷說。「我們出發吧。」他從牆上的金屬櫃裡拿出兩串鑰匙，丟了一串給胖虎，胖虎嫻熟地接住了。「胖虎，帶著現有的、關於雅各母親的檔案，去當地的警局，告訴他們沒時間等他們打電話了，我們馬上就要地址。沒有找到她以前不要回來。找到以後，一定要讓她知道該伏法的人一個也逃不掉，我們正在盡可能把犯人逮回來，爲雅各之死伸冤。凱特跟我會去逮捕那名駕駛。」他停住，把另一串鑰匙丟給凱特。「車還是讓妳開好了。我得打電話取消今晚的計畫。」

「本來是要去什麼好地方嗎？」凱特問。

雷笑了。「相信我，我寧可待在局裡。」

21

敲門聲嚇了我一跳。時間到了嗎？我可能花了好幾個小時在編輯照片。阿波豎起耳朵，但沒有吠叫，摸了摸牠的頭之後，我把門閂拉開。

「妳一定是灣岸唯一會鎖門的人。」派翠克發了牢騷。他走進來，親親我。

「應該是都市生活留下來的習慣。」我輕描淡寫，我再次閂上門，費盡地把門上鎖。

「葉斯頓還沒來修啊？」

「他就是這樣，」我說。「答應會把門修好，但從來沒有動手過。他說今天晚上會過來，但我覺得機率很低。我想，他大概覺得我想把門鎖起來的想法很荒謬吧。」

「唉，也沒錯啦。」派翠克倚在門上，抓住大鑰匙，用力塞進門鎖裡。「我想培菲克從一九五四年到現在都沒有發生過竊盜案。」他咧嘴而笑，我無視他的嘲弄。派翠克並不知道，當他沒有跟我在一起時，晚上我都會在房子裡巡來巡去，也不知道我只要一聽到外面有動靜就會醒來。夢魘或許已經停止，但恐懼依舊存在。

「過來這邊取暖吧。」我說。外面冷得要命，派翠克看起來都凍僵了。

「這種天氣會維持一段時間。」他聽了我的建議，靠在古老的爐具上。

「木柴夠用嗎？我明天可以帶一些過來。」

「葉斯頓給我的還可以用好幾個禮拜，」我告訴他。「他每個月月初來收房租時，通常會用拖車載一堆木柴過來——而且不額外收錢。」

「他是個好人。他跟我爸認識很久很久了，他們以前會整晚耗在酒吧裡，然後悄悄地溜回家，騙我媽他們沒有喝醉。很難想像他變了這麼多。」

我笑了。「我喜歡這個人。」我從冰箱裡拿出兩罐啤酒，一罐給派翠克。「今天晚上吃什麼？」

他早上打電話來，說會帶晚餐過來，我很好奇，想看看他放在前門旁的那個保冷袋裡裝了些什麼。

「是一個要感謝我的客戶送過來的。」派翠克說。他拉開保冷袋拉鍊，伸手探進去。如魔術師變出一隻兔子，他拿出一尾外殼光滑的藍黑色龍蝦，螯懶懶地揮了揮。

「噢，天啊！」我因爲這道菜開心又擔憂，因爲我從來沒有處理過這麼複雜的料理。「很多顧客都會用龍蝦付帳嗎？」

「超多的，」派翠克說。「有些人會用山雞或兔子。有時候他們會當面拿給我，但通常都是上班時，發現有人在門口留了東西。」他面帶微笑。「我學會不要去問這些東西是打哪兒來的。有人來收稅的時候，要用山雞代替稅款挺困難的，幸好這裡擁有支票簿的人夠多，讓醫院撐得下去。我沒辦法只因爲對方沒有錢付醫療費，就拒絕治療生病的動物。」

「你心地最好了。」我抱住他，親親他。

「噓，」我們分開時，他說：「妳會毀掉我長久以來經營的硬漢形象。除此之外，我可沒柔軟到沒辦法扒毛茸茸的兔子的皮或煮熟龍蝦。」他發出動畫裡惡棍那種很誇張的笑聲。

「傻瓜，」我對著他笑。「希望你知道怎麼煮，我真的不會。」我小心翼翼地看著那尾龍蝦。

「多看多學著點吧，夫人，」派翠克說。他把一條餐巾披在手臂上，同時鞠躬。「晚餐很快就會上桌了。」

我找出最大的平底鍋。水滾時，派翠克把龍蝦先收回保冷袋裡。我在水槽裡裝滿水洗萵苣，我們安靜又溫馨地分工，阿波偶爾會鑽過我們的兩腿之間，輕柔地提醒我們牠的存在。這樣的環境輕鬆又安心，我露出笑容，偷看派翠克一眼，他正全神貫注地做醬料。

「還好嗎？」我們四目交接，他把木湯匙靠在平底鍋上，問我。「在想什麼？」

「沒什麼。」我說，轉身回去弄沙拉。

「唉唷，跟我說嘛。」

「我在想我們之間的事情。」

「那妳一定得跟我說！」派翠克笑著。他把手伸進水槽裡，手沾溼以後把水珠往我的方向彈。

我不由自主地尖叫。在大腦逮到機會跟我溝通，告訴我那是派翠克，只是派翠克在玩鬧時，轉身背向他，用手護住頭。那是本能反應，我心跳加速，手心冒汗。那種氛圍嚇住了我，瞬間把我送回另一段日子，另一個地方。

一陣沉默。我慢慢起身，心臟在胸腔裡猛跳。派翠克表情驚恐。我試著說話，卻口乾舌燥，恐慌尚未平息。我看著派翠克，看到他臉上迷惑又愧疚的神情，我知道自己得解釋清楚。「眞的很對不起，」我開始說。「我……」我沮喪地用手遮住臉。

派翠克往前一步。他試圖要抱我，但我推開他。我對自己的反應很慚愧，也在抗拒忽然想把一切和盤托出的衝動。

「珍娜，」他溫柔地說：「妳怎麼了？」

有人敲門，我們望向彼此。

「我去開門。」派翠克說，但是我搖了搖頭。

「一定是葉斯頓。」我很感謝剛好可以藉這個機會轉移注意力。我用手指擦了擦臉。「我馬上回來。」

一打開門，我就知道發生什麼事了。

一直以來，我只是想逃走，假裝事故發生以前的那些日子屬於他人，欺騙自己能夠再次得到快樂。我常在想，不知道他們找到我的時候，我的反應會是如何。不知道被帶回去的感覺會是怎樣，我會不會反抗呢？

當警察說出我的名字時，我點了點頭。

「對，我是。」我說。

他的年紀比我大，有一頭深色的短髮，身穿深色的西裝。他看起來很和善，不知道他過著什麼樣的日子，不知道他有沒有孩子、老婆。

站在他旁邊的女人往前一步。她看起來比較年輕，有一頭深色的鬈髮。「我是警探凱特．伊凡斯，」她打開皮夾，讓我看她的警徽。「隸屬於布里斯托刑事調查部。妳因危險駕駛而導致他人死亡，並於事後離開事故現場，因此我要逮捕妳。妳不需要說任何話，接受審訊時，如果妳沒有提到上法庭時，用來當作抗辯依據的事情，可能會對妳的辯護產生不利的影響……」

我閉上雙眼，慢慢吐氣。是停止假裝的時候了。

第二部

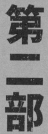

22

第一次見到妳時，妳坐在學生交誼中心角落。當時，妳並沒有注意到我，雖然我一定很明顯：在一群學生裡，我是唯一穿著西裝的人。被朋友圍住的妳笑得如此用力，笑到流眼淚。我拿起咖啡，坐到隔壁，邊翻資料，邊聽妳跟朋友談天。就跟一般女性聊天的方式一樣，妳們的話題跳來跳去，讓我無法理解。最後，我放下資料注視著妳。我後來知道妳們全是藝術系的學生，再一年就要畢業了。我或許早該猜到，妳們是如此地自信，迅速占據了酒吧、對著房間另一隅的朋友們大喊，完全不顧他人眼光地縱聲大笑。就在那時，我知道了妳的名字：珍娜。聽到的時候，我有點失望。妳的頭髮豐密，皮膚白皙，賦予妳一種前拉斐爾派[6]畫作的氣質，我一直以爲妳的名字會更古典，或許叫奧瑞莉雅，或是伊莉諾。但毫無疑問地，妳是團體裡的焦點。其他人太傲慢，或太膚淺。妳一定跟她們同樣年紀——比我年輕至少十五歲——但即便是當時，妳的臉上就

6　一八四八年開始的藝術團體和運動，為發展自然藝術風格，遠離學院派的制式規格。由於拉斐爾的畫作是當時藝術家眼中的完美範本，創辦人將團體命名為前拉斐爾派，以追求中世紀的浪漫主義風格。

已帶有一股成熟。酒吧裡的妳四處張望，彷彿在尋找誰，我對著妳笑，但妳沒看見，幾分鐘後，我因爲要講課的關係只好離開。

我答應擔任六堂課的客座講師，校方想讓學校課程和商界接軌，我的課程是計畫的一部分。上這些課很容易：學生要不是半夢半醒，就是十分專注，要把我所說的關於創業的一字一句全部聽得清清楚楚。對一個從來沒上過大學的人來說，效果還算不錯。出乎意料的是，商業研究課居然有幾個女生來聽。第一次走進講堂時，我注意到她們幾個人互相交換了眼神。我猜，對她們來說，我很新奇吧：比課堂上的男孩老，又比教授跟駐校講師年輕。我的西裝很帥氣，襯衫很貼身，袖口的釦子閃閃發亮，頭上沒有一絲灰髮——當時還沒有——夾克裡也沒有藏著中年發福的身材。

上課時，我會刻意在講到一半的時候停頓，點出重點，同時跟一名女學生四目交接——每個禮拜都會換一個對象。她們會因爲我的凝視而臉紅，報以微笑，在我繼續講課的時候望向講台以外的地方。我喜歡看著她們課堂結束以後，在我把書整理好離開之前，掰個理由跑回教室，想盡辦法跟我親近。我會倚靠桌子邊緣，一手撐住身體的重量，聆聽她們的問題，看著她們眼裡的希望逐漸消逝，意識到我不會約她們出去。她們引不起我的興趣。沒辦法像妳那樣。

一個禮拜以後，妳又跟朋友一起出現在那兒。經過妳們那一桌時，妳看著我，對著我笑；不是出於禮貌的那種，而是咧嘴的那種大大的微笑。妳穿著一件亮藍色的無袖背心，看得見背心底下黑色胸罩的肩帶跟蕾絲，下半身是一件寬鬆迷彩褲。臀部的起伏之間有一小塊曬成棕褐色的光滑肌膚露了出來，不知道妳有沒有意識到。如果有的話，爲什麼妳不在乎。

話題從課業轉到感情。男孩吧，我想，雖然妳稱他們爲男人。妳的朋友說話的聲音很低，我很費勁去聽，以爲會聽見妳跟別人發生一夜情或隨興挑逗等事。但我對妳的判斷沒錯，只聽見妳大笑、溫和地取笑朋友。妳跟她們不同。

我整個禮拜都在想妳。午餐時間，我在校園裡散步，希望能在哪兒撞見妳。我看到了妳其中一個朋友——有染頭髮的那個高個兒——於是跟在她後面走了一陣子，但她進了圖書館，而我沒辦法跟進去看她是不是要跟妳碰面。

第四次講課的那一天我刻意早到，也得到了獎勵：妳一個人坐在前兩次見到妳時的同一張桌子旁。妳在讀一封信，我發現妳在哭。睫毛膏弄髒了眼睛，雖然妳不會相信，但這樣的妳漂亮多了。我拿著咖啡到妳那桌。

「我可以坐在這裡嗎？」

妳把信塞進包包裡。「請坐。」

「我想我們在這裡見過。」我坐在妳對面說。

「有嗎？對不起，我不記得了。」

妳竟然這麼容易就忘記了，這讓我有點不開心，但妳正在難過，或許腦袋因此不靈光吧。

「我現在在這邊上課。」我先前發現，只要是屬於教師那一邊的人，很容易就會引起學生的興趣。不管是因爲想要我們幫忙「美言幾句」，或只是相較於那些才剛從青春期裡走出來的男學生而言，我們這些男老師顯得特別不同。原因爲何我不清楚，但這招目前爲止沒有失敗過。

「眞的嗎？」妳眼睛一亮。「什麼科？」

「商業研究。」

「喔。」妳的眼神瞬間黯淡。看到妳竟然如此迅速地就把這麼重要的事情拋在腦後，我的心底湧起一股憤怒。畢竟妳要靠自己的藝術品讓一家人吃飽穿暖或復興整座城鎮可是難上加難。

「上課之外，你都在做什麼呢？」妳問。

我應該要不在乎妳的想法才對，但想要讓妳留下深刻印象的想法對我來說忽然變得很重要。

「我是一家軟體公司的老闆，」我告訴妳。「我們把軟體銷往世界各地。」我沒有提到道格，相較於我那百分之四十的股份，他持有百分之六十，而我也沒有澄清所謂的「世界各地」此時指的是愛爾蘭。我們的事業正在發展——講給妳聽的每一件事情，我都講給上次去銀行申請貸款時，跟我們接洽的那個經理聽過。

「妳再一年就要畢業了，對不對？」我改變了話題。

妳點點頭。「我念的是——」

我舉起手。「別說，讓我猜。」

妳笑了，妳喜歡這個遊戲。我花了些時間，假裝自己在思考，眼睛掃過妳身上穿的那件彈性條紋洋裝，掃過妳綁在頭髮上的圍巾。當時的妳比較豐腴，胸部讓胸前的布料變得很緊繃。我看得見妳乳頭的輪廓，不知道顏色是深還是淺。

「妳是念藝術的。」我說。

「沒錯！」妳露出驚訝的神色。「你怎麼知道？」

「妳看起來就像個藝術家。」我說，彷彿真有這麼明顯。

妳什麼也沒說，但臉上出現了兩坨紅暈，忍不住笑容滿面。

「我叫伊安．彼得森。」我跟妳握手，感受到妳肌膚上的涼意，而且握的時間稍微拉長了一些。

「我叫珍娜．葛雷。」

「珍娜，」我複述了一遍。「真特別的名字，是什麼名字的簡稱嗎？」

「珍妮佛，但大家都叫我珍娜。」妳自在地笑了。眼淚的痕跡已消失，我著迷的就是妳那因眼淚而流露出的脆弱。

「我注意到妳剛剛有點難過。」我指著妳敞開的包包裡的那封信。「是不好的消息嗎？」

妳的臉色立刻黯淡了下去。「是我爸寫給我的。」

我什麼也沒說，只是稍微把頭側向一邊，然後等待。女人通常不需要別人問，就會自動把困擾講出來，妳也不例外。

「他在我十五歲的時候離開，之後就沒見過他。上個月我追查到他的下落，寫了封信給他，但他不想知道我的事情。他說自己有了新家庭，我們應該『讓過去的美好回憶留在過去』。」妳強調那句引用自父親的話，製造出一種諷刺的氛圍，卻藏不住妳的苦楚。

「很遺憾，」我說。「很難想像居然會有人不想見妳。」

妳的神情立刻軟化，同時臉紅。「是他的損失。」妳說，眼睛卻泛著淚光。妳低頭看著桌面。

我傾身向前。「可以請妳喝杯咖啡嗎？」

「非常樂意。」

回到桌旁時，妳的朋友都出現了。我認得其中的兩個，但又多了一個人，是一個蓄著長髮，耳朵還穿了耳環的男孩。他們占據了所有的椅子，我得從隔壁桌多搬一張過去才有地方坐。我把咖啡拿給妳，等著妳跟其他人說我們聊到一半，但妳只是謝謝我的咖啡，介紹妳的朋友叫什麼名字，而我立刻就忘掉了。

妳的其中一個朋友問了我一個問題，但我的眼睛沒辦法從妳身上離開。妳很認眞地在跟那個長頭髮男孩聊期末作業一類的事情。妳的頭髮掉到眼前，又把它塞回耳後。妳一定感受到我的目光，因爲妳把頭轉過來。妳的笑容充滿歉意，我立刻就原諒妳那些無禮的朋友。

我的咖啡冷了。我不想第一個走，這樣他們就會開始聊我，但再過幾分鐘，我就要去上課了。我起身站著，直到妳注意到我。

「謝謝你的咖啡。」

我想問妳是否還能碰面，但妳的朋友都在，我怎麼開得了口？

「或許下禮拜見？」我說，口氣彷彿一點也不在乎。但妳已經轉過頭。離開時，妳的笑聲在我的耳裡迴盪。

那個笑聲讓我決定下個禮拜不過去。兩星期後見面時，妳臉上鬆了一口氣的表情讓我知道自己的暫別是正確的選擇。這次，我沒有問能不能跟妳坐同桌，直接拿著兩杯咖啡走過去，妳的是加了一塊糖的黑咖啡。

「你還記得我喜歡喝怎麼樣的咖啡！」

我聳聳肩，彷彿根本算不了什麼，雖然我其實有把這件事情寫在日誌裡，寫在我們碰面的那一天，我總是這麼做。

那一次，我多問了一些跟妳有關的問題，我看到妳有如一片等待澆水的葉子般展開。妳拿自己的畫作給我看，我翻看著那些有能力但缺乏創意的作品，告訴妳這些畫都很棒。妳的朋友們出現時，我本來打算站起來去拿更多椅子過來，但妳告訴他們妳在忙，說妳晚點再去找他們。當下，所有關於妳的擔憂都消失了。我注視著妳的眼神，直到妳臉紅地笑著。

「下禮拜就見不到妳了，」我說。「今天是我的最後一堂課。」

看到妳的臉上出現失望的神色時，我很感動。

妳張開嘴想說點什麼，又停了，我在等，享受這種期待感。我當然可以自己開口，但我更希望聽妳說出來。

「或許我們可以找個時間一起喝一杯？」妳說。

我花了點時間才回答，彷彿完全沒這麼想。「吃晚餐怎麼樣？城裡開了家新的法國餐廳，或許週末可以去嘗嘗？」

我喜歡妳那毫不掩飾的開心。我想起了瑪莉，她對一切都冷淡又漠不關心，對生命中的驚喜跟煩悶都處之泰然。我從沒想過是年齡的關係，但在看到妳只因爲能在一家高級餐廳吃飯就像孩子般的雀躍時，我知道自己找個比較年輕的女孩的作法是對的。不會那麼世故。當然，我並不認爲妳純眞無瑕，至少妳還沒變得自私又多疑。

我去宿舍接妳，無視於經過的那些學生的好奇目光。我很高興地看到妳身上穿了件高雅的黑色洋裝，修長的美腿收在厚厚的黑色絲襪裡。爲妳打開車門時，妳臉上滿是訝異的神情。

「我會適應的。」

「妳看起來很漂亮，珍妮佛。」我說，可是妳笑了。

「從來沒有人叫過我珍妮佛。」

「妳會介意嗎？」

「不會，我想不會吧，只是覺得聽起來很好笑而已。」

之前讀過的幾篇關於餐館的評價都是胡扯，根本沒那麼好，但妳似乎不介意。妳點了香煎馬鈴薯雞肉，我對妳的選擇發表了意見。「難得有女人不在乎發胖。」我笑著，表示並非批評之意。

「我才不節食呢，」妳說。「生命苦短。」雖然妳有把雞肉上的鮮奶油醬吃光，但妳沒有吃那些馬鈴薯。服務生送上點心菜單時，我揮手要他們走開。

「咖啡就好，謝謝。」我看見了妳的失望，但妳沒必要去吃那些會令人肥滋滋的甜點。「畢業後，妳打算做什麼？」我問。

妳嘆了一口氣。「我不知道。未來我希望自己能開一家藝廊。但現在，我得先找到一份工作。」

「當藝術家嗎？」

「要是那麼簡單就好了！我的主要作品是雕塑，我會想辦法賣掉作品，但那也意味著我得回去做以前的那些工作——或許在酒吧或超市打工——才有辦法付帳單。到最後，可能還是會搬回去跟我媽住吧。」

「妳跟她處得好嗎？」

妳像個孩子似的皺了皺眉頭。「不算太好。她跟我姊很親，但我們很少面對面說話。都是因爲她，我爸才會連再見都沒說就離開。」

我幫彼此又倒了一杯酒。「她做了什麼事？」

「她把他趕出去。她跟我說她很抱歉，但她有自己的人生，再也沒有辦法繼續過目前的日子。後來，她就拒絕再提起這件事。我認爲這是我碰過最自私的行爲。」

我看到妳眼裡的痛苦，我伸出手放在妳的手上。

「妳還有再寫信給妳爸嗎？」

妳猛搖頭。「他在信裡說得很清楚，要我別再聯絡他。我不知道我媽做了什麼，但一定是很嚴重的事情，嚴重到他不想要見到我們。」

我握住妳的手，同時用大拇指撫摸介於妳的大拇指和食指之間的光滑肌膚。「很遺憾，」我說，「我們沒辦法選擇父母。」

「你跟你父母親住嗎？」

「他們都過世了。」我撒了一個謊，我常這麼說，連自己都快騙倒了。或許是眞的也說不定——我怎麼會知道？搬到南部以後，我沒有給過他們聯絡方式，而我想他們也不至於因爲我的離開而夜不成眠。

「很遺憾聽你這麼說。」

妳捏了捏我的手，眼神充滿同情。

我感覺下體有一股衝動。我看著桌面。「那是很久以前的事情了。」

「那我們就有一個共同點了，」妳說。妳勇敢地笑了笑，表示妳了解我。「我們都失去了父親。」

我不知道妳是不是故意講雙關語——雖然兩種講法對我來說都是錯的——但我讓妳覺得自己懂我。「原諒他吧，珍妮佛，」我說。「他不應該這樣子對妳，沒有他的妳會更快樂。」

妳點點頭，但我敢說妳並不相信我。至少妳當時的確如此。

妳希望我能跟妳一起回去，但我不想浪費一個小時待在小小的學生宿舍裡，用缺了角的馬克杯喝廉價咖啡。我想帶妳回我家，但瑪莉的東西還在，而我知道妳對此一定會有異議。除此之外，這種感覺不一樣。我不想跟妳一夜情，我想占有妳。

我送妳到房間門口。

「看來騎士精神依舊存在。」妳開玩笑說。

我微微鞠躬。看到妳因此發笑，我竟然因爲能讓妳快樂而覺得開心。

「從來沒有一位眞正的紳士邀我出去過。」

「那麼，」我說，同時拉起妳的手輕輕一吻。「我們就應該常這麼做。」

妳雙頰一紅，咬了咬嘴唇。稍稍抬起下巴，等待我的吻。

「祝妳有個好夢。」我說。我轉身，走回汽車旁，沒有回頭。妳想要我——這點很明顯——但妳想要我的衝動還不夠強烈。

23

雷對珍娜．葛雷缺乏感情的表現很困惑。她沒有生氣地大吼，也沒有嚴詞否認或深表悔恨。凱特逮捕她時，他仔細地看著她的臉，只看到一絲絲解脫般的神情。他覺得很不自在，彷彿雙腳被誰抽掉了似的。他們花了超過一年的時間尋找殺死雅各的凶手，而珍娜．葛雷跟他的預期截然不同。

與其說漂亮，不如說她獨特。她的鼻子又細又長，白皙的皮膚上滿是大片雀斑。綠色的眼睛微微向上，讓她的長相有點像貓，紅褐色的頭髮披掛在肩膀上。她沒有化妝，雖然寬鬆的衣服遮住了體態，但纖細的手腕跟細長的脖子顯示她有點肌肉。

珍娜問可不可以給她一點時間整理自己的東西。「屋裡有朋友在——我得解釋給他聽。可以給我們一、兩分鐘獨處嗎？」她說話的聲音細微到雷得傾身才聽得見。

「恐怕沒辦法，」他說。「我們得跟妳待在一塊兒。」

她咬咬嘴唇，頓了一下，然後退開，讓雷跟凱特進入小屋。廚房裡站著一個男人，他手裡拿著一杯酒。珍娜臉上欠缺的表情卻以誇張的方式出現在那個男人的臉上，雷想，他一定是她的男朋友。

這個地方很小，因此他如果無意中聽見他們之間的對話也不讓人意外，雷心想，同時看了看這個亂糟糟的地方。火爐上擺了一些石頭，石頭都沾上了灰塵。火爐前面擺了一條到處都有微小燒痕的深紅色地毯。一條色彩豐富的毯子蓋在沙發上，原本應該讓這個地方看起來比較明亮，但燈光昏暗，天花板又低，連雷都得低下頭，免得撞到介於起居室和廚房之間的屋梁。這地方眞不是人住的。離哪兒都遠，縱使爐裡有火依舊冷得要命。他不知道她爲什麼會選擇這裡，不知道她是不是覺得躲在這裡比較安全。

「這位是派翠克．馬修斯。」珍娜說，彷彿他們身處社交場合。但接著，她就轉身背對雷跟凱特，雷覺得自己彷彿是入侵者。

「我得跟著這些警察走。」她的用字簡短而平淡。「去年發生了一件很可怕的事情，我得去修正這個錯誤。」

「怎麼了？他們要帶妳去哪裡？」

他要不是對她所做的事情一無所知，要不就是個說謊高手，雷心想。「我們會把她帶去布里斯托，」他說，同時往前，遞給派翠克一張名片。「她會在那邊接受審訊。」

「不能等到明天嗎？我可以明天一早帶她去斯溫西。」

「馬修斯先生，」雷的耐心快要用完了。他們花了三個小時才來到培菲克，又另外花了一個小時才找到布蘭塞蒂小屋。「去年十一月，一個五歲大的小男孩被一輛肇事逃逸的汽車撞死。恐怕這件事情沒有辦法等到早上再處理。」

「可是那件事情跟珍娜有什麼關係？」

沒有人說話。派翠克先看看雷，然後望向珍娜。他慢慢地搖頭。「不可能，一定是哪裡搞錯了。妳根本就不開車。」

她看著他的眼睛。「沒有搞錯。」

雷因爲她聲音裡的冷酷而背脊一陣涼。去年他一直在想，到底誰這麼鐵石心腸，可以拋下一個瀕死的小孩。現在跟她面對面，他正盡力保持冷靜。他知道不是只有自己這樣，他的同事們面對同樣的情況也很難自持，就像要在面對性侵犯跟虐童犯時繼續保持禮貌一樣困難。他望向凱特，看來她也有同樣的感受。他們越早回去布里斯托越好。

「該走了，」他對珍娜說。「到了拘留所以後，我們會審問妳，到時候妳就會有機會說發生了什麼事。在那之前我們不能談論這個案子。明白嗎？」

「我懂。」珍娜從椅子背後拿起一個小背包。她看著派翠克。「你可以留下來照顧阿波嗎？等弄清楚情況以後，我會想辦法再打電話給你。」

他點點頭，但什麼也沒說。雷很好奇他在想什麼。發現自以爲了解的人其實一直在對你撒謊的感覺會是怎麼樣呢？

雷用手銬銬住了珍娜，並檢查看看會不會太緊，同時注意到就連這麼做的時候，她都沒有任何反應。他隱約看見她的手心裡有傷疤，但她握緊拳頭，傷疤看不見了。

「車停在有點距離的地方，」他說。「在營地之後就沒辦法前進了。」

「對，」珍娜說。「那條路的盡頭距離這邊一公里。」

「好了嗎？」雷說。當他跟凱特沿著小路慢慢前進時，感覺距離更遠。雷在後車箱裡發現一個手電筒，但電池快沒電了，他每隔幾公尺就得搖搖手電筒，好讓它能照亮前方的路。

「一有機會就打電話給我，」在他們押著珍娜出去時，派翠克說。「記得找律師！」他在背後喊，但黑夜吞沒了他所說的話，她沒有回答。

他們三個人之間的氣氛很尷尬。他們沿著通往營地的小徑跌跌撞撞地前進，雷很高興珍娜非常合作。她雖然瘦，但跟雷一樣高，而且顯然比他們還熟悉這條路。雷完全搞不清楚方向，就連有多靠近懸崖邊緣都不知道。每隔一段時間，他就會聽見海浪的拍打聲，聲音大到他以爲海浪噴到他的臉頰上。沒有任何差錯地走到營地後，他鬆了一口氣。他打開偵防車的後門，讓珍娜進去，她一聲不吭地上了車。

他跟凱特走到距離車子幾公尺遠的地方。

「你覺得她還好嗎？」凱特說。「她沒說什麼話。」

「誰知道？或許她很震驚。」

「我猜，她原本以爲自己逃得掉，畢竟都過這麼久了。怎麼會這麼無情呢？」凱特搖搖頭。

「在判定她的罪之前，」雷說。「我們先聽聽看她的說詞吧。」在經歷了終於找到肇事駕駛的狂喜後，逮捕的過程卻非常地掃興。

「你應該知道漂亮的女孩也會殺人吧？」凱特在嘲笑他，在他還沒有回答以前，就從他的手裡拿走鑰匙，邁開大步走向偵防車。

回程路上很無趣，M4高速公路很塞，只能龜速前進。雷跟凱特低聲地聊些無關的話題：局裡的政策，新出爐的車型，刊登在《本週要案》裡的廣告。雷以爲珍娜睡著了，但在車子接近紐波特時，她說話了。

「你們是怎麼找到我的？」

「也沒有很難啦，」雷沒有回答，凱特說。「妳用自己的名字申請寬頻網路。我們跟妳的房東再三確認過，確定沒有找錯地方——他幫了很大的忙。」

雷往後看珍娜有什麼反應，她卻只望向窗外，看著擁擠的車潮。她看起來很平靜，只有大腿上緊握的拳頭透露出一點不同。

「在做出了那樣的事情以後，」凱特繼續說：「妳一定活得很痛苦吧。」

「凱特。」雷警告她別說了。

「當然比雅各的媽媽更痛苦……」

「夠了，凱特，」雷說。「審訊的時候再說吧。」他警告似的看了她一眼，她也不滿地望了回去。這將會是一個漫長的夜晚。

24

身處警車的黑暗之中，我任自己落下眼淚。警探跟我說話，她絲毫沒有掩飾對我的輕蔑。此時，灼燙的眼淚滴落到緊握的拳頭上。是我活該，但仍難以承受。我從來沒有忘記過雅各的母親，從來沒有停止去想她所蒙受的損失——她的損失比我大得多。我因爲自己做過的事情而痛恨自己。

我強迫自己深呼吸，掩蓋啜泣；不想引起這些警察更多的注意。我想像他們敲著葉斯頓的門，臉頰因羞愧而灼燙。關於我跟派翠克交往的新聞很快就傳遍了村莊，或許最新的醜聞也已成爲流言。

再也沒有比我跟著警察一起走回廚房時，派翠克看著我的眼神更讓我痛苦的了。我清楚地看到被背叛的眼神，彷彿看大字報似的。他所相信的關於我的每一件事都是謊言，而這個謊言就是要用來掩飾一樁不可原諒的罪孽。他用那種眼神看我不是他的錯，我應該要知道不能跟別人靠得太近——也不能讓別人靠我太近。

我們到了布里斯托的郊區。我得釐清自己的思緒。我猜，他們會把我帶進審訊室，建議我找一個律師。警察會問我問題，我會盡可能平靜地回答。我不會哭，也不會找藉口。他們會起訴我，我會上法庭，一切就結束了。正義終將得以伸張。事情的進展就像這樣嗎？我不確定。我對警方的知識來自偵探小說跟新聞報導，我沒有想過自己會是在犯罪的這一方。我在腦海裡看到一疊報紙，照片會放大，讓臉上所有的細紋都清清楚楚。那是一張殺人犯的臉。

一名與雅各．喬登之死有關的女性遭到逮捕。

我不知道報紙會不會刊出我的名字，就算沒有，也會報這則消息。我把手放在胸口，用掌心感受心臟的搏動。我的身體又熱又黏，好像發燒一樣。所有的事情都糾結成一團。

車速減緩，轉彎後駛進一堆醜陋灰色建築裡的停車場。這裡跟辦公區之間的區別，只在於大門口上方掛了一個「亞芳與薩莫塞特警察大隊」的牌子。車子技術精良地開進一個介於兩輛有標示的警車之間，女警探打開車門。

「還好嗎？」她的聲音溫柔多了，彷彿因爲稍早對我說了那些嚴厲話語而感到後悔。

我悲傷又感謝地點點頭。

空間不夠讓車門完全打開，雙手被銬住要出去有點難。笨手笨腳讓我更害怕。我猜這該不會就是手銬的眞正功能。畢竟，就算我現在逃走，能逃去哪裡？後院到處是高牆，出口是一道電動柵門。站直以後，伊凡斯探員抓住我的上臂，帶我從車旁離開。她抓住我的力氣並沒有很大，但這樣的行爲卻讓我覺得很害怕，我得抗拒自己想要甩開她的衝動。她帶我到一扇金屬門旁。男警探按了按鈕，對著對講機說話。

「我是史蒂芬探長，」他說。「逮捕到一名女性嫌犯。」

沉重的大門啪噠一聲打開，我們走進一間牆壁骯髒的白色大房間。大門在背後砰地關上，隨之響起的噪音在我的耳朵裡停留了足足一分鐘。雖然天花板裝了台嘈雜的空調，空氣依然沉悶。我們在整間辦公室中央，一旁有很多走道通往其他地方，不知從哪兒規律地傳來砰砰的撞擊聲。房內有一張固定在地板上的灰色金屬長椅，一個二十多歲的年輕人坐在那張長椅上邊咬指甲邊往地板吐口水。他身上穿了件磨損的工作服、一雙運動鞋，以及看不出牌子的骯髒灰色運動衫。身體散發的惡臭竄進我的喉嚨，我轉過頭，沒讓他看見我眼裡的恐懼跟憐憫。我的動作太慢了。

「偷看我是吧，啊，寶貝？」那個男人說話時鼻音很重，音調很高，像個男孩似的。我轉過頭去看著他，但沒說話。

「眞想看的話，就過來看看這些好東西吧！」他抓住自己的胯下，同時笑了。他的大笑聲跟這個無趣的灰色空間一點也不協調。

「別鬧了，李。」史蒂芬探長說。那個男人露出得意的笑容後靠牆躺下，因爲自己的幽默而笑個不停。

伊凡斯探員再次抓住我的手肘，指甲刺進我的皮膚。她領著我走過這個房間，站在一張高高的桌子前。電腦前坐著個制服警察，他的大肚子把白襯衫擠得很緊繃。他對伊凡斯探員點點頭，只瞄了我一眼。

「什麼罪名？」

伊凡斯探員解開我的手銬，我忽然覺得呼吸順暢許多。我搓著手腕留下的紅色壓痕，發現這種刺痛帶給我一種病態的快感。

「報告巡佐，這個人是珍娜‧葛雷。二〇一二年十一月二十六日，一輛車在魚池區撞擊雅各‧喬登。駕駛肇事後離開現場。該車輛被識別出來爲一輛紅色的福特 Fiesta，車號 J634OUP，登記人爲珍娜‧葛雷。本日稍早，我們到靠近威爾斯培菲克村的一座小屋布蘭塞蒂，於十九點三十三分時以因危險駕駛導致他人死亡，並於事後離開車禍現場的嫌疑人名義逮捕了葛雷。」

拘留所後方的長椅區傳來了低低的口哨聲，史蒂芬探長轉過身以眼神警告李。「他到底是在這裡幹嘛啊？」他沒有特別問誰。

「在等相關單位的指示，我立刻把他帶走。」羈押警官沒轉身就大吼，「莎莉，幫我把羅伯斯帶回去關在二號房好嗎？」一位結實的女守衛從拘留所後方辦公室裡走出來，她的皮帶上繫著一大串鑰匙。她正在吃東西，並伸手把領帶上的麵包屑撥掉。那名守衛帶著李走進拘留所內的小走道。走進轉角之前，他用憎惡的眼神看了我一眼。我想，進了監獄以後，當別人知道我殺了一個小孩子，他們就是會這樣對我。其他室友的臉上會帶著鄙夷的神情，我走過的時候別人就會別過頭。但在意識到情況會更悽慘後，我咬了咬下唇，胃部因恐懼而糾結，我第一次擔心自己是否撐得下去。我提醒自己更壞的情況都活了下來。

「皮帶。」羈押警官拿出一個乾淨的塑膠袋，對我說。

「抱歉，你是說？」他是在跟我說話，彷彿我知道這裡的規矩似的，但我迷糊了。

「妳的皮帶。拿掉。有戴任何首飾嗎？」他變得很沒有耐性，我胡亂扯著皮帶，從牛仔褲上取下來放進袋子裡。

「沒有，沒戴首飾。」

「有戴婚戒嗎？」

我搖搖頭，下意識地撫摸無名指上留下的淺淺痕跡。伊凡斯探員查看了我的包包。裡面沒什麼個人物品，不過我仍有種看著搶匪搜刮家中物品的感覺。櫃檯上放了一個衛生棉條。

「妳需要用到這個東西嗎？」她的口氣很正經，史蒂芬探長跟羈押警官沒說什麼，可是我滿臉通紅。

「不用。」

她把棉條丟進塑膠袋裡，打開我的皮夾，把放在裡面的幾張卡片拿出來，然後把硬幣都集中到一邊。這個時候，我才注意到那張跟收據及提款卡放在一起的淺藍色卡片。房裡似乎變得鴉雀無聲，我幾乎聽得見心臟在胸腔裡跳動的聲音。望向伊凡斯探員時，我意識到她停住筆，直直地看著我。我不想跟她對望，但我沒辦法低下眼睛。別問，我心想，不要問。她緩慢而謹愼地拿起那張卡片。我原本以為她會問我細節，但她只是在表格上登記完以後就把卡片丟進包包裡，跟我的其他東西放在一塊兒。我慢慢地吐出一口氣。

我試著集中精神聽警長在說些什麼，但他說的一大堆法規跟權利把我搞糊塗了。不用，我不用跟任何人說我在這裡。不用，我不需要律師……

「妳確定嗎？」史蒂芬探長打斷了我的話。「妳要知道，妳有權雇用免費的法律顧問。」

「我不需要律師，」我輕聲說。「是我做的。」

一陣沉默。三名警員互相交換了眼神。

「在這裡簽名，」羈押警官說：「還有這裡，跟這裡，這裡。」我拿起筆，潦草地在粗黑的叉叉旁邊寫上自己的名字。他看著史蒂芬探長。「直接審訊嗎？」

審訊室裡很悶，雖然牆上貼了一張「禁止吸菸」貼紙，空氣中仍有一股陳腐的香菸味。史蒂芬探長用手勢告訴我在哪裡坐下。我試著想把椅子朝桌子拉近一點，但椅子卻鎖死在地板上。桌面上，有人用原子筆深深地寫了一連串的髒字。史蒂芬探長扳了身旁那面牆上的黑色方盒的開關，出現一個頻率很高的聲響。他清了清喉嚨。「時間是二〇一四年一月二日，星期四，二十二點四十五分，我們在布里斯托警局的三號審訊室。我是編號四三一的雷．史蒂芬探長，身旁的人是編號三九〇八的凱特．伊凡斯警探。」

他看著我。「可以請妳念出自己的姓名和生日好讓錄音留底嗎？」

我吞了吞口水，試著讓自己把話說清楚。「珍娜．愛麗絲．葛雷，一九七六年八月二十八日。」

我任他的話語將我淹沒，這個針對我的指控的嚴重性，肇逃對家庭和整體社會帶來的影響。他說的都是些我知道的事情，他沒辦法增加我已經感受到的罪惡感的重量。

終於輪到我了。

我輕聲地說。我的雙眼緊盯著桌子，希望話不會被他打斷。我只想要說一次。

「那是一個漫長的一天。我在布里斯托的另一邊辦展，我很累。當時下雨，視線很模糊。」

我控制著讓聲音清楚而冷靜。我想要解釋事情是如何發生的，但我不想為自己辯護——我怎麼有辦法為所發生的事情辯護呢？我經常在想，萬一有一天面對審訊，我要說些什麼。現在我就在這兒，口中說出的話語卻似乎笨拙而不眞摯。

「他忽然不知道從哪裡跑出來，」我說。「前一分鐘，路上還空蕩蕩，下一分鐘，他就這麼出現了，跑過馬路。那個小男孩，戴著藍色的羊毛帽跟紅色的手套。太遲了，來不及做任何事情了。」

我兩手緊抓住桌子的邊緣，像抓住船錨一樣將我固定在當下，過往卻威脅要掌管一切。我聽見了煞車的摩擦聲，聞到潮溼柏油路上那燃燒的橡膠刺鼻味。雅各撞上擋風玻璃時，有那麼一瞬間，他跟我之間僅咫尺之隔。只要伸出的手能穿透玻璃，就能摸到他的臉。但他從我眼前滾開，從半空中摔到路面。此時，我才看見他的母親，蹲在沒有生命跡象的男孩旁邊，尋找他的脈搏。確定摸不到脈搏以後，她開始尖叫；那原始的尖叫聲扯動了身旁所有的空氣。我透過模糊的擋風玻璃看著她，心裡萬分恐懼。一灘血水逐漸在那個男孩的頭部底下成形，染紅了柏油路面，直到柏油路上閃爍的鮮血出現在車燈的照射之下。

「爲什麼妳不停車，叫人來幫忙？」

我把自己拉回審訊室，盯著史蒂芬探長看。我幾乎忘記他也在這裡。

「我沒有辦法。」

25

「她當然可以把車停下來！」凱特說，同時在她的桌子跟窗戶之間那段短短的距離中走來走去。「她好冷酷，都害我發抖了。」

「妳可以先坐下來嗎？」雷喝掉咖啡，打了個呵欠。「妳讓我更累了。」午夜以後，雷跟凱特才心不甘情不願地中斷審訊，讓珍娜可以睡一下。

凱特坐了下來。「都已經一年多了，你覺得她現在爲什麼要這麼乾脆地認罪？」

「我不知道，」雷說，同時往椅背一靠，把腳放在胖虎的桌上。「有些事情不太對勁。」

「例如？」

雷搖搖頭。「只是一種感覺而已，我可能是累了吧。」通往刑事調查部辦公室的門開了，胖虎走進來。「這麼晚才回來，倫敦那邊怎麼樣？」

「繁忙啊，」胖虎說。「天知道爲什麼有人會想住那裡。」

「有說服雅各的母親了嗎？」

胖虎點點頭。「雖然大眾對她還是不諒解，但她同意跟我們配合了。雅各死後，她覺得社區裡出現了很多針對她的批評。她說，她是個外國人，要被接納已經很不容易了，這個意外事故又讓排擠她的情況變得更嚴重。」

「她是什麼時候離開的？」凱特問。

「喪禮結束就走了。倫敦那邊有一個龐大的波蘭社區，安雅一直跟遠房親戚待在一起，住在一間住了好幾個家庭的房子裡。根據我的判斷，我猜她可能沒有合法的工作簽證，因此要找到她才會變得這麼困難。」

「她樂意跟你聊嗎？」雷在他面前伸長手臂，把指關節弄得喀啦響。

凱特皺了皺眉頭。

「樂意啊，」胖虎說。「事實上，我有種感覺，有人能跟她聊聊雅各，讓她寬慰了不少。你知道嗎？她連老家那邊的人都沒有告知，她說她覺得很羞愧。」

「羞愧？她幹嘛覺得羞愧？」雷問。

「說來話長，」胖虎說。「安雅是在十八歲那年來英國的。她有點不想透露自己是怎麼來到這兒的，但她後來開始做日薪的清潔工作，負責清掃的地點是格蘭松工業區的辦公室。她跟一個在那裡上班的人成了朋友，等她意識到的時候，已經懷孕了。」

「所以她沒跟孩子的爸爸在一起了？」凱特猜測。

「沒錯。據說，安雅的雙親對於她未婚懷孕的事情嚇壞了，要她立刻回波蘭，好盯著她，但安雅拒絕了。她說，她想證明自己能處理這件事。」

「現在她則開始怪罪自己了。」雷搖了搖頭。「可憐的女孩。她幾歲？」

「二十六。雅各被撞死的時候，她覺得自己就是因爲不聽話，才會得到這樣的懲罰。」

「太可憐了吧。」凱特沉默地坐著，膝蓋舉到了胸口。「這件事情不是她的錯，她不是開著那輛該死的車的人！」

「當然，我也是這樣跟她講，但她對整件事情仍有很大的罪惡感。總之，我讓她知道我們逮到一個人，也打算要起訴這人——前提是你們有把工作做好。」他斜瞄了凱特一眼。

「別惹我，」凱特說。「時間很晚了，我的幽默感開小差去了。很巧，我們的確從葛雷那邊聽到了一些東西，不過因爲太晚，讓她去睡覺了，接下來得等到早上了。」

「那也是我正打算去做的事情，」胖虎說。「老大，可以嗎？」他鬆開領帶。

「英雄所見略同，」雷說。「好了，凱特，今天就到這裡吧。明天早上，我們再看看葛雷會不會跟我們講那輛車現在在哪裡。」

他們下樓走往後院。走過那扇巨大的金屬柵門時，胖虎舉手示意，留雷跟凱特站在幾近全暗的夜色中。

「漫長的一天。」雷說。雖然疲憊，但他忽然不想回家。

「眞的。」

他們站得很近，他可以聞到一絲香水味。他覺得自己的心臟怦怦跳。如果現在去親她，他們就無法回頭了。

「那就晚安啦。」凱特說。她並沒有移動。

雷站遠了一步，從口袋裡掏出鑰匙。「晚安，凱特。」

駕車離開時，他吐出一口氣。差點就要越界了。

太危險了。

雷直到兩點才上床，感覺才過了幾秒而已，鬧鐘又把他叫醒，要他出門上班。他的睡眠斷斷續續，腦海裡不停想著凱特，早上簡報時，他努力把她驅趕出去。

十點鐘，他們在餐廳碰面。雷很好奇凱特昨晚有沒有也想著他，但他立刻責怪自己居然想這種事。他根本就是瘋了，而且最好趕快忘掉這種念頭。

「我已經老到不適合熬夜啦。」他說。此時，他們站著排隊，等著要吃茱伊拉的晨間特餐，他們都暱稱這道餐點爲「卡卡餐」，因爲裡面包含了很多會讓動脈硬化的東西。他有點希望凱特會反駁他，但又覺得這樣的想法很愚蠢。

「幸好我現在不用值晚班了，」她說。「記得凌晨三點的時候會忽然很想倒下去的那種感覺嗎？」

「天啊，那還用說？超想睡覺，希望能趕快來場飛車追逐好讓身體充滿腎上腺素。我現在沒辦法再那樣了。」

他們拿著一盤裝了培根、香腸、炒蛋、布丁跟吐司到一張空桌旁。凱特邊吃早餐邊翻看《布里斯托郵報》。「跟平常一樣妙趣橫生，」她說。「議會選舉，學校園遊會，抱怨各種鳥事。」她將報紙摺起，放到一邊，雅各刊登在頭版的照片從上方看著他們。

「今天早上有從葛雷那邊得到更多的資訊嗎？」雷問。

「她說的話跟昨天一樣，」凱特說：「至少說詞沒有前後矛盾。但她不肯回答任何關於車子現在在哪裡或爲什麼不留在現場的問題。」

「好吧，幸好我們的職責是找出當時發生了什麼事，而不是爲什麼會發生，」雷提醒她。「手頭的證據已經足夠起訴她了。把資料都提供給皇家檢控署，看看他們今天會不會有決定。」

凱特看起來若有所思。

「怎麼了？」

「你昨天不是說覺得哪裡不太對勁嗎……」

「對，然後呢？」雷要她繼續說下去。

「我也有同樣的感覺。」凱特啜飲了一小口茶，小心翼翼地放到桌上，盯著自己的馬克杯，彷彿能在裡面找到答案。

「妳覺得她有可能在捏造事實嗎？」

偶爾會有這種情況發生——特別是遇到這種備受矚目的案件。有些人會挺身認罪，等審訊到一半，就會發現絕對不可能是他們幹的。他們會漏掉某些關鍵事實——某些警方刻意不讓媒體知道的事情——接著他們的整套說詞就會瓦解。

「不是捏造出來的，不是。畢竟是她的車，而且她對安雅．喬登的敘述幾乎完全正確。只是……」她往椅背一靠，同時看著雷。「你知道在審訊時，她如何形容撞擊瞬間發生的事情嗎？」

雷點頭要她繼續說下去。

「關於雅各當時的外貌，她提到了很多細節。他穿了什麼衣服，帶著怎麼樣的袋子……」

「她的記性很好。我認爲，類似這種事情就是會深深地烙印在腦海裡。」他假裝在諷刺；他預期警司會怎麼說，局長會怎麼說。在心底，雷也有相同的，從昨天開始就揮之不去的感覺。珍娜．葛雷有所隱瞞。

「從胎痕可以看出車子並沒有減速，」凱特繼續說：「而葛雷說雅各『忽然不知道從哪裡跑出來』。」她強調了那句話。「如果事情發生得這麼快，她怎麼會看到這麼多細節？而如果事情發生得沒那麼快，讓她有很多時間可以去看著他，還注意到他身上穿了什麼衣服，那她怎麼還會撞到他？」

雷好一下子沒說話。雖然昨天晚上一定沒什麼睡，但凱特的眼睛炯炯有神，而他也認得她臉上的這種堅決的神情。「妳有什麼想法？」

「我還不想起訴她。」

他緩緩地點頭。把一個完全認罪的嫌疑犯放走，局長肯定會氣得火冒三丈。

「我想要找到那輛車。」

「案情不會因此而有什麼變化的，」雷說。「我們頂多就是在引擎蓋上找到雅各的DNA，在方向盤找到葛雷的指紋。這些證據不會讓我們知道更多的事情。我更想找到她的手機。她宣稱在離開布里斯托時，因爲不想要讓任何人聯絡而把手機丟了。但如果她丟棄的原因是因爲手機有什麼證據呢？我想要知道她在事故發生前跟發生後打了電話給誰。」

「所以我們就讓她接受保釋嘍。」凱特盯著雷詢問他的意見。

他猶豫不決。起訴珍娜是比較輕鬆的選擇。開會時就會接受讚揚，局長會拍拍他的背。但在這種可能藏有更多隱情的情況下，他有辦法就這樣起訴她嗎？證據說的是一套，直覺告訴他的又是另一套。

雷想起安娜貝爾．史諾登，在她父親懇求警方找到綁匪時，她其實還在父親的公寓裡呼吸。當時他的直覺是對的，而他忽視了那些直覺。

如果讓珍娜離開幾個禮拜，他們可以試著讓事件的眞相更完整，確保在送她上法院以前，知道所有的細節。

他對凱特點點頭。「放她走吧。」

26

直到初次約會將近一星期以後，我才打電話給妳。當下，我聽出了妳聲音裡的不確定。妳擔心自己是不是誤解了那些跡象，擔心自己是不是說錯了話，或穿錯了衣服……

「今天晚上有空嗎？」我說。「我想再邀妳出去。」說這話時，我發現自己多麼期待再見到妳。要等一星期才能再跟妳說話，這件事對我來說意外地困難。

「我很樂意，可是我已經有約了。」妳的聲音聽起來很遺憾，但我知道這不過是老把戲。在開始一段關係時，女人總愛玩些遊戲。雖然大家的手法不同，但是目的卻都顯而易見。妳肯定已經在事後跟妳那些朋友聊到了我們的約會，而她們一定就像那些倚在庭院柵欄上的洗衣婦一樣給了妳一些沒有經過大腦的意見。

不要表現得太主動。

要讓他覺得妳很難追。

他如果打電話來，就說妳在忙。

這些把戲幼稚又讓人疲累。「太可惜了，」我一派輕鬆地說。「我弄到兩張果漿樂團的門票，本來想說妳或許會想去。」

妳遲疑片刻，我以爲我贏了，沒想到妳很快又接著說下去。

「眞的沒辦法，對不起。我答應莎拉今晚要在冰屋酒吧聚一聚。她剛跟男友分手，我不能讓她失望。」

這個說詞很有說服力，我在想妳是不是早有預謀。我讓沉默橫亙在我倆之間。「我明天晚上沒事。還是約明天晚上？」妳用上揚的語調問我。

「恐怕我明天晚上已經有計畫了。或許改天吧，祝妳今晚玩得愉快。」我掛斷電話，在電話旁坐了一會兒。眼尾抽動了一下，我生氣地撫平它。沒想到妳會跟我玩遊戲，也很失望地知道妳居然覺得有這個必要。

我整天都心神不寧。我把房子打掃乾淨，同時把瑪莉留在每一個房間裡的東西都集中成堆放到臥室裡。數量比我預期的還多，但現在也很難還她了。我把那些東西全塞進一個行李箱裡，提到垃圾場去。

七點，我喝了一罐啤酒，接著又喝了一罐。我坐在沙發上，腳蹺在咖啡桌上。電視上播著一個無聊的問答節目，我心裡想著妳。我本來打算打個電話去宿舍，假裝要留話給妳，其實是要驚訝地發現妳果然沒出門。但喝完第三杯啤酒以後，我改變了心意。

我開車去到冰屋酒吧，在離入口不遠的地方找到一個空位。我在車裡坐了一會兒，看著人們穿過大門。女孩們都穿著迷你裙，但我其實只是滿腦子的好奇。我當時想著妳，即使在那當下，也因爲妳占據了我的思緒而心神不寧，知道妳說的是不是實話對我來說似乎變得很重要。會去到那兒，就是想逮到妳說謊：我會走進那家擁擠的酒吧，怎麼也找不到妳，因爲妳根本就待在房裡，坐在床上，喝著一瓶打折的紅酒，同時在看梅格．萊恩的電影。但我發現這不是我想要的，我想要看著妳從我身旁走過，準備要跟妳那個被拋棄的可憐朋友一起在夜晚聊些女人的五四三。我想要證明自己是錯的，這種奇特的想法讓我差點笑了出來。

我走進酒吧，買了幾瓶貝克啤酒，開始在擁擠的空間裡走來走去。有人擠了過來，一些啤酒灑到我的鞋子，但我急著找妳，沒要他道歉。

接著我看到了妳。妳站在後頭，手裡拿著一張十英鎊對著幾個員工揮舞，但他們正忙著擠過四個正在排隊的人。妳看到了我，眼神一度迷惘，彷彿認不出來，然後妳露出微笑，雖然那個微笑比我上一次看到的多了幾分防備。

「你怎麼會來這裡？」我推擠著到妳身邊時，妳對我說。「我還以爲你去看果漿樂團了。」妳看起來有點警戒。女人總說她們喜歡驚喜，但事實上她們寧可早一點知道，才能先做好心理準備。

「我把票給了一個同事，」我說。「我不想自己一個人去。」因爲成爲我更改計畫的原因，妳的臉看起來很尷尬。「可是，」妳說：「你怎麼會跑到這裡來？你以前來過嗎？」

「我遇到了一個朋友，」我說，同時把剛剛預先買好的兩瓶貝克啤酒拿高。「走進酒吧以後就再也找不到他了。我猜他大概找到伴了吧！」

妳笑了。我拿起其中一瓶啤酒。「我們不應該浪費這些酒，對不對？」

「我眞的該回去了。我應該要來買酒才對——前提是要有人願意爲我服務才行。莎拉預約的位子在那邊。」妳望向房間的一隅，那個染了頭髮的高個女孩坐在一張小桌子旁，正在跟一個二十五、六歲的男人說話。他忽然吻了她。

「那個人是誰啊？」我問。

妳頓了一下，慢慢地搖頭。「我不知道。」

「那麼，看起來她眞的跟前男友斷得一乾二淨了。」我說。妳笑了。

「那麼……」我再次舉起啤酒。妳笑著接過一瓶，碰了一下我那瓶以後喝了一大口，然後舔了舔下唇，同時將酒瓶放下。妳故意挑逗我，我硬了。妳幾近挑釁地看著我，同時又喝了一大口酒。

「去我家吧，」我忽然說。莎拉不見了，大概跟新男伴走了。這麼容易就把到手，那男的不知道會有什麼想法。

妳猶豫了片刻，依然看著我，然後微微聳肩，握住我的手。酒吧裡擠滿了人，我推開人群，同時緊握妳的手，以免失去妳。妳樂於跟我離去的行徑讓我既興奮又沮喪：我不自覺地去想妳多常這麼做，又曾跟哪些人走。

我們從熱氣騰騰的冰屋酒吧離開，回到大街上，妳因寒風而顫抖。

「妳有帶大衣來嗎？」

妳搖搖頭，我脫下自己的夾克，披到妳的肩膀上，帶著妳走向我的車。妳感激地對我笑了笑，我也感受到一股暖意。

「你還能開車嗎？」

「沒問題。」我簡短地說。我們在發動的車上沉默了一會兒。坐下以後，妳的裙子往上縮了些，我伸出左手，放在妳膝蓋的上方，我的手指撫摸著妳的大腿內側。妳的腳動了動，動作很輕，但已足夠讓我把手抽離大腿，放到妳的膝蓋上。

「妳今天晚上好漂亮。」

「眞的嗎？謝謝你。」

我把手拿開去換檔。手放回妳的腿上時，我把手往上移動一些些，指頭溫柔地愛撫妳的肌膚。這次，妳完全沒有動。

回到我家以後，妳在客廳裡走動，把各種東西拿起來看。妳的動作讓我很焦慮，我盡量加快自己泡咖啡的速度。這是一個毫無意義的舉動：雖然妳說妳想喝，但妳我根本都沒這興致。我把咖啡放在玻璃桌上，我們肩並肩坐在沙發上，妳的頭側過來看著我。我把頭髮塞到妳的耳後，手就這麼放在妳的臉頰兩側，倚身去吻妳。妳立刻有了反應，舌頭在我的嘴裡探索，雙手撫摸我的背跟肩膀。我慢慢地把妳推開，依然吻著妳，直到妳躺在我的下方。我感受到妳的腳夾住我的腳，能跟一個對我如此渴求，反應如此快速的女孩在一起眞好。瑪莉經常毫無性致，有時甚至彷彿完全放空，她的身體會跟著擺動，心思卻飄蕩在他方。

我伸手摸妳的腿，感受到妳那柔軟而光滑的大腿內側的觸感。我的指尖摸著蕾絲，接著妳將嘴移開，在沙發上蜷成一團，不讓我碰。

「慢一點嘛。」妳說，但妳的微笑告訴我妳並非眞心。

「沒辦法，」我說。「妳好漂亮，我克制不了自己。」

一抹紅暈在妳臉上擴散。我靠在一隻手臂上，另一隻手將妳的裙子往上拉到腰部。慢慢地，我把一根手指頭伸進內褲的鬆緊帶底下。

「我還不——」

「噓，」我邊親吻妳邊說。「別毀了這一切。妳是世界上最美麗的。珍妮佛，妳徹徹底底挑起了我的慾火。」

妳回吻我，不再假裝。妳的渴求就跟我一樣強烈。

27

火車從布里斯托開往斯溫西花了將近兩小時。雖然急著想看一眼大海，但我很高興自己終於有獨處的機會，好讓我有時間思考。我在拘留室裡完全沒睡，思緒狂奔的我在等待天明。我很害怕自己一閉上眼，夢魘就會再次現身。所以我保持清醒，坐在塑膠墊上聽著走廊前後傳來的吼叫跟重擊聲。今天早上，守衛問我要不要洗個澡，同時指著女子區一角的一個水泥隔間。地磚很溼，一團頭髮像不肯走的蜘蛛一樣覆蓋了排水孔。我婉拒了她的好意，拘留所裡的沉悶臭味仍盤踞在我的衣服上。

他們再次審問我，那個女警探跟那個年紀比較大的男人。我的沉默讓他們很挫敗，但我不願透露更多細節。

「撞死他的人就是我，」我重複：「這樣還不夠嗎？」

最後他們放棄了，要我坐在拘留所內辦公桌旁的金屬長椅上，同時跟警長小聲地交談。

「我們會讓妳交保。」史蒂芬探長最後說。我茫然地看著他，直到他跟我解釋這是什麼意思。我沒料到自己會被釋放，在聽到自己還有幾個禮拜的自由以後，我的心情放鬆了不少，而我對此抱持著罪惡感。

坐在走道另一邊的女人在卡地夫下車，她們趕著去購物，差點就忘了把大衣帶走。她們留下了一份今天的《布里斯托郵報》，我探身過去拿，但其實沒有那麼想看。報導在頭版。

成功逮捕肇逃駕駛。

我呼吸急促地尋找報導裡是否有我的名字，在發現沒有見報後小小地鬆了一口氣。

二〇一二年十一月，五歲的雅各．喬登因一起發生於魚池區的肇逃案而喪命。近日，一名三十多歲的女性因為與雅各．喬登之死有關，而遭到了逮捕。這名女性目前交保候傳，預計下個月再向布里斯托中央警察局報到。

我想像這份報紙出現在布里斯托的每一個家庭裡：父母親搖搖頭，伸手把孩子抱得更緊。我再看一遍那篇報導，確定沒有漏看任何可能會洩漏我住在哪裡的訊息，然後仔細地摺起報紙，把那篇報導藏在內側。

我在斯溫西公車站找到一個垃圾桶，把報紙塞到可樂空罐跟速食包裝紙底下。我的手沾到了油墨。我試著要把油墨搓掉，結果手指都染上黑色。

前往培菲克的巴士很久才一班，終於抵達村莊時已是接近傍晚。郵局複合商店還開著，我拿起籃子要買點雜貨。店內有位置相對的兩個櫃檯，負責結帳的都是奈莉絲．麥達克，她十六歲的女兒下課以後也會來幫忙。信封沒辦法在雜貨櫃檯結帳，也沒辦法在郵局的櫃檯買鮪魚罐頭跟蘋果，所以顧客得等到奈莉絲把收銀機鎖好，轉移陣地到另一頭。今天負責顧雜貨櫃檯的是她的女兒。我在籃子裡裝了雞蛋、牛奶跟水果，拿起一袋狗飼料，把商品都放到櫃檯上。我對著那個女孩微笑，她以前一直都很友善，但今天只從雜誌上抬起眼睛瞄我一眼，什麼也沒有說。她瞟了我一眼，就往下看著櫃檯。

「哈囉。」我漸增的不安轉成疑問。

門上的鈴噹響起，一個我認識的老婦人走進店裡。那個女孩站起來，對著相鄰的空間大喊。她用威爾斯語說了幾句話，幾秒以後奈莉絲跟她一起站到了收銀機後面。

「嗨，奈莉絲，我要買這些東西，請幫我結帳。」我說。奈莉絲臉上的態度跟她女兒一樣冷冰冰，我猜她們是不是吵架了。她望向我的背後，叫喚那個老婦人。

「Alla i eich helpu chi?」（有什麼可以爲妳服務的地方嗎？）

她們開始對話。一如往常，威爾斯語對我來說跟外國話沒兩樣，但是偶爾望向我的眼神，以及奈莉絲臉上的厭惡神情，明顯表達出她們的意思。她們在議論我。

老婦人走到我旁邊，把買報紙的零錢交給奈莉絲，奈莉絲幫她結完帳。她拿起我裝了雜貨的籃子，放在櫃檯後面腳邊，轉過去看著另外一邊。

我的臉熱得發燙。我把皮包放回袋子裡，轉身，因爲急著想離開店裡而撞到一個貨架，使得一大堆醬汁包倒了下去。我聽見了不開心的指責聲，我猛然把門拉開，快步走過村莊，不敢左右看，怕會因此跟人發生衝突。走到營地時，我已經哭得無法自已。商店的百葉窗是開的，表示蓓森在裡面，但我不敢進去見她。我沿著通往小屋的小徑走，發現派翠克的車沒有停在露營車營地的停車區。我不知道自己爲什麼會預期它在那裡——我沒有從警局打電話給他，他不可能知道我回來了——但沒見到那輛車讓我很擔憂。我不知道他到底有沒有留下來，該不會警察一把我帶走他就離開了；如果他不想再跟我扯上任何關係的話。我安慰自己，就算他發現要離開我很容易，也不會拋下阿波。

我拿著鑰匙，此時才意識到門上的紅色並非落日造成的錯覺，而是黏黏的油漆，是用一把棄置在腳邊的雜草粗魯地刷上去的。那些字寫得很匆忙，點點油漆噴濺在石階上。滾出去。

我環視四周，以爲會發現有人在看我，但是天色已昏暗，我只看得見近處的景物。顫抖的我開始了與鑰匙的搏鬥。我失去了跟這個喜怒無常的門鎖溝通的耐性，因絕望而大力踢了門。一塊乾掉的漆剝落，我又踢了一次，壓抑的情緒用突發而無理性的憤怒發洩出來。當然，這對開鎖並沒有幫助。最後，我停下所有的動作，把前額靠在木門上，直到冷靜下來，才又試著用鑰匙開門。

小屋裡瀰漫著冰冷且令人不愉快的氛圍，彷彿它跟村子裡的人一樣希望我離開。不用出聲叫喚，我就知道阿波不在這裡。走進廚房檢查爐具時，我看到桌上留了一張字條。

> 阿波住在動物醫院的狗屋。回來的話發個訊息給我。
>
> 派翠克

這些字句讓我知道一切都結束了。我忍不住淚盈滿眶。我緊閉雙眼，不讓淚水流到臉頰上。我提醒自己，這條路是我自己選的，我得繼續把它走完。

我模仿派翠克的簡短語氣，發了一行訊息過去，他回覆說下班以後就會把阿波帶過來。我本來以為他會找別人把阿波送回。想到能再見到他，我既期待又擔憂。

他還要兩個小時才會過來。外頭很暗，但我不想繼續留在屋裡。我穿上大衣，走到外面。到了夜晚，海灘就會變成奇特的地方。崖頂上一個人也沒有，我往下走到海水邊緣，站在淺灘上。每當波浪的尾端來到腳邊時，我的靴子就會因此而消失個幾秒。我往前走了一步，海水碰觸到我的褲緣。我感覺到那股潮溼爬上雙腳。

我繼續走。

培菲克的沙灘是慢慢往下傾斜的，往大海的方向延伸約莫一百公尺後陸地就到了終點，然後垂直下陷。我看著地平線，一次前進一步，感受到沙子吸住我的腳底。海水淹過我的膝蓋，濺到雙手。我想起跟伊芙在海邊玩。我們手裡拿著裝了海藻的桶子，跳過已化為浮沫的海浪。冷冰冰的海水在大腿邊翻捲時，我屏住了呼吸，但仍繼續移動。我什麼都沒在想，只是走著，往大海裡走。我聽見一聲轟鳴，那轟鳴聲是來自大海，我不知道那是在警告我還是呼喚我。變得更難前進了，我在及胸的波浪裡，拖著雙腳抗拒水的重量繼續前行。然後我掉下去，踩到空曠的地方，從大地滑了下去。我告訴自己不要游泳，但身體不聽我的話，雙手開始擺動。我忽然想起派翠克，他將被迫搜尋我的遺體，直到海浪將那具遭岩石撞擊又被魚群咬齧得支離破碎的遺體拋上岸。

彷彿被甩了一巴掌，我猛搖著頭，吸進一口空氣。我不能這麼做。我不能一輩子都在逃避自己犯下的錯誤。驚慌失措的我看不到海岸，不停地在水裡繞圈圈，直到雲朵移開，月亮照出遠高於海灘的懸崖。我開始游泳。我漂到了很遠的地方，雖然向下踢，想要找到可以站的地方，但除了冰冷的海水以外什麼也感覺不到。一陣海浪打來，我被一口海水嗆到，猛咳一陣，試圖藉此呼吸。我溼漉漉的衣服被海水拖住，踢不掉那雙沉重而讓我不停往下沉的長靴。

我的手臂很痛，胸口感覺很緊，但腦袋依然清楚。我屏住呼吸，把海水往後推，集中精神讓雙手整齊地劃過波浪。抬頭吸氣時，我想自己已經離岸邊近了一些，於是我一次又一次地做相同的動作。我把腳往下踢，感覺到長靴裡的腳趾碰到了什麼。我又往前划了幾次水，然後再踢，這次我踩到堅硬的地面。我邊游邊爬地離開大海，海水流進我的肺部、耳朵和眼睛。到達乾燥的沙灘以後，我跪著用兩手穩住身子，站了起來。我止不住地發抖，因爲寒冷，因爲意識到自己居然可以做出那麼令人無法原諒的事情。

回到小屋以後，我把衣服脫掉，放在廚房的地板上，套上一層層溫暖乾燥的衣服，走到樓下，點起爐火。我沒有聽到派翠克靠近的聲音，但我聽到阿波在叫。在派翠克敲門以前，我把門打開。蹲下來跟阿波打招呼，同時也藉此藏起再度與派翠克見面的不安。

「你要進來嗎？」終於起身時我說。

「我該回去了。」

「一分鐘就好。拜託。」

他停住腳步，走了進來，並把門帶上。他沒有坐下的打算，我們就那樣站了一、兩分鐘，阿波在我們的腳邊跑來跑去。派翠克望向我背後的廚房，從我那些溼漉漉的衣服滲出了一大灘水。他臉上出現了一絲困惑，但什麼也沒說，此時我才意識到他曾對我有過的所有感覺都已消失殆盡。他不在乎爲什麼我的衣服溼透了，爲什麼連他送我的大衣都在滴水。他只在乎我隱瞞起來沒讓他知道的那個可怕祕密。

「對不起。」雖然光講這三個字遠遠不夠，但我發自肺腑。「爲什麼？」他沒打算這麼輕易地放過我。

「因爲我欺騙你。我早該告訴你我曾經……」我沒辦法把這句話說完，但派翠克接了下去。

「殺害過某人？」

我閉上雙眼。張開時，派翠克走遠了。

「我不知道該怎麼對你開口，」我說。因爲我急著要講，所以那些字句都急忙衝了出來。「我很害怕，不知道你會怎麼想。」

他搖搖頭，彷彿不知道該如何看待我。「告訴我一件事就好，妳是不是把車從男孩的身旁開走？我可以理解那場意外，但妳是不是把車開走，沒有停下來找人幫忙？」他看著我的眼睛，想要找出我沒有辦法給他的答案。

「對，」我說。「對，我把車開走了。」

他拉開門的力氣很大，嚇得我往後退了一步。接著他消失了。

28

第一次做愛的那晚，妳睡在我那兒。我拉被子蓋住我倆，躺在妳身旁看妳睡覺。妳的皮膚光滑，一臉安心；妳那晶瑩剔透的眼皮底下有極細微的動靜。妳入睡以後，我就不用再假裝，不用保持距離，以免讓妳知道我有多麼迷戀妳。我可以聞妳的頭髮，親妳的嘴唇，感受妳輕柔的呼吸。睡著的妳完美無瑕。

妳在睜開眼睛之前就露出微笑。妳毫不遲疑地朝我伸手，我躺下，讓妳在我身上擺動。我第一次因爲早上有人躺在我的床上而開心，我發現自己不想讓妳離開。要不是這句話說出來太可笑，我會在此刻對妳說我愛妳。於是我爲妳做早餐，把妳帶回床上，好讓妳知道我有多想要妳。

聽到妳說想要再跟我碰面時，我很開心。這就表示我不用再花一整個禮拜等待正確的時間點打電話給妳。我讓妳以爲自己握有主導權。我們那天晚上又出去了一次，兩天晚上以後又出去了一次。沒多久以後，妳每天晚上都會過來我這裡。

「妳應該把一些東西留在這裡才對。」有一天我說。

妳看起來很訝異，我意識到自己打破了規矩，想讓感情關係快速進展的人通常不會是男性。

但每天晚上下班回家，只會有一個倒扣在瀝水器的馬克杯告訴我妳曾經來過這裡，我發現那種暫時性讓我很不安。妳沒有任何回來的理由，沒有什麼東西能把妳留在這裡。那天晚上，妳帶了一個小袋子過來，在浴室的玻璃杯裡放了一枝新的牙刷，在我爲妳清出來的抽屜裡放了乾淨的內衣褲。到了早上，我端茶過來給妳，在出門去工作前給了妳一吻。開往辦公室的路上，我在自己的嘴唇上品嘗妳的味道。一到辦公桌旁，我就打電話給妳，從妳說話時低沉的聲音，我就知道妳去睡回籠覺了。

「怎麼了？」妳問。

我怎麼有辦法跟妳開口，說我只是想再聽到妳的聲音？

「今天可以讓妳整理床鋪嗎？」我說。「妳從來沒有整理過。」

妳笑了，早知道我不該打這通電話。回家以後，我鞋子都沒脫就立刻上樓。但沒事，妳的牙刷還在。

我在衣櫥裡幫妳清出一些空間，妳慢慢把一些衣服搬了過來。

「我今天晚上不會過來，」有一天，我坐在床上打領帶時，妳對我說。妳坐在床上喝茶，頭髮糾結在一起，昨晚的妝依然殘留在眼睛周圍。「我要跟班上的一些男生出去。」

我什麼也沒說，集中精神用深藍色領帶打出一個完美的結。

「應該沒關係吧？」

我轉身。「我們第一次見面是在學生會。妳知道今天剛好是我們相識滿三個月的日子嗎？」

「眞的嗎？」

「我在紅男爵法國餐廳預約了，就是我們第一次約會的地方，還記得嗎？」我起身，穿上夾克。「我應該早點跟妳確認的，畢竟也不是什麼大不了的日子，妳怎麼可能會記得那天的事情呢？」

「我記得！」妳把茶放下，把棉被推開，從床的另一側爬過來，跪坐在我的旁邊。妳一絲不掛。當妳用雙手環抱住我，我透過襯衫感受到妳胸部的溫暖。「那天的事我全都記得一清二楚，你是個紳士，我好想再跟你見一面。」

「我有東西要給妳，」我忽然說。希望那東西還放在床頭櫃的抽屜裡。我四處摸，在深處找到了，壓在一盒保險套底下。「給妳。」

「是我想到的那樣東西嗎？」妳笑了，同時讓鑰匙懸垂在半空中。發現自己忘了把瑪莉的鑰匙圈拿掉，那顆銀色的心在光線的照射下不停旋轉。

「妳每天都在這裡，應該有一把鑰匙。」

「謝謝你。這個禮物對我來說意義重大。」

「我得去工作了，祝妳晚上玩得開心。」我吻妳。

「不，我會跟他們取消。你費了這麼大的工夫，我想要跟你一起出去吃飯。而且我現在有這個東西了，」妳舉起鑰匙。「你下班回來的時候，我會在家裡。」

開車去上班的時候，我的頭痛好了一些，但直到我打去紅男爵訂好當晚的位子，頭痛才徹底地煙消雲散。

妳信守承諾，我回到家時，妳果然在家裡等我。妳穿著一件曲線畢露的性感洋裝，露出了妳那雙修長的腿。

「好看嗎？」妳轉了一圈對我笑，一手放在臀部上。

「很漂亮。」

我語氣裡的平淡顯而易見，妳不再擺那個姿勢。妳的肩膀微微垂下，伸出一隻手在洋裝的正面摸來摸去。

「會太緊嗎？」

「不會啊，」我說。「妳這邊還有什麼衣服？」

「太緊了，是不是？我只剩昨天穿的那件牛仔褲，還有一件乾淨的上衣。」

「太好了，」我往前一步去親妳。「這麼漂亮的腿就該藏在褲子裡，妳穿那些牛仔褲很好看。快去換衣服吧，吃晚餐以前我們先去喝一杯。」

我本來很擔心自己其實或許不應該給妳鑰匙，但妳似乎對持家這件新鮮事很感興趣。回到家時，我多半會聞到剛烤好的蛋糕或是烤雞的香味。雖然妳烹飪的技巧還算初階，但妳努力在學。每當妳做出難以下嚥的料理，我就不會把餐點吃完，於是妳就會更努力。有一天，我發現妳在看食譜，身旁放著紙筆。

「什麼是奶油麵糊啊？」妳問。

「我哪知道？」這天公司很忙，我累了。

妳似乎沒有注意到我的語氣。「我在做千層麵，醬也是自己做，不用罐頭。我買了所有的材料，但是看不懂食譜，好像在看外文書一樣。」

我看著擺在桌上的材料：外皮光滑的紅椒、番茄、胡蘿蔔，還有切碎的生牛肉。蔬菜都裝在菜販提供的褐色紙袋裡，連肉看起來都像是從肉販那兒買來，而不是超級市場的商品。妳肯定花了一整個下午準備。

我不知道自己爲什麼要找妳麻煩。可能跟妳臉上自豪的神情有關，或者也許是因爲妳看起來很自在，很安心。太安心了。

「我其實不怎麼餓。」

妳臉色一沉，我立刻覺得舒服多了，彷彿剛剛撕掉了一塊絆創貼，或是扯掉了一塊討人厭的瘡痂。

「對不起，」我說。「妳費了很多工夫嗎？」

「不會，沒關係，」妳說，但顯然妳不開心。妳闔上食譜。「我改天再弄。」我希望妳不會整個晚上都爲此生悶氣，但妳似乎已經把它拋在腦後，打開了一瓶妳喜歡喝的廉價紅酒。我給自己倒了一些威士忌，坐到妳的對面。「眞難想像我下個月就要畢業了，」妳說。「時間過得好快。」

「妳有再多想想將來打算做什麼嗎？」

妳皺了皺鼻子。「沒有。夏天我會先休息，或許去旅行吧。」

這是我第一次聽到妳說想要去旅行，我在想不知道是誰把這樣的想法灌輸到妳的腦袋裡，妳是跟誰一起計畫的。

「我們可以去義大利，」我說。「我很想帶妳去威尼斯走走。妳會喜歡那裡的建築，而且那裡有一些很棒的藝廊。」

「太棒了。莎拉跟伊琪要去印度一個月，我可能也會跟著去兩個禮拜，或者搭跨國火車去遊歐洲。」妳笑了。「我不知道。問題就是我每件事都想做！」

「或許妳該等一段時間。」我讓剩下的威士忌在杯子裡旋轉。「畢竟，每一個人都會在夏天出去旅行，然後你們會一起回來，同時進入就業市場。或許妳應該趁他們都在世界各地遊玩的時候早一步去工作。」

「或許吧。」

我敢說妳沒有被我說服。

「我一直都在想妳離開大學以後的事情，我想妳應該正式搬來這裡。」

妳抬起眉毛，好像裡面藏了些什麼麻煩似的。

「很合理啊，反正妳實際上是在這邊生活，而且妳想要做的那些工作都沒辦法讓妳買得起房子，到頭來只能去住簡陋的分租公寓而已。」

「我會搬回家裡住一陣子。」妳說。

「真沒想到在妳媽讓妳再也沒辦法見到妳爸以後，妳還會想跟她有什麼牽扯。」

「她人還好啦。」妳說，但妳現在有點不確定了。

「我們在一起很快樂啊，」我說。「幹嘛要改變呢？妳媽住在離這裡一個小時遠的地方，我們會很難見到彼此，難道妳不想跟我待在一起嗎？」

「我當然想！」

「妳可以搬來這裡來，而且妳完全用不著擔心錢的問題。帳單都交給我來付，妳可以專心整理自己的作品集，好販售妳做的那些雕塑。」

「這樣對你來說不公平，我總得付出些什麼吧。」

「我想，妳可以幫忙做點菜，把家裡打掃乾淨，但其實也沒這個必要。每天早上醒來的時候能看到妳，回家的時候又能見到妳，對我來說就已經很足夠了。」

妳臉上露出大大的微笑。「你確定嗎？」

「這輩子從來沒有這麼確定過。」

妳在學期的最後一天搬了進來。妳把牆上的海報都撕下來，連同所有的家當一起打包扛進了妳跟莎拉借來的車裡。

「我媽下週末會把我剩下的東西送過來，」妳說。「等等，車上還有一樣東西，算是要給你的驚喜。給我們的驚喜。」

妳跑出門，打開副駕駛座，腳踏墊上放了一個紙箱。妳小心翼翼地把它搬進屋裡，我想說那一定是什麼易碎的東西，但當妳把紙箱拿給我的時候，我才注意到紙箱很輕，輕到不可能是瓷器或玻璃器皿。

「打開吧。」妳興奮得快要失去耐性。

我打開紙箱的上蓋，一團毛茸茸的小東西抬起頭來看我。「是一隻貓。」我語氣平淡地說。

我從來都沒辦法理解動物的可愛之處，特別是家犬跟家貓，牠們會把毛弄得到處都是，而且還要求飼主帶牠去散步、寵愛牠、陪伴牠。

「是一隻小貓啦！」妳說。「不覺得牠好漂亮嗎？」妳把牠從紙箱裡撈出來，抱在胸口。「伊芙的貓意外生了小貓，她把小貓都送了出去，但留了這隻送我。牠的名字叫做小東西。」

「在把貓帶來我家以前，妳沒想過應該要先問問我嗎？」我沒有把語氣放軟，妳立刻就哭了。妳那可悲又意圖明顯的策略讓我變得更生氣。「妳沒看過那些要人在領養寵物以前想清楚地廣告嗎？難怪有這麼多寵物會被人拋棄，就是妳這種一時衝動就做出決定的人造成的！」

「我以爲你可能會喜歡牠，」妳哭著說。「我想說你去上班的時候，牠可以陪我，牠可以看我畫圖。」

我住嘴了。我忽然想到我離開家裡的時候，這隻貓或許可以讓妳開心。如果妳會因此而心滿意足的話，或許我可以忍受家裡有一隻貓。

「只不過絕對不可以讓牠靠近我的西裝。」說完我就上樓了。等我下來的時候，妳已經在廚房放了一張貓床跟兩個貓碗，還在門旁放了一盆貓砂。

「只要等到牠可以出門大小便就不用貓砂盆了，」妳說。妳的眼神很緊張，我很不喜歡讓妳看到我失控。我強迫自己撫摸小貓，聽到妳因此鬆了一口氣。妳朝我走來，雙手抱住我的腰。「謝謝你。」妳吻了我，而這種吻法通常是性愛的前奏。當我十分溫柔地把妳從肩膀慢慢推倒時，妳毫無抱怨地跪著躺了下去。

妳開始把許多心思放在貓咪上。牠的飼料，牠的玩具，甚至連牠大便用的貓砂盆似乎都變得比打掃家裡或煮晚餐，比跟我說話還有趣。妳整個晚上都在跟牠玩，用一條繩子把塡充老鼠拖過地板。妳告訴我，白天都在忙作品集，但等下班回到家，我會發現妳的東西依然散放在客廳裡面，就跟前一天一樣。

妳搬進來兩週左右，回到家時，我發現餐桌上有一張字條。

跟莎拉出去。你先睡，不用等我！

前一天就跟平常一樣，我們說了兩、三次的話，但妳卻沒想到先跟我說。妳沒有留下任何東西給我吃，我猜妳要跟莎拉出去吃飯，卻沒去想那我要吃什麼。我從冰箱裡拿出一罐啤酒。小貓喵喵叫，因爲想爬上我的褲子，把爪子刺進我的褲子裡。我把牠甩開，牠掉在地板上。我把牠關在廚房裡，打開電視，卻沒辦法集中精神。我滿腦子只想到妳最後一次跟莎拉一起出去的情景，她很快跟一個才剛認識的男人不知道一起消失到哪兒去，以及妳輕輕鬆鬆地就跟我回家。

你先睡，不用等我！

我叫妳來跟我住在一起，不是爲了要讓自己一個人整晚坐著發呆。我已經被一個女人當過傻子了，我不會讓這種事情再次發生。小貓繼續在叫，我要進去拿另一罐啤酒。我聽見小貓在廚房裡的聲音，故意突然開門，讓牠在地板上滑了很遠。那個畫面很搞笑，讓我暫時開心了一下，直到我回到客廳，看著妳在地板上留下的那團混亂。妳隨隨便便地把那些東西堆放到客廳的角落，但一張報紙上有一坨陶土——難怪會把報紙上的油墨印到木質地板上——而裡頭裝了髒兮兮的東西的果醬罐則堆放在一個工具箱裡。

小貓叫了。我喝了一大口啤酒。電視上正在播野生動物的紀錄片，我看著一隻狐狸把一隻兔子撕成碎片。我把音量調大，但仍聽得見小貓的叫聲。貓叫聲纏繞般鑽進了我的腦袋，直到每一次的叫聲都讓我體內的怒火又燒得更猛烈，我意識到體內萌生一股熾熱的怒意，而我控制不住。我起身，走進廚房。

妳回到家的時候已經過午夜了。我坐在黝暗的廚房中，手裡拿著一個空啤酒罐。我聽到妳小心翼翼地關上前門，拉開靴子的拉鍊，踮著腳尖穿過大廳，走入廚房。

「玩得開心嗎？」

妳大叫，本來那畫面還挺好笑的，如果沒有看到妳那麼生氣的話。

「天啊，伊安，你把我嚇死了！你幹嘛黑漆漆的坐在這裡啊？」妳打開開關，燈泡隨之亮起。

「在等妳。」

「我有說我會比較晚回來啊。」

妳講話有點口齒不清，我懷疑妳到底喝得多醉。

「離開酒吧以後，我們都回到了莎拉家，然後……」妳看到了我臉上的表情，停了下來。

「怎麼了？」

「我等妳，就是不想讓妳自己一個人發現。」我說。

「發現什麼？」妳忽然清醒了。「發生了什麼事？」

我指著貓砂盆旁邊的地板上，小貓趴在那兒，一動也不動。一、兩個小時前，牠的身體開始變僵硬，一腳停在半空中。

「小東西！」妳立刻用手摀住嘴，我還以爲妳會嘔吐。「噢我的天啊！發生了什麼事？」

我站起來安慰妳。「我不知道。我工作下班回到家，就看到牠在客廳嘔吐。我上網查要怎麼應付這種狀況，結果不到半小時牠就死了。眞的很對不起，珍妮佛，我知道妳有多愛牠。」

妳在哭。我緊緊地摟著妳，妳哭溼了我的襯衫。

「我出門的時候他還好好的。」妳抬頭看我，想從我的臉上找出答案。「我不知道爲什麼會發生這種事。」你一定看到我臉上猶豫的表情，因爲妳退開了。「什麼東西？你有什麼事情沒有跟我說？」

「說不定也沒什麼，」我說。「我不想讓妳更難受。」

「快跟我說！」

我嘆了一口氣。「回家的時候，我發現牠在客廳。」

「我明明就把牠關在廚房，跟平常一樣。」妳說，但妳已經開始自我質疑了。

我聳聳肩。「我回到家的時候，廚房的門是開的。小東西從妳的作品旁邊弄了些報紙在撕。牠顯然玩得很開心。我不知道紅色標籤的果醬罐裡裝了些什麼東西，但是蓋子是開的，而小東西把頭探了進去。」

妳臉色刷白。「那是陶土用的釉料。」

「有毒嗎？」

妳點點頭。「裡面有碳酸鋇，那是很危險的東西，我總是，一定會確保它放在安全的地方。噢天啊，都是我不好。可憐的小東西。」

「妳千萬不要怪罪自己。」我把妳摟進懷裡，將妳抱緊，親吻妳的頭髮。妳身上散發著香菸的味道。「那是意外。妳想做的事情太多了，妳應該要集中精神，把其他事情放一邊，先把妳的陶土作品完成才對。莎拉應該能夠諒解吧？」妳靠在我身上，啜泣開始平息。我脫掉妳的大衣，把妳的包包放在桌上。「走吧，我們上樓，明天早上我會比妳早起，小東西就交給我處理吧。」

進了臥室的妳很安靜，我讓妳刷牙，洗臉。我把燈關掉，爬上床，妳像個孩子似的依偎著我。我喜歡妳這麼需要我，我開始用畫圓的方式撫觸妳的背部，親妳的脖子。「你會介意我們今晚不要做嗎？」妳說。

「會有幫助的，」我說。「我想要讓妳好過一點。」

妳安安靜靜地躺在我下面。我親妳，妳沒有任何回應。我刺進妳的體內，猛烈抽動，想藉由這樣的刺激讓妳有點反應——任何反應都好——但妳閉上雙眼，一聲不吭。妳把我所有的快樂都奪走了，妳的自私只會讓我用更大的力氣去幹妳。

29

「那是什麼？」雷站在凱特的背後，看著她手裡轉來轉去的卡片。

「是葛雷放在皮包裡的東西。我把這張卡拿出來的時候，她的臉色忽然發白，彷彿對這張卡片的出現很訝異。我正在想辦法知道這是什麼。」

那張卡片的大小就跟常見的名片一樣。顏色是淺藍色，上面有兩行字，是一個位於布里斯托中心的地址，沒有寫其他的字。雷從凱特的手裡拿過來，用大拇指跟食指去摩擦。

「這種紙質很便宜，」他說。「妳認得出這個標誌嗎？」標誌位在卡片的最上面，用黑色墨水印的，看起來像兩個沒有寫完的、重疊在一起的8。

「不知道。我不認得。」

「我猜這個住址在我們的系統裡找不到任何資料嘍？」

「查不到，沒有任何資料，選民登記資料庫裡也查不到。」

「會不會是她以前用的名片？」他再次細看那個標誌。

凱特搖搖頭。「不符合我拿出這張名片的反應。它觸動了某種東西，某種她不想讓我知道的東西。」

「那就走吧。」雷走到牆上的金屬櫃旁，拿出一組鑰匙。「只有一個辦法能夠解開謎底了。」

「要去哪裡？」

雷舉起那張藍色卡片作爲回答，凱特抓起自己的大衣，跟在他後面跑了出去。

☆

雷跟凱特花了一些時間才找到格雷森街一二七號。那是一幢毫無特色的半獨立式磚房，位在一條彷彿沒有盡頭的街道上。在那條街道上，奇數門牌號碼不知怎的都離理應在對面的偶數門牌號碼很遠。他們在外頭站了一會兒，凝望著那個灌木叢生的前院跟每一扇窗戶上都有的灰色紗簾。鄰家的庭院裡有兩張床墊，一隻在警戒的貓咪就趴在上面歇息。他們沿著通往前門的小徑前進時，那隻貓喵了一聲。跟鄰近那些裝了廉價塑鋼門的房子不同，一二七號的門是木製的，漆得很漂亮，門上還有個窺視孔。這幢房子沒有裝信箱，不過門旁的牆上有一個金屬郵筒。安全起見，大門上還裝了個掛鎖。

雷按下電鈴。凱特把手伸進夾克口袋裡要拿警徽，雷把手放在她的手臂上。「最好不要，」他說：「先知道誰住在這裡面。」

他們聽見腳步走在磁磚地面的聲音。腳步聲停了，雷直視門中央的那個窺視孔。不管檢查的標準爲何，他們顯然通過了，因爲兩秒以後，雷就聽到門打開的聲音。第二道鎖轉動，門打開約十公分，鏈條阻止了門的進一步開啓。過度的安全措施讓雷預期開門的會是個長者，但那個從門縫往外看的女人年紀卻跟他差不多。她穿著一件有花圖案的洋裝，外頭搭了件海軍藍的開襟羊毛衫，纏繞在脖子上的淺黃色圍巾打了一個結。

「有什麼事情嗎？」

「我們在找一個朋友，」雷說。「她叫做珍娜．葛雷。她以前住在這條路上，但我完全想不起來她住哪一棟。請問妳認識她嗎？」

「恐怕不認識。」

雷的視線望向那個女人的背後，望向屋子裡。她稍稍靠上了門，跟他四目相對，直直地看著他。

「請問妳在這邊住很久了嗎？」雖然這個女人沉默寡言，凱特還是問了。

「住得夠久啦，」那個女人生氣勃勃地說。「好啦，那我要去……」

「抱歉打擾了，」雷牽著凱特的手臂。「來，寶貝，我們走吧。我再來打幾通電話，看看有沒有辦法問到她的地址。」他當著兩人的面拿出自己的手機。

「可是……」

「謝謝妳。」雷說。他輕推了凱特。

「沒錯，」她終於收到了他的暗示，便說。「我們會再打幾通電話。謝謝妳的幫忙。」

女人緊緊地關上門，雷聽見兩段鎖依序轉動的聲音。他一直挽著凱特的手臂，直到離開那幢房子的視線範圍。他強烈地意識到兩人靠得很近很近。

「你有什麼想法？」凱特上車以後說。「是葛雷以前住過的地方嗎？或是那個女人知道的比她說出口的還多呢？」

「噢，當然，她肯定知道些什麼，」雷說。「妳有注意到她身上穿著什麼嗎？」

凱特想了一下。「一件洋裝，還有一件深色的開襟羊毛衫。」

「還有嗎？」凱特一臉困惑地搖搖頭。

雷按下手機上的一個按鈕，螢幕瞬間亮了起來。他把手機拿給凱特。

「你拍了她的照片？」

雷笑了。他把手伸過去，將照片放大，指著女人黃色圍巾上打的結，上面有個小小的圓形圖案。

「是一個徽章，」他說。他再次放大，終於看清楚了。兩條粗粗的、就像8的黑色線條交疊在一起。

「卡片上的符號！」凱特說。「幹得好。」

「毫無疑問，珍娜跟這棟房子之間有某種關聯，」雷說：「但是什麼關聯呢？」

30

我從來都不懂爲什麼妳這麼熱衷於要讓我跟妳的家人會面。妳痛恨自己的母親，而雖然妳跟伊芙每個禮拜大概會通一次電話，可是她從來沒有花力氣來布里斯托，爲什麼每次她想要妳過去，妳就會千里迢迢到牛津？妳還是會去，就像個乖巧聽話的小女孩，離開我一個晚上——有時候不止——去對著她那逐漸隆起的肚子輕聲呢喃，而且想都不用想，還順便跟她那有錢的老公調情。每次妳都會要我跟妳一起去，每次我都會拒絕妳。

「他們會覺得我是在幫你補足家庭，」妳說。雖然妳用笑容表示自己在開玩笑，但妳的聲音中有種渴望。「我想要跟你一起過耶誕節，去年少了你，感覺不一樣。」

「那就留下來陪我嘛。」這是個很簡單的選擇。爲什麼明明有我，妳卻覺得不夠？

「我也想陪我的家人啊。我們不用在那邊過夜，過去吃午餐就好。」

「難道就不用喝杯酒嗎？還眞是頓特別的聖誕午餐呢！」

「我開車。拜託嘛，伊安，我眞的很想跟他們炫耀一下你。」

妳幾乎是在懇求了。妳已經慢慢地不化那些妳以前總會化的妝了，但那天妳搽了口紅，乞求我時，我看著妳嘴上的那個紅色曲線。

「好吧。」我聳聳肩。「不過明年的聖誕節只可以有妳跟我喔。」

「謝謝你！」妳眉開眼笑地過來擁抱我。

「我猜我們還得準備一些禮物。想到他們都已經那麼有錢了，就覺得這麼做還眞有點可笑。」

「我都已經搞定了，」妳說。妳已經開心到沒有聽見我帶刺的語氣。「伊芙只喜歡那些會讓身體香噴噴的東西，傑夫只要有一瓶蘇格蘭威士忌就心滿意足。眞的，別擔心。你會喜歡他們的。」

我深表懷疑。我已經聽過不少跟「伊芙大小姐」有關的事，足以讓我對她有自己的評價，不過我很好奇妳爲何如此在意她。我從不覺得沒有手足是種損失，而且覺得妳那麼常跟伊芙說話很讓人厭煩。妳打電話給她的時候，我會躲進廚房。如果妳忽然沒說話，我就知道是聊到了我。

「妳今天在忙些什麼？」我說，藉此改變話題。

「今天超棒的。中午去三柱餐廳參加藝術家聚餐，就是那種交流團體，只不過是針對創意產業這個領域的人。沒想到人數會這麼多，而且都是在家裡的小工作室作業。當然也有人是在廚房的餐桌上啦……」妳帶著歉意地看了我一眼。

現在已經沒辦法在廚房用餐了，餐桌上亂七八糟地擺著些得刷上一層又一層顏料的畫作、陶土灰，以及一些胡亂塗鴉的東西。到處都是妳的東西，屋裡已經沒有可以讓我放鬆待在裡頭的地方了。我剛買的時候，房子感覺起來還沒有這麼小。即便瑪莉搬進來以後，家裡也還有足夠的空間讓我們生活。瑪莉比妳安靜多了。沒妳這麼精力充沛。某個角度來說也比較好相處，只是她愛說謊。但我已經學會怎麼去應對女人的謊言了，我再也不會中妳們的花招了。

妳還在講午餐的事情，我試著集中精神去聽妳在說些什麼。

「所以我們在想，如果是我們六個人的話，或許可以負擔得起那個租金。」

「什麼租金？」

「合租一間工作室的租金。我自己一個人租不起，但我靠教課存了一些錢，夠跟他們一起分擔，這樣的話我就能有一座正式的燒窯，並且把所有的那些東西都從家裡清出去。」

我不知道妳教課原來有賺錢。我的確建議過妳去開陶藝課，相較於花時間去做那些賣不了多少錢的小雕塑，這麼做似乎合理多了。比起同意去跟別人成為什麼商業夥伴，我更希望妳出些錢分擔我要繳的房貸。畢竟長時間以來，妳住在這裡可是一毛錢都沒花。

「寶貝，大體上來說，這想法聽起來的確相當不錯，可是如果有人搬出去的話怎麼辦？誰要負擔額外的租金呢？」我留意到妳沒有想得那麼透澈。

「我得有個地方工作啊，伊安。教課很好，但我不想教一輩子。開始有人要買我的雕塑了，如果我可以做得更快，也接到更多訂單的話，我想我可以建立起一個不錯的事業。」

「不過，有多少雕塑家跟藝術家真的有做到這件事呢？」我說。「我的意思是說，妳得要面對現實，雕塑說不定永遠都是個只能幫妳賺點零用錢的興趣罷了。」

妳不喜歡聽實話。

「大家合力的話，我們可以彼此幫忙。艾薇兒的馬賽克磚剛好可以搭配我做的一些東西，葛蘭特畫的油畫非常漂亮。如果還能再找些我大學時的朋友來幫忙就更棒了，不過我好久好久都沒有聽到他們的消息了。」

「聽起來問題多多啊。」我說。

「或許吧。我會再多想想。」

我看得出來妳已經下定決心了。我會因爲妳的這個新夢想而失去妳。「聽我說，」我說話的聲音掩飾了自己的焦慮。「我一直都有在想搬家的事情，想了好一段時間了。」

「是喔？」妳半信半疑。

我點頭。「我們會找到一個外頭空間夠大的地方。到時候，我會在庭院裡幫妳蓋一間工作室。」

「我自己的工作室嗎？」

「完完整整的工作室，連燒窯都有。妳要燒多少作品都隨妳便。」

「你眞的願意爲我這麼做嗎？」妳笑容滿面。

「我願意爲妳做任何事，珍妮佛，妳知道的。」

是眞的。只要能讓妳留下來，任何事我都願意去做。

妳在沖澡的時候，電話響了。

「珍娜在嗎？我是莎拉。」

「嗨，莎拉，」我說。「她跟一些朋友出去了。妳上次打電話來以後，她沒有再回電話給妳嗎？我有把妳打來的事情跟她講啊。」

她停了一下。

「沒有。」

「是喔。好，我會告訴她妳有打來。」

趁妳還在樓上，我檢查了妳的手提包。沒什麼特別的東西；妳那些收據上的店家名稱都是些妳跟我說過妳會去的地方。我感覺到體內的焦慮逐漸消散。出於習慣，我檢查了妳皮包裡放紙鈔的地方，雖然裡面是空的，但我的手指摸到了一個硬物。我更仔細地去看，發現內襯的地方有一道縫，裡面塞了幾張摺起來的紙鈔。我把那些紙鈔放進自己的口袋。如果那些塞進內裡的錢只是爲了要分開保管的家用金的話，妳就會問我有沒有看到。如果妳沒問的話，我就會知道妳有祕密沒讓我知道。妳在偷我的錢。

妳一句話也沒說。

妳離開我的時候，我根本沒發現妳已經走了。我一直在等妳回家，直到要上床了，才發現妳的牙刷不見了。我查看那些行李箱，發現大部分都在，只有一個小包包不見了。他會買妳需要的東西給妳嗎？他是不是說，只要妳想要，他什麼都會買給妳呢？作爲回報，妳又給了他什麼呢？妳這噁心的女人。可是我願意放手讓妳走。我告訴自己，妳不在，我活得比較快樂。只要妳不要跑去警局指控我，說我做了那種他們毫無疑問會稱之爲家暴的事情的話，我會讓妳到任何妳想去的地方。我大可以去找妳，但我不想那麼做。懂我的意思嗎？我不要妳了。我本來不會再去找妳，直到我看見了《布里斯托郵報》上的那篇報導。他們沒有刊登妳的名字，但妳以爲我會不知道那人就是妳嗎？

我猜想那些警察會問到妳的過往，妳的感情關係。我看到他們在測試妳，曲解妳的話語。我看到妳落下眼淚，把一切都告訴了他們。我知道妳的防禦會瓦解，不久以後他們就會來敲我的門，問些跟他們八竿子打不著邊的問題。說我是個壞蛋，虐待狂，家暴男。這些都不是我，我只給了妳應得的東西。

猜猜看我今天去了哪裡。來嘛，猜看看。不知道？我跑去牛津拜訪妳姊。我認爲若有人會知道妳在哪裡，肯定是她。五年過去了，房子沒什麼變。大門兩旁豎立著兩棵修剪得整整齊齊的月桂樹，依舊是那讓人厭煩的門鈴聲。

看到是我，伊芙臉上的笑容很快就消失了。

「伊安，」她語氣平平地說。「沒想到會是你。」

「好久不見。」我說。她從來都不敢當面開口說出對我的看法，她沒那個種。

「暖氣都跑出來了。」我說，同時踏上門廳黑白相間的地磚。

伊芙沒辦法，只能往旁邊站。我從她面前走過，手臂刷過她的胸部，直接進入客廳。她跟在我後面小碎步跑，試著要告訴我她仍是這個家的女主人。眞是可悲。

我坐在傑夫的椅子上，心知她恨死了我這樣，而她坐在我的對面，看得出來內心很掙扎，很想問我到這裡來有什麼用意。

「傑夫不在啊？」我問。我看到伊芙藏在眼裡一閃而過的思緒。我發現她怕我，這個想法令我異常亢奮。我不是第一次對伊芙大小姐在床上的表現感到好奇，不知道她會不會跟妳一樣悶不吭聲。

「他帶孩子進城了。」

她在椅子上動了動身子。我任沉默橫亙於我倆之間，直到她終於再也無法忍受。

「你來幹嘛？」

「剛好經過，」我說，同時左右看了看龐大的客廳，跟我們上次來的時候不一樣，她重新裝潢過了，妳會喜歡。他們喜歡那些單調無趣的顏色，就是妳想用來粉刷我們廚房的那種。「眞的很久沒見了，伊芙。」

伊芙同意地微微點頭，但沒回答。

「我在找珍妮佛。」我說。

「你說這話是什麼意思？她該不會終於離開你了吧？」她厲聲說出這些話。我從沒見過她這麼有情感的一面。

我沒反擊她的諷刺言論。「我們分手了。」

「她還好嗎？她現在住哪兒？」

她根本不在乎我的感受，只是一味地擔心妳。明明說過那麼多批評過我的話，僞善的婊子。

「妳是說她沒有來找妳嗎？」

「我不知道她在哪裡。」

「眞的嗎？」我說，心裡完全不相信她。「妳們兩個很親，妳總有些想法吧。」我眼角有條肌肉開始抽搐，我用手指去摩擦，讓它停下來。

「我們已經有五年沒說過話了，伊安。」她起身。「我想你該離開了。」

「妳的意思是說，這段時間，她都沒跟妳聯絡過？」我把雙腳一伸，往後靠。什麼時候要走是我說了算。

「沒有，」伊芙說。我看到她的眼睛瞄了一下壁爐架。「現在，請你離開。」

那是一個毫無特色的壁爐，有完美的煤氣火焰和假的煤炭。刷成白色的外框上頭擺了一座旅行鐘，鐘的兩邊豎立著幾張卡片和邀請函。

我立刻注意到她不想讓我看見的東西。妳應該要再小心一點的，珍妮佛，居然寄了這麼引人注意的東西過來。它就擺在那兒，跟一旁鑲了金邊的邀請函擺在一起，一點都不協調：一張從懸崖頂端拍下的一座海灘照片。沙子上寫著伊芙大小姐。

我起身，讓伊芙帶著我走向前門。我彎身親吻她的臉頰，感受到自己對她的厭惡，抗拒著體內因爲被欺騙而想一巴掌把她甩向牆壁的衝動。

她打開門，我假裝在找鑰匙。「我一定放在哪裡了，」我說：「馬上就會找到。」

我把她留在門廳，走回客廳。我拿起那張明信片，翻面，但沒有發現以爲會看見的地址，只有妳用那熟悉的凌亂字跡寫給伊芙的矯情訊息。妳以前常會寫紙條給我，會放在我的枕頭底下或公事包裡。妳爲什麼不再那麼做了？我喉頭忽然一緊。我研究著那張照片。妳在哪裡？我感受到一股焦慮快要爆發出來了。我把那張卡片撕成兩半，再兩半，再兩半，心情立刻覺得好多了。伊芙進來的時候，我剛好把那些碎片放到旅行鐘的後面。

「找到了。」我拍拍口袋。

她環視四周，肯定覺得自己會看見什麼東西移了位置。我心想，讓她去看吧。讓她發現吧。

「很高興能再見到妳，伊芙，」我說。「下次來牛津肯定會再登門拜訪。」我再次往前門的方向走。

伊芙張開嘴，但沒說話，我幫她說了：

「期待下次再見。」

☆

我一回到家就立刻上網。那個畫面肯定在英國：高聳的懸崖從三面環抱海灘，灰色的天空有著不祥的烏雲。我用「英國海灘」去搜尋，開始往下看那些照片。我一次又一次地按下一頁，但我找到的全部都是假日旅遊指南上的照片，沙灘上有著些笑容燦爛的孩子。我把搜尋的關鍵字改成「有懸崖的英國海灘」，繼續往下看。我會找到妳，珍妮佛。不管妳人在哪裡，我都會找到妳。

我會過去找妳。

31

蓓森跨大步朝我走來，頭上戴的針織帽拉得低低的，蓋住了頭髮。明明離我還有一段距離，她卻已經開始說起話來。很聰明的作法，雖然聽不見她說些什麼，但因爲她在跟我說話，我不能走開。我站著等她靠近。

阿波跟我一直在草地裡走，遠離那些崖頂及滾滾的大海。我對大海產生了極深的恐懼，再也不敢靠近，雖然我害怕的不是海水，是自己的思緒。我感受到自己正在逐漸發瘋，不管走再久，都沒有辦法逃離體內的瘋狂。

「我就想說走在前面的人應該是妳。」

從這裡幾乎看不見營地，剛剛只不過是山坡上的一個小點。蓓森的笑容依舊坦率而溫暖，彷彿上一次聊天以後，所有的事情都一直保持原樣，但她一定知道我現在處於保釋期。全村都知道。

「我正打算去散步，」她說。「要一起走嗎？」

「妳從來都不散步的。」

蓓森的嘴微微抽動了一下。「既然妳知道，就一定知道我有多想見妳了，對不對？」

我們走在一起，阿波衝在前面，牠永遠都在尋找兔子。空氣清爽而乾淨。走路時，我們的吐息化成了身前的白霧。快要中午了，但大地仍因爲早晨的冰霜而僵硬，春天遙遙無期。我在日曆上畫掉度過的每一天，保釋期結束的那天，我標記了一個黑色的大叉叉。還有十天。關在拘留室時，我拿到了一份小冊子，得知在審判到來以前，或許還得等上一段時間，但我不太可能有機會再次看到培菲克的夏日風光了。不知道到時候我會多麼懷念這一切。「我猜妳已經聽說了吧。」我再也受不了空氣中的沉默，於是開了口。

「在培菲克，要不聽到很難。」蓓森的呼吸有點吃力，我稍微放慢腳步。「不過我不太相信傳言，」她繼續說。「我寧可聽聽本人的說法，但我注意到妳顯然一直在逃避我。」

我沒有否認。

「妳想聊聊那件事嗎？」

我直覺說了不，但又意識到自己想談。我吸了一口氣。

「我殺死了一個小男孩，他的名字叫做雅各。」

我聽見蓓森發出一個小小的聲音——或許是呼吸聲，或許是搖頭聲——但她什麼也沒說。我們的腳步逐漸靠近懸崖，我瞄了一眼大海。

「那天很暗，而且還下著雨。我看見他的時候太遲了。」

蓓森長長地吐出一口氣。「那是一場意外。」

這不是一個問題，我被她的忠誠所打動。

「對。」

「不只這樣，對不對？」

培菲克流言製造廠眞了不得。

「對，不只這樣。」

我們走到崖頂，然後左轉，開始往海灣的方向走。我幾乎沒辦法開口。

「我沒有停車。我把車開走，把他跟他母親留在馬路上。」我不敢看蓓森，而她有好幾分鐘都沒說話。當她再度開口時，直接就問到了關鍵點。

「爲什麼？」

這是最難回答的問題，但因爲人在這裡，我至少可以實話實說。「因爲我很害怕。」

我終於偷偷瞄了蓓森一眼，但解讀不了她的表情。她看著遠方的海，我停下腳步，站在她旁邊。

「妳會因爲我做過的事情而討厭我嗎？」

她悲傷地笑了笑。「珍娜，妳做了一件很可怕的事情，這輩子接下來的每一天都要爲此付出代價。我認爲這樣的懲罰已經很夠了，妳不覺得嗎？」

「店裡的人都不提供給我任何服務。」我覺得自己心胸狹窄，竟然在抱怨買雜貨這種小事情，但那種羞辱帶給我的傷害遠比我想要承認的還重。

蓓森聳聳肩。「她們很奇怪，不喜歡外地人，而且如果讓她們找到一個可以合理排斥外地人的藉口的話，可想而知……」

「我不知道該怎麼辦。」

「別理她們，去村子外面買，抬頭挺胸。針對那場意外，法院要怎麼判是妳跟法院之間的事情，跟其他人無關。」

我感激地對她笑了笑。蓓森的立論非常實際。

「我昨天帶了其中一隻貓去看獸醫。」她一派輕鬆地說，改變了話題。

「妳有跟派翠克提到我？」

蓓森停下腳步，轉頭面對我。「他不知道該跟妳說些什麼。」

「我最後一次看到他的時候，他似乎沒這個問題。」我想起他冷淡的口吻，以及離開時那缺乏感情的眼神。

「他是一個男人啊，珍娜，他們是單純的動物。去跟他說說話，用妳跟我說話的方式去跟他說話。告訴他當時妳有多害怕，他會明白妳對自己做過的事情有多懊悔。」

我想起派翠克跟蓓森有多熟，他們可是青梅竹馬。我一度在想蓓森說得或許沒錯，我跟派翠克之間或許還有一些復合的機會。但她沒有看到他看著我的那個眼神。

「不，」我說。「我跟他之間結束了。」我們走到海灣。除了一對情侶在海邊遛狗以外空無一人。

潮水湧入，爬上海灘，舐著沙子。一隻海鷗站在沙灘中間啄著一個蟹殼。正打算跟蓓森道別時，我看到沙子上有東西，靠近正在上岸的潮水。我瞇上眼睛再看一遍，但海浪覆蓋住沙子，讓寫在沙上的字變糊，無法辨識。又來了一陣浪，字全都看不見了，但我很確定自己剛剛看到了什麼，十分確定。我忽然覺得很冷，把大衣拉緊。我聽見背後的小徑上傳來聲響，趕忙回頭，但什麼也沒看見。我掃視著灣岸小路、崖頂，再一次環視身旁的海灘。伊安在這裡的某個地方嗎？他正在看著我嗎？

蓓森看著我，眼神警戒。「什麼東西？怎麼了？」

我望向她，卻沒看到她。我看到了那些字：我不確定自己看到的那些字是出現在海灘上，還是在我的腦袋裡。白雲似乎在我頭上旋轉，血液在我耳裡怒吼，直到我幾乎聽不見大海的聲音。

「珍妮佛。」我小聲地說。

「珍妮佛？」蓓森問。她望向遠方的海灘，潮水沖刷著平滑的沙子。「誰是珍妮佛？」

我試著吞嚥，但口乾舌燥。

「我。我就是珍妮佛。」

32

「很遺憾。」雷說。他坐在凱特的桌緣，拿給她一張紙。

凱特把紙放在桌上，但沒有去看。「是皇家檢控署的起訴書嗎？」

雷點點頭。「沒有證據足以支持珍娜另有隱情，我們沒辦法再拖延下去了。她今天下午就會回來，我們會起訴她。」他看著凱特的臉。「妳處理得很好，會注意到證據以外的事情，一個好的警探就應該這樣。但一個好的警探也要知道何時該收手。」

他起身，輕輕捏她的肩膀，然後離開，讓她讀完皇家檢控署的決定。這樣的結果令人很灰心，但這就是你順從直覺而行的時候需要冒的風險。直覺未必總是可以依賴的。

兩點鐘，前檯來電通知說珍娜到了。雷幫她做拘留所入住登記，帶她去牆邊的金屬長椅休息，他則趁這個時候準備起訴書。她把頭髮往後綁成一個馬尾，露出了高聳的顴骨跟蒼白乾淨的肌膚。

雷從羈押警官手裡接過起訴書，走到長椅旁。「妳因爲二〇一二年十一月二十六日危險駕駛，導致雅各．喬登死亡。妳被控違反了一九八八年修訂之交通車檢法的第一條。此外，妳因沒有停車並回報這起意外，而被控違反了一九八八年修訂之交通車檢法第一七〇條第二項。妳有什麼要說的嗎？」雷目不轉睛地看著她，看她是否會表現出任何恐懼或震驚的跡象，但她只閉上眼睛搖搖頭。

「沒有。」

「妳將在拘留室候審，明天早上要到布里斯托地方法院出庭。」

站在一旁等候的守衛向前一步，但雷阻止了他。

「我來帶吧。」他輕輕抓住珍娜手肘，押著她去到女子區。走過拘留區時，他們的橡膠鞋底發出的聲音激起了一大堆嘈雜的要求。

「我可以出去哈一管嗎？」

「我的案情說明書送來了嗎？」

「可以再幫我拿一條毯子嗎？」

雷沒理會他們，知道自己最好不要出手干涉，這是羈押警官的地盤，那些聲音到最後慢慢都成爲輕聲的牢騷。他停在七號外面。

「請脫鞋。」

珍娜解開鞋帶，依序用兩邊的拇趾壓住靴子腳踝處脫下。她把靴子放在門外，一些沙子因而落到光滑的灰色地板上。她看著雷，雷朝空空的拘留室點頭，她走了進去，坐在藍色的塑膠墊上。

雷靠在門框上。

「珍娜，妳還有什麼沒跟我們說的？」

她猛然轉過頭，面對著他。「什麼意思？」

「妳爲什麼要把車開走？」

珍娜沒有回答。她把臉上的頭髮撥開，他再次看到手心的可怕疤痕。可能是燒燙傷，也許是工傷。

「怎麼受傷的？」他指著她的傷處問。

她別開頭，迴避那個問題。「法庭上會發生什麼事？」

雷嘆了一口氣。他確定自己沒辦法再從珍娜．葛雷口中多探出些什麼了。「明天只是初步聽證會而已，」他說。「妳會被要求進行答辯，案子會被送到刑事法院。」

「然後呢？」

「妳會被判刑。」

「我會坐牢嗎？」珍娜說，同時抬起眼來看雷。

「或許吧。」

「要坐多久？」

「最多十四年。」雷看著珍娜的臉，終於看到了恐懼。

「十四年。」她重複說。她用力吞了一下口水。

雷屏住呼吸。他一度以爲自己將聽見她那天晚上爲什麼駛離的原因。但她只是別過頭，躺在藍色塑膠墊上，緊閉雙眼。

「我想試著睡一下，請你離開。」

雷站在那兒看了她一會兒，然後離開，拘留室的門關上時發出的碰撞聲在身後迴盪。

「做得好。」雷一進門，梅格絲就親了他。「我在新聞上看到了，你選擇不放棄那個案子是對的。」

他心不在焉地隨便回應，依然因爲珍娜的行爲而心緒不寧。

「局長對這樣的結果開心嗎？」

雷跟著梅格絲走進廚房。她開了一瓶啤酒，幫他倒進玻璃杯裡。

「開心啊。當然，週年呼籲這主意完全是她想出來的……」他諷刺地笑了笑。

「你不開心嗎？」

「還好啦，」雷說，同時喝了一口酒，滿意地呼出一口氣。「我不在乎誰拿走這個功勞，只要能夠好好調查，讓我們在法院得出個結果就好。除此之外，」他補充：「這件案子主要都是凱特在忙。」

雖然可能是他的想像，不過梅格絲聽到凱特的名字時似乎有些惱火。「你覺得葛雷會被判多久？」她問。

「可能六、七年吧？要看法官是誰，以及他們要不要殺雞儆猴。只要案件牽涉到小孩，都會激起一些強烈的情感。」

「判六年不算太重。」雷知道她在想著湯姆跟露西。

「除非這六年對她來說太長。」雷一半是說給自己聽。

「什麼意思？」

「整個案子有點奇怪。」

「怎麼個怪法？」

「我們認爲她的故事應該不只她說出口的那些，但我們現在要起訴她了，所以就這樣了。我已經盡量把時間拉長，好讓凱特去調查了。」

梅格絲嚴厲地看著他。「我還以爲這個案子是你主導的。是凱特覺得還有隱情嗎？你就是因爲這樣才讓葛雷交保候傳的嗎？」

雷抬起頭，對梅格絲的強烈語氣感到意外。「不是，」他緩慢地說。「我讓她交保，是因爲我注意我們應該花時間依據事實建構有效的論證，確保我們起訴的是對的人。」

「謝謝你，史蒂芬探長，我知道這個體制是怎麼運作的。雖然我可能成天都在忙著載孩子上下課跟幫他們準備午餐，但我好歹也當過探員，所以不要用這種跟傻瓜說話的語氣來跟我說話。」

「抱歉，是我的錯。」雷舉起雙手做出投降的舉動，但梅格絲沒有笑。她拿了一塊布到流出熱水的水龍頭底下，開始快速地擦拭廚房的表面。

「我只是嚇了一跳而已。這個女人從事故現場逃走，把車棄置後不知藏到哪裡去，然後一年過後她被找到了，也承認了一切。對我來說，這件事情似乎已經定案了。」

雷努力不讓自己的不滿表現出來。忙了一整天，他只想要坐下來喝杯啤酒放鬆一下。「不只是這樣，」他說。「而且我相信凱特，她的直覺很準。」他感覺自己臉紅了，而且想到正在幫凱特辯護的自己是不是有一點太超過。

「是喔？」梅格絲不高興地說。「凱特還眞厲害。」

雷深深地吐了一口氣。「是不是發生了什麼事？」

梅格絲繼續在打掃。

「是湯姆嗎？」

梅格絲開始哭泣。

「喔天啊，梅格絲，妳怎麼不早點說呢？發生了什麼事？」他起身去抱她，同時輕柔地把她手上的布拿走。

「我猜他可能有偷東西。」

雷氣得無法說話。

「爲什麼會這麼說？」這是最後一根稻草。因爲荷爾蒙的關係而蹺課、在家裡走路很大聲還愛亂發脾氣是一件事，但是居然去偷東西？

「嗯，我也不是很確定，」梅格絲說。「我還沒有跟他提過任何事……」她看著雷的臉，舉起一隻手警告他。「而且我不想提，除非確定是事實。」

雷深吸了一口氣。「全部都跟我說。」

「早上，我在清理他的房間，」梅格絲短暫地閉了一下眼，彷彿就連那回憶都令人難以承受——「我在他的床底下發現了一箱東西。裡面有 iPod、一些ＤＶＤ、大量的甜食，跟一雙全新的運動鞋。」

雷搖搖頭，但依然沒說話。

「我知道他沒什麼錢，」梅格絲說：「他還要還我們那扇打破的窗戶的錢，那些東西除了是偷來的，我想不到他是怎麼得到的。」

「太好了，」雷說。「他遲早會被警察逮捕。那畫面看起來很棒，對吧？採長的兒子因爲偷竊而進了監獄。」

梅格絲沮喪地看著他。「你只能想到這種事情嗎？你的兒子過去的十八個月都過得很慘。你那之前快樂、穩定、聰明的兒子現在逃學又偷竊，你浮現在腦海中的第一個想法卻是『這件事情對我的職涯會帶來多少影響？』」她講到一半忽然停了下來，舉起手來似乎要把他趕走。「我現在沒辦法跟你談這件事情。」

她轉身往門的方向走，然後回過來面對著雷。「把湯姆的事情交給我，你只會讓情況變得更糟。此外，你顯然還有更重要的事情要煩惱。」

樓梯傳來跑步的聲音，接著是臥室門大力關上的碰撞聲。雷知道跟上去沒有意義，她顯然沒那心情跟他討論。職涯並非他的首要考量，只是其中一個考量的點而已。而既然他是這個家裡唯一會賺錢的人，梅格絲那種想都沒想就要他別插手的行徑有點可笑。至於湯姆的問題，既然她想要的話，那就留給她去處理就好了。而且老實說，他也不知道該從何做起。

33

博福特街上的那棟房子比原先的大很多。銀行不願意讓我貸全額，我另外申請了一筆貸款，希望自己有辦法還清。我得花更長的時間去還債，但很值得。那棟房子有一個很長的庭院可以容納妳的工作室。當我們擬定工作室的所在位置時，我看到妳的雙眼閃閃發亮。

「太完美了，」妳說。「裡面將擁有我需要的一切。」

我請了一些假，從我們搬進去的那個禮拜開始興建這間工作室，妳很感動，覺得做再多也不足以回報我對妳的好。妳端著熱氣騰騰的茶到庭院的一頭，也會叫我進去吃自製麵包和湯。我本來刻不容緩地想把工作室完成，但後來幾乎想都沒想速度就開始減緩。原本我每天早上九點就會去到庭院，後來我改成十點。我吃午餐的時間變長了。到了下午，我會坐在木造的工作室裡任時光一點一滴流逝，直到妳叫我進去。

「親愛的，天色這麼暗了，別做了，」妳會說。「而且你看，你的手好冰喔！進來吧，讓我來幫你暖暖身子。」你會親親我，告訴我妳對即將擁有自己的工作空間有多麼興奮；告訴我從來沒有人會這麼照顧妳；告訴我妳愛我。

我回去上班，並答應週末會幫妳把內部的擺設處理好。可是那天回到家的時候，妳已經把一個老舊的桌子拖了進去，並將妳的釉料跟器具都擺在上頭。妳的新燒窯放在角落，陶輪坐落在工作室的中心位置。妳坐在一個小凳上，心神全放在眼前旋轉的陶土上。我從窗戶的另一頭看到了妳，妳正在用最輕柔的撫觸讓陶壺成形。我期望妳或許能感受到我的存在，但妳頭也沒抬，於是我打開了門。「不覺得這樣很棒嗎？」

妳依舊看也沒看我。

「我喜歡待在這裡。」妳的腳掌離開踏板，陶輪的速度減慢，終至停止。「我去把這件襯衫換掉，把晚餐端出來。」妳輕輕地親我的臉頰，小心翼翼地不碰到我的衣服。

我在工作室裡站了一會兒，看著打算爲妳擺上架子的牆面。角落那邊我本來打算要爲妳做一張特別的桌子。我向前一步，快速踩了一下陶輪的踏板。陶輪猛然旋轉，幾乎轉了一圈，缺少妳那引導之手的陶罐晃向一邊，隨之塌陷。

在做完那件事以後，我覺得自己彷彿好幾天沒有再看見妳。妳匆匆找來一台暖氣，讓妳可以花更多的時間待在工作室裡。就連週末也是一早就看到妳穿了件沾了陶土的衣服要進工作室。我後來幫妳做好架子，但沒有做那張原本打算要做的桌子，妳那張宛如廢物商店裡的桌子總教我覺得礙眼。

大概是在搬進這間房子一年左右吧，我得去巴黎出差一趟。道格聽說那裡有一個潛在的新客戶，我們打算讓他們留下深刻的印象，好讓他們能下大筆的訂單。公司事業停滯不前，分得的紅利比原本答應的更少，發放的頻率也更低。我得刷卡才有辦法帶妳去外面吃晚餐跟買花送妳，要償還那些債務變得難上加難。巴黎的客戶能讓公司的營運恢復正常。

「我可以一起去嗎？」妳問。這肯定是我唯一一次注意到妳對我的事業露出興趣。「我愛死巴黎了。」

有一次辦公室辦了派對，我帶瑪莉去，看到了道格那色迷迷的眼神，以及她風騷的回應。我不打算再重蹈覆轍。

「我會忙個不停，妳會覺得很無聊。等我沒那麼忙，我們再一起去。而且，妳還得做妳那些花瓶呢。」

妳花了似乎好幾個禮拜的時間，帶著作品的樣本跑遍了城裡的禮品商店跟藝廊，但其實只有兩家店有興趣，它們各自訂了一打陶壺和花瓶。妳高興得跟中了樂透沒兩樣，相較於之前，妳花了更多力氣去打造這筆訂單裡的每一件作品。

「做的時間越久，時間就越不值錢。」我提醒過妳，但看來我的商場經驗是白說了，妳依舊花了許多時間去繪圖跟上釉。

抵達巴黎以後，我打了電話給妳，聽見妳的聲音時，我忽然非常想家。道格請那個客戶去外頭吃晚飯，我說自己有偏頭痛，待在房裡，點了客房服務的牛排，想到要是有帶妳來就好了。那張整理得整整齊齊的床看起來巨大而乏味。晚上十一點，我去飯店樓下的酒吧，點了一杯威士忌，喝完以後又點了一杯。我發了一則簡訊給妳，但是妳沒有回。我猜妳在工作室裡，對我的來訊絲毫不在意。

離我在吧檯坐的位子的不遠處有一張桌子，桌旁坐了個女人。她一身商務打扮，灰色的細條紋套裝，黑色高跟鞋，身旁的椅子上放了一個打開的公事包。她正在處理文書作業，抬起頭時，剛好與我四目相對，同時苦笑了一下。我微笑回應。

「你是英國人。」她說。

「有這麼明顯嗎？」

她笑了。「等你跟我一樣經常旅行，就會注意到那些跡象。」她拿起剛剛在處理的文件，一股腦兒扔進公事包裡，喀一聲把公事包關上。「一整天做這些也夠了。」

她毫無離開酒吧的打算。

「可以跟妳坐在一起嗎？」我問。

「十分樂意。」

這件事並不在我的計畫之中，卻正是此刻的我所需要的。直到早上，她身上裹著條毛巾從浴室出來時，我才問了她的名字。

「艾瑪。」她說。她沒有問我名字，我在想她有多常在一些毫無特色的城市裡的毫無特色的飯店房間跟人發生一夜情。

她走了以後，我打了電話給妳，讓妳跟我說一整天做了些什麼；說禮物商店的老闆有多喜歡那些花瓶，說妳有多等不及要見到我。妳告訴我妳想我，說不喜歡我們分隔兩地，妳慰藉的話語滲入了我的體內，讓我再度覺得安心。

「我愛妳。」我說。我知道妳需要聽到這句話。妳眼中看到的我為妳所做的一切還不夠；我費盡心思、勞心勞力照顧妳也還不夠。妳輕輕地呼出一口氣。

「我也愛你。」

道格在那頓晚餐上費了不少力氣討客戶的歡心。從早上開會時聽他說的那些笑話來判斷，他們顯然還去了一家脫衣舞俱樂部。到了中午，我們談成了那筆交易。道格打了通電話給銀行，再三保證我們有償付貸款的能力。

他會意的微笑讓我有點不開心。「先生，您是打算買點小東西送女士嗎？」

我叫飯店的櫃檯幫我叫計程車。「附近最好的珠寶店在哪裡？」我問。

我沒理他。「在哪裡？」

他的笑容有點僵住了。「在聖奧諾街上，先生。」在等待計程車來時，他仍然一臉關切，那虛情假意的行徑幫他賺得一筆小費。直到計程車抵達目的地，我才把那種氣惱的情緒拋在腦後。我走過整條聖奧諾街，才選定一家店名缺乏創意的小珠寶店「米歇爾」，店內的黑色托盤上點綴著亮閃閃的鑽石。我本來想花時間慢慢挑，但穿著毫不起眼的西裝的店員老是跟著，不停提供協助跟建議，讓我根本沒辦法專心。到最後，我選了最大的那一個：一枚妳絕對抗拒不了的戒指。一顆四四方方的白色鑽石鑲嵌在樸素的白金戒指上。我把信用卡交給對方，告訴自己妳值得。

我隔天一早就飛回家，那個裝在大衣口袋裡的小小皮盒讓我心急如焚。我本來打算帶妳去外頭吃晚餐，但一打開前門，妳就朝我跑過來，緊緊抱住我，讓我沒辦法再等下去。

「嫁給我吧。」

妳笑了，但妳一定注意到了我誠摯的眼神，因爲妳動也沒動，把手放到嘴邊。

「我愛妳，」我說。「我沒辦法離開妳。」

妳什麼也沒說，我動搖了。這不在我的計畫之內。我本來以爲妳會環抱住我，親我，或許還落淚，但最重要的是說：我願意。我拿出那個珠寶盒，把盒子塞進妳的手裡。「我是認眞的，珍妮佛。我希望妳永遠都是我的。說妳願意，拜託，說妳願意。」

妳輕輕搖了搖頭，但妳打開了盒子，嘴巴微微張開。「我不知道該說什麼。」

「答應我。」

漫長的沉默讓我感受到心中生怕被妳拒絕的恐懼。然後妳答應了。

34

金屬的碰撞聲嚇了我一跳。在史蒂芬探長昨晚離開以後，我盯著天花板上剝落的油漆，感覺床鋪底部水泥地的寒意穿透了塑膠墊，直到睡意在不知不覺間爬到了我的身上。我推著地面，站起身，手臂痠痛，頭部抽痛。

門上傳來敲擊聲，我注意到那個碰撞聲是門中間的方形開口降下發出的聲響，有一隻拿著個塑膠盤的手伸了進來。

「快來拿，我很忙。」

我接過了塑膠盤。「可以給我一些止痛藥嗎？」

看守站在開口旁，我看不見她的臉，只看到一件黑色的制服跟一頭四散的金髮。

「這裡沒有醫生，到法院再說。」話都還沒說完，她就哐噹一聲把開口關上，那聲響在拘留室裡迴盪，我聽見她離開時的沉重腳步聲。

我坐在床上喝茶，茶水溢得塑膠盤到處都是。茶水溫涼又甜膩，但我飢渴地喝光了，這才意識到從昨天中午到現在什麼都沒吃。早餐是裝在可微波容器裡的香腸跟豆子。容器邊緣有些融化，豆子上面淋了一層乾巴巴的亮橘色醬汁。我沒碰餐點，把空杯子放到塑膠盤上，接著上了廁所。馬桶沒有掀蓋，只有金屬底座，還有一些粗糙的廁紙。我匆匆結束，守衛回來了。

再次聽到腳步聲時，那些我沒吃的東西早已涼透。他們站在拘留室外面，我聽見鑰匙的聲音，隨後沉重的大門打開，看見一個很不友善的二十多歲女孩。黑色的制服跟油膩膩的金髮顯示她就是幫我送早餐來的守衛，我指著放在床墊上的托盤。

「我吃不下。」

「不意外，」守衛邊說邊笑。「我就算再餓也不會吃那種東西。」

我坐在拘留所的那張金屬長椅上穿靴子。有三個人跟我坐在一起，都是男性，都穿著類似的工作服，一開始還以爲他們穿的是某種制服。他們無精打采地靠在牆上，就像在家裡似的，只有我格格不入。我轉頭去看那些貼在頭部上方的大量告示，一張也看不懂。上面都是些「提供作爲參考」的律師、口譯、各種罪行等資訊。我應該要對現在的情況有一定的了解嗎？每當一陣恐懼侵襲而來，我都會提醒自己做了什麼事，沒有資格害怕。

我們等了半小時以上，直到聽見一聲蜂鳴器的聲響。羈押警官抬頭看了看牆上的監視器螢幕，螢幕上出現了一輛巨大的白色囚車。

「小夥子們，轎車來啦。」他說。

坐在隔壁的男孩吸了一下手指，嘟囔了些我聽不懂也不想弄懂的話。

羈押警官開門，讓兩名瑞來斯保全公司的保全進來。「艾許，今天有四個，」他對著保全說。「市警局昨晚受到了一些批評，對吧？」他緩慢地搖搖頭，彷彿深表同情，但他笑容滿面，然後那個叫做艾許的男人友善地猛拍他的肩膀。

「早晚會有好事落到我們頭上的，」他說。他第一次看了看我們。「這些人的文件都弄好了吧？」

那個男人繼續聊足球，女保全朝我走了過來。

「親愛的，還好吧？」她說。她渾身散發出母性的光輝，跟制服格格不入，說來荒唐，我忽然很想哭。她要我站好，用手掌摸我的手臂、背部跟兩腿。她把一根手指伸進褲頭繞行一圈，透過襯衫檢查胸罩的鬆緊帶。我注意到那些坐在長椅上的男孩互相推來推去，覺得自己有如裸體般暴露。保全把我的右手銬在她的左手上，帶著我到外面。

我們被一輛有隔間的囚車載往法院，這輛車讓我想起郡裡那些運送馬匹的拖車，母親以前都會帶我跟伊芙去看。囚車轉彎時，我努力在狹小的長椅上保持平衡，我的手腕銬在一條跟這個小隔間等長的鐵鍊上。窄小的空間讓我感到十分害怕。我從模糊的玻璃窗往外看，布里斯托的建築萬花筒般的變成了各種形狀跟顏色從面前掠過。我試著在車輛左彎右拐的時候保持理智，但這些動作讓我頭暈想吐，於是我閉上雙眼，把頭靠在冰涼的玻璃上。

我從移動的囚室換到地方法院深處一間安靜的囚室之中。他們給了我茶——這次是熱的——跟吐司，我把吐司咬成細細的一條以後吞下。他們跟我說，律師會在十點來找我。怎麼可能還沒十點呢？我今天已經度過彷彿一輩子的時光。

「是葛雷小姐嗎？」

律師非常年輕，穿了件顯露自信的昂貴條紋西裝。

「我沒有要求請律師。」

「葛雷小姐，妳一定要有一個自己或是法律上的代表。還是妳想自己出庭就好？」他揚起的眉毛表示只有天字第一號的傻瓜才會做出這種選擇。

我搖搖頭。

「很好。現在，我知道在審訊的時候，妳已經就危險駕駛致死、肇事逃逸的罪行認罪了。對不對？」

「對。」

他迅速翻查隨身攜帶的文件，文件上的紅色緞帶鬆開後隨意地丟在桌上。他還沒有抬起頭來看過我。

「妳想認罪還是不認罪？」

「認罪。」這個詞猶如殘留在空氣之中。我第一次大聲把這個詞說出來。我有罪。

他寫下比一個詞還要長的東西，我想偷看他寫了些什麼。「我應該會以妳的名義要求保釋，而妳取得保釋的機率很大。沒有前科、遵守保釋規定、按時回到拘留所……不過顯然會擔心妳保釋以後潛逃……妳有精神疾病方面的困擾嗎？」

「沒有。」

「太可惜了。別理我，我會盡全力。現在，妳有任何疑問嗎？」

一堆，我心想。

「沒有。」我說。

「全體起立。」

我本來以爲會有更多人，可是除了一個手上拿著筆記本、一臉百無聊賴的男子以外（法警跟我解釋，他所坐的位置是開放給媒體的），法院裡的人寥寥無幾。律師坐在法庭中間，背對著我。他身旁坐著一個身穿海軍藍裙子的年輕女子，兩人中間放了一張列印的文件，女子把一枝螢光筆遞給他。在同一張長桌上，距離他們幾十公分遠的地方，坐著兩個衣著相似的人——是檢察官。

站在一旁的法警拉了拉我的袖子，我才知道我是唯一需要站著的人。臉頰瘦削、頭髮稀疏的地方法官到了，法庭正式開庭。我的心臟怦怦的猛跳，我的臉因羞恥而發燙。幾個坐在旁聽席上的人好奇地看著我，彷彿我是美術館裡的展覽品。我想起以前讀過的，發生在巴黎的公開處刑描述：斷頭台放在城鎮中心大家都看得到的地方；女性在等待開場之前會編織衣物。意識到自己竟成了大眾的娛樂節目，忽然起了一陣雞皮疙瘩。「被告請起立。」

我再次起身，並在書記官詢問姓名時報上。

「妳認罪嗎？」

「我認罪。」我的聲音聽起來很尖銳，我清了清喉嚨，但沒有人再要求我開口。

檢方與律師就保釋的部分進行了冗長的爭論，我聽得頭昏眼花。

風險太大了，被告一定會逃走。
被告目前爲止都有遵守保釋規定，之後也一樣會遵守。
我們有考慮要判長期監禁。
但是也要考量被告的人權。
他們透過地方法官跟對方進行談話，就像兩個在吵架的孩子透過家長溝通一樣。他們非常激動，再搭配以在空蕩蕩的法庭裡上演未免可惜的誇張手勢。他們在爭論保釋與否的問題，到底我應該要在拘留所裡等待刑事法院的判決，還是應該讓我交保在家等待判決結果。我注意到我的律師希望能讓我免於牢獄，但我很想拉他的袖子，告訴他我對交保沒什麼興趣。我在意的只有阿波，沒有人能夠在家裡照顧牠。沒有人會想我。被關在拘留所的我很安全。可是我無聲地坐著，兩手放在大腿上，不確定我應該在腦海裡描繪出哪一邊的景象。沒有人看我，我是隱形人。我試著去聽他們的爭論，想知道這場唇槍舌戰的贏家是誰，卻很快地被他們的演出弄迷糊了。
法庭裡忽然一片寂靜，地方法官用毫無笑意的眼神凝視著我。我忽然有股衝動，想要告訴他我跟一般的法院被告不一樣。我成長的家庭就跟他成長的家庭沒兩樣，我上過大學，舉辦過晚餐派對，有很多朋友。我以前曾經自信又外向。在去年以前我從沒有犯過法，這場事故是個嚴重的錯誤。但他的眼神對我失去了興趣，我意識到他根本不在乎我是誰，或我舉辦過多少晚餐派對。我只是另一個走進法庭的罪犯，跟其他罪犯沒有什麼不同。我發覺自己的身分再一次被剝奪。
「葛雷小姐，妳的律師慷慨激昂地捍衛妳交保的權利，」地方法官說：「並保證妳不會潛逃到月球去。」旁聽席傳出了笑聲，是兩個手拿保溫瓶擠進旁聽席第二排的老婦人。地方法官的嘴角感動地抽搐了一下。「他跟我說，妳最早從那個讓人深惡痛絕的犯罪現場逃離的原因，是因為一時的愚蠢，非本性使然，而且將永不再犯。葛雷小姐，我希望為我們所有的人好，他的說法是正確的。」他停頓了一下，我屏住呼吸。

「准予交保。」

我吐了一口氣，旁人或許會認為我鬆了口氣。

媒體席出現聲響，我看到那個帶著筆記本的年輕男子悄悄離開座位，筆記本隨隨便便地塞進夾克口袋。離開前，他朝長椅的方向點點頭。門在他身後擺動。

「全體起立。」

地方法官離開法庭後，原本的議論變得很大聲，我看到我的律師朝著檢察官靠近。他們因為某件事情而笑著，接著他進入被告席跟我說話。

「結果挺好的，」他滿臉笑容。「這個案子暫時告一段落，刑事法院將在三月十七日宣布判決。會有人再提供給妳法律諮詢及代理人選的資料。祝妳回家路上一路順風，葛雷小姐。」

在拘留所關了二十四小時以後，能夠自由走出法庭的感覺很奇特。我走到法院的販售部外帶了一杯咖啡，因為急著想要喝點比警察局的茶味道更重的東西而燙傷了舌頭。

布里斯托地方法院的入口有個玻璃屋頂，一小群人在這裡躲毛毛雨，同時邊抽菸邊急忙地交談。走下階梯時，一個從反方向過來的女人撞了我一下，咖啡從沒蓋好的塑膠蓋上流出來，流到我的手上。

「對不起。」我下意識地說。但我停住並往上看時，卻看見那個女人的腳步也停了，她手裡拿著一只麥克風。我因爲忽然出現的閃光而嚇了一跳。抬起頭，我看見有一個攝影師就站在前方不遠處。

「妳覺得自己被送進監獄的機率有多高，珍娜？」

「什麼？我……」

麥克風靠得很近，幾乎撞到我的嘴唇。

「妳會繼續堅持認罪下去嗎？妳覺得雅各的家人會作何感想？」

「我，會的，我……」

人們從四面八方朝我推擠而來。有人反覆在呼喊些什麼，以致聽不清楚記者的問題。周圍有很多噪音，宛如身在球場或是演唱會中。我沒有辦法呼吸。我本來想轉身，卻被推往反方向。有人在拉我的大衣，我失去平衡，重重地跌到一個人身上，這個人粗魯地把我推開。我看到一面做得很粗糙的標語，一小群抗議的民眾高舉並揮舞著這面牌子。寫這面牌子的人前面四個字寫得太大，導致最後四個字都擠在一起。爭取正義，雅各無辜！

沒錯。這就是我聽到的呼聲。「爭取正義，雅各無辜！爭取正義，雅各無辜！」一次又一次，直到來自背後的呼喊聲將我包圍。我往旁邊看，想找個沒人的地方，但那邊也擠滿了人。我手中的咖啡往下掉，蓋子撞開，咖啡濺到我的鞋子上，流下階梯。我的腳步再次踉蹌，一度以爲自己會跌倒，被這群憤怒的暴民踩死。

「敗類！」

我看到一張氣得扭曲的嘴，以及一對巨大的圓形耳環在兩邊晃啊晃。

那個女人從喉嚨深處發出一種很原始的聲音，把那個黏乎乎的成果往我的臉上吐。我趕忙轉過頭，感覺到那坨溫暖的口水落到脖子上，從大衣的領口流下去。她這口口水帶來的衝擊就跟拳頭沒兩樣，我大叫，兩手舉高護住頭，準備迎接下一次的攻擊。

「爭取正義，雅各無辜！爭取正義，雅各無辜！」

我感覺到一隻手臂抓住我的肩膀。我肌肉緊繃，轉過身去，瘋狂地想逃離此地。

「我們選條風景比較好的路吧，妳覺得如何？」是史蒂芬探長，他嚴肅而堅決地把我拖上階梯，帶進法院。安全地從警衛旁邊通過以後，他立刻把我放開，但什麼也沒有說。我無聲地跟著他走過一扇門，走進法院後面安靜的庭院。他朝柵門的方向比了比。

「妳可以從那邊走到巴士站。還好嗎？需要幫妳聯絡誰嗎？」

「我沒事。謝謝你，要不是你在，不知道會變成什麼樣子。」我閉了一下雙眼。

「那些該死的豺狼虎豹，」史蒂芬探長說。「媒體宣稱他們在盡自己的職責，但除非聽到一個說法，否則他們不會罷休。至於那些抗議的人，嗯，這麼說吧，有兩個骯髒的團體老愛拿著標語去迴轉門前面抗議，不管現在的議題是什麼，都會發現他們在法院的樓梯舉牌抗議。不要把這件事情放在心上。」

「我會試試看。」我尷尬地笑了笑，轉身離開，但他阻止了我。

「葛雷小姐？」

「怎麼了？」

著我。

「妳住過格雷森街一二七號嗎？」

我的臉色唰地變白，強迫自己露出笑容。

「沒有，探長，」我謹慎地說。「沒有，我從沒有住過那裡。」

他若有所思地點點頭，舉起一隻手跟我道別。經過柵門時，我回頭望，看見他仍站在那兒看著我。

幸好回斯溫西的火車上幾乎沒人，我放鬆讓身體陷入座椅裡，閉上雙眼。

我依然因爲遇到那些抗議者而發抖。我往窗外看，由於即將回到威爾斯而鬆了一口氣。四個禮拜。坐牢之前，我還有四個禮拜。這個想法令人難以想像，卻再眞實不過。我打電話給蓓森，告訴她今天晚上終於要回家了。

「妳獲得保釋了嗎？」

「到三月十七日爲止。」

「眞不錯，對不對？」她因爲我毫無興奮的語氣而覺得困惑。

「妳今天還有去海灘嗎？」我問蓓森。

「我中午的時候有帶那些狗沿著崖頂走。怎麼了？」

「沙灘上有什麼東西嗎？」

「那上頭通常沒什麼，」她笑著說。「妳覺得會有什麼嗎？」

我鬆了一口氣。我開始懷疑自己會不會根本從來沒看過那些字。「沒事，」我說。「晚點見。」

☆

到蓓森的店以後，她請我吃點東西，但我不想讓別人看見她跟我在一起，找藉口想走。她堅持要讓我帶點東西回去，我就在那邊等她把湯舀進一個塑膠碗裡。一個小時過去，才跟她道別，帶著阿波沿著小徑走往小屋。

因爲惡劣天氣的關係，門嚴重變形，鑰匙轉不動，門也打不開。我用肩膀去頂木門，門開了一個小縫，剛好夠把鎖鬆開，讓我能轉動鑰匙，不過卻變成雖然可以轉但鎖完全沒反應。阿波開始狂吠，我叫牠安靜。我懷疑自己把門弄壞了，但我不在乎。要是我一開始跟葉斯頓說門卡住的時候他就來弄，說不定事情還好處理。如今，因爲我一直不斷用蠻力去轉動鑰匙，他要處理起來就困難多了。

我把蓓森的湯倒進平底鍋裡，放到爐具上，同時把麵包放到一旁。小屋裡很冷，我想找件毛衣穿上，但樓下什麼也沒有。阿波很焦慮，不停從客廳的一頭跑到另一頭，彷彿牠已經離開這裡超過二十四小時似的。

樓梯今天看起來不太對勁，但我說不出哪裡怪。我進門時，天色還沒全暗，卻沒有光線從樓梯頂端的小窗戶照進來。有東西擋住了光。

直到爬上樓梯，我才知道是什麼擋住了光。

「妳違背了自己的承諾，珍妮佛。」

伊安彎起膝蓋，腳底猛力朝我胸口一踢。我趕忙抓住扶手，卻滑掉了。我往後滾下樓梯，直到撞到地板爲止。

35

三天以後，妳就把戒指拿掉了，我有種被妳打了一拳的感覺。妳說擔心把它弄壞，而且工作的時候也常得先把它摘掉，怕弄丟。妳開始用一條精緻的鍊子把它掛在脖子上，於是我帶妳去買婚戒；婚戒又扁又平，隨時都可以戴著。

「妳現在就可以戴上了。」離開珠寶店時我說。

「但是我們還有半年才要結婚。」

妳握著我的手。過馬路時，我緊緊握住妳的手。「我的意思是說，既然訂婚戒指沒辦法戴，妳可以先戴這個婚戒。」

妳誤解了我的意思。

「沒關係啦，伊安，真的。我可以等到結婚以後再戴。」

「可是這樣的話別人怎麼會知道妳訂婚了？」我不肯放棄。我讓妳停下，把手放到妳的肩膀上。妳往四周看，都是些腳步匆匆的購物客。妳試著要把我的手甩開，但我很快又抓住了妳。

「如果妳沒有戴我送妳的戒指的話，」我說：「他們怎麼會知道妳身邊還有一個我？」

我認出了妳的眼神。我以前也在瑪莉身上看過同樣的眼神——那種結合了反抗跟緊張的眼神——在妳身上看到跟在她身上看到同樣教我憤怒。妳爲什麼要怕我？我感覺肌肉緊繃，妳臉上閃過一絲痛苦的神情，我這才意識到自己的手指已陷進妳的肩膀。我讓雙手落回身體兩側。

「妳愛我嗎？」我問。

「你知道我愛你。」

「那妳爲什麼不想讓別人知道我們快要結婚了？」

我把手伸進塑膠袋，拿出那個小盒子打開。我想要趕走妳那種眼神。我衝動地單膝跪下，伸手把打開的盒子面向妳。我聽見旁邊經過的購物客在竊竊私語，妳滿臉通紅。身旁的人走路的速度變慢了，人們停下腳步看我們，我感到非常驕傲。妳是我的人，我美麗的珍妮佛。

「妳願意嫁給我嗎？」

妳看起來非常感動。「我願意。」

妳的反應比我第一次問妳時要快得多，我胸口的悶滯感立刻煙消雲散。我把戒指套到妳的無名指上，起身親妳。身旁的人在歡呼，有個人拍了我的背。我發現自己忍不住笑。我心想，第一次就應該要這麼做才對，我應該要送給妳更多的儀式，更多的慶祝活動才對。妳値得更多。

我們手牽著手走過忙碌的布里斯托街道，我用右手的大拇指磨蹭著妳那枚戒指。

「我們現在就去結婚吧，」我說。「我們現在就去結婚登記處，從街上拉幾個證人，然後結婚。」

「我們已經把日期訂在九月了耶！我所有的家人都會去，我們不可以現在就去結婚啦。」

我勸過妳，不要在大教堂結婚，那會是個錯誤的選擇：妳沒有一個能牽著妳走的父親，而且爲什麼要花錢去辦一個派對，好讓那些早已沒有聯絡的朋友參加？我們在庭園飯店預約了一個儀式廳，儀式結束後跟二十個人共進午餐。我邀請道格來當我的伴郎，其他的賓客都是妳認識的人。我試著去想像我父母站在我們身旁，但只想得到我最後看到爸時，他臉上顯露出的表情。失望，厭惡。我甩頭把那影像從腦海中消去。

妳的態度很堅決。「我們現在不能夠再更改計畫啦，伊安。才六個月而已，不用等很久。」是不久，但我仍日日數著妳成爲彼得森太太的那一天。我告訴自己，到時候我的心情就會比較自在，比較安心。我會知道妳愛我，知道妳會與我長相廝守。

結婚的前一晚，妳堅持要跟伊芙一起待在飯店，而我則尷尬地在酒吧跟傑夫還有道格窩在一起。道格本來勉強要幫我辦個告別單身之夜，可是在聽到我說我想早點上床好迎接明天的大日子時，沒有人持反對的意見。

回到飯店以後，我用雙份威士忌讓自己緊張的情緒平撫下來。傑夫拍拍我的手臂，說我是個大好人，雖然我跟他之間從來就沒有什麼共通點。他不想喝酒。婚禮開始半小時前，他朝門口點了點頭，一個戴著海軍藍帽子的女性出現了。

「準備見自己的岳母了嗎？」傑夫說。「相信我，沒那麼糟糕的。」有幾次，我覺得傑夫的友善態度很讓人厭煩，但那天，我很感謝他分散了我的注意力。我想要打電話給妳，確定妳會來到這邊，因爲我沒有辦法平息心中的恐慌，我怕妳會留我一個人站在那裡，妳會在所有人面前羞辱我。

我跟著傑夫一起走到酒吧的另一頭。妳母親伸出手，我握住，彎腰親她乾巴巴的臉頰。

「葛雷絲，很榮幸能跟妳碰面。珍娜常提起妳。」

妳跟我說妳跟母親長得一點也不像，但我在她臉上看到妳那高聳的顴骨。雖然妳的膚色、藝術基因是遺傳自父親，但妳遺傳到葛雷絲的纖瘦骨架和機警的神情。

「眞希望我也能這麼說，」葛雷絲說，嘴角有一絲愉快的笑意。「但每次想要知道珍娜過得怎麼樣，都得去問伊芙。」

希望她從我臉上看到的是深表同感的表情，彷彿我也因妳的不善溝通而蒙受其害。我邀請葛雷絲喝一杯，她答應喝杯香檳。「作爲慶祝。」她說，雖然她沒有做出舉杯的動作。

妳讓我等了十五分鐘，我猜妳可能覺得這是妳的權利吧。道格假裝弄丟了婚戒，那個結婚派對看起來一定就跟英國境內任何一家飯店的任何派對一樣吧。但當妳走上紅毯時，沒有任何一個新娘能像妳這麼漂亮。妳的禮服走簡約風，領口是心形的，閃閃發亮的緞面裙掠過妳的臀部垂墜到地板上。妳拿著一束白玫瑰，頭髮梳成了光滑的波浪。

我們站在彼此旁邊。當妳在聽引導結婚儀式的婚姻登記員說話時，我偷瞄了妳幾眼。我們凝視著彼此的雙眼說出誓言時，我再也不去理會傑夫，或道格，或妳媽。哪怕房間裡有一千個人，我眼裡只有妳。

「我現在宣布你們結爲夫妻。」

猶豫不決的人們稀稀落落地拍手，我親吻妳的嘴唇，轉身往紅毯的另一頭走。酒吧旁邊已經準備好飲料跟小點，我看著妳四處走動，接受讚美，舉起手讓別人欣賞妳的戒指。

「她看起來眞漂亮，對不對？」

我沒有注意到伊芙走過來站到我旁邊。「她本來就很漂亮。」我說，伊芙點點頭，接受我的指正。

轉身時，我發現伊芙沒有看著妳，而是在盯著我。「妳不會傷害她吧？」

我笑了。「怎麼會在一個男人的結婚典禮上問這個問題呢？」

「因爲這個問題很重要，不是嗎？」伊芙說。她啜飲了一口香檳，同時打量我。「你很多地方都讓我想起我們的父親。」

「原來是這樣啊，說不定珍妮佛就是喜歡我這點。」我簡短地回答。

「說不定，」伊芙說。「我只是希望你不要也讓她失望。」

「我完全沒打算要離開妳妹妹，」我說：「不過這件事情跟妳一點關係也沒有。她已經是個成熟的女人了，不是什麼會因爲父親風流就難過的小孩。」

「我父親並不風流。」她不是在捍衛他，只是點出事實，但引起了我的興趣。我一直都以爲他是因爲另一個女人而選擇離開妳媽。

「那他爲什麼會離開？」

她無視我的問題。「好好照顧珍娜，她値得妳珍惜。」

我沒辦法忍受再看到她那張自鳴得意的臉，或是聽見她那些荒謬、高人一等的要求。我留伊芙繼續站在酒吧裡，走到妳身邊迅速摟住妳。我的新婚太太。

我之前就答應要帶妳去威尼斯，現在等不及想帶妳去看看。到了機場，妳驕傲地把新辦的護照交出去，在他們念出妳的名字的時候露出笑容。

「聽起來好奇怪喔！」

「妳很快就會習慣了，」我說：「彼得森太太。」

當妳知道我幫機位升級時，欣喜若狂，堅持要享用所有的服務。飛行時間只有兩小時，但妳在那段期間內嘗試了眼罩、選看不同的電影，也喝了香檳。我看著妳，我喜歡看著妳如此開心，喜歡妳因爲我而開心。

轉機的時間耽擱了，我們很晚才到飯店。先前喝下的香檳讓我頭疼，而且我很累，對飯店貧乏的服務沒留下什麼深刻的印象。我在心裡記住，回家以後，一定要堅持航空公司把轉機的費用退給我們。

「我們把行李放著，直接出去吧。」一進飯店的大理石大廳，妳就說了。

「我們要在這裡待兩個禮拜。我們會讓飯店提供客房服務，整理我們的行李。威尼斯就算明天早上還是威尼斯。而且啊，」我單手摟住妳，捏了捏妳的臀部。「今天是我們的新婚之夜。」

妳吻了我，但隨即往後一退，握住我的手。

「現在還沒十點耶！走嘛，附近逛一逛，找個地方喝點什麼，我保證立刻就回來休息。」

接待員帶著微笑，完全沒掩飾對我們即興演出的理解。「愛侶之間的小口角嗎？」縱使我瞪了他一眼，他依然在笑，看到妳跟他一起笑的時候我很訝異。

「我正在試著說服我的先生，」說出那個詞時妳笑了，同時跟我眨眨眼，彷彿我的心情會因此而變好。「說我們應該要在進去看房間以前，先在威尼斯逛逛。這裡看起來好漂亮。」妳眨眼時，閉眼的時間有點長，我這才發現妳有點醉了。

「這裡的確是很漂亮，女士，但沒有妳這麼漂亮。」愚蠢的接待員微微彎下了腰。

我看著妳，以爲妳會因爲生氣而轉過來看我，但妳臉紅了，而且我發現妳被奉承得很開心。被這個小白臉逗得很開心，被這個指甲修得整整齊齊、胸前還別了一朵花的油嘴滑舌男搞得心花怒放。

「請把鑰匙給我們。」我說。我走到妳前面，在櫃檯彎下腰。頓了一下以後，接待員把一個厚紙板做的盒子交給我，裡面有兩張信用卡大小的房卡。

「祝您晚安，先生。」

他臉上的笑容不見了。

我拒絕讓飯店的人幫我們提行李，讓妳自己一個人拖著行李箱進電梯，我按下四樓的按鈕。我看著鏡中的妳。「他人眞好，對不對？」妳說，我感覺胸口有一股怒火。之前在機場的時候是那麼開心，在飛機上的時候是那麼歡樂，現在妳毀了一切。妳在說話，但我沒聽見，我想著妳剛剛痴笑的神情，妳臉紅讓他對妳調情的神情，妳樂在其中的神情。

我們的房間在鋪了地毯的走廊末端。我把鑰匙插進讀卡機，拔出來，不耐煩地等待門鎖發出喀噠一聲，告訴我可以開門。我把門推開，把行李推進去，不管門會不會砸到妳的臉。房裡很熱——太熱了——但是窗戶打不開。我拉了拉領口，讓空氣灌進去。我氣得充耳不聞，但妳仍在說話，妳依然呱呱的講個不停，彷彿剛剛什麼事也沒發生，彷彿妳剛剛沒有羞辱過我。

我的拳頭不自覺地握起。指節緊握，皮膚緊繃。壓力泡沫般開始在我的胸口膨脹，擠往每一個地方，把我的肺部擠到一旁。我看著依然在笑、依然嘰哩呱啦說個不停的妳。我舉起拳頭，一拳往妳的臉打下去。

泡沫立刻就破掉了。我感覺到體內一陣平靜，就像透過做愛發洩，或像在健身房裡運動過一輪那樣。我的頭痛減輕了，眼角的肌肉也不再抽搐。妳發出了斷斷續續的哽咽聲，但我看都沒看妳。我離開房間，搭電梯回到大廳，看都沒看櫃檯一眼就走到外頭的街道。我找到一間酒吧，喝了兩杯啤酒，完全不理會想跟我聊天的酒保。

一個小時以後，我回到了飯店。

「可以請你給我一些冰塊嗎？」

「遵命，先生。」接待員隨即消失，拿了一桶冰塊回來。「需要酒杯嗎，先生？」

「不用了，謝謝。」

我冷靜下來了，我的呼吸緩慢而規律。我走樓梯，延長回去的時間。

打開門時，妳蜷縮在床上。妳起身，縮到床沿，身體靠著床頭。一疊沾了血的衛生紙放在床頭櫃上，但即使妳努力想把自己清理乾淨，上唇依舊留著乾掉的血漬。妳的鼻梁跟眼睛出現了瘀青。妳一看到我就開始哭。眼淚在流經臉頰時染上了鮮血的顏色，滴到襯衫上，留下一滴粉紅色的水漬。

我把那桶冰塊放在桌上，把一張餐巾攤開，把一些冰塊舀進去包好。我在妳身旁坐下。妳在發抖，但我溫柔地把那包冰塊敷在妳的皮膚上。

「我找到了一家滿好的酒吧，」我說：「我想妳會喜歡。我在附近晃了一下，看到兩個妳明天或許會想在那裡吃午餐的地方，前提是如果妳想去的話啦。」

我把那包冰塊拿開，妳凝視著我，大大的眼睛充滿警戒。妳仍在發抖。

「會冷嗎？來，用這個把身體包住。」我把毯子從床尾拉起來，圍在妳的肩膀上。「今天很忙，妳累了吧。」我親了親妳的額頭，但妳依然在哭，我多希望妳沒有毀掉我們的新婚之夜啊。

我原本以爲妳與眾不同，或許我再也不需要去感受到那種釋放感。

那種在動手以後隨之而來的幸福極樂感。我也很不希望看到這種事情發生，但到頭來，妳終究跟其他人沒兩樣。

36

我掙扎著想要呼吸。阿波開始哀鳴，舔著我的臉，用鼻子推我。我試著思考，試著移動，但剛剛的衝擊讓我喘不過氣，起不了身。就算我可以讓身體活動，體內卻有什麼開始發生，讓我的世界不停旋轉，而且越來越小。我忽然回到了布里斯托，不知道今天伊安回家時會帶著怎麼樣的心情。我正在煮晚餐，告訴自己這盤東西可能會被扔到臉上。他拳如雨下，我在工作室的地板縮成一團，試著護住自己的頭。

伊安小心翼翼地下樓，同時搖搖頭，彷彿在告誡一個叛逆的孩子。我總是讓他失望，不管多努力，永遠都學不會該說什麼、該做什麼。他說話的聲音很溫柔，如果你沒聽清楚他說的那些字眼，會以爲他在關心我。但他的聲音已讓我渾身發抖，宛如躺在冰上。

他高高站著，腿跨在我身上，眼睛慢慢地在我身上游移。他褲腳的皺褶像一把銳利的刀，皮帶上的釦環擦得亮晶晶，我可以往上面看到自己恐懼的臉。他看到夾克上有什麼東西，挑掉了一個鬆脫的線頭，接著讓那線頭飄落地板。

阿波仍在哀鳴，伊安瞄準他的頭猛踢了一腳，阿波在地板上飛了一公尺遠。

「求求你，不要傷害牠！」

阿波發出嗚咽，站了起來，溜到廚房。「妳找過警察了，珍妮佛。」伊安說。

「對不起。」我低聲地說，不確定他有沒有聽到，如果我重複說兩遍，伊安會覺得我在求饒，這會讓他發怒。沒想到這些反應這麼快就回來了，我得像走在鋼索一樣完成他交代的事，同時還不能出現一副激怒他的可憐巴巴的樣子。多年以來，我做錯的時候比做對的時候還多。

我吞了吞口水。「對、對不起。」

他的手插在口袋裡。他看起來心平氣和，一派悠閒。但我了解他，我知道他變臉變得有多可怕。

「妳他媽的對不起？」

他忽然蹲了下來，用膝蓋把我的雙手壓在地板上。「妳以爲這麼做就能修正所有的一切了嗎？」他的膝蓋在我的二頭肌上使力。我太晚咬住牙，來不及阻止自己因痛苦而發出叫聲，讓他抬高了一邊的嘴角，對我的缺乏自制感到厭惡。我感覺胸口有一股怒氣，但我吞了下去。

「妳有跟他們提到我，對不對？」他的嘴角出現了一團白色的東西，一坨口水弄溼了我的臉。我立刻想起站在法庭外的那些抗議者，雖然這件事情回想起來似乎是發生在好久以前，而不是才幾個小時前。

「沒有。沒有，我沒說。」

我們又玩起了一樣的遊戲，他負責丟問題過來，我試著接起。我以前玩得很好。一開始，我還以爲他的眼神裡出現了一絲絲的敬意。他會在吵到一半的時候忽然中斷，打開電視，或是走出去。但後來我失去了優勢，也許他改變了規矩，我開始誤判。然而現在，他似乎對我的答案很滿意，忽然改變了話題。

「妳交了男朋友，對不對？」

「沒有，我沒有。」我很高興自己可以說實話，雖然我知道他不會相信。

「騙子。」他用手背甩我巴掌。這個動作發出尖銳的劈啪聲，就像鞭子一樣。他再次說話時，我的耳朵裡出現了嗡嗡聲。「有人幫妳架了網站，有人幫妳找到這個地方。是誰？」

「沒有人，」我說，同時嘗到嘴裡的血。「我都靠自己。」

「妳靠自己什麼事也做不了，珍妮佛。」他彎腰，直到他的臉幾乎貼上我的臉。我強迫自己不動，我知道他有多麼痛恨我畏縮的樣子。

「妳連逃跑都逃不好，對不對？妳知道，當我發現妳是在哪裡拍下那些照片的時候，要找到妳有多麼容易嗎？似乎培菲克的住民都很樂意幫助一名陌生人來找他的老朋友。」

我從沒想過伊安是怎麼找到我的。我一直都知道遲早會被他找到。

「順便讓妳知道，妳送給妳姊的那張卡片還眞漂亮啊。」

他說出來的這句評語就像打在臉上的另一巴掌，讓我又一次天旋地轉。「你對伊芙做了什麼？」如果伊芙跟她的孩子因爲我的疏忽而發生什麼事，我永遠都不會原諒自己。我當時一心只想讓她知道我仍然在乎她，卻沒想到會置她於險境。

他笑了。「我幹嘛要對她做出什麼事情啊？她對我跟對妳一樣沒興趣。妳是個可悲又沒用的蕩婦，珍妮佛。沒有我，妳什麼也不是。廢物。妳是什麼？」

我沒有回答。

「說，妳是什麼？」

血流進我的喉嚨，我努力在不咳嗽的情況下說話。「我是廢物。」

他立刻笑了，同時把重心移開，讓手臂的痛楚因此減輕一些些。他用一根手指撫過我的臉龐，撫過我的臉頰，我的嘴唇。

我知道接下來會發生什麼事，但並沒有因此覺得比較輕鬆。他慢慢地解開我的鈕釦，把我的襯衫一寸一寸往後掀，把我的背心往上推，讓我的胸部裸露出來。他冷靜地用目光掃過我的身體，眼神裡連一絲慾望都沒出現，然後伸手去碰褲子的釦子。我閉上雙眼，躲進深處，沒有辦法移動，也沒有辦法說話。我一度想，如果我大叫或拒絕的話會怎麼樣。如果我攻擊他，或只是把他推開的話呢？但我沒有，從來沒有，所以我只能怪罪自己。我完全不知道自己在這裡躺了多久，小屋裡變得又暗又冷。我把牛仔褲拉起來，側翻，抱住膝蓋。雙腿之間又痛又溼，我懷疑是血。我不確定自己是否昏迷了，但我不記得伊安是什麼時候離開的。

我叫阿波。沉默而令人焦慮的一秒過去以後，牠小心翼翼地爬出廚房，夾著尾巴，貼著耳朵。

「真的真的很對不起，阿波。」我輕聲細語叫牠過來，但一伸出手，牠立刻吠叫。只叫了一聲，是警告的聲音，然後把頭轉向大門。我掙扎著站起來，因爲劇烈的疼痛而皺眉，有人在敲門。

我起身，依然半蹲著。我在房間的中心，手放在阿波的項圈上。牠發出低沉的嗚嗚聲，但沒有再叫。

「珍娜？妳在裡面嗎？」

派翠克。

我鬆了一口氣。門沒鎖，開門看到他時，我硬吞下差點衝口而出的哽咽。我沒打開客廳的燈，希望屋裡夠暗，不讓他看見我那可能出現傷痕的臉。

「妳還好嗎？」派翠克說。「發生了什麼事嗎？」

「我，我一定是在沙發上睡著了。」

「蓓森告訴我妳回來了。」他遲疑片刻，稍微看一下地板後才又抬起頭來看我。「我是來道歉的。我不應該用那種語氣跟妳說話，珍娜，我那時候太震驚了。」

「沒關係，」我說。我望向他身後黑暗的崖頂，懷疑伊安是否躲在某處看著我們。我不可以讓他看到我跟派翠克待在一起，我不能讓派翠克跟伊芙受到傷害，也不能讓我在乎的任何人受到傷害。「你要說的就只是這些嗎？」

「我可以進去嗎？」他往前移動，但我搖搖頭。

「珍娜，怎麼了？」

「我不想看到你，派翠克。」我聽見自己說出那些話，我不想把那些話收回來。

「我不會怪妳，」他說。他的臉皺巴巴的，看起來好像好幾天沒睡好了。「我的行徑很惡劣，珍娜，而且我不知道該怎麼補償妳。當我聽到妳……聽到發生了什麼事情以後，我很震驚，沒辦法好好思考，沒辦法待在妳身邊。」

我開始哭，完全停不下來。派翠克握住我的手，我不想要他放開。

「我想要搞清楚，珍娜。我沒辦法假裝自己不驚訝——而我想妳也已經注意到了——但我想知道當時發生了什麼事。我想要陪妳度過這一切。」

我沒有說話，雖然我知道我只有一句話好說。只有一個辦法能讓派翠克免於受到傷害。

「我好想妳，珍娜。」他小聲地說。

「我不想再見到你了。」我把手抽回來，強迫自己加重這句話的分量。「我不想再跟你有任何牽扯了。」

派翠克往後退了一步，彷彿我剛剛揍了他一拳，臉色發白。「爲什麼要這麼說？」

「因爲我就是想這麼做。」這個謊言讓我非常痛苦。

「是因爲我離開了嗎？」

「跟你沒關係。所有的一切都跟你無關。你走就對了。」

派翠克看著我，我強迫自己注視他的雙眼，心裡暗自祈禱他不會看出我內心的糾結，而我明確地感覺到這種糾結一定都寫在臉上。最後他舉起雙手，承認自己輸了，轉過身去。

他跌跌撞撞地走在小徑上，然後開始奔跑。

我關上門，跌坐到地上，把阿波拉到身旁，大聲地對著他送我的大衣哭。我當時沒有辦法救雅各，但我現在可以救派翠克。

我一覺得身體能自由活動以後，就打電話請葉斯頓來修壞掉的鎖。「鑰匙現在完全轉不動了，」我說。「鎖已經完全壞了，我沒辦法阻隔外面的世界。」

「別擔心這件事情，」葉斯頓說。「附近沒有人會偷東西。」

「幫我把門修好就對了！」聲音裡的堅決嚇到了我們兩人，電話那頭沉默了一秒。

「我馬上過去。」

他不到一個小時就到了，立刻開始動工，但拒絕喝茶。他無聲地吹著口哨，同時把鎖卸下，注點油進去，把鎖裝回去，讓我看看現在用鑰匙開門有多容易。

「謝謝你。」我說，差點因爲放心而哭出來。葉斯頓好奇地看著我，我把開襟羊毛衫拉得更緊。我上臂到處都是斑斑點點的瘀青，瘀青的邊緣處滲出了血，就像被墨漬弄髒的白紙一樣。我渾身痛得好像剛跑完馬拉松，左邊的臉頰腫了起來，我還感覺到有一顆牙齒鬆脫了。我用頭髮蓋住臉，好藏起最嚴重的傷痕。

我看到葉斯頓看著門口的紅色油漆。

「我會清理乾淨。」我說，但他沒有回答。他點頭跟我道別，然後似乎決定了些什麼，於是轉過頭來面對我。「培菲克是個小地方，」他說。「每個人都知道別人幹了些什麼。」

「我懂，」我說。如果他希望我出言辯護，一定會失望。給予我懲罰的人應該是法院，而非村民。「如果我是妳的話，我不會跟別人來往，」葉斯頓說。「讓事情慢慢過去。」

「謝謝你的建議。」我小心翼翼地說。

我關門，上樓洗澡。我坐在滾燙的熱水中，同時閉上雙眼，不去看那些出現在皮膚上的傷痕。胸口跟大腿都留下了小小的指印形瘀青。因爲皮膚很白，這些小瘀青看起來有種騙人的細緻美感。我是個傻瓜，才會以爲能夠逃離過去。不管我跑得多快，跑得多遠，永遠也跑不贏它。

37

「有需要我幫忙的地方嗎？」雷問，雖然他知道梅格絲自己會搞定。她總是如此。

「都弄好了，」她脫下圍裙說。「辣豆醬在烤箱裡，啤酒在冰箱，巧克力布朗尼是飯後甜點。」

「聽起來眞棒。」雷說。他尷尬地在廚房裡晃來晃去。

「如果想幫忙的話，可以把碗盤從洗碗機裡拿出來。」

雷開始把乾淨的盤子拿出來，試著想一個不會導致吵架收尾的話題。

今晚的聚餐是梅格絲的主意，用來慶祝案件圓滿收尾，她是這麼說的。雷在想她不知道是不是藉此用來跟他吵架的事情表達歉意。

「再次謝謝妳提議這麼做。」再也忍受不了空氣中的沉默以後，他說。他把放餐具的架子從洗碗機裡拿出來，地板上因此留下了水漬。梅格絲遞給他一塊布。

「這是你處理過的最受矚目的案子之一，」她說。「應該要慶祝一下。」她接過那塊布，丟到水槽裡。「而且，如果讓我選擇讓你們三個在馬頭酒吧待一整晚，還是大家就來這裡吃頓飯順便喝點啤酒的話，我想……」

雷承受了來自梅格絲的批評，原來這才是聚餐的眞正理由。廚房裡的兩人小心翼翼地繞過彼此，如履薄冰，彷彿雷沒有在沙發上過夜，彷彿他們兒子的臥房裡沒有一堆偷來的東西。他冒險偷看梅格絲一眼，但讀不出她的心緒，決定最好還是閉嘴。最近他不管說什麼好像都錯。

雷知道，把梅格絲跟凱特比較是不公平的，但這種作法卻容易得多。凱特似乎從來都不會因爲覺得自己沒有受到尊重而發脾氣，他發現自己不會在要開口跟她說話之前先在腦海裡演練一遍，但在要跟梅格絲討論棘手的問題以前，他都得這麼做。

他之前不確定凱特今天晚上會不會想過來用餐。

「如果妳不想來的話，我能諒解。」他當時這麼說，但凱特的表情看起來很困惑。

「爲什麼我會……」她咬了一下嘴唇。「噢，我懂了。」她本來試著要配合雷那張嚴肅的臉孔，卻做不到，她的眼睛眨啊眨的。「我說過，我已經忘記那件事了。如果你沒問題的話，我不會有問題。」

「我沒問題。」雷這麼說。

他希望自己沒問題。他忽然因爲想到梅格絲跟凱特會待在同一個空間裡而非常不安。前一天晚上夜不成眠地躺在沙發上的他怎麼也甩不掉這個想法。梅格絲知道他親過凱特，邀請她過來用餐的這個動作就是要告訴他她知道。縱使他知道在公開場合攤牌不是梅格絲的作風，但想到今天晚上可能會發生的衝突依然讓他冷汗直流。

「校方今天要湯姆帶了一封信回來。」梅格絲說。她忽然說出口，雷覺得從他下班回來之後，她一直都在想著這件事情。

「是關於什麼的？」

梅格絲把信從圍裙的口袋裡拿出來，交給了他。

親愛的史蒂芬先生與史蒂芬斯太太：

希望你們能約個時間過來，討論一下校内最近出現的問題，感激不盡。

莫藍道斯中學導師

安·康柏蘭敬啓

「終於來了！」雷說。他用手背大力拍了拍那封信。「他們總算承認遇到問題了，是吧？也他媽的該是時候了。」

梅格絲打開了紅酒。

「關於湯姆被霸凌的這個問題我們也講了……多久，超過一年了嗎？他們之前根本置之不理，對吧？」

梅格絲看著他，一度變成了苦瓜臉，防備態度也消失了。

「我們怎麼會沒有注意到這個問題呢？」她本來想從開襟羊毛衫的口袋找張面紙，但沒找到。

「我覺得自己眞是個無能的母親！」她找了另一邊的口袋，還是沒有。

「嘿，梅格絲，別說了。」雷拿出手帕，溫柔地擦掉那些沾溼眼睛的眼淚。「不是妳的錯，不是我們的錯。我們從他去上學就覺得哪裡有問題，從第一天開始就要校方想辦法處理。」

「但那不是學校的工作。」梅格絲擤了擤鼻子。「我們是他的父母。」

「或許是這樣沒錯，但問題終究不是發生在家裡，對不對？是發生在學校那邊，既然他們現在願意承認了，可能就會眞的採取進一步的行動。」

「希望不會讓湯姆更不快樂。」

「我可以跟負責莫藍道斯那一帶的社區支援警察談談，」雷說。「看看他們能不能介入處理霸凌的問題。」

「不行！」

梅格絲的強烈反應讓他沒辦法繼續說下去。

「我們跟校方一起處理這個問題，不是所有的事情都要交給警察。這一次就好，我們不要假手他人，全家一起面對這個問題，好不好？我眞的希望你不要把湯姆牽連到你的工作裡。」

此時，門鈴響了。

「妳還有辦法跟他們一起吃飯嗎？」雷問。

梅格絲點點頭，用手帕擦了擦臉，把手帕還給雷。「我沒事。」

雷看了一眼大廳鏡子中的自己。他的皮膚看起來又灰又暗，他忽然很想請凱特跟胖虎離開，他今晚要陪梅格絲。但梅格絲花了整個下午準備餐點，她可不想讓自己的苦心白費。他嘆了口氣，打開門。

凱特穿了牛仔褲、及膝長靴跟黑色的V領上衣。她的穿著看起來不出色，但比起工作時的她更顯得年輕自在，整體效果反而更讓人不安。雷往後一退，讓她進入大廳。

「這眞是個好主意，」凱特說。「謝謝你的邀請。」

「是我的榮幸，」雷說。他帶她走進廚房。「妳跟胖虎最近幾個月眞的是賣命在工作，我只是想讓你們倆知道我很感謝你們的幫忙。」他露出微笑。「而且說句公道話，這是梅格絲的點子，我沒有任何功勞。」

聽到他說的話以後，梅格絲微微笑了一下。「嗨，凱特，眞開心終於有機會見到妳了。這裡好找嗎？」兩個女人面對著面，雷爲兩者之間的差別感到震驚。梅格絲沒換衣服，運動衫胸前被醬料噴得到處都是小點，看起來就跟平常一樣，溫暖，友好，和善，但站在凱特旁邊的她卻顯得比較……他在想該怎麼說。不那麼光鮮亮麗。雷立刻就有了強烈的罪惡感，因此站得離梅格絲近了一些，彷彿站近一點就可以治療他的不忠。

「這間廚房好漂亮喔。」凱特看著一旁架上的布朗尼，都是剛從烤爐裡拿出來的，上頭還撒了些白巧克力。她從紙盒裡拿出一個起司蛋糕。「我帶了甜點過來，但恐怕看起來有點遜色。」

「太客氣了，」梅格絲說，往前接過凱特手上的盒子。「我總覺得蛋糕就是要別人做的才好吃，妳說對不對？」

凱特感激地笑了笑，雷慢慢地吐出一口氣。或許今晚不會像他原本預期的那麼尷尬、可怕，不過胖虎還是越早到越好。

「妳想喝點什麼？」梅格絲問：「雷喝啤酒，不過我這邊還有紅酒，如果妳想喝的話啦。」

「太好了。」

雷對著樓梯上大喊。「湯姆、露西，你們這兩個孤僻的孩子，下來跟人家打個招呼。」

出現了咚咚咚的聲音，兩個孩子衝下樓梯，走進廚房，尷尬地站在門口。

「這位是凱特，」梅格絲說。「是爸爸負責的小組裡面的見習警探。」

雷的眼睛因爲她這句奚落的話而睜得老大，不過凱特卻似乎顯得泰然自若。

「再過幾個月，」她笑著說：「我就會是正式的警探了。你們好啊。」

「你好。」露西跟湯姆齊聲說道。

「妳一定就是露西。」凱特說。

露西有遺傳自母親的漂亮頭髮，其他就跟雷一個樣。大家都說兩個孩子跟他長得很像，孩子醒著的時候，他完全看不出哪裡像——他們舉手投足之間都很有自己的個性——一旦睡著，五官靜止不動的時候，雷就能在孩子的臉上看到自己。雷在想自己的神情是否曾經像此刻的兒子那麼凶狠，生氣地盯著地板，好似跟地板有什麼深仇大恨似的。他有上髮膠，尖刺的髮型就跟臉上的表情同樣生氣。

「他是湯姆。」露西介紹。

「說哈囉，湯姆。」梅格絲說。

「哈囉，湯姆。」他依然看著地板，一字不改地說。

梅格絲生氣地用餐布揮他。「抱歉，凱特。」

凱特對著湯姆微笑，他瞄了梅格絲一眼，看她是不是要叫他留下來。

「孩子們！」梅格絲把一盤三明治上面的保鮮膜撕掉，交給湯姆。「如果不想跟我們這些老人家待在一起的話，就去樓上吃。」她故意睜大眼睛要嚇他們，逗得露西咯咯笑。湯姆翻了白眼，兩個人立刻就上樓回到各自的房間。

「他們都很乖，」梅格絲說：「多數時候啦。」她後面那句話說得很小聲，不確定是要說給別人聽還是講給自己聽。

「最近還有遇到霸凌的問題嗎？」凱特問。

雷心裡慘叫了一聲。他看著梅格絲，她避開他的眼神。她下巴一緊。

「沒有什麼解決不了的。」她惱怒地說。

雷皺眉看著凱特，她試著要在不讓梅格絲注意到的情況下跟他道歉。他應該先警告凱特，梅格絲對湯姆的問題有多敏感才對。現場的氣氛僵了一陣，接著雷的手機傳出收到簡訊的聲音。他開心地把手機從口袋裡拿出來，一看到螢幕，心往下一沉。

「胖虎沒辦法過來，」他說。「他媽媽又跌倒了。」

「還好嗎？」梅格絲問。

「我想應該還好吧，他正趕往醫院。」雷回了一則訊息給胖虎，然後把手機放回口袋。「那就只有我們三個人了。」

凱特先看看雷，接著看看梅格絲。此時的梅格絲轉身開始攪動辣豆醬。

「我在想，」凱特說：「還是要等下次胖虎方便，再一起吃這頓飯？」

「說什麼傻話，」雷說。他的口氣中帶有一種就連他自己都覺得很虛假的歡快。「而且，我們還有這麼多辣豆醬，沒有人幫忙吃的話，我們倆絕對吃不完。」他看著梅格絲，多少希望她能同意凱特的說法，取消這頓晚餐，但她仍繼續在攪拌。

「肯定吃不完，」她很快地說。她把隔熱手套遞給雷。「可以請你把燉菜端過來嗎？凱特，請妳把那些碗盤拿到飯廳去好嗎？」

餐具都還沒擺到桌上，雷自然而然地就坐到了主位上，凱特坐在他的左邊。梅格絲把一鍋白飯放到桌上，回廚房拿起司跟酸奶油。她坐在凱特的對面。有那麼一段時間，三個人都忙著互相遞盤子跟夾菜。

準備好要用餐以後，餐具碰撞的聲音讓現場更顯得缺少了對話，雷想著能聊點什麼。雖然梅格絲不希望他們提到工作，但說不定這是最安全的話題。在他還沒想好要說什麼以前，梅格絲就把叉子放到盤子的旁邊。

「凱特，妳覺得刑事調查部這地方怎麼樣？」

「我很喜歡。雖然處理案子要分秒必爭，但這份工作很棒，是我一直夢寐以求的工作。」

「我聽說這位探長很難相處。」

雷趕忙望向梅格絲，但發現她親切地對著凱特微笑。他心裡的不安並沒有因此而消失。

「他人不壞啦，」凱特說，同時斜瞄了一下雷。「不過我不知道妳是怎麼忍受他的壞習慣，他的辦公室亂得不像話，到處都看得到喝剩一半的咖啡。」

「那是因爲我工作太忙，忙到沒時間把整杯喝完。」雷反駁。在這種情況下，讓自己淪爲笑柄是個很低的代價。

「當然嘍，他說的永遠都是對的。」梅格絲說。

凱特假裝想了一下。「除非他說錯了。」
兩人都笑了，雷讓自己稍微放鬆了一些。
「他在辦公室的時候老是在哼《火戰車》的主題曲，」凱特說：「他在家裡也會這樣嗎？」
「我不知道，」梅格絲流暢地說。「我從來沒在家裡看見過他。」
輕鬆的氛圍煙消雲散，他們就這麼默默地吃了一陣子的飯。雷咳嗽，凱特抬起頭。他帶著歉意地對她微笑，她聳聳肩，但當他回過頭，才意識到梅格絲皺著眉頭在看著他們。她放下叉子，把餐盤推向餐桌的中間。
「妳會想念以前工作的時候嗎，梅格絲？」凱特問。
每個人都會問梅格絲這個問題，彷彿他們都預期她仍懷念那些文書作業，那些很爛的上班時間，那些髒到你離開時還得把鞋底清乾淨的地方。
「會啊。」她毫不猶豫地說。
雷抬起頭。「妳會喔？」
彷彿他根本沒說話一樣，梅格絲繼續對著凱特說。「準確來說，我不想念那份工作，但我想念以前的自己。我想念以前自己會有話想說，會有些東西能教別人。」雷停止吃飯。梅格絲還是以前的她。她永遠都會是如此，身上有沒有警徽都一樣，對吧？
凱特彷彿理解似的點點頭，雷很感激她這麼做。「妳有再回去做過嗎？」
「哪有辦法？誰來照顧這兩個孩子？」梅格絲抬起眼睛望向樓上的臥室。「更不用說他了。」她看著雷，但她沒有在笑，而他試著想解讀她眼神裡的涵義。「妳一定聽過這句話：每個成功男人的背後……」

「是眞的，」雷忽然相當認眞地說。他看著梅格絲。「妳把所有的一切都處理得井然有序。」

「吃點心！」梅格絲忽然說，同時起身。「除非妳還想吃點辣豆飯，凱特？」

「夠了，謝謝。需要我幫忙嗎？」

「妳坐著就好，很快就來。我來把這些整理一下，然後上樓去看看孩子們有沒有調皮搗蛋。」她把所有的東西都拿進廚房，接著雷聽見了輕輕上樓的腳步聲，以及從露西的臥房傳來的細語。

「對不起，」他說。「我不知道她怎麼了。」

「是我的問題嗎？」凱特說。

「不是，不要這樣想。她最近的心情不是很穩定。我在想可能是因爲擔心湯姆吧。」他微笑，要她放心。「可能是我做錯了什麼吧。總是這樣。」

他們聽見梅格絲走下樓。再次出現時，手裡拿著一盤布朗尼跟一壺奶油。

「事實上，梅格絲，」凱特起身說。「我想我可能沒辦法吃點心了。」

「還是妳想吃點水果？如果妳想吃的話，我們家有甜瓜。」

「沒關係，不是那個問題。我只是累了，這個星期很忙。不過晚餐很好吃，謝謝妳的招待。」

「好吧，如果妳確定的話。」梅格絲把布朗尼放下。「我還沒有恭喜妳解決了葛雷的案子。

雷告訴我說都是妳的功勞。這麼早就能解決這麼大的案子，一定會讓妳的履歷增色不少。」

「喔那個啊，其實是靠大家一起努力啦，真的，」凱特說。「我們是一個很棒的團隊。」雷知道她指的是整個刑事調查部，但她在說這話的時候看了雷一眼，而他不敢看梅格絲。

他們站在大廳，梅格絲親了凱特的臉頰。「找時間再過來找我們吧，很高興能認識妳。」雷希望只有自己聽出太太語氣裡的不誠懇。

他跟凱特道別，一度猶豫到底該不該親她，最後決定不親反而奇怪，只要時間盡可能地短就好，但他覺得梅格絲在看他，幸好凱特先一步走了出去，門在她離開後關起來然後上鎖。

「嗯，我覺得自己沒辦法抗拒那些布朗尼的誘惑，」他沒有察覺到自己的語氣很開心。「妳要吃一點嗎？」

「我在節食，」梅格絲說。她走進廚房，攤開燙衣板，接著在熨斗裡加水後等加熱。「我把要給胖虎的辣豆飯裝進微波盒放進冰箱了，可以麻煩你明天帶去嗎？如果整天晚上都待在醫院，他一定沒有正常吃飯，明天大概也不會想煮吧。」

雷把自己的碗拿進廚房裡站著吃。「妳最貼心了。」

「他是個好人。」

「真的，我的同事都是很棒的人。」

梅格絲沉默了一會兒。她拿起一條褲子起來燙。再開口時，雖然語氣很隨興，卻把熨斗的前端使勁地往布料上壓。

「她很漂亮。」

「凱特嗎？」

「不是，是胖虎。」梅格絲氣惱地看著他。「廢話，當然是凱特。」

「應該是吧，我從沒想過這件事。」這是個可笑的謊言，梅格絲比誰都還懂他。

她抬起一邊的眉毛，但雷看到她在笑，心裡一顆大石頭就放下了。他斗膽溫柔地招惹她。

「妳在嫉妒啊？」

「一點也沒有，」梅格絲說。「事實上，如果她願意燙衣服的話，她就可以搬進來了。」

「跟她提到湯姆的事情是我不對。」雷說。

梅格絲按了一下熨斗上的按鈕，一團發出嘶嘶聲的蒸氣噴到褲子上。說話時，她眼睛仍看著熨斗。「你很喜歡你的工作，雷，我也高興你喜歡，那是一部分的你。但這就彷彿孩子跟我是次要的，我覺得自己是個隱形人。」

雷張嘴想反駁，但梅格絲搖搖頭。

「你跟凱特說的話比跟我說的還多，」她說。「今天晚上我有注意到你們兩個之間的默契。我不是傻子，我知道你成天跟一個人一起工作會怎麼樣，你會跟他們說話，理所當然。但那並不表示你不能跟我說。」她讓熨斗噴出另一陣蒸氣，熨斗用力地在板子上來回移動，來回移動。「沒有誰會在臨死之際希望自己以前應該把更多的時間投入工作，」她說：「但我們的孩子正在長大，而你正在錯過這一切。而且要不了多久，他們就會離家，你就會退休，到時就剩我跟你，而你我之間會沒有任何話好說。」

才不是這樣咧，雷心想，而他也試著找話來反駁，但這些話語卻梗在喉嚨，他發現自己只能搖搖頭，彷彿這麼做就可以讓她說的那些話消失。他覺得自己聽到梅格絲在嘆息，但也有可能只是另一陣蒸氣聲。

38

關於威尼斯那一晚的事，妳從沒原諒過我。妳隨時都保持警覺，再也不把自己全心全意地奉獻給我。即使那些瘀青已經從妳的鼻梁上消退，即便我們明明可以忘記那件事，我知道妳腦子裡還是繼續在想。我知道，從我去拿啤酒時，妳那跟著我移動的目光就看出來了。我知道，從妳回答我的話之前聲音裡的猶豫就聽得出來。雖然妳一直告訴我妳沒事。

結婚紀念日那天，我們去外面吃飯。我在教堂路的古書店中找到了一本皮革裝訂的、講雕塑家羅丹的書。我用一張珍藏的、結婚那天的報紙把書包起來。

「結婚滿一年是紙婚。」我提醒妳，妳眼睛亮了起來。

「太完美了！」妳小心翼翼地把報紙摺起來塞進書裡。我還附了張字條：獻給珍妮佛，我一天比一天更愛妳。妳用力親了我一下。「我也愛你，你知道的。」妳說。

有時候我不確定，但我從沒有懷疑過自己對妳的感覺。我愛妳愛到我自己都害怕，我沒有想過，人有可能會因爲太愛對方，因爲想把對方留在身邊，什麼事都願意做。如果我有辦法把妳帶到一座無人的小島，遠離人世，我會那麼做。

「有人請我去教一門新開的成人教育課程。」就坐後，妳對我說。

「錢多嗎？」

妳皺了皺鼻子。「少得可憐，不過那其實是用來幫助憂鬱症患者的療程之一，我認爲這堂課很值得去教。」

我不屑地哼了聲。「聽起來還眞搞笑。」

「表達創意的過程跟人們的心情之間有強烈的聯繫，」妳說。「能夠知道自己可以幫助他們康復，我覺得很棒，而且課程只有八週而已。我應該可以排進我的教學行事曆上。」

「只要妳還有時間可以做作品就好。」妳的作品現在已經銷往城裡的五家商店了。

妳點點頭。「沒問題的，會下訂的大概就那幾家，我也會暫時控制客訂的數量。別忘了，我本來就沒打算要教那麼多課，明年我會再減少課堂數。」

「欸，妳應該聽過那句話吧，」我笑了聲說。「有本事的人做事，沒本事的人教書！」

妳什麼也沒說。

餐點送上，服務生體貼地幫妳鋪好餐巾和倒酒。

「我在想，或許我應該另外開一個帳戶。」妳說。

「這麼做的必要性在哪裡？」我在想是誰給妳的建議，而妳又爲什麼要跟這些人討論妳的財務狀況。

「這樣在退稅的時候可能會比較方便，如果都是在同一個帳戶裡的話。」

「這只會讓妳處理更多的文書作業。」我把牛排切成兩半，確定廚師有沒有照我喜歡的方式處理，然後仔細地把油脂切除，擺在盤裡的一角。

「我不介意。」

「我不贊成，所有的錢都匯進我的帳戶比較好處理，」我說。「畢竟貸款跟帳單的錢都是我在付的。」

「是沒錯。」妳緩慢地吃著義大利燉飯。

「妳需要更多錢嗎？」我問：「如果妳想要的話，我可以多給妳一些家用金。」

「或許再多一些吧。」

「怎麼會需要這些錢？」

「我可能會去買點東西，」妳說。「可以買些新衣服。」

「怎麼不跟我一起去就好？妳也知道妳買衣服的時候是什麼樣子，妳都會挑一些很醜的衣服，再把買回來的一半拿去退。」我笑了，同時去捏妳的手。「我會找個時間請假，再一起去買。我們會先在一家不錯的餐廳吃午餐，一起去逛那些服飾店，用我的信用卡，妳愛買多少就買多少。不覺得聽起來很不錯嗎？」

妳點點頭，於是我專心吃牛排。我又點了一瓶紅酒，等到我吃飽的時候，我們已經是餐廳裡的最後一組客人了。我留了一筆慷慨的小費，在服務生把大衣拿過來給我的時候跌到他的身上。

「對不起，」妳說：「他喝得有點太多了。」

服務生禮貌地笑了笑，等到我們都走出餐廳以後，我抓住妳的手，用大拇指跟食指去捏妳的手臂。「不准妳幫我道歉。」

妳嚇了一跳。我不知道爲什麼，從威尼斯那一次以後，妳不就一直在期待我會對妳這麼做嗎？

「對不起。」妳說。我放開妳的手臂，握住妳的手。

回到家的時候已經很晚了，妳立刻上樓。把樓下的燈關掉以後，我也走了上去，但妳已經躺在床上了。躺到妳身旁以後，妳轉過身來親我，用手撫摸我的胸膛。

「對不起，我愛你。」妳說。

我閉上雙眼，等著妳鑽進被子裡。我知道這麼做一點意義都沒有，我喝掉了兩瓶紅酒，在妳含住的時候實在沒什麼感覺。我任妳試了好一陣子，然後把妳的頭推開。

「妳再也無法勾起我的慾火了。」我說。我轉身面牆，閉上雙眼。妳起床走進浴室，我聽著妳的哭聲入眠。

結婚以後，我就沒想過要在外面偷吃，但妳後來在床上跟死魚沒兩樣。跟自己的太太做愛只剩下傳教士體位，而且她還從頭到尾都閉著眼睛，妳怎麼能怪我想去外面花？我開始會在星期五下班以後到外頭晃，等到跟哪邊的誰玩膩了以後才在三更半夜回家。妳似乎不在意，因此一段時間以後，我玩完當天連家都不回。我會在隔天午餐回來，發現妳在工作室裡，而妳從不過問我去了哪裡，跟誰在一起。這變成了一場遊戲，等著看我做到多過火，妳才會控訴我不忠。

妳發作的那天我正在看足球賽。曼聯對雀爾喜，我兩腳放在桌上，身旁還有一罐冰啤酒。妳站在電視機前面。

「走開啦，他們進入加時比賽了耶！」

「誰是夏洛特？」妳問。

「什麼意思？」我把頭側一邊，看妳背後的電視。

「這個名字寫在你大衣口袋裡的一張收據上，還有電話號碼。她是誰？」

曼聯在最後一聲哨音響起時得分，電視裡傳出了歡呼聲。我嘆了一口氣，伸手拿遙控器，把電視關掉。

「滿意了嗎？」我點起一根菸，知道這樣會讓妳抓狂。

「你不能去外面抽嗎？」

「不行，沒辦法，」我說，同時把煙霧直吹向妳。「因爲這間房子是我的，不是妳的。」

「誰是夏洛特？」妳在發抖，不過妳依然站在我面前。

我笑了。「我不知道。」是眞的，我完全不記得她了。有好幾個女孩可能都叫這名字。「可能是某個對我有興趣的女服務生吧，我一定是看都沒看就把收據塞到口袋裡了。」我從容地說，語氣中沒有一絲防備，我發現妳動搖了。

「我希望妳不是要指控我什麼事情。」我挑釁地回應妳的眼神，但妳往旁邊望去，沒有再開口。我差點就笑了，要打敗妳還眞容易。

我起身。妳穿了一件背心，底下沒有穿胸罩，我可以透過布料看得到妳的乳溝跟乳頭。「妳出門都穿這樣嗎？」我問。

「只有去買東西的時候會這樣穿。」

「好讓每個人都能看妳的乳頭嗎？」我說。「妳是希望別人都把妳當作蕩婦嗎？」

妳抬起手遮擋胸部，我把妳的手推開。「陌生人可以看，我就不能看？怎麼可以挑客人呢，珍妮佛，妳可是個妓女耶。」

「我才不是。」妳小聲地說。

「我眼中看到的妳可不是這樣。」我抬起手，把菸頭戳進妳的胸口，在乳溝的地方把菸捻熄。妳尖叫著，不過我已經離開客廳了。

39

開完早會以後，雷跨大步走回辦公室，他是今天的執勤官。瑞秋是一個五十出頭的女人，她身材苗條，五官整齊，長得有點像鳥，一頭銀髮短而俐落。

「雷，今天執勤的探長是你嗎？」

「對。」雷滿腹狐疑地看著她，因爲知道在被問這個問題以後接著都不會是什麼好事。

「有一個叫做伊芙．曼寧斯的女人想報案，人身安全受到威脅的案子，她很擔心自己的妹妹。」

「値班人員沒辦法處理嗎？」

「都出去了，她非常擔心，她已經等了一個小時了。」瑞秋沒再多說些什麼，也沒那個必要。戴著樸素金屬框眼鏡的她只是看著雷，等著他去做該做的事。這種感覺很像是被一個和善但嚴厲的姑媽責備。

他往那位値班警察的後頭望去，望向前檯，看見一個正在用手機的女人。

「就是她嗎？」

伊芙·曼寧斯就是那種比較適合出現在咖啡店而非警局的女人。她有一頭平滑亮麗的褐色頭髮，每當她從手機螢幕抬起頭時，頭髮都會在肩膀上方快速地晃動。她身上穿了件亮黃色的大衣，那件大衣有著大大的鈕釦跟花紋圖案的襯裡。雖然她未必會冷，但臉龐卻紅通通的。局裡的中央暖氣系統似乎只有兩種設定：極地或熱帶，而今天顯然是熱帶。根據規定，人身安全受到威脅的案件必須由警員出面受理。雷暗自咒罵，瑞秋明明自己就可以處理啊。

他嘆了一口氣。「好吧，我找人過去。」

瑞秋對這個答案很滿意，於是回去顧櫃檯。

雷上樓，發現凱特在座位上。「有民眾想要報警，人身安全受到威脅的案子，可以請妳去前檯處理嗎？」

「值班的人不能處理嗎？」

雷看著她苦著一張臉笑了。「試過了，去吧，頂多二十分鐘。」

凱特嘆了一口氣。「會問我，是因爲你知道我向來不懂得拒絕。」

「要拒絕，也得先看看對方是什麼人。」雷笑著說。凱特翻了白眼，臉上泛起了漂亮的紅暈。

「繼續說吧，什麼情況？」

雷把瑞秋交給他的那張紙遞給她。「伊芙·曼寧斯。她在樓下等妳。」

「好吧，不過你欠我一杯酒。」

「沒問題。」雷對著離開刑事調查部的她大喊。他曾就那天晚餐的尷尬情況跟她道過歉，但是凱特認爲那不過是小事，並不在意，後來兩人就沒再提起這件事。

他走進辦公室，打開公事包以後，發現梅格絲在日誌上貼了一張便利貼，上頭寫了他們下禮拜要跟校方見面的日期跟時間。梅格絲還用紅筆在外頭畫了一個圓圈，免得雷沒留意到。雷把那張紙貼到電腦的前面，跟其他便利貼擺在一塊兒，每張便利貼上的資訊都或多或少有其重要性。

收件夾裡的東西才看到一半，凱特就來敲門了。

「我現在手氣正旺呢，」雷說。「別打斷。」

「我可以來跟你報告這個人身安全受到威脅的案子嗎？」

雷停止手邊的動作，作勢要凱特坐下。

「在忙什麼？」她看著他桌上堆積如山的文件說。

「做管理工作啊，大部分都是一些要歸檔的文件，還有過去六個月以來的開支。財務部說，如果我今天不送過去的話，他們之後就沒辦法處理了。」

「你需要請個祕書。」

「我得要誰來允許我回去當個警察，」他說。「而不是處理這坨垃圾。抱歉。告訴我剛剛的情況。」

凱特看著自己的筆記。「伊芙·曼寧斯住在牛津郡，不過她妹妹珍妮佛跟妹夫伊安·彼得森住在布里斯托這裡。伊芙跟妹妹五年前吵了一架，之後就再沒見過妹妹或妹夫。幾個星期前，彼得森忽然去找伊芙，問她妹妹人在哪裡。」

「她離開他了嗎？」

「顯然是這樣。曼寧斯太太幾個月前收到了妹妹寄來的明信片，可是看不出是哪裡的郵戳，而她又把信封弄丟。她剛剛才發現那張明信片被撕成碎片，藏在壁爐架上的時鐘後面，她相信這一定是她妹夫來拜訪的時候幹的。」

「他爲什麼要這麼做？」

凱特聳聳肩。「不知道。曼寧斯太太也不清楚，但這個行爲因爲一些原因而讓她靜不下心。她想要報案，說她妹妹失蹤了。」

「但她顯然沒有失蹤，」雷不開心地說。「如果失蹤就不會寄明信片了。她只是想要躲起來而已，兩者之間截然不同。」

「我也是這樣跟她說的。總之，我把細節都寫下來了。」她把一個透明夾遞給雷，裡面有兩張文件。

「謝啦。我會再看看。」雷收下那份報案單，隨之放到了桌上，跟那些數不清的文件擺在一起。

「假設我可以把這些都整理完的話，妳晚點還會想要跟我去喝一杯嗎？我想我需要補充一些酒精。」

「非常期待。」

「太好了，」雷說。「湯姆放學以後要去別的地方，我說我七點會去接他，就只是簡單喝一杯。」

「沒問題，這表示湯姆交到朋友了嗎？」

「我想是吧，」雷說。「不過他也不會跟我說對方是誰。我希望我們下禮拜去學校的時候可以知道更多詳情，但我對校方沒什麼期待。」

「好，如果你需要找人陪你在酒吧裡做出些決定的話，隨時都可以跟我說。」凱特說。「不過別忘了，對於青少年，我也沒辦法提供你什麼建議。」

雷笑了。「坦白講，要是能聊聊青少年以外的話題就更好了。」

「如果是這樣的話，我很樂意幫你把心思轉移到別的事情上。」凱特咧著嘴笑，雷忽然想起去她公寓的那夜。凱特有想過他們會接吻嗎？他想問她，但凱特已經走回自己的位子去了。

雷拿出手機發訊息給梅格絲。他看著螢幕，試著想一個不會引起梅格絲敵意的說詞，又不能是徹頭徹尾的謊言。他心想，自己其實用不著扯謊，跟凱特出去喝一杯，就像跟胖虎喝一杯沒兩樣。雷腦子裡的聲音明確地跟他說兩者之間截然不同，但他不想聽。

他嘆了一口氣，簡訊一個字都沒打，就把手機放回口袋。什麼都不要說最好。從敞開的辦公室往外望，他看見座位上的凱特的頭。她的確可以讓他把心思轉移到別的事情上。

只是不確定他想的跟凱特想的是否一樣。

40

過了兩個禮拜，我才敢出現在公共場合，直到手臂上的深紫色瘀青褪成了淺綠色。兩年前，這些瘀青就跟我的髮色一樣就是我的一部分。直到現在，我才意識到它們看起來有多駭人。

因爲狗飼料吃完了，我被迫出門。我把阿波留在家裡，這樣才能搭巴士去斯溫西，唯有去到斯溫西的超級市場，人們才不會注意到我這個明明天氣就很暖和，卻還在脖子上圍了條圍巾，眼睛只敢盯著地板看的女人。我沿著小徑走往營地，卻老覺得有人在看我。我回過頭，慌張地想，我一定是看錯了方向，因此再次轉頭，但另一個方向同樣一個人也沒有。我不停轉圈，卻因爲那些出現在眼裡的黑點而看不清楚。不管我往哪兒望，這些惱人的黑點似乎就是會跟著我移動。恐慌使得我搖搖晃晃，胸腔裡的恐懼強烈到發疼，我半走半跑，直到看見那些停著不動的旅行車跟蓓森那家低矮的小店，心跳終於開始減緩。我強迫自己冷靜下來。比起現在過的這種生活，我寧可開開心心地被關在監獄裡。

蓓森那兒的停車場主要是給營地的客人用的，但因爲這座停車場離海灘很近，有些觀光客會選擇把車停在這裡，沿著海岸走向海灘。蓓森平常並不在意，等到旺季，她才會豎起寫著「私人停車場」的大牌子，並在看到有家庭從車子裡拿出野餐配備時衝出店鋪。在這個營地關閉的時節，偶爾會來這邊停車的只有帶狗出來散步的人，以及那些刻苦耐勞的健行者。「妳當然也可以把車停來這裡。」我第一次見到蓓森時，她這麼對我說。

「我沒有車。」我解釋。

她跟我說，來找我的人可以把車停在那裡，卻從來沒有注意到，事實上並不會有人來找我。唯一例外的是派翠克，他會把自己那輛 LAND ROVER 休旅車停在這裡，走路來找我。我在沉湎於回憶之前，就先一步把那些記憶趕出腦外。

停車場裡只停了寥寥幾輛車。蓓森那台老舊的 VOLVO、一輛我不認得的貨車，以及……我閉上雙眼，搖搖頭。這是不可能的，那不可能是我的車。我開始冒汗，吸進一大口氣，同時試著弄懂自己到底看到了什麼。前面的引擎蓋有凹痕，擋風玻璃上留下一個拳頭大小的蜘蛛網裂痕。

沒錯，是我的車。

所有的事情都亂了。離開布里斯托時，我把車留在當地。不是因爲擔心警方的追查，雖然我有想到，而是因爲我不想再看到它。我一度失心瘋地以爲是警方找到這輛車，把車帶到這裡，測試我的反應。我環視四周，彷彿配槍的警員會跳出來抓住我。

我的腦子一團亂，不知道這件事情的嚴重，也不知道會對我帶來什麼影響。但一定會有影響，否則警方不會堅持要我告訴他們怎麼處理這輛車。我得讓這輛車消失。我想起以前看過的那些電影。我可以把它推下山崖？還是放火燒掉？我會需要火柴跟燃油或是汽油——但我要怎麼樣才能在不被蓓森看到的情況下放火呢？

我朝商店望去，沒有看見她在窗邊，我深呼吸，走過停車場，走向我的車。鑰匙插在車上，我沒有猶豫，打開車門，坐上駕駛座。

那場意外留下的記憶立刻侵入了我的腦海：我聽見雅各母親的尖叫聲，也聽見了自己駭人的大叫。我開始發抖，試著讓自己冷靜下來。鑰匙轉動，車子隨即發動，我立刻開出停車場。如果蓓森往外看，她不會看到我，只會看到這輛車，以及汽車冒出的黑煙。我把車開往培菲克。「再次開車的感覺不賴吧？」

伊安的聲音緩慢而單調。我猛踩煞車，汽車因爲我的手在方向盤上滑了一下而快速左傾。我把手放在車門把手上，才意識到聲音是從ＣＤ音響裡傳出來的。

他的聲音對我帶來了立即的影響。我在座椅上縮成一團，彷彿可以消失到椅子裡，雙手也變得又熱又黏。

「妳忘了我們的結婚誓言了嗎，珍妮佛？」

我把手放在胸口，同時用力緊壓，試著讓瘋狂跳動的心臟平緩下來。

「妳站在我的身旁，承諾有生之年都會愛我，尊敬我，服從我。」

他在嘲笑我，他以唱歌般的節奏說出我多年前的誓言，卻跟語調裡的冷酷格格不入。他瘋了。我現在才發現，我害怕地想起自己居然在他身旁躺了那麼多年，卻不知道他能做出什麼事來。

「去跟警察分享妳的故事可不是什麼尊敬我的方法，對不對啊，珍妮佛？告訴他們關上門以後發生的事情也不是服從我。記住，我只會給妳應得的……」

我聽不下去了。我猛按音響，CD彈出的速度很慢，慢得讓人痛苦。我從CD槽裡把它抽出來，試著折成兩半，卻折不下去。我對著CD尖叫，扭曲的臉孔反射在光滑表面。我跑出車子，把CD丟進樹叢裡。

「滾開！」我尖叫。「給我滾開！」我沿著兩旁有著高聳樹籬的道路瘋狂地駛去，離開了培菲克，進入鄉間。我抖得很厲害，抖到沒辦法換檔，因此一直留在二檔，車子抗議似的發出嗚咽聲。我在腦海中一次又一次聽見伊安的聲音。

在我們的有生之年。

前方不遠處有一座塌陷的穀倉，我沒看到附近有其他的房舍。我開下崎嶇的鄉間小徑，朝穀倉開過去。靠近以後，才發現穀倉沒有屋頂，裸露出來的椽木直指天空。地上有一堆輪胎跟生鏽的機械。這裡可以。

我把車開進穀倉的深處，塞進角落。地板上有一疊防水布，我把防水布拉開，藏在縫隙裡的髒水濺滿全身。我用那塊布蓋住我的車。雖然這樣有風險，但蓋上了深綠色的防水布以後，汽車就成爲穀倉的一部分，毫不起眼。而且裡面的東西看起來已經有一段時間沒有被人動過了。

我開始踏上回家的漫長旅途。我想起初抵培菲克那天，相較於過去，未來充滿不確定性。現在我知道未來有些什麼，我會在培菲克再待兩個禮拜，接著會回到布里斯托被判刑，然後我就安全了。

前面有一個公車站，我繼續往前走，雙腳的律動讓我覺得很安心。我的心情越來越平靜。伊安在嚇唬我，只是這樣而已。如果他眞的要殺我，到小屋那天他就可以動手了。

回到小屋時天色已晚，烏雲在頭上聚集。我走進屋裡，穿上防水夾克走出門，並叫阿波出來。我帶他去海灘上跑步。回到大海邊，我又可以平順地呼吸，我知道自己最懷念的將會是這片海洋帶來的平靜感。

我強烈地感覺有人在監視我，我轉身背對大海。看到懸崖頂上有一個人影面朝我站著時，一陣恐懼，心跳加速。我叫了阿波，把手放在牠的項圈上，但牠叫了一聲以後跑開，穿過沙灘跑往小徑的方向，一路往那個站在天空底下的人影跑去。

「阿波，快回來啊！」

牠絲毫不理會我的呼喊，繼續往前跑，我卻定在原地不動，直到阿波跑到海灘的另一頭，輕鬆地跳上小徑以後，那個人影才開始移動。那個人彎身撫摸阿波，我認出了那個熟悉的動作。是派翠克。

最後一次碰面以後，我或許並不怎麼想再遇見他，但心裡湧起的那股放鬆感卻是如此強烈，因此在自己還沒有意識到之前，我已經沿著阿波留在沙灘上的痕跡前進，跟他們會合。

「還好嗎？」他說。

「還好。」我們是陌生人，邊走路邊聊些言不及義的事情。

「我有留言給妳。」

「我知道。」我把那些留言都刪掉了。一開始我會去聽，但在我對他做出了那種事情以後，我實在沒辦法繼續聽下去，因此我聽都沒有聽就把剩下的留言都刪除了。最後我直接把手機關機。

「我好想妳，珍娜。」

如果他生氣的話我會諒解，也好處理，但此刻的他很安靜，聲音裡盡是懇求，我的決心隨之崩潰。我開始往小屋的方向走回去。「你不應該來這裡。」我忍住不回頭去看是否有人在監視我們，我很怕伊安會看到我們走在一起。

我感覺到一滴雨滴到了臉上，我戴上了帽子。派翠克邁開大步走在我身旁。

「珍娜，跟我說話，不要從我身旁逃開！」

我沒辦法保護自己，我這輩子都在這麼做。

電光閃現，大雨傾盆，雨勢猛烈到我無法呼吸。天色暗得很快，快到我們的影子皆已消失。阿波趴在地上，貼住耳朵。我們跑往小屋，我用力拉開門，閃電在頭頂發出轟鳴。阿波從我們的腳邊往前衝，跑上樓梯。我叫牠，但牠不下來。「我去看看牠有沒有怎麼樣。」派翠克走上樓梯，我閂上前門，一分鐘以後跟了上去。我發現他坐在臥室的地板上，手裡抱著發抖的阿波。

「牠們都一樣，」他微笑著說：「不管是容易緊張的貴賓犬或勇猛的獒犬都一樣——都怕打雷跟煙火聲。」

我在他們身旁蹲下，撫摸著阿波的頭。牠發出了小小聲的哀鳴。

「這是什麼？」派翠克問。我的木盒從床底下露出了一角。

「是我的東西。」我說著，同時把盒子踢回床底。

派翠克睜大眼睛，但什麼也沒說，尷尬地站了起來，抱著阿波下樓。

「或許可以打開收音機讓牠聽。」他告訴我。他說話的態度彷彿他是獸醫，而我是顧客。我在想他的語氣是出於習慣，還是覺得自己受夠了。但在他把阿波放到沙發上，用毯子蓋住他，同時把收音機裡放的古典音樂開到很大聲，大到完全聽不見其他的聲音時，他又開口了，這次的語氣更為溫柔。

「我會幫妳照顧牠。」

我咬了咬嘴唇。

「妳要離開的時候，把牠留在這裡，」他說。「妳不用來看我，也不用跟我說話。就把牠留在這裡，我會過來把牠帶走，留在我身邊，在妳……」他頓了一下。「在妳離開的這段期間。」

「我可能會關好幾年。」我的聲音因為最後的那幾個字而沙啞。

「我們就過一天算一天吧。」他說。他傾身向前，極其輕柔地吻了我的前額好幾下。我從廚房的抽屜裡拿出了備用鑰匙交給他，他沒再多說什麼就走了。我忍住不讓那些沒資格從我的眼裡流出來的眼淚流下。這是我作的孽，無論後果多麼痛苦，我都該承擔。但我的心跳卻依然快速。不到五分鐘，有人敲門，我以為是派翠克忘了拿什麼。

我開門。

「我要妳離開這間小屋。」葉斯頓開門見山地說。

「什麼？」我用手扶住門，好讓自己不要倒下。「為什麼？」

他沒有看著我的眼睛，但彎腰拉了拉阿波的耳朵，摸摸牠的嘴。「明天一早妳就要搬出去。」

「可是，葉斯頓，不行啊！你也知道現在的情況。我保釋的條件就是在審判以前，都要住在這個地址才行。」

「那是妳的問題。」葉斯頓終於看著我，而我發現他並不想這麼做。他的表情很嚴肅，但雙眼流露出痛苦，而且緩緩地搖著頭。「珍娜，整個培菲克都知道妳因爲撞死那個小傢伙而遭到逮捕，他們全部都知道妳之所以還能夠待在這一帶，就是因爲租了我的小屋。對他們來說，這就像開車的人是我一樣。要不了多久，就會出現更多這種東西。」——他指著門上那個雖然我很努力刷洗，但依然頑固地殘留原處的塗鴉——「甚至還會更嚴重。把狗屎丟進信箱裡，放煙火，淋汽油——報紙上經常刊這一類的新聞。」

「我沒有其他地方可以去了，葉斯頓。」我試著向他懇求，但他不爲所動。

「村裡的商店不再進我的貨了，」他說：「他們痛恨我居然把房子租給殺人犯住。」

我深吸了一口氣。

「今天早上，他們拒絕提供葛莉妮絲任何服務。搞我沒關係，可是如果他們開始煩我太太……」

「只要再幾天就好，葉斯頓，」我求他。「再兩個禮拜，我就要去法院接受審判了，到時候我就不會再來煩你了。求求你，葉斯頓，只要讓我待到那個時候就好。」

葉斯頓把手插進口袋，往外盯著大海看了一下。我在等待，知道自己說再多也改變不了他的決定。

「就兩個禮拜，」他說：「一天也不能再多。如果妳還有點腦袋的話，在那之前都離村子遠一點。」

41

妳整天都待在工作室裡，連晚上都想再回去，除非我阻止妳。妳似乎不在乎我每天都在公司忙到很晚，也沒想過我或許需要有人在夜裡給我一些撫慰，問問我今天過得怎麼樣。妳就像隻老鼠，逮到機會就想跑進工作室裡。妳似乎成了當地知名的雕塑家，讓妳聞名的不是那些陶壺，而是妳親手雕塑出來的那些只有二十公分的雕像。我一點也不喜歡這些東西，因爲它們的臉都歪歪曲曲的，四肢也不成比例，但藝品市場似乎喜歡這種東西，銷售的速度快到妳幾乎趕不及。

「我買了一片DVD，今晚可以一起看。」某個星期六，妳走進廚房泡咖啡時，我對妳說。

「好啊。」妳沒問我是什麼電影，不過我也不知道。我晚點會出去挑一片。

妳靠在廚房的工作檯上等水開，同時用大拇指把手掛在牛仔褲的口袋上。妳的頭髮沒有梳平，不過塞到了耳後，我看到了妳側臉上的擦傷。妳注意到我的眼神，趕忙把頭髮往前撥，遮住臉頰。

「要喝點咖啡嗎？」妳問。

「麻煩妳。」妳把水倒進兩個馬克杯裡，但只在其中一個倒進咖啡粉。「妳不喝嗎？」

「我不太舒服。」妳切了一片檸檬丟進自己的馬克杯。「我不舒服好幾天了。」

「親愛的，妳應該要跟我說啊。過來，坐著吧。」我幫妳拉了張椅子出來，但妳搖搖頭。

「還好啦，一點點不舒服而已，明天就會好了，我確定。」

我抱住妳，同時把臉頰靠到妳的臉頰上。「可憐的寶貝，我會照顧妳的。」

妳也回擁我，我輕輕地搖著妳，直到妳移開。我不喜歡妳從我身上移開，我只是想要安撫妳而已，妳這麼做會讓我覺得被拒絕了。我感覺下巴一緊，同時看到妳的眼神閃過一絲警戒。看到這樣的反應我很開心——這表示妳仍然在乎我在想什麼，我想做什麼——但也教我生氣。

我朝妳的頭舉起手，看見妳的身體縮了一下，同時聽見妳猛吸了一口氣，緊閉雙眼。我穩住自己的手，輕輕撫摸妳的前額，溫柔地把一個小東西從妳的頭髮上拿下來。

「是錢蛛[7]欸，」我說，同時張開拳頭讓妳看。「這個好像會帶來好運耶，對不對？」

妳隔天沒比較好，我堅持要妳躺在床上休息。我拿了些蘇打餅給妳，念書給妳聽，直到妳告訴我頭疼。我想要叫醫生，但妳答應我禮拜一一早就會去看診。我撫摸妳的頭髮，看到妳睡覺時眼皮在跳動，不知道妳夢到了什麼。

星期一一早，妳仍在睡覺，我起來，留了張字條在枕頭邊，提醒妳要去看醫生。上班時我打電話回家，沒有人接，雖然此後我每隔半小時就會打電話回去，但妳依然沒接家裡的電話，手機

7 Money spider，正式名稱為皿蛛（Linyphiidae），蜘蛛的一種，英國人相信會帶財。

又關機。我擔心死了，中午時決定回家看看妳的狀況。

「還好嗎？我擔心得快瘋了！」

妳抬起頭，但沒說什麼。

「珍妮佛！我整個早上都在打電話要找妳，妳爲什麼不接？」

「我出去了，」妳說：「後來……」妳的聲音逐漸變小，沒有解釋。

憤怒在我的體內膨脹。「妳沒想過我會多擔心妳嗎？」我抓住妳身上的毛衣，把妳往上拉站起來。妳尖叫著，那個聲音讓我沒辦法好好思考。我把妳推過房間，逼到牆邊，手指壓住妳的喉嚨。我感覺到妳的脈搏跳得又猛又快。

「求求你不要這樣！」妳大叫。

我慢慢一點一點地把指頭擠進妳的脖子裡，彷彿是旁觀者一樣看著自己的手越掐越緊。妳發出了一個窒息的聲音。

「我懷孕了。」

我把妳放開。「不可能。」

「眞的。」

「妳明明有吃藥。」

妳開始哭。妳往下跌到地板上，雙手抱住膝蓋。我看著妳，試著要弄懂我剛剛聽到了什麼。妳懷孕了。

「一定是生病的那次懷孕的。」妳說。

我蹲下去抱住妳。我想起自己的父親。在我一生當中，他是多麼冷酷、難以親近，我發誓自己絕對不要用那種方式去對待自己的孩子。我希望會是個男孩。他會崇拜我，希望跟我一樣。我忍不住笑逐顏開。

妳鬆開雙手看著我。妳在發抖，我輕撫妳的臉頰。「我們要有孩子了！」妳依舊淚光閃閃，不過緊張的神情慢慢退去。「你不會生氣嗎？」

「我爲什麼要生氣？」

我非常非常高興。一切都會隨之改變。我想像變得圓滾滾的妳因爲懷孕而擔心不已，要仰賴我來照顧妳的健康，並會在我按摩妳的腳或端茶給妳喝時充滿感激。孩子出生以後，妳會停止工作，我會供應你們生活所需。我在腦海中看到我們的未來。「這是一個奇蹟之子啊，」我告訴妳。我抓住妳的肩膀，妳變得很緊繃。「我知道我們之間有些問題，」我說：「但現在開始一切都不一樣了。我會好好照顧妳。」妳盯著我的雙眼，我忽然感受到一股巨大的罪惡感。「以後再也不會有什麼不好的事情發生了，」我說。「我好愛好愛妳，珍妮佛。」

妳的眼淚奪眶而出。「我也愛你。」

我想要跟妳道歉——針對我對妳所做的每一件事，每一次對妳的傷害道歉——但那些還沒有成形的句子卡在我的喉嚨。「不准告訴任何人。」我說。

「告訴他們什麼？」

「關於我們的爭吵。答應我妳永遠也不會告訴任何人。」我仍然抓著妳的肩膀，我可以感受到妳的肌肉在使力。妳睜大雙眼，相當害怕。

「永遠不會，」妳說，聲音微弱如呼吸聲。「誰也不說。」

我笑了。「好啦，別哭了，妳一定讓寶寶感受到妳的壓力了。」我起身，伸出一隻手扶妳站起來。「覺得不舒服嗎？」

妳點點頭。

「躺在沙發上，我找條毯子來給妳。」妳不想，但我帶妳到沙發旁，幫妳躺下。妳懷著我的兒子，我一定要好好照顧你們兩個。

妳對第一次的產檢很擔心。「如果出了問題怎麼辦？」

「為什麼會有問題？」我問。

我請了一天假，載妳去醫院。

「他已經可以握拳了耶，不覺得很神奇嗎？」妳說，那是妳從其中一本嬰兒書上讀到的，妳買了很多，妳開始著迷於懷孕相關的事情，買了數不清的雜誌，在網路上找到了一大堆生產跟餵奶時的建議。不管我說什麼，話題最後都不可避免地會轉到嬰兒的名字或一連串我們應該要買的設備上。

「眞神奇。」我說。妳老早就講過了，懷孕的情況跟我預期的不同。妳似乎下定決心要跟之前一樣繼續工作，雖然妳會接受我的提議喝茶或讓我按摩腳部，但似乎並沒有心存感激。妳投注在我們那還沒有出生的孩子上——一個連別人在討論自己都還不知道的小孩——的心力，比投注在此刻站在妳面前的丈夫身上還多。我想像妳會抱著我們新生的孩子，卻不去在乎這個共同賦予他生命的人，我忽然想起妳以前每次跟小貓玩都會玩上好幾個小時的往事。

當超音波醫師在妳的肚子上塗抹黏黏的凝膠時，妳緊抓住我的手，捏得好緊好緊，直到我們都聽見了微弱的心跳聲，並在螢幕上看見心臟細微的搏動。

「那裡是頭部，」超音波醫師說：「妳應該看得出他的手臂了吧。妳看，他正在跟妳揮手呢！」

妳笑了。

「妳剛說他，所以是男生嗎？」我滿懷期望地問。

超音波醫師抬起頭。「只是一種稱呼方式而已。還要好一段時間才看得出孩子的性別。不過看起來都很健康，大小也符合妳的懷孕週數。」她印出孩子的照片給妳。「恭喜。」

跟助產士的約是在半小時以後，我們跟六組男女一起坐在等候室裡。房間的另一頭有一個大腹便便的女性，肚子大到她得把兩腿張很開才能就座。我往旁邊看，聽到叫我們進去的聲音時覺得總算解脫了。助產士從妳手裡接過了藍色的資料夾，看了妳的資料，檢查完相關細節以後，拿了關於孕婦飲食及懷孕時期的健康狀況介紹給妳。

「她已經是個專家了，」我說。「她已經讀了很多相關的書，沒有事情是她不知道的。」

助產士打量著我。「那你呢，彼得森先生？你也是專家了嗎？」

「我不需要知道那麼多，」我說，同時凝望著她的眼睛。「懷孕的人不是我。」

她沒有回答。「我要來量量妳的血壓，珍娜。請把袖子拉開，把手放到桌上。」

妳猶豫不決，我花了一秒才知道原因。我緊咬牙關，往後靠到椅子上，假裝毫不在意地看著這一切。

妳上臂的瘀青是暗綠色。過去幾天消退了不少，但仍跟其他瘀青一樣固執地留在妳的手上。雖然我知道不可能，但我有時候會覺得妳是故意把它們保存下來，好提醒我之前發生過什麼事，好讓我抱持著罪惡感。

助產士什麼也沒說，我稍稍放鬆了一些。她量了妳的血壓，有點偏高，然後寫下血壓值。她轉身面對著我。

「請你去外面的等候室稍坐一下，我要單獨跟珍娜稍微聊一下。」

「沒那個必要，」我說。「我們夫妻之間彼此沒有祕密。」

「這是標準作業流程。」助產士立刻說。

我看著她，但她沒有讓步，於是我站了起來。「好吧。」我慢慢走出診間，站在可以看到助產士診室的咖啡機旁邊。

我四下看看其他的人，沒有單獨等候的男性，沒有其他人受到這樣的對待。我大步走進諮商室，門沒敲就打開。妳手裡拿著一樣東西，把它丟進了懷孕指南之間。一張四方形的小卡：淺藍色，中間有個標誌一類的東西。

「我們得移車了，珍妮佛，」我說。「我們只能停一個小時而已。」

「喔，好。對不起。」最後這幾個字是講給助產士聽的。她對著妳笑，卻完全不理會我。她傾身向前，把手放在妳的手臂上。

「我們的號碼就印在手冊的正面，有任何疑慮的話——任何事情都可以——就打過來問吧。」

開車回家的路上，我們什麼也沒說。妳把超音波圖放在大腿上，我看到妳三不五時就把手放在肚子上，彷彿妳正試著把肚子裡的感覺跟拿在手中的照片做對比似的。

「那個助產士跟妳聊什麼？」回到家以後我說。

「問我的過往醫療紀錄。」妳說。但是妳回答得太快，太流暢了。

我知道妳在撒謊。那天稍晚，妳睡著以後，我翻找妳的手冊，想要找出那張印有一個圓形標誌的淺藍色名片，但沒有找到。

我看著妳改變，肚子越來越大。我以爲妳對我的需要會增加，但妳卻變得更自立自強。我快要輸給寶寶了，而我不知道要怎麼把妳贏回來。

那年夏天很熱，而妳似乎成天都忙著在家裡走來走去。妳把裙子拉到了便便大腹底下，一件小T恤則收在肚子的上方。肚子上的鈕釦整個往外擠，教我實在看不下去。我沒辦法理解爲什麼妳可以那麼開心地走來走去，還能開心地去應門。

雖然預產期還有好些日子，但妳不再工作了，所以我就沒再讓清潔人員過來。既然妳成天待在家裡沒事，應該由妳來打掃，還要花錢找人也太不合常理了。有一天我要出門時，妳剛好在燙衣服。我回到家的時候妳已經都忙完了，家裡變得一塵不染。妳看起來筋疲力盡，而我被妳的付出所打動。我決定要幫妳洗個澡，小小地寵妳一下。我在想妳不知道是會想吃外賣，還是我下廚給妳吃。我把那些襯衫拿上樓，轉開水龍頭，接著叫妳。

在把襯衫掛進衣櫥時，我注意到了一個東西。

「這是什麼？」

妳的表情立刻變得很尷尬。「是焦痕，對不起，電話響了，我分了心。不過是在底部，我想你塞進去以後別人應該看不到。」

妳看起來好難過，但其實眞的沒關係。只不過是一件襯衫而已。我把襯衫放下，往前一步想要抱妳，但妳縮了一下，同時舉起一隻手護住自己的肚子。妳把頭轉向一邊，閉上雙眼，並期待著某種我從沒打算要去做的事情發生。

但那件事情後來還是發生了。是妳自找的，妳只能怪自己。

42

手機響起的時候，雷正在把車停進停車場裡的最後一個車位。他用空出來的手按下接聽鍵，轉頭去看自己還有多少倒退的空間。

里彭局長立刻切入重點。「我要你負責今天下午的獵鷹行動簡報會議。」

雷的 Mondeo 碰到了停在後面的那台藍色 VOLVO。

「靠。」

「那不是我期望你會有的反應。」局長的聲音聽起來有幾分消遣的味道，雷以前從沒聽過局長用這種語氣說話。他在想不知道發生了什麼事，怎麼會忽然變得這麼有幽默感。

「對不起，長官。」

雷下了車，把鑰匙留在車上，免得 VOLVO 的車主要出來。他看著對方的引擎蓋，沒有看到什麼明顯的痕跡。「您剛剛是說？」

「獵鷹行動的簡報會議本來預計在週一舉行，」奧莉薇亞非比尋常地捺著性子說。「但我想把會議提前。你或許也看到今天早上的新聞了吧，其他警力單位因爲對毒品持有案件抱持著明顯的包容態度而飽受批評。」

喔，雷心想。難怪心情這麼好。

「現在剛好是我們表明『堅決打擊毒品』的立場的最佳時機。我們已經得到全國民意的支持了，我需要你提早個幾天整合一下相關的資源。」

雷心頭一涼。「今天沒辦法。」他說。

忽然一陣沉默。

雷等著局長開口，但彼此間的沉默膨脹到難以承受，他覺得自己必須填起這個空洞。「我中午要去我兒子的學校一趟，已經約好了。」

聽說奧莉薇亞都是透過多方通話來參與兒女學校裡的親師座談會，雷知道她不太可能會接受這個理由。

「雷，」她再開口時，所有的幽默都消失無蹤。「如你所知，我會盡己所能地給予那些有家庭要養的警員幫助，事實上也支持採用更有彈性的上班時間，好讓警員能盡父母之責。但除非我完完全全弄錯了，我記得你有個太太，對吧？」

「是。」

「她會去參加那場會談嗎？」

「會。」

「既然是這樣，容我請教一下，問題在哪裡？」

雷靠在後門一旁的牆上，抬頭望向天空，希望能得到一些靈感，卻只看到黑壓壓的烏雲。

「長官，我的兒子在學校被人霸凌，情況可能相當嚴重。在學校承認的確有問題以後，這是我們第一次有機會跟校方談談，我太太希望我過去。」雷咒罵自己把責任都推給梅格絲。「我想要過去，」他說。「我需要在現場。」

奧莉薇亞的語氣柔和了一些。「聽到這樣的事情很遺憾，雷。孩子的問題的確可能會讓人很煩惱。如果你需要去的話，就去吧。不過簡報會議今天早上就會舉行，全國各地的新聞媒體都會來採訪，我們將藉此鞏固自己先進的毒品零容忍立場。如果你沒有辦法主導的話，我會找別人來代替。一個小時以後，我會再跟你聯絡。」

「毫無選擇的餘地啊。」雷把手機放回口袋時喃喃自語。事情很簡單，對職涯的正面影響在天平的一端，天平的另一端則是家庭。走進辦公室以後，他關上門，坐在自己的座位上，兩手指尖互相使力。今天的任務很重要，他確定這是一場考驗。他擁有往上爬的能耐嗎？他再也不敢說了，他連那是不是自己想要的都不知道。他想到那輛一年左右可能需要買的新車，孩子不久以後就會開始吵著要出國度假，應該買一棟更大的房子給梅格絲。他的兩個孩子都很聰明，很可能會上大學，而除非雷繼續往上爬，學費要從哪裡來呢？除非選擇做出犧牲，否則什麼都辦不到。深呼吸以後，雷拿起電話打回家。

獵鷹行動的簡報會議非常成功。媒體記者獲邀進入總部會議室，參加爲時三十分鐘的簡報。會議上，局長介紹雷是「局裡最頂尖的警探之一」。雷熱血沸騰地回答有關布里斯托毒品相關問題、警方將如何施行這個計畫，也承諾自己將藉由根除街頭毒品交易，回復社區的和平。當獨立電視新聞網的記者要他做個總結時，雷毫不猶豫地直視鏡頭。「外頭有人以爲買賣毒品不會受罰，也有人認爲警方沒有辦法阻止毒販。但我們的確有這個能力，也不會妥協。在把他們都趕出街頭以前，我們絕對不會懈怠。」這番言論引起了一些掌聲，雷瞄了局長一眼，她動作極細微地點了點頭。搜查令稍早就已簽署並執行，警方從六個地址逮到了十六名嫌疑人。房屋的搜查得耗上好幾個小時，而他在想凱特的證物官不知道當得順不順利。

一逮到機會，他立刻打了電話給她。

「時間抓得太好了，」她說。「你在局裡嗎？」

「在辦公室。怎麼了？」

「十分鐘以後來餐廳找我，有東西要給你看。」

他五分鐘就到了，不耐煩地等著。衝進門時，她臉上帶著笑容。

「要來杯咖啡嗎？」雷問。

「沒那個時間，我得趕回去。看看這個。」她拿了一個透明的塑膠袋給他，裡面有一張淺藍色的卡片。

「跟珍娜・葛雷放在皮包裡的卡片一樣，」雷說。「妳從哪兒弄來的？」

「今天早上突擊檢查其中一間房子的時候發現的。其實沒有完全一樣喔。」她撫平了塑膠袋，讓雷可以看清楚名片上寫的字。「同樣的卡片，同樣的標誌，不同的地址。」

「眞妙，在誰的房子裡？」

「多米妮嘉・雷茲。除非針對她的進一步指示已經下來，否則她不會開口。」凱特看了看自己的錶。「靠，我得走了。」

她把那個袋子交給雷。「留著吧，我這邊有複本。」她再次露出笑容，隨即消失，留下雷看著那張卡片。那並不是一個多特別的地址——跟格雷森街一樣屬於住宅區——可是雷覺得自己應該能夠從那個標誌上看出更多東西來才對。兩個8底部都有一個缺口，一個8疊在另一個8上面，就跟俄羅斯娃娃一樣。

雷搖搖頭。回家以前，他得去拘留所一趟，也要再次確認明天要對葛雷的案件做出宣判所需的文件是不是都已經就位。他把塑膠袋摺起，塞進口袋裡。

十點以後，雷才開車準備回家，並開始擔心自己把工作擺在家庭前面的決定是否正確。回家的路上，他合理化了自己的決定，到家的時候，他已經說服自己早上做的是正確的選擇，而且是唯一的選擇。直到把鑰匙插進門裡，他才聽見梅格絲在哭。「梅格絲，怎麼了？」他把公事包丟在大廳，蹲到沙發前面，把她的頭髮撥開，好看到她的臉。「湯姆還好嗎？」

「不好，他一點也不好！」她推開了他的手。

「學校怎麼說？」

「他們認為這個情況已經持續至少一年了，雖然導師說直到校方掌握了證據，她才有辦法行動。」

「他們已經有證據了嗎？」

梅格絲苦笑了一下。「噢，他們有，的確有。顯然網路上到處都找得到。順手牽羊挑戰賽，

『掌摑樂』[8]，所有的一切。都錄影上傳到 YouTube 上讓全世界的人都看得到。」

雷胸口一緊。想到湯姆必須承受這一切，讓雷的心裡很不舒服。

「他睡了嗎？」雷對著臥室點點頭。

「應該是吧。他應該很累了，過去一個半小時我都在對他大吼。」

「對他大吼？」雷起身。「天啊，梅格絲，妳不覺得他已經承受夠多的痛苦了嗎？」他開始往樓上走，不過梅格絲把他拉了回來。

「你完全搞不清楚狀況，對吧？」她說。

雷茫然地看著她。

「你只顧著解決工作上的難題，卻完全沒有看見自己家裡發生了些什麼事。湯姆不是霸凌的受害者啊，雷，他是加害者。」

雷覺得自己彷彿被打了一拳。

「有人逼他去……」

梅格絲打斷他的話，語氣更輕柔了些。「沒有人逼他去做任何事，」她嘆了一口氣後又坐下。「看來湯姆是一個雖然規模不大但是很有影響力的『幫派』的頭頭，他們一共有六個人，包括菲利浦．馬丁跟康納．艾斯特。」

8 Happy slapping，幾年前在英國年輕人之間流行的攻擊性遊戲。由一或數人隨機甩路人巴掌，再由其他人以手機錄下，上傳至網路分享。

「原來如此。」雷憂愁地說，他認得這些名字。

「目前爲止的所有消息都指出湯姆是頭頭。他提議逃學，提議要在特教中心外面等那些孩子們出來……」雷很想吐。

「那他床底下的那些東西呢？」他問。

「顯然是奉命偷來的。沒有一樣是湯姆動手偷的，據說是因爲他不想弄髒自己的手。」雷從來沒聽過梅格絲用這麼生氣的語氣說話。

「現在怎麼辦？」工作上出了問題時，他們總是可以仰賴規矩。條約，法律，準則。他身旁有一整個團隊。雷完全不知所措。

「我們自己來解決。」梅格絲簡明地說。「跟那些被湯姆傷害的人道歉，把他偷來的東西還回去，還有——最重要的——找出他爲什麼要這麼做的原因。」

雷沉默了一下。他幾乎沒辦法開得了口，但一旦這個想法鑽進腦子裡，他就沒辦法不講出來。「是我的錯嗎？」他說。「是因爲我沒有陪在他的身邊嗎？」

梅格絲握住他的手。「不要這樣想，你會把自己逼瘋的。我的錯不比你少，我也沒有注意到。」

「我應該留更多的時間給家裡才對。」

梅格絲沒有反駁他。

「眞的很對不起，梅格絲。不會永遠都是這樣的，我保證。我只要先升上警司，然後……」

「但你喜歡當探長。」

「是沒錯，可是……」

「那爲什麼還要往上爬，放棄這一切？」

雷困惑了一下。「這，當然是爲了我們啊。我們才能有一間更大的房子，妳才不用回去工作。」

「但我想要回去工作！」梅格絲生氣地面向他。「孩子們整天在學校，你又在上班……我想要爲自己做點什麼。擁有一個新的職涯規劃，讓我在多年以後終於又有了人生的目標。」她看著雷，表情變得柔和了。「噢，你這個可憐的傻瓜。」

「對不起。」雷又說了一遍。梅格絲彎下腰親了他的額頭。「今晚不要理湯姆。明天我會幫他請假，我們早上就跟他談。現在，來聊聊我們的人生吧。」

起床時，雷看到梅格絲溫柔地把一杯茶放在床邊。

「我想說你今天可能會早起，」她說。「今天葛雷的案子就要宣判了，對不對？」

「對，不過凱特會去。」雷坐起身。「我會留在家裡，陪妳一起跟湯姆說話。」

「然後錯過你的榮耀時刻嗎？沒關係，眞的。你去吧。湯姆跟我會在家裡，就像他還是個寶寶的時候我們常做的那樣。我有種感覺，他需要的不是別人跟他說教，而是聆聽。」

雷想，她是多麼有智慧啊。「妳會成爲一個很棒的老師，梅格絲。」他握著她的手。「我配不上妳。」

梅格絲笑了。「可能吧，不過恐怕你我已成定局了。」她捏捏他的手，然後下樓，留下雷一個人喝他的茶。他在想自己把工作擺在家庭前面的想法到底已經出現多久了，而他很羞愧地發現自己似乎一直以來都是如此。他得改變這種思維，得把梅格絲跟孩子擺在第一順位。他怎麼會如此盲目，居然沒有注意到她的需求，無視於她眞心想要回去工作的事實呢？顯然不是只有他不時會發現人生有點無趣。梅格絲也發現了這點，因此想要找個新工作。雷做了什麼呢？他想起凱特，覺得自己臉紅了。

雷沖完澡，穿上衣服，下樓找他的西裝夾克。

「在這裡，」梅格絲喊，同時從客廳拿著那件夾克走出來。她把從口袋裡露出一角的塑膠袋拿出來。「這是什麼？」

雷把塑膠袋拉出來交給她。「這個東西可能跟葛雷的案子有關，也可能無關。我正在試著搞清楚這個標誌可能蘊含的意涵。」梅格絲把袋子拿起來，看著那張卡。「是一個人，對不對？」她毫不猶豫地說。「雙手抱著另一個人。」

雷張大了嘴。他看著那張卡片，立刻就看到了梅格絲形容的畫面。原來，這個對他來說看起來像不完整比例又失衡的8其實是一顆頭顱跟他的肩膀，而那雙手臂則是去環抱一個對應第一個圖形的更小的人形。

「當然嘍！」他說。他想到了格雷森街的那棟房子。門上有許多道鎖，而那些紗簾則是要讓外人沒辦法看到裡面。他想起珍娜．葛雷，以及她眼中隨時都有的恐懼，一個影像慢慢在他的心裡浮現。

樓梯上傳來了聲音，不久後湯姆出現了，看起來憂心忡忡。雷瞪著他。過去幾個月以來，他一直以為自己的兒子是被害者，到頭來他根本不是。

「我全都搞錯了。」他大聲地說。

「全都搞錯了？」梅格絲說，而雷已經走了。

43

布里斯托刑事法院的入口隱藏在一條狹窄的路上，那條路有個適切的名字：小街。

「親愛的，我只能放妳在這裡下車，」計程車司機告訴我。就算他有讀過今天的報紙，認出了我的長相，也沒有表現出來。「法院外頭有點不安寧，我不想開車經過那些群眾。」

他把車停在街角，附近有家連鎖酒吧「歐吧旺」。午餐時分，一群酒足飯飽的西裝男魚貫而出。其中一人色迷迷地看著我。「要不要喝一杯啊，甜心？」

我別過頭。

「性冷感的乳牛。」他喃喃地對朋友說，一夥人隨之爆出大笑。我深吸了一口氣，強迫自己控制好恐慌情緒的同時，環顧路面尋找伊安的身影。他在這裡嗎？他現在看著我嗎？

小街兩排的高樓建築互相傾向彼此，製造出一條回聲陣陣的陰暗走道，我邊發抖邊前行。走沒幾步路，就看見那個計程車司機談到的景象。道路的其中一段被警方用路障圍了起來，裡頭的那群抗議者約有三十多人。他們的肩上扛著幾面標語，面前的路障上披了一條床單，床單上面用濃濃的紅色顏料寫著「殺人犯！」每個字上的顏料都往下流到了床單的底部。兩名穿著螢光條紋夾克的警察站在抗議群眾的身旁。站在小街另一頭的我聽見了他們反覆地吶喊，但兩名警察卻一臉泰然自若。「爭取正義，雅各無辜！爭取正義，雅各無辜！」

我慢慢地朝法院走去，暗自後悔沒帶個圍巾或墨鏡。我用眼角注意到人行道對面有一名男子。他原本靠在牆上，一看到我就站直身子，從口袋裡掏出了電話。我加快腳步，希望越早進入法院越好，但對街的那男人動作也隨之加快。他打了一通電話，講了好幾秒。我此時才發現男人米色的背心口袋裡裝滿了東西，是相機鏡頭，肩膀上還背了一個黑色袋子。他跑上前，打開袋子，拉出一台相機，以訓練多年的流暢身手裝好鏡頭，拍下我的照片。

我想，我會無視於他們的存在。我的呼吸變得很沉重，我會直接走進法院，彷彿他們並不存在。他們傷害不了我——那裡的警察把他們阻隔在路障後面——我會無視他們的存在。

但就在轉身面對法院的入口時，我看到了幾個星期前離開地方法院時跟我搭話的那名記者。

「珍娜，可以爲《布里斯托郵報》講幾句話嗎？仔細說一下妳的故事？」

我別過頭，動作卻僵住了。這才意識到自己跟那些抗議者面對著面。原本的吶喊聲變成了怒吼跟嘲弄，人潮忽然朝我湧來。一個路障倒下去壓在路面的鵝卵石上，那個聲響槍聲般在高樓間迴盪。警察慢吞吞地走過來，張開雙手，引導抗議者退回限定範圍的後方。有幾個人仍在大吼，但多數人都在笑，跟一旁的人聊天，彷彿只是出來逛街買東西。出來找樂子。

隨著人群後退，警方也沿著限定的抗議區域重新架好了路障。此時，只留下一個女人站在我的面前。她比我年輕，才二十多歲，而且跟其他抗議者不同，手裡沒拿著旗幟或標語牌，不過其中一隻手握住了一樣東西。她上身穿了一件稍嫌太小的褐色洋裝，下半身是黑色褲襪，底下則是一雙不搭軋的骯髒帆布鞋。雖然天氣很冷，她的大衣卻是敞開的。「他在還是嬰兒的時候眞的很乖。」她小聲地說。

我立刻在她身上看見了雅各的五官。那雙有點往上的淺藍色眼睛，那張下巴尖細的心形臉蛋。

抗議者都安靜了下來。每個人都在看我們。

「他幾乎不哭，就連生病了，也只是躺在我身邊，抬起頭來看我，等待病情好轉。」她的英文講得很流利，但有種我聽不出來的口音。可能是來自東歐一帶。她說話的速度不疾不徐，彷彿在念誦講稿。雖然她站著沒動，可是我覺得她跟我一樣害怕這場會面。可能比我還要害怕。

「懷他的時候，我還非常年輕，自己都還是個孩子。他爸爸不想要這個小孩，但我沒辦法逼自己去墮胎。我太愛他了。」她毫無情感，平靜地說。「雅各是我的一切。」

我淚盈滿眶，卻又鄙視自己的反應，因爲雅各的母親兩眼乾乾的。我強迫自己穩住不動，不去擦拭雙頰。我知道，就跟我一樣，她也想起了那晚。當時的她凝視著那面滿是雨痕的擋風玻璃，雙眼因刺眼的車燈而緊閉。此刻，她跟我之間再無阻隔，她能把我看得清清楚楚，反之亦然。我在想，她爲什麼沒有朝我撲來，打或咬或抓我的臉。換作是我，不知道有沒有辦法像她這麼自律。

「安雅！」一個男人從抗議群眾之間對她叫喊，但她沒理會。她拿出一張照片，把照片塞給我，直到我伸手去拿。

那張照片跟我在報紙或網路上看到的不同。不是那張轉頭面對攝影師，身穿制服，露出笑容及牙縫的那張。這張照片裡的雅各年紀更小，可能只有三、四歲。他靠在媽媽的臂彎裡，兩人都躺在盛開的蒲公英花叢中，花叢裡四處夾雜著長長的青草。從角度來看，應該是安雅自己拍的：她把右手伸長，從右上往下拍。雅各看著鏡頭，因爲刺眼的陽光而瞇起眼睛，同時在大笑。安雅也在笑，不過她看著雅各，瞳孔裡映照著他小小的身影。

「眞的很對不起。」我說。我恨自己只能講出這種缺乏力量的話，可是又想不到其他詞句，而我無法在面對她的哀傷時保持沉默。

「妳有孩子嗎？」

我想到自己的兒子，想到裹在醫院毛毯裡的他那毫無重量的身體，想到了那從未消失的子宮的疼痛。我在想，世界上應該有那麼一個字，可以講出來安慰一個沒有孩子的母親，安慰一個失去了寶寶的女人。對這個女人來說，唯有孩子能讓她的生命完滿。

「沒有。」我腸枯思竭，卻想不到該說些什麼。我拿起照片要還給安雅，但她搖了搖頭。

「我不需要照片，」她說。「他的容貌都在這裡。」她把手掌平放在胸口。

「可是妳，」她停頓了一下。「我想，妳一定要記住。妳一定要記住他只不過是個小男孩。而且他有個母親，他母親的心碎了。」

她轉身，低身鑽過封鎖線，消失在群眾裡。我大口呼吸，彷彿剛剛人在水底。

負責我的案子的大律師是一個四十多歲的女性。衝進狹小的諮商室以後，她用饒富興味的眼光打量我，而門外站著一名警衛。

「我叫露絲・傑佛遜，」她說，同時有力地伸出手。「今天的流程很簡單，葛雷小姐。妳已經認罪了，今天只是來聽判決。我們是午休結束之後的第一組，恐怕妳面對的將會是金恩法官。」她在桌子的對面坐下。

「金恩法官有什麼問題嗎？」

「這麼說吧，他之所以有名的原因跟寬容無關。」露絲說，同時毫不開心地笑了一聲，露出了潔白無瑕的牙齒。

「我會得到怎麼樣的判決？」我衝口而出，來不及制止自己。其實沒差，現在最要緊的就是要做正確的事。

「很難說。肇事逃逸會立刻吊銷駕照，但因爲危險駕駛致死的吊銷駕照刑期最低是兩年，所以對妳不會有什麼影響。主要是徒刑的部分會有兩種可能。危險駕駛致死的最高刑期是十四年，一般會建議判二到六年。金恩法官會想辦法重判，我的任務則是說服他兩年就很足夠。」她把一枝黑色鋼筆的蓋子拿掉。「有得過精神疾病嗎？」

我搖搖頭，看到大律師的臉上閃過一絲失望的神色。

「那我們來談談那場事故吧。我知道天候導致視線極度不良，發生撞擊之前，妳有注意到那個小男孩嗎？」

「沒有。」

「有慢性病的病史嗎？」露絲問。「在這種案件裡會很有用，或者妳當時是不是有哪裡不舒服？」

我茫然地看著她，大律師隨即出聲指責。

「妳正在讓這場仗變得非常難打，葛雷小姐。妳有任何過敏性疾病嗎？或許在撞擊發生之前忽然很想打噴嚏？」

「我不懂。」

露絲嘆了一口氣，彷彿在跟孩子說話似的緩緩地說：「出庭的時候，金恩法官已經讀過妳的判決前報告書，腦裡也已經有了判決。我的任務就是要表達出這宗案件不過就是場不幸的意外。一場無法避免的意外，而妳也因此感到萬分抱歉。現在，我不是要教妳怎麼說，只是舉例而已。」她盯著我。「妳當時非常想打噴嚏……」

「但我沒有。」這就是打官司嗎？一層又一層又一層的謊言，只爲了要讓我盡可能得到最少的懲罰。我們的法律系統眞的漏洞百出嗎？這讓我覺得很不舒服。

露絲·傑佛遜看了看她的筆記，忽然抬起頭來。「那個男孩是不是沒有預兆忽然跑了出來？根據母親的證詞，靠近馬路時，她放開了他的手，所以……」

「那不是她的錯！」

大律師小心翼翼地抬起修剪得宜的眉毛。「葛雷小姐，」她平順地說：「我們來到這裡，不是要討論誰是誰非。而是要討論雖然發生這起不幸的意外，但其中必有情有可原之處。請妳試著不要那麼情緒化。」

「對不起，」我說。「但其中並沒有什麼情有可原的地方。」

「我的任務就是要找出這些地方，」露絲回答。她放下檔案，俯身向前。「相信我，葛雷小姐，關兩年跟關六年之間有極大的不同，而如果有任何事情能夠解釋妳爲什麼要在駕車撞死一個五歲小男孩以後逃逸的話，妳現在就得跟我說。」

我們看著彼此。

「我也希望自己有辦法解釋。」我說。

44

雷連外套都沒脫就大步走進刑事調查部，發現凱特正在電腦前看昨晚的案件資料。「立刻進我辦公室。」

她起身跟著他走。「怎麼了？」

雷沒有回答。他打開電腦，同時把那張藍色的名片放在桌上。「再跟我說一次誰是這張卡片的持有人。」

「多米妮嘉·雷茲，一個調查對象的女友。」

「她有說什麼了嗎？」

「沒有。」

雷雙手抱胸。「那是一間女性庇護所。」

凱特一臉困惑地看著他。

「格雷森街上的那棟屋子，」雷說：「還有這一間也是。」他對著那張淺藍色的卡片點點頭。「我想這兩間都是家暴受害者的庇護所。」他往椅背上一靠，同時把手放在頭部的後方。

「多米妮嘉・雷茲是家暴的受害者，也是獵鷹行動差點失敗的原因。在上班的途中，我開車經過這張卡片上的地址，就跟格雷森街那邊一模一樣，正面裝感應器，窗戶上都有紗簾，門口沒有信箱。」

「你認爲她也是家暴受害者嗎？」

雷慢慢地點了頭。「妳有注意到她都會盡量避免跟人四目交接嗎？她臉上有種膽戰心驚的神情，每次遇到質疑就避不開口。」

在繼續往下說明自己的理論之前，電話響了，螢幕上顯示的是前檯的分機號碼。

「長官，有您的訪客，」瑞秋告訴他。「一名叫做派翠克・馬修斯的男性。」

他不認得這個人的名字。

「瑞秋，我沒有跟人有約。可以請妳幫我留話，把他趕走嗎？」

「我試過了，長官，但他很執著。說他一定要跟你談談自己的女友——珍娜・葛雷。」

雷張大眼睛看著凱特。珍娜的男友。雷查過這個人的背景，最嚴重也不過是學生時期曾酒後鬧事，難道他還有更多不爲外人所知的故事嗎？

「帶他上來。」他說。等待的過程中，他跟凱特提了一下派翠克的事。

「你認爲他就是施暴者嗎？」她問。

雷搖搖頭。「他看起來不像那種類型。」

「他們向來都不像，」凱特說。她忽然閉嘴，因爲瑞秋帶著派翠克・馬修斯到了。他穿了一件老舊的防水夾克，肩膀上背了一個登山包。雷指了指凱特身旁的那張椅子，他坐了下去，卻只坐在邊緣，彷彿自己隨時都可能會再站起來。

「我猜想你應該有一些關於珍娜．葛雷的情報要跟我們說吧。」雷說。

「呃，其實算不上什麼情報，」派翠克說。「更像一種感覺。」

雷瞄了一眼錶。珍娜的案子排定在午休之後立刻開庭。她被判刑的時候，雷希望自己能在現場。「怎麼樣的感覺呢，馬修斯先生？」他看著凱特，她微微地聳聳肩。珍娜害怕的人不是派翠克．馬修斯。但是誰？

「請叫我派翠克就好。我知道你一定會覺得我本來就會這樣講，但我眞的不認爲珍娜有罪。」

雷有了一點興趣。

「關於發生意外那天晚上的事情，有一些細節她沒有跟我說，」派翠克說。「也沒有跟任何人說。」他苦笑了一下。「我原本眞的以爲我倆之間會有結果，但如果她不跟我講，我們要怎麼走下去？」他舉起雙手表示無望，雷想起了梅格絲。你從來都不跟我說，她說過這麼一句話。

「你覺得她隱瞞了你什麼？」雷問，口氣比他預想的還尖銳。他在想，是不是每一段感情都有祕密？

「珍娜在床底下藏了一個箱子。」派翠克不安地說。「我從沒想過要翻她的東西，可是她從不跟我講到底發生過什麼事，後來當我碰到那個箱子時，她就忽然發火，要我別碰……我希望這個箱子能給我一些答案。」

「所以你打開看了。」雷若有所思地看著派翠克。他看起來不像是一個具攻擊性的人，但翻找別人的東西是意圖掌控的表現。

派翠克點點頭。「我有小屋的鑰匙，我們說好，在她今天早上離開到法院以後，我會去接她的狗。」他嘆了口氣。「我有點後悔自己做了這件事。」他把一封信拿給雷。「打開看看吧。」

雷打開那封信，看到了英國護照獨特的紅色封面。護照裡面，一個比較年輕的珍娜看著他。照片裡的她沒有笑，頭髮綁成了一個鬆鬆的馬尾。在右手邊，他看到了一個名字：珍妮佛・彼得森。

「她結婚了。」雷瞄了一眼凱特。他們怎麼會不知道這件事？要關進拘留所的時候，警方都會做一些身家調查，他們應該不會漏掉像改名這麼基本的事情吧？他看著派翠克。「你知道這件事嗎？」

再十分鐘就要開庭了。雷用手指敲著書桌。彼得森這名字讓他心煩不已。好熟悉啊。

「她告訴我說她結過一次婚，我以爲她離婚了。」

雷跟凱特交換了一下眼神。雷拿起電話，打電話給法院。「請問嫌疑人葛雷已經被傳喚了嗎？」他等櫃檯人員檢查起訴名單等了好一下子。

彼得森，不是葛雷。眞是一團亂。

「好，謝啦。」他把話筒放回去。「金恩法官有事耽誤了，我們有半個小時。」

凱特往前坐了一點。「前幾天我不是給了你一份報告嗎，在你要我下去應付前檯那個女性以後。放在哪裡？」

「收件架裡面吧。」雷說。

凱特開始翻找桌上的那堆文件。她從文件架的最頂端拿起三份資料，在發現桌上沒有地方可以放以後，順手往地上一扔。她快速地翻著剩下的文件，不要的資料就立刻丟開，幾秒內就拿起了一份新的來看。

「在這裡！」她歡欣鼓舞地說。她把那份報告從透明夾裡面抽出來，丟到雷的桌上。報告的最上頭是一些四散的照片碎片，派翠克拿起了其中一片。他好奇地看著那張碎片，然後抬起頭看了雷一眼。

「可以嗎？」

「請。」雷說，雖然他不是很清楚剛剛自己允許了派翠克去做什麼。

派翠克把碎片統統收集在一塊兒，開始把它們都拼湊起來。看到培菲克的海灣出現在眼前，雷輕輕地吹了一個口哨。「所以伊芙·曼寧斯擔心的妹妹就是珍娜·葛雷。」

他立刻展開行動。「馬修斯先生，謝謝你把這份護照拿過來。恐怕我得請你去法院等我們。前檯的瑞秋會告訴你怎麼去。我們也會盡快趕過去。凱特，五分鐘以後在家暴科碰頭。」

在凱特陪派翠克下樓時，雷拿起了電話。「娜塔莉，我是刑事調查部的雷·史蒂芬。可以幫我查一個叫做伊安·彼得森的人嗎？男性，白人，四十七、八歲……」

☆

雷跑下一段樓梯後又沿著走廊繼續跑，接著穿過了一道上面寫著「保安服務」的門。過了沒多久凱特也來了，兩人一起按下家暴科的電鈴。一個笑容滿面、一頭俐落黑髮、脖子上戴了串大項鍊的女人開門。

「娜塔莉，妳有什麼發現嗎？」

她帶他們進門，把電腦螢幕轉過來面向他們。「伊安・法蘭西斯・彼得森，」她說：「生於一九六五年四月十二日。有過酒駕跟重傷害的紀錄，目前是一紙保護令中的相對人。」

「該不會申請人剛好是一名叫做珍妮佛的女性吧？」凱特問，但娜塔莉搖了搖頭。

「是瑪莉・沃克。在遭受計畫性的虐待六年以後，我們支持她離開彼得森。她提出了控訴，但他躲掉了。保護令是由地方法院核發的，目前依然有效。」

「在瑪莉之前還有其他紀錄嗎？」

「針對伴侶的沒有，不過十年前他曾因普通傷害罪而收到警方的警告，對象是自己的母親。」

雷感覺胸腔燃起一股怒火。「我們認為彼得森後來娶了一個女人，這個女人跟雅各・喬登的肇逃案有關。」他說。娜塔莉起身，往一面擺滿了灰色金屬檔案櫃的牆走去。她拉出一個抽屜，翻找了一下裡面的文件。

「在這裡，」她說。「裡面是我們找到的，跟珍妮佛還有伊安・彼得森有關的所有資料，都是些讀了以後會讓人不開心的東西。」

45

妳辦的那些展覽會無聊死了。會場各有不同：改裝過的倉庫、工作室、店鋪，但來參加的人都差不多：戴著各色圍巾的自由主義倡導者。女性都沒有修體毛又固執己見，男性都死氣沉沉，隨時等候太太的命令。就連現場的紅酒都缺乏特色。

辦十一月展覽時的那幾個禮拜妳特別忙碌。我提早三天幫妳把作品搬到那間倉庫去，妳接下來的整個禮拜都在裡面準備。

「才擺幾個雕像而已，妳怎麼弄這麼久？」妳連續兩天晚回家時我說。

「我們在講一個故事，」妳說。「觀眾會從一個房間走到另一間，從一座雕像走到另一座，這些雕像的呈現方式得要正確才行。」

我笑了。「聽聽看妳剛說了些什麼！狗屁不通。記得價格標籤要漂亮，字要夠大，這才是最重要的。」

「如果你不想來的話，可以不用來沒關係。」

「妳就不希望我過去嗎？」我懷疑地看著妳。妳的眼神有點太明亮，下巴的角度有點在挑釁。我在想妳怎麼忽然變得這麼享受人生。

「只是不希望你覺得無聊而已，我們自己可以搞定。」

「我們？」我抬起一邊的眉毛說。

妳開始緊張了。妳別過頭，假裝忙著在洗碗。「就菲利浦，展場的人，那裡的館長。」

妳開始用一塊布把我之前先泡水的平底鍋內部擦乾。我走過去站在妳後面，把妳夾在我的身體跟水槽之間，如此一來我的嘴剛好跟妳的耳朵平行。「喔，是館長啊，是吧？他在幹妳的時候，妳就是這樣叫他的嗎？」

「並沒有這種事情。」妳說。自從懷孕那件事以後，每次我跟妳講話，妳都會帶有一種特別的語調。過於平靜，就是那種妳跟一個正在尖叫的小孩或精神病院裡的瘋子講話的時候可能會採用的講話方式。我恨死這種語調。我稍微往後退，感覺到妳鬆了一口氣，然後再把妳往前推。從呼吸聲來判斷，妳應該快喘不過氣來了，於是妳把兩手放在水槽邊緣上，讓自己有辦法繼續呼吸。

「妳沒有跟菲利浦上床嗎？」我厲聲對著妳的頸後說。

「我沒有跟任何人上床。」

「喔，妳的確是沒有跟我上床，」我說：「至少最近沒有。」我感覺到妳渾身緊繃，我知道妳預期我會把手滑到妳的兩腿之間，甚至可以說妳想要我這麼做。我實在不想讓妳失望，但當時妳那瘦巴巴的屁股實在讓我沒胃口。

展覽開幕那天，妳上樓來要換衣服，我就在我們的臥室裡。妳遲疑了。

「老早看光光啦。」我說。我找到一件乾淨的襯衫，把襯衫吊到衣櫥門的背後。妳把身上穿的衣服脫在床上。我看著妳脫掉身上的工作服，同時摺好隔天要穿的運動衫。妳身上穿了一件白色的胸罩跟成套的內褲，我懷疑妳會選白色就是故意想要襯出屁股上的瘀青。腫起的地方看起來仍然很明顯。坐到床上時，妳的臉部抽搐了一下，彷彿在強調似的。妳穿上寬鬆的亞麻褲跟同樣材質的寬大上衣，那衣服就這麼掛在妳瘦削的肩膀上。我從妳梳妝檯的首飾架上選了一條綠色的大串珠項鍊。

「我來幫妳戴上這條項鍊好嗎？」

猶豫片刻後，妳坐到了小凳子上。我把手伸到妳的頭顱前方，手上拿著那條項鍊，妳則把自己的頭髮扶起來。我把手移到妳脖子的後方，把項鍊往脖子的方向拉了一下下，同時感受到眼前的妳的緊張。我笑了出來，隨之把項鍊扣起。「眞漂亮，」我說。我彎下身，看著鏡中的妳。「試著別讓自己成爲今天的笑柄啊，珍妮佛。妳總是會因爲喝過頭跟忙著四處奉承賓客而讓自己丟臉。」

我起身，穿上襯衫，選了一條淺粉紅色的領帶搭配。我穿上夾克，望向鏡子，對鏡中的自己很滿意。「既然妳沒有要喝酒的話，」我說：「車子就讓妳開。」

我提過幾次要買輛新車給妳，但妳堅持要開妳那台老舊的 Fiesta。我總是要彎低身體才有辦法進去，不過我沒打算讓妳開我的奧迪，因爲有一次停車的時候妳撞出了一個凹痕，因此我坐在妳那輛髒車的副駕駛座，讓妳載我去展場。

抵達的時候，已經有一群人圍住吧檯。經過展場的時候，我聽見有人發出了喃喃的讚許聲。有人拍手，其他人也跟著，不過拍手的人數實在太少，導致那聲音反而讓人覺得難堪。

妳遞給我一杯香檳，自己也拿了一杯。一個有著一頭深色波浪鬈髮的男子靠近我們，從妳眼睛隨之發亮的方式，我知道那個人就是菲利浦。

「珍娜！」他親了妳雙邊的臉頰，我看到妳的手輕輕地去碰了他的手。妳八成以為我不會注意到，因為妳的動作很小，小到別人或許會以為是不小心的。但我知道不是。

妳介紹了我，菲利浦握住我的手。「你一定很以她為傲。」

「我太太非常有才華，」我說。「我當然以她為傲。」

菲利浦停了一下才又開口。「對不起，要把珍娜從你的身旁偷走，但我一定得把她介紹給幾個人認識。很多人都對她的作品有興趣，而且啊……」他停止說話，同時用大拇指在其他四指之間搓來搓去，並對我眨眼。

「作品能賣最重要，千萬別讓我擋了財路。」我說。

我看著你們在展場裡共事，菲利浦的手從來沒有從妳背上移開過，我馬上就知道妳跟他有了姦情。我不記得自己接下來做了些什麼，但我的眼睛從來沒有從妳身上離開過。香檳喝完以後，我改喝紅酒。我直接站在吧檯旁邊，省得走來走去。我一直都在看著妳。妳臉上帶著一種我從未見過的微笑。剎那間，我看見了多年前出現在學生會交誼中心裡的，在跟朋友們談笑的那個女孩。妳似乎再也沒笑過了。

瓶裡的酒喝完了，我開口再要。吧檯的員工交換了一下眼色，但仍照我說的去做。人們開始離開。我看著妳跟他們道別，親了其中的一些人，剩下的則是握手。沒有人有辦法得到妳給館長的待遇。現場剩沒幾個人以後，我朝妳走過去。「該走了。」

妳看起來有點尷尬。「我還不能走啊，伊安，裡頭還有人，而且我得幫忙打掃。」

菲利浦走上前來。「珍娜，沒關係啦。可憐的伊安剛才幾乎都沒有看見妳，他說不定是想要找機會好好跟妳慶祝一下。後面交給我來收拾就好，妳可以明天來把作品帶走。今天的展覽很成功，做得好！」他親了妳的臉頰，這次只親了一下，但我體內的憤怒已經快要爆發，我氣到說不出話來。

妳點點頭，似乎對菲利浦很失望，妳希望他開口要妳留下來，把我趕走並把妳留在那裡嗎？我握住妳的手，握得很緊很緊，而妳仍繼續跟他說話。我知道妳什麼也不會說，於是慢慢地加重力道，直到感覺妳手上的軟骨組織在我的指間滑動爲止。

菲利浦終於講完了。他朝我伸出手來，逼得我只好放開妳。我聽見妳呼出一口氣，看見妳用一手包住另一手。

「非常高興能認識你，伊安，」菲利浦說。他快速地看了妳一眼，才又轉回來看我。「你會好好照顧她的，對吧？」

我在想妳到底跟他說了些什麼。

「一直都照顧得很好。」我流暢地說。

我轉身面向出口，手放在妳的手肘上，拇指掐進妳的肉中。

「你把我弄痛了，」妳小小聲地說。「別人會看見的。」

我不知道妳這種說話方式是跟誰學的，但我以前從沒聽過。

「好大膽啊妳，把我當成傻瓜嗎？」我嘶聲說道。我們走下樓梯，經過一對禮貌對著我們微笑的情侶。「在所有人的面前跟他調情，整個下午都在碰他，在親他！」走到停車場以後，我不再壓低音量，吼聲衝破天際。「妳在跟他偷情，對不對？」

妳沒有回答，妳的沉默讓我變得更憤怒。我抓住妳的手臂，往妳的背部扭去。我越扭越大力，直到妳大叫出來爲止。「妳把我帶來這裡就是想嘲笑我，對不對？」

「我沒有！」眼淚流下妳的臉龐，在妳的衣服上形成黑點。

我的拳頭自然而然地緊握，但就在我感覺到前臂傳來的震顫感時，一個男人從我們身旁走過。

「午安。」他說。我放鬆自己的手臂，我們就那樣站著，直到他的腳步聲遠離。

「給我進去車裡。」

妳打開駕駛座進去，試了三次才把鑰匙插進去，把車發動。才不過下午四點，天色卻已經非常昏暗。天空一直在下雨，每次有車朝妳駛來，車燈從潮溼的柏油路折射到妳眼前時，妳都會閉上雙眼。妳依然在哭，妳用手搓了搓鼻子。

「看看妳現在像什麼樣，」我說。「菲利浦知道妳的這一面，知道妳是一個哭哭啼啼、跟過街老鼠一樣可憐的女人嗎？」

「我沒有跟菲利浦上床。」妳說。妳每說出一個字就會停頓一下，藉此強調妳的重點，我把拳頭砸到儀表板上。

妳的身子縮了一下。「菲利浦不喜歡我這種類型，」妳說。「他是……」

「不要用這種跟白痴說話的方式來跟我說話，珍妮佛！我有眼睛。我看得出來你們之間正在發生什麼事。」

妳在路口紅燈緊急煞車，燈號一變綠就猛踩油門。我轉過身好看著妳。我想要讀出妳的表情，想要看見妳在想些什麼。還有妳是不是在想他。我敢說妳一定是，縱使妳正在試圖掩藏自己的思緒。

等我們一到家，我就會立刻阻止這件事繼續發生。等我們一到家，我會讓妳再沒有辦法去想任何事情。

46

布里斯托刑事法院比地方法院還古老，它透過木質地板訴說自己的莊嚴。法警快速地進出法庭，飄逸的黑色法袍會在經過書記官的桌前時，讓桌上的白紙隨之往上飄動。裡面安靜得讓人不舒服，就像圖書館一樣，不准說話帶來的壓力會讓你想要尖叫。我用手掌猛壓自己的眼窩，把手拿開時，失焦的法庭變得好似在移動。我希望自己能讓眼前的景象一直保持如此：模糊的邊緣跟霧濛濛的形體看起來比較不那麼可怕，不那麼嚴肅。

進來以後，我反而害怕了。先前等待著這天來臨的勇氣蕩然無存。雖然我很害怕如果自己獲得自由的話，伊安會對我做出什麼事，但我忽然同樣害怕在被判刑以後，監獄裡等著我的情況。我兩手緊握，將右手的指甲埋進左手的皮膚裡。我的腦子裡滿是金屬走道裡那些靠近的腳步聲所傳出的迴響，灰色的囚室，狹窄的雙層床，厚厚的牆壁，沒有人會聽見我的尖叫聲。我忽然感到左手傳來一陣劇烈的痛楚，低下頭看見我把自己弄流血了。我用手背把那些血擦掉，一抹粉紅就這樣留在我的手背上。

將我圈在其中的那個空間裡還可以容納好幾個人。兩排椅子都牢牢地鎖在地板上，椅面跟戲院的一樣可以掀起來。三面不協調的玻璃牆圍住了三邊。法庭的人開始多起來時，我侷促不安地轉來轉去。裡面的觀眾比初步聽證會上看到的多很多。地方法院的那些婦人臉上帶著溫和而好奇的表情，但現場這些人的表情卻是深惡痛絕，期望正義得以伸張。一名膚色淡褐、身穿大兩號皮夾克的男人坐在椅上，眼睛一直盯著我看，沒有出聲的嘴因憤怒而扭曲。我開始落淚，他搖搖頭，厭惡地抬起了一邊的嘴角。

雅各的照片放在口袋裡。我把手伸進去，用手指去摸相片的邊角。

法律團隊的人數增加了：每個大律師身後都有好幾個人。他們坐在一排排的桌子旁，急忙地跟其他人竊竊私語。法警跟大律師似乎是現場唯二自在的人。他們大膽地用高聲的語調彼此開玩笑，我在想爲什麼法院會是這副模樣，爲什麼一個體制會如此刻意地去離間那些需要它的人。門嘎吱一聲打開，又一批人湧了進來，臉上的表情既焦慮又謹慎。看到安雅時，我的呼吸停止。她走進前排的座位，坐在皮夾克男子的旁邊。男子握住了她的手。

妳一定要記住他只不過是個小男孩。而且他有個母親，他母親的心碎了。

唯一沒有人坐的只有陪審團席位，十二個座位都空空蕩蕩。我想像那些座位上坐滿了男女。他們會聆聽證據，看我說話，決定我有罪與否。我已經免除了他們的責任，讓他們不用擔心自己做的是不是正確的抉擇，讓安雅的喪子之痛不會在法庭之中瀰漫開來。露絲・傑佛遜解釋說這對我的案情會有幫助：法官對那些節省審判支出的被告人都會比較寬容。

「全體起立。」

法官年紀很大，臉上鐫刻著千百個家庭的故事。他用銳利的眼神掃過整座法庭，但並沒有停留在我的身上。我只不過是他充滿困難抉擇的職涯中的另一個章節而已。我在想，他不知道是否已經在心裡做出了針對我的選擇，如果他已經知道我應該要贖多久的罪的話。

「庭上，今天要勞您處理的案子被告人爲珍娜．葛雷……」書記官照著紙上的資料念，她的聲音清楚而不帶情感。「葛雷小姐，妳被控危險駕駛致死，以及肇事逃逸。」她抬起頭來看我。

「妳認罪嗎？」

我把手按在口袋裡的照片上。「我認罪。」

旁聽席傳來細微的啜泣聲。

他母親的心碎了。

「請坐下。」

皇家檢控署律師站了起來。他從桌上拿起一個寬底玻璃瓶，故意緩慢地把水倒出來。法庭裡只聽得見水注入玻璃杯中的聲音。當所有的目光都集中到他身上時，他開口了。

「庭上，被告已針對致五歲大的雅各．喬登於死一事認罪。她已經承認，在去年十一月某夜晚的駕駛能力低於我們對一個正常有理性的人的預期。事實上，根據警方的調查，葛雷小姐的車在撞擊發生之前衝上了人行道，而車輛前進的速度是介於時速六十公里及六十五公里之間——遠高於當地五十公里的速限。」

我兩手緊握，試著緩慢、平穩地呼吸，但胸口卻如有梗塊，讓我無法順利吸氣。心跳聲似乎在我的腦袋裡迴響，我閉上了雙眼，我看見了擋風玻璃上的雨水，聽見了尖叫聲——我的尖叫聲。我看見人行道上的小男孩，他在跑步，轉過頭跟母親喊了些什麼。

「不僅如此，庭上，在撞到雅各．喬登並——我們相信——當場致他於死後，被告沒有將車停下。」大律師環顧了法庭，可惜他的雄辯因爲現場沒有陪審團能讓他打動而浪費了。「她沒有下車，沒有打電話求救，沒有對家屬表示悔恨，也沒有提供任何實質上的幫助。被告反而將車駛離，把五歲大的雅各留在他痛苦萬分的母親手中。」

我記得她靠在兒子身上，大衣幾乎將他遮住，保護他不被雨水淋溼。車燈照亮了每一個細節，而我用雙手摀住了嘴，害怕得不敢呼吸。

「庭上，您或許可以想像，最初的反應或許跟震驚有關。被告可能因爲太慌張，所以駕車離開，但在幾分鐘過後，或許幾小時過後，甚至一天過後，她也應該要恢復理智，做出正確的事情。可是，庭上，被告卻逃離了該地區，躲在一個幾百里遠，沒有人認得她的小村莊裡。她沒有自首。今天，或許她已經認罪，但這樣的認罪其實源於認清到自己已無路可逃，請您在判決時，把這件事情納入考量。」

「謝謝您，萊希特先生。」法官在一個本子上寫了些東西，皇家檢控署律師在鞠躬之後才坐下，坐下的同時還將法袍往後一拍。我的手心變得潮溼。旁聽席湧起了一陣憎惡之情。

辯護律師把資料整理好。雖然我已認罪，雖然我知道自己應該要付出代價，但我忽然很想要露絲．傑佛遜爲我據理力爭。由於意識到這是我最後一次公開發表意見的機會，我的胃裡湧起了一股噁心感。不久之後，法官就將要判刑，到時就太遲了。

露絲．傑佛遜起身，但在她還沒開口之前，法庭的大門轟的一聲打開。法官抬起頭，臉上不滿的神情顯而易見。

派翠克跟法庭是如此的格格不入，以至於瞬間我竟認不得他。他看著我，見到我不但上了手銬，還被圍在一個由防彈玻璃圈起來的席位之中，一臉震驚。他怎麼會來這裡？我發現站在他身旁的男人是史蒂芬探長。探長跟法官微微點頭致意，接著走到法庭中間，低聲地跟律師說了些什麼。大律師專注地聆聽。他草草寫了張字條，伸長手臂，橫過長椅，交給了露絲．傑佛遜。現場鴉雀無聲，空氣凝重，彷彿每個人都停止了呼吸。

我的律師看了看紙條，緩緩地站了起來。「庭上，不知是否能暫時休庭？」

金恩法官嘆了口氣。「傑佛遜小姐，還需要提醒您我今天下午得處理多少案子嗎？妳已經有六週的時間去跟當事人討論了。」

「庭上，我在此致上歉意，但剛剛得到的資訊可能會減輕我的當事人的刑罰。」

「那好吧。傑佛遜小姐，妳有十五分鐘。在那之後，我衷心期望能讓我完成判決。」

他對書記官點點頭。

「全體起立。」她大喊。

金恩法官離開法庭時，一名警衛走進被告席，把我帶回拘留室。

「怎麼了？」我問他。

「天知道，親愛的，不過總是這樣。審判過程起起伏伏，就跟該死的溜溜球一樣。」

他陪我回到那間沉悶的房間。不到一個小時以前，我才在這裡跟律師說過話。

露絲．傑佛遜立刻走了進來，史蒂芬探長跟在她的後面。門還沒關起來，露絲就已經開始說話了。

「葛雷小姐，妳應該很清楚，法院不會對妨礙司法公正的行爲等閒視之吧？」

我什麼也沒說，律師坐了下來。她把一綹黑髮塞回假髮底下。

史蒂芬探長把手伸進口袋，接著把一本護照丟在桌上。不用打開，我就知道那本護照是我的。我看著他，看看生氣的大律師，伸出手去碰那本護照。我記得在我們結婚以前，我先塡寫了一份表格，更改我的姓名。我試著簽了好幾百次的名，然後問伊安哪種看起來最成熟，最有我的感覺。拿到護照的時候，我第一次眞實地覺得自己的身分有了改變，我迫不及待地把護照交給了機場的工作人員。史蒂芬探長向前，把雙手放在桌上，他的臉正對著我的臉。「妳再也用不著保護他了，珍妮佛。」

我的身體縮了一下。「請不要叫我那個名字。」

「告訴我發生了什麼事。」

我什麼也沒說。

史蒂芬探長靜靜地訴說。他的平靜讓我覺得更安全，更清醒。

「我們不會再讓他來傷害妳了，珍娜。」

他們知道了。我慢慢地吐出了一口氣，先望向史蒂芬探長，再望向露絲．傑佛遜。我忽然覺得筋疲力盡。探長打開了一份棕色的檔案，上面的名字是「彼得森」，是我婚後的姓氏。伊安的姓氏。

「很多人打過電話，」他說。「鄰居，醫生，路人，但妳從沒打過，珍娜。妳從來沒有打過電話給我們。等我們的人到了現場，妳也不肯跟我們說話。不願提出指控。爲什麼妳不接受我們的幫助？」

「因爲他可能會把我給殺了。」我說。

史蒂芬探長停了一下以後才又開口。「他第一次打妳是什麼時候？」

「這個跟案子有關嗎？」露絲看著錶說。

「有。」史蒂芬探長厲聲說。她往椅背一靠，瞇起雙眼。

「從我們結婚那天晚上開始的。」我閉上雙眼，想起那個不知從何而來的疼痛，以及婚姻還沒開始就已經失敗的羞恥感。我記得伊安回來的時候是多麼地溫柔，也記得他多麼輕柔地撫慰我疼痛的臉龐。我跟他道歉，接著繼續道歉了整整七年。

「妳是什麼時候到格雷森街上的庇護所？」

我沒想到他會知道這麼多。「我從來都沒有去過。醫院的人看到我身上的瘀青，問到我婚姻的狀況。我沒有告訴他們全部，但他們給了我一張卡，說只要有需要，隨時可以過去那邊，那裡很安全。我不相信他們——那裡離伊安那兒不遠，怎麼可能會安全呢？——不過我留下了那張卡片，會讓我比較不那麼寂寞。」

「妳從沒有試著離開嗎？」史蒂芬探長問。他藏不住眼裡的憤怒，但他氣的人不是我。

「很多次，」我說。「伊安一去上班，我就會打包行李。我會在家裡走來走去，整理往日回憶，實事求是地想清楚哪些東西可以帶走。我會把行李都搬進車子裡，如你所知，那輛車還是我的。」

史蒂芬探長搖了搖頭，他聽不懂。

「那輛車還是登記在我的婚前姓名底下。一開始不是刻意的——那只是我們結婚時我忘記做的其中一件事情而已——但後來就變得很重要。伊安擁有其他的一切；房子，事業……我開始覺得自己不存在，我也成了他的財產之一，所以我從來沒有去改過登記的姓名。我知道這只是一件小事，可是……」我聳聳肩。「我會把所有的東西都打包好，然後再小心翼翼地把所有的東西拿出來，擺回原本的地方。」

「爲什麼？」

「因爲他一定會找到我。」

史蒂芬探長翻看著那份檔案。檔案厚得嚇人，但裡面列出的所有事件還是因爲有人打電話去報警才會留下紀錄。肋骨骨折，需要住院治療的腦震盪。每一道看得見的傷痕背後，都有數十道看不見的傷痕。

露絲・傑佛遜把一隻手放在檔案上。「可以讓我翻看看嗎？」

史蒂芬探長看著我，我點了點頭。他把那份檔案交給她，她開始翻閱。

「事故發生以後妳離開了，」史蒂芬探長說。「是什麼事情促成了妳的改變？」

我深呼吸了一口氣。我很想說是因爲找到了勇氣，但當然並非如此。「伊安威脅我，」我靜靜地說。「他告訴我，要是我敢去報警的話——如果我敢跟任何人說當時發生了什麼事的話——他就會把我殺掉。我知道他是認眞的。事故過後的那天晚上，他狠狠地揍我，打到我站不起來，然後他用手把我整個人拖著立起來，把我的手臂固定在水槽裡面。他把滾燙的熱水淋在我的手上，我痛到昏了過去。然後他把我拖到我的工作室去。他逼我親眼看著他破壞掉一切，破壞掉我所有的作品。」

我不敢看著史蒂芬探長。只有這樣才能把話說出口。「伊安後來就出門了。我不知道他去哪裡。第一天晚上，我先是躺在廚房的地板上，後來我爬上樓，躺在床上，祈禱自己當晚就能死去，這樣等他回來以後，他就再也傷害不了我了。但他沒有回來。他不見了好幾天，我的身體也慢慢比較有力氣了。我開始幻想他再也不會回來了，但他幾乎什麼都沒帶，我知道他隨時都有可能會回來。我意識到自己如果繼續留在他身邊，遲早有一天會命喪他的手中。我就是在這個時候離開的。」

「把雅各那件事告訴我。」

我把手伸進口袋裡碰觸那張照片。「我們吵了一架。我有一個展覽——我辦過的展裡面最大的——我花了好幾天跟展覽館的館長一起布展，那個館長的名字叫做菲利浦。展覽的時間是白天，但伊安還是喝醉了。他指控我跟菲利浦有婚外情。」

「真的有嗎？」

我的臉因爲這個私人問題而泛紅。「菲利浦是同志，」我說：「可是伊安不接受這個說法。我當時在哭，看不清楚路。天空一直下雨，其他車的車燈不停閃進我的眼裡。他對著我大吼，說我是婊子跟妓女。我開經過魚池區，要避開車潮，但伊安要我停車。他打了我，把鑰匙拿走，但明明他已經醉到連站都站不穩。他開車開得跟個瘋子一樣，隨時都在對我大吼，說他要好好教訓我。我們經過一片住宅區，經過住宅區的馬路，伊安越開越快。我嚇死了。」我不停扭動放在大腿上的手。

「然後我看到了那個男孩。我尖叫，可是伊安完全沒有減速。我們撞到了他。我看到他母親彎著身子，彷彿自己也被撞到了一樣。我想要下車，可是伊安把車門鎖起來，同時開始倒車。他不讓我回去。」我深吸了一口氣，但等到吐出來時，卻成了低聲的嗚咽。

小房間裡沒有任何聲音。

「伊安殺了雅各，」我說。「可是我覺得是自己下的手。」

47

派翠克謹慎地開著車。我準備好了一千個答案，但直到布里斯托的天際線遠遠落在身後，他才開了口。在城市景致換成了綠野風光、參差不齊的海岸線出現之時，他轉身面向我。

「妳差點就要坐牢了。」

「我故意的。」

「爲什麼？」他的聲音聽起來不帶批判，只是疑惑。

「因爲總要有人爲這件事情付出代價，」我告訴他。「總要有人到法院，雅各的母親晚上才能安眠，知道有人已爲奪走她兒子的性命而付出了代價。」

「可是不該是妳啊，珍娜。」

離開之前，我問史蒂芬探長，雅各的母親原本以爲這人殺害了她的兒子，以爲這場審判會還她一個公道，不料眼前的審判卻急轉直下，他要怎麼去跟她說呢？

「我們會先把他關進拘留所，」他告訴我：「再跟她說。」

我知道自己的行動意味著她將要再次經歷這一切。

「放了護照的那個盒子裡，」派翠克忽然說：「我看到……我看到一個嬰兒玩具。」他只說到這兒。

「是我兒子的玩具，」我說。「他的名字叫做班。發現自己懷孕的時候我嚇死了，我以爲伊安會很憤怒，但他卻欣喜若狂。他說孩子會改變一切，而雖然他沒有開口，但很明顯他很懊悔，覺得自己不該用那種方式對待我。我以爲寶寶或許會成爲這段感情關係的轉捩點，讓伊安發現我們可以成爲一個家庭，快樂地生活在一起。」

「但事情並沒有改變。」

「沒有，」我說：「沒變。一開始，他爲我做的事多到數不清。他無微不至地照顧我，不停告訴我什麼該吃什麼不該吃。但隨著我的肚子一天天隆起，他卻變得越來越疏離。彷彿他非常不喜歡我懷孕，說是憎惡也不爲過。懷孕七個月，我在燙衣服的時候把他的襯衫燒出了一個洞。是我笨，跑去接電話，分了心，發現的時候已經太遲了。伊安抓狂，使勁揍了我的肚子，於是我開始出血。」

派翠克把車停到路邊，把引擎熄火。我凝視著擋風玻璃外的荒地。眼前的垃圾桶已經過滿了，廢棄的包裝紙迎風飛舞。

「伊安叫來了救護車，說我跌倒了。我不認爲救護人員相信他的說詞，但他們又能怎麼樣？到醫院的時候，出血已經停了，但在院方還沒照超音波之前，我就知道孩子死了。我有感覺。他們想幫我剖腹，但我不想要他被人用這種方式取出來。我想要把他生下來。」

派翠克朝我伸出了手，但我沒辦法讓自己去碰他，他只得讓自己的手落回座位上。

「他們幫我注射了刺激分娩的藥物，然後我跟其他的女人一樣都在病房裡面等待。我們都經歷了同樣的過程：陣痛，排氣，助產士跟醫生的檢查。唯一的差別是我的寶寶已經死了。等到終於可以進產房時，隔壁床的女人跟我揮了揮手，祝我好運。

「分娩時，伊安陪在我的身旁，雖然我恨極了他所做的事，但在用力時，我握住了他的手，讓他親吻我的額頭，一旁除了他還有誰？而我腦子裡則一直在想，要不是我燙壞了那件襯衫，班一定還活著。」

我開始發抖。我把手撐在膝蓋上，好穩住自己。在班死去後的好幾個星期，我都試著去欺騙自己說我是個母親。脹奶的感覺出現，我會站在蓮蓬頭底下擠壓胸部，舒緩那種壓迫感，甜甜的奶水就在滾燙的熱水沖洗下湧現。有一次我抬起頭，發現伊安站在浴室的門口看我。我的肚子依然因爲懷孕的關係而鼓鼓的，皮膚被拉扯得鬆鬆的。藍色的血管滿布脹起的胸部上，奶水不停往下流。我看到他臉上厭惡的神情，接著他就別過頭。我試過要去跟他聊班的事，就那麼一次。那一次，是因爲失去他所帶來的痛楚已經強烈到我連路都走不動。我得把自己的哀傷跟人分享，任何人都行。但那時候我根本沒有人可以傾訴。我話才說到一半就被他打斷。「這件事情從來沒有發生過，」他說。「那個嬰兒從來都沒有存在過。」

班或許沒有呼吸過，但他活過。他活在我的體內，汲取我體內的氧氣，吃我吃的東西，而且曾是我的一部分，但我再也沒有提起他。

我沒有辦法去看派翠克。一旦開始講，就停不下來了，話語不停從我體內流洩而出。「他出生的時候，現場鴉雀無聲。有人報了時間，然後他們溫柔地將他放到我的手裡，彷彿他們不想要傷害他，接著就離開了產房，只留下我們跟他。我躺在那裡，花了好久好久的時間去看他的臉龐，他的睫毛，他的嘴唇。我輕撫他的手心，想像自己可以感受到他握住我的手指，但最後他們走了進來，把他從我身旁帶走。我當時大聲尖叫，抱著他不放，直到他們幫我打了藥物，讓我鎮定下來。可是我不想睡覺，因為我知道等我醒來，我又是孤單一人了。」

說完以後，我望向派翠克，看到他眼中有淚，而當我想要告訴他沒關係，我很好時，我也哭了。車依然停在路旁，我們緊抱彼此，直到夕陽開始西斜，才開車回家。

派翠克把車停在營地，跟我一起沿著通往小屋的小徑走。租金已經付到了月底，可是我的腳步慢了下來，因為我聽見葉斯頓的聲音出現在我的腦海裡，我聽見他叫我走時語氣中的厭惡。

「我打電話給他了，」派翠克讀出了我的心事。「我把事情都解釋清楚了。」

派翠克平靜又溫柔，彷彿我是一個久病初癒的患者。握住他的手，我就覺得很安心。

「你可以去把阿波帶回來嗎？」抵達小屋時我問他。

「如果妳想要我這麼做的話，當然沒問題。」

我點點頭。「我只是希望一切都回到常軌。」說出口的時候，才意識到自己也不確定所謂的常軌是什麼。

派翠克把窗簾拉起，泡茶給我喝，而在看到我暖和又自在以後，他滿足地輕輕親了我的唇才離開。我環顧四周，望向海灣生活留下的軌跡：那些照片跟貝殼，廚房地上放著阿波喝水的碗。相較於布里斯托，這裡更讓我有家的感覺。

我忽然往一旁桌燈的開關伸手而去。這盞燈是樓下唯一的光源，它讓整個空間沐浴在溫暖的鵝黃色光芒中。我關燈，陷入了黑暗。我等待，但卻心跳平穩，掌心乾燥，頸後並沒有因爲恐懼而寒毛豎起。我露出了微笑，我已不再恐懼。

48

「地址確定沒有問題吧？」雷睜大眼睛望著房裡所有的人，其實是在問胖虎。離開刑事法院不到兩小時，他已經組織了一個小隊，胖虎則請地區情報中心查找伊安·彼得森的地址。

「沒問題，老大，」胖虎說：「資料顯示他住的地方是亞柏坎排屋街七十二號，區域情報小組也跟駕照與行照發照署的登記資料庫進行了交叉比對。彼得森兩個月以前因爲超速而被記了違規點數三點，駕照也是寄回這個地址給他。」

「好，」雷說：「那我們就期望他在家吧。」他轉頭指示已經快要坐不住的小隊成員。「順利逮捕彼得森很重要，不只可以解決喬登的案子，還能確保珍娜的安全。就是因爲長期受到家暴，珍娜才會在肇逃事件後離開彼得森。」

警員點點頭，神情嚴肅而堅決。他們都知道伊安·彼得森是個怎麼樣的人。

「毫不令人意外地，國家警務系統顯示他曾因暴力行爲而受到警方的警告，」雷說。「先前也因爲酒駕跟鬧事而被定罪。我不想賭運氣，就直接進去，上手銬，帶出來。了解了嗎？」

「了解。」眾人齊聲說。

「那就走吧。」

☆

亞柏坎排屋街平淡無奇，人行道太窄，路旁停的車太多。七十二號跟兩旁的房子之間唯一的差別，就是每一扇窗戶的窗簾都是關起來的。

雷跟凱特把車停在隔壁街，等著兩個小隊抵達。凱特把引擎熄火，兩人一言不發地坐著，現場只聽得到冷卻系統規律的滴答聲。

「還好嗎？」雷說。

「嗯。」凱特緊張地說。她臉上的表情沉著堅毅，猜不出心底的感受。雷覺得熱血沸騰。不久以後，這些熱血會促使他完成自己的工作，但現在它們卻無處可發洩。他輕輕踩著離合器的踏板，再瞄了凱特一眼。

「防彈背心穿了嗎？」

凱特握拳敲了敲胸膛，雷聽到了她那件運動衫底下的護甲發出了沉悶的聲響。刀子好藏好用，雷看過太多九死一生的畫面。他用手摸了摸夾克底下背帶裡面放的警棍跟噴霧器，並因爲它們的存在而安心。

「跟緊我，」他說。「如果他掏出武器，就趕快出去。」

凱特挑起眉毛。「就因爲我是女的嗎？」她哼了聲。「你退我才退。」

「去他的政治正確，凱特！」雷用手重重拍了方向盤。他沒說話，盯著擋風玻璃外無人的大街。「我不想看到妳受傷。」

在他們都還沒來得及說任何話之前，無線電就吱吱嘎嘎地叫了起來。「就位了，老大。」小隊準備好要攻堅了。「收到，」雷回答。「如果他從後門出來的話立刻逮捕。我們會從前門進去。」

「收到。」無線電那頭回應，雷看著凱特。

「準備好了嗎？」

「就等你開口。」

他們拐過轉角，迅速地走到前面。雷敲了敲門，踮起腳尖從門環上面的小玻璃開口往裡面望。

「有看到什麼東西嗎？」

「沒有。」他再次敲門，敲門的聲響在空蕩蕩的大街上迴盪。

凱特對著無線電說：「ＴＣ４６１呼叫控制中心，可否幫忙接通ＢＦ２７５？」

「請說。」

她直接對兩名在屋後的警員說話。「有動靜嗎？」

「沒有。」

「收到。暫時留在原地。」

「遵命。」

「控制中心，感謝協助。」凱特把無線電放回口袋，轉頭看著雷。「是大紅出馬的時候了。」

他們看著破門小組拿著紅色的金屬破門鎚朝大門敲去。轟然一響，木屑飛濺，門隨之開啓，撞往狹窄的牆面。雷跟凱特站在後面，小隊警察跑了進去。他們呈扇形散開，兩兩一組檢查門內是否有人。

「沒人！」

「沒人！」

「沒人！」

雷及凱特跟著他們進門，隨時注意視線裡的每一個動靜，等待有人鎖定彼得森的所在位置。不到兩分鐘，警長下樓，搖了搖頭。「不妙，老大，」他對雷說。「屋裡是空的。臥室清空了，衣櫥跟浴室都沒任何東西。看來他逃走了。」

「媽的！」雷握拳猛捶欄杆。「凱特，打珍娜的手機。看她現在在哪裡，叫她待在原地。」

他大跨步往車子的方向走，凱特跑著跟上。

「手機沒開。」

雷走進駕駛座，發動引擎。

「現在去哪兒？」凱特繫上安全帶。

「威爾斯。」雷嚴肅地說。

開車時，他吼著對凱特下指示。「打給區域情報小組，」他說：「叫他們找出跟彼得森有關的任何資料。聯絡泰晤士河谷警局，要他們派人去拜訪牛津郡的伊芙．曼寧斯，他已經威脅過她一次了，很有可能會再過去。通知南威爾斯警局，記錄珍娜·葛……雷糾正了自己：「彼得森可能有生命危險。派人去小屋確定她的安危。」

雷邊說凱特邊記，同時每打一通電話就跟他回報情況。

「今天晚上培菲克那邊沒有人値勤，他們會派人從斯溫西過去，但因爲今天桑德蘭足球隊在主場踢球，整個地區都鬧哄哄的。」

雷氣惱地嘆了一口氣。「他們應該知道珍娜過往有被家暴過的紀錄吧？」

「知道，他們說會優先處理，只是沒辦法保證何時會到。」

「天啊，」雷說。「在跟我開玩笑吧。」

凱特用筆敲著車窗，同時試派翠克的手機。「沒人接。」

「我們得想辦法聯絡上誰才行。當地的人。」雷說。

「還是聯絡那附近的人看看？」凱特坐正，用手機上網。

「那附近哪裡有什麼人……」雷看著凱特。「對了，露營車營地！」

「了解。」凱特找到營地的號碼，然後撥通。「快啊，快啊……」

「用擴音。」

「哈囉，培菲克露營車營地，我是蓓森。」

「嗨，我是布里斯托刑事調查部的凱特·伊凡斯警探。我在找珍娜·葛雷，妳今天有看到她嗎？」

「今天沒有耶，親愛的。不過她現在不是應該在布里斯托嗎？」蓓森的語調有點擔心。「怎麼了嗎？法院裡出了什麼事嗎？」

「她被判無罪。聽好，這樣催妳我很抱歉，不過珍娜大概三點左右離開這裡，而我需要確定她有沒有平安回去。載她回去的人是派翠克．馬修斯。」

「兩個人都沒看到，」蓓森說：「但珍娜肯定回來了，她有下去海灘那邊。」

「妳怎麼知道？」

「我才剛遛完狗回來沒多久，我有看到她在沙上寫的字。不過字的寫法跟平常不一樣，非常奇怪。」

雷忽然覺得很不安。「寫了些什麼？」

「怎麼了？」蓓森急忙地說。「你們有什麼事情沒跟我說？」

「到底寫了什麼？」他不小心叫了出來，有那麼一下子，他以爲蓓森已經掛斷了。當她再度開口的時候，她聲音中的遲疑不定告訴他，她知道事情非常不對勁。

「上面寫著『背叛』。」

49

我不小心睡著了，不過敲門的聲音讓我猛抬起了頭，我揉搓了一下僵硬的頸子，花了一秒才想起自己在家。此時，我又聽見了另一聲更執著的敲門聲。我在想自己到底讓派翠克等了多久。我爬了起來，同時因為小腿抽筋而皺起眉頭。

轉動門鎖時，我忽然感受到了一絲恐懼，但在我還沒來得及反應之前，門就唰地打開，把我撞到了牆上。伊安紅著一張臉，呼吸很紊亂。我準備好迎接他的拳頭，但那顆拳頭並沒有過來。他緩慢地把門閂閂上，我數著自己的心跳。

一，二，三。

我的心臟快速而猛烈地在胸腔裡跳動。

七，八，九，十。

然後他準備好了，於是轉過身來，露出一個我熟得不能再熟的微笑。那種笑不會擴及他的眼部，而是暗示他為我準備了一些禮物。這個微笑告訴我，雖然人生已來到終點，但我不會走得那麼輕鬆。

他揉搓著我的頸背，大拇指狠狠地按在我背脊頂端的骨頭上。很不舒服，但還不到痛。

「妳把我的名字告訴了警方，珍妮佛。」

「我沒有……」

他一把抓住我的頭髮扯過去。我閉上雙眼，等著感受他用前額撞碎我的鼻梁時帶來的強烈痛楚。再次把眼睛睜開時，他跟我的臉貼得很近。我聞到他身上的威士忌跟汗味。「不要對我說謊，珍妮佛。」

我閉上眼睛，告訴自己我要活下來，縱使渾身上下都想求他立刻讓我解脫。

他用空出來的那隻手緊緊抓住我的下顎，用食指撫過我的嘴唇，接著把一根指頭伸進我的嘴裡。他把手指伸進舌頭根部時，我忍住了想吐的衝動。

「妳這個雙面婊子，」他說，口吻之流暢彷彿是在稱讚。「妳答應過我的，珍妮佛。妳答應過我不會去找警察，結果我今天看到了什麼？我看到妳用我的自由換取妳的自由。我看到《布里斯托郵報》上都是我的名字，都是他媽的我的名字！」

「我會再跟他們說，」我說出口的話語纏繞在他的指頭上。「我會跟他們說事實不是這樣。我會說自己撒了謊。」口水流到伊安的手上，他露出了厭惡的眼神。

「不用，」他說。「妳將再也沒辦法跟任何人說任何事了。」

他的左手依然抓著我的頭髮。他放開了我的下顎，大力地甩了我一巴掌。「上樓。」

我握緊雙拳。隨著脈搏跳動，我的臉也傳來陣陣抽痛，但我知道自己絕對不可以舉起手摸臉。我嘗到鮮血的味道，靜靜地把血吞了下去。「求求你，」我說，我的聲音聽起來尖細而不自然。「求求你不要……」我在腦海裡尋找能用的字眼，要用哪個字眼才不會刺激到他。不要強暴我，我想要這麼說。其實被他強暴的次數已經多到數不清了，然而我沒辦法忍受他再壓住我，進到我的體內，強迫我叫出聲音，好去掩飾我有多麼痛恨他。

「我不想做愛。」我說。我恨自己竟然顫抖著說出這句話，如此一來他會知道這件事情對我來說有多重要。

「跟妳做愛？」他呸了聲，口水打到我的臉上。「少往自己臉上貼金了，珍妮佛。」他放開我，上下打量著我。「快上樓。」

才在樓梯上走沒幾步，我的雙腿就已癱軟，於是我攀著欄杆往上爬，感覺到他就在我的背後。我試著計算派翠克還要多久才會回來，但我已經失去了對時間的所有感覺。伊安把我推進浴室。

「把衣服脫掉。」

我很羞愧自己竟然輕易地就服從了他。

他抱著胸，看著我費勁脫掉自己的衣服。此刻的我放膽哭泣，縱使知道這樣只會讓他更生氣，但我停止不了。

伊安把塞子塞進浴盆裡。他轉動了水龍頭，沒碰熱水那邊。我一絲不掛，顫抖著站在他的面前，而他用厭惡的眼神看著我的身體。我記得他以前會親吻我的肩胛骨，嘴唇溫柔地、幾近崇敬地沿著上身的線條滑到我的乳溝，到我的腹部去。

「妳是自找的，」他嘆了一口氣說。「我隨時都可以來把妳帶回去，但我選擇放手讓妳走。

我不想要妳了。只要閉上自己的嘴，這種可悲的日子妳想過多久就過多久。」他搖了搖頭。「但妳就是不聽話，對不對？妳跑去找警察，想都沒想就把一切都抖出來了。」他關掉了水龍頭。「進去。」

我沒有反抗。現在反抗也沒有意義了。我走進浴缸，把身體泡了進去。冷冰冰的水讓我無法呼吸，讓我體內發疼。我試著騙自己這是熱水。

「把妳自己洗乾淨。」

他從廁所地板上拿起一罐漂白水，扭開了瓶蓋。我咬住嘴唇。有一次，他曾逼我喝過漂白水。那一次，我因爲跟一群大學朋友聚餐比較晚回家。我告訴他是時間過太快了，但他把那濃濃的液體倒進了酒杯，看著我把那杯漂白水放到嘴邊。在我啜了一口以後，他阻止了我，同時放聲大笑，跟我說只有傻瓜才會喝那種東西。我嘔吐了一整晚，化學藥劑的味道在我嘴裡殘留了好幾天。

伊安把漂白水倒到我的毛巾上，漂白水從布的邊緣滴入浴缸，藍色液體開花般在水的表面擴散，一如墨水滴到了紙上。他把毛巾遞給我。「用這個刷身體。」

我用那條毛巾刷我的手臂，同時試著在自己身上潑水，想要將之稀釋。

「現在刷其他地方，」他說。「別忘記妳的臉。認眞刷，珍妮佛，否則就換我來幫妳刷。或許這些漂白水能把妳身上的壞東西刷乾淨。」

在他的指揮之下，我用漂白水刷洗了身上的每一個地方，我的皮膚留下了刺痛感，我泡進冰水裡，好舒緩身上的灼熱。我的牙齒不停打顫。這樣的痛苦，這樣的恥辱，比死還難熬。生命的盡頭來得實在太慢。

我再也感受不到自己的腳掌了。我伸出手去摩擦腳掌，但那感覺起來卻不像是我自己的手指。我已經凍到沒知覺了。我想要坐起上身，至少讓上半身離開水裡，但他強迫我躺下去，我的雙腿扭曲成了古怪的形狀，以適應窄小的浴缸。他再次打開冷水，直到浴缸裡灌滿了水。我的心臟原本跳動得很猛烈，就連我自己都聽得見，然而此刻，它卻在我胸口猶豫地跳著。我感覺自己麻木而遲緩，彷彿從很遙遠的地方聽著伊安說出口的話。我的牙齒不停打顫，以致咬到了自己的舌頭，但幾乎感覺不到痛。

我躺下來洗澡的時候，伊安一直站在我旁邊。但現在他坐在闔上蓋子的馬桶座上。他冷靜地看著我。我猜他想把我淹死。不用花太久的時間——我已經半死不活了。

「妳知道，要找到妳眞的很容易。」伊安輕鬆地說，彷彿我們是坐在酒吧裡聊天，就像老朋友那樣。「要架起一個不會留下任何文書紀錄的網站不困難，但妳竟然傻到以爲這樣做的話別人就查不到妳的地址。」

我什麼也沒說，但他似乎也不需要任何回答。

「妳們女人總以爲可以照顧好自己，」他說。「以爲自己不需要男人，但如果我們離開了，妳們根本就一無是處。妳們女人都一樣。還有謊言！天啊，妳們女人說的那些謊言。一個接著一個，輕而易舉就脫口而出。」我好累好累。累到沒有一絲力氣。我感覺自己沉到了水底，猛然讓自己醒來。我把指甲戳進大腿，卻幾乎沒有任何感覺。

「妳們以爲我們不會發現，但我們總是會發現。謊言，背叛，無恥的欺騙。」

他說的話再也影響不了我。

「從一開始，我就很清楚地說，自己不想生孩子。」伊安說。

我閉上雙眼。

「但我們卻沒有選擇的餘地，對不對？永遠都要把女人的想望放在第一順位。他媽的不能打掉嗎？那我的想望要放在哪裡？」

我想起了班。他差一點就可以降生了。如果我可以再保護他幾個星期的話……

「忽然我就有了一個兒子，」伊安說：「而我卻只能慶祝！慶祝自己擁有了一個我一開始就不想要的小孩。要不是她騙我的話，根本就不會有那個孩子的存在。」

我打開雙眼。水龍頭上方的白色磁磚滿布灰色條紋。我不停地看，直到自己雙眼被水淹沒，直到它們成了模模糊糊的純白。他說話讓人聽不懂。或者是我聽不懂。我想要說話，卻覺得舌頭變得太大。我並沒有用欺騙的手段懷伊安的孩子。那是一場意外，但他當時很高興。他說孩子將改變一切。

伊安彎身向前，手肘放在大腿上，嘴巴靠著闔起的雙手，有如在禱告。但他的拳頭握得很緊，眼睛附近的肌肉不停地跳動。

「我告訴她我的原則，」他說。「跟她說沒有第二次。但她毀了一切。」他看著我。「原本應該就只有那麼一次而已，跟一個對我來說毫無意義的女孩簡單打個一炮。問題是她懷孕了，而且居然還不滾回家，反而決定要留下來搞砸我的人生。」

我努力地想要把伊安說出口的隻字片語拼湊起來。「你有個兒子？」我想辦法說出了這句話。

他看著我苦笑。「不對，」他糾正我。「他從來都不是我的兒子。他是一個波蘭蕩婦生的種，那個蕩婦的職責是洗廁所，我只是捐出了自己的精子而已。」他站了起來，把襯衫拉平。「發現自己懷孕以後，她來敲我的門，而我很清楚地告訴她，如果她要生的話，只能自己養。」他嘆了一口氣。「我後來就沒再聽過她的消息，直到孩子上了學，而她就是不放過我。」他扭曲著嘴，用一種很彆腳的方式模仿東歐口音。「他需要一個父親啊，伊安。我要讓雅各知道誰是他的父親。」

我抬起頭，使勁推著浴缸的底部，因爲疼痛而大叫出聲，然後慢慢坐了起來。「雅各？」我說。「你是雅各的爸爸？」

伊安沉默地看了我一下。然後忽然抓住我的手臂。「出來。」

我從浴缸的側邊跌出去，倒在地板上，我的雙腳因爲在冰水中泡了一個小時而無力。

「把自己包起來。」他把我的浴袍丟給我，我穿上浴袍，痛恨起心中湧現的感激之情。我的大腦轉個不停：雅各是伊安的兒子？可是當伊安發現意外撞上的人是雅各時，他一定……

眞相忽然擊中了我，就像是被一把刀插進肚子。雅各的死不是意外。伊安殺死了自己的兒子，而他現在要來殺我了。

50

「把車子停下來。」我說。

妳完全沒打算停車，我抓住了方向盤。

「伊安，不要！」妳想要把方向盤從我手中奪回去。我們撞到了路邊，車子轉向，回到了路中央，差點就撞上對向車道駛來的那輛車。妳沒有選擇的餘地，只好把腳從油門上放下來，然後煞車。車子停了下來，斜斜地停放在馬路上。

「出去。」

妳毫不遲疑地走了出去。妳動也不動地站在車門邊時，一場不小的雨淋在妳的身上。我繞到妳那邊。「看著我。」

妳繼續望向地面。

「我說看著我！」

妳緩緩地把頭抬起，卻盯著我的背後看。我換了位置，讓自己擋住妳的視線，但妳立刻就望向我的另一邊。我抓住妳的肩膀使勁搖。我想要聽到妳叫出聲來：我告訴自己，如果我聽到妳的叫聲就會停，可是妳沒發出任何聲音。妳緊咬住下顎。妳在跟我玩遊戲，珍妮佛，但是我會贏。我會逼妳叫出來。

我把妳放開，妳藏不住那一絲閃現在臉上的放鬆。那放鬆之情在我握緊拳頭朝妳臉上打去時仍在。

我朝妳的下巴使出了一記鉤拳，妳的頭往後仰，撞到了車頂。妳雙腳彎曲，身體滑到了地上。妳終於發出聲音，像是狗被踢時發出的那種嗚咽聲，我忍不住因爲這個微小的勝利而露出微笑。不過還不夠。我想要聽妳懇求我原諒妳，承認妳有跟別人調情，承認妳有跟別人上床。我看著妳倒在潮溼的柏油路上不停扭動。我沒有感受到平常的那種釋放感——熾熱的憤怒之火仍在燃燒，火勢一秒一秒越來越旺。我要在家裡處理掉這件事。

「進去。」

我看著妳掙扎地站了起來。血從妳的口中湧了出來。妳想用圍巾去擋，卻怎麼也阻擋不住。妳想走進駕駛座，但我把妳拉了回來。「去另一邊。」我發動引擎，在妳連門都還沒關起來以前就開車。妳緊張地叫了一聲，趕緊把門關上，手忙腳亂地扣起安全帶。我笑了，但體內的怒火仍未平息。我一度以爲自己是不是心臟病發作了，胸口感覺很緊，呼吸很費力，也會引起疼痛。都是妳害的。

「慢一點，」妳說：「你開太快了。」話語從妳滿嘴的血中冒出來，我看見血滴濺到了雜物箱上。我加快了車速，要讓妳知道我不會聽命於妳。我們在一條安靜的住宅區街道上。這裡有整齊的房子，跟一排停靠在路上、占據了馬路的車輛。我把車往外開，超過了那些停在路邊的車，完全不管迎面而來的那些車燈，並且踩緊油門。我看到妳用手遮住自己的臉，現場響起了尖銳的喇叭聲，紅紅的燈閃現眼前。我把車開回我們這一側，如果再慢個幾秒，我們的人生或許會在此畫下句點。

胸口的緊悶感好了一點。我繼續把腳踩在油門上。我們轉往左邊，駛入一條兩旁有行道樹的、又長又直的道路。我因爲認出這裡而嚇了一跳。縱使只來過一次，也無法告訴妳這條街道叫什麼名字。安雅就住在這裡，我就是在這裡操她的。手裡的方向盤一滑，車撞到了路邊。

「求求你，伊安，求你開慢一點！」

前方一百公尺處的人行道上有一個女人，她跟一個小孩子走在一起。小孩頭上戴著一頂毛帽，而那個女人……我握住方向盤的手握得更緊了。我眼花了。想像眼前的女人就是她，只因爲這裡就是她住的那條街。她不可能是安雅。

那個女人抬起了頭。雖然天氣很冷，她卻垂著頭髮，頭上沒有戴帽子或連身帽。她面向我在笑，男孩從她的身旁跑過。我的頭劇烈地痛了起來。眞的是她。

在操過安雅以後我就炒了她魷魚。我沒打算再來一發，也不想再看見她那張雖然漂亮但卻無知的臉龐出現在辦公室裡面。上禮拜她再度現身時，我沒有認出她來，如今她卻纏上了我。我看著她走往車燈投射出的光線中。

他想要認識自己的父親，他想要見你。

她會毀掉一切。那個男孩會毀掉一切。我看著妳，但妳卻低著頭。爲什麼妳不再看我了？以前我在開車的時候，妳總會把手放在我的大腿上，同時轉身來看我。如今妳很少直視我的眼睛。

我已經失去妳了，如果妳發現這個男孩的存在的話，我將永遠也沒辦法把妳拉回我身邊。

他們正在過馬路。腦袋裡有重擊聲。妳在嗚咽，那聲音如同一隻蒼蠅，嗡嗡地飛進了我的耳朵。

我把油門踩到底。

51

「你殺死了雅各？」我幾乎連話都講不出來。「爲什麼？」

「他會毀了一切，」伊安簡單扼要地說。「如果安雅不來找我的話，他們什麼事也不會發生。那是她的錯。」

我想起那個站在刑事法院的女人，她腳上穿著一雙破舊的帆布鞋。「她需要錢嗎？」

伊安笑了。「要是錢能解決就好辦了。不是，她想要我成爲一個父親。週末去看那個男孩，讓他住在我家，買他媽的生日禮物送他……」我一站起來，他立刻停止說下去。我扶著洗手檯，小心翼翼地測試疼痛的腿還能承受多少重量。隨著體溫升高，我的腳掌感覺到一股刺痛。我望著鏡子，但不認得鏡中的人。

「妳會發現他的存在，」伊安說。「也會發現安雅的存在。妳會離開我。」

他站在我背後，輕柔地把手放在我的肩膀上。我看著他的臉，這張臉上的這種表情我已看過太多太多次，每次打完我以後的隔天早上他就是這種表情。我以前都會告訴自己他是在懺悔——雖然他一次也沒有道歉過——但現在我才意識到他是害怕。害怕我會認清他的眞面目。害怕我會不再需要他。

我想到自己將會如同愛護兒子一樣去愛護雅各。我會帶他進門，陪他玩，帶他去選禮物，就只為了看見他臉上快樂的表情。忽然間，我覺得伊安彷佛不是從我手中奪走了一個孩子，而是兩個。我從他們失去的生命中獲得了力量。

☆

我裝作自己虛弱無力，臉往下看著洗手檯，然後用僅存的力氣將頭用力往後仰。我聽見自己的頭骨跟骨頭碰撞所發出的讓人不舒服的啪啦聲。

他放開我，兩手摀著臉，鮮血從指間滲出。我從他身旁跑過，跑進臥室，跑到樓梯旁，但他的動作太快，在我還沒來得及跑下樓梯以前就抓住了我的手腕。

他沾滿鮮血的手指抓不牢我溼滑的皮膚，我掙扎著要逃開，用手肘去頂他的胃，結果換來讓我一時無法呼吸的一拳。樓梯旁一片黑暗，我搞不清楚方向——樓梯在哪裡？我用赤腳去碰一旁的地面，腳趾碰到了最頂端的那根扶手。

我鑽過伊安的手臂底下，兩手都往牆的方向伸過去。就像在做伏地挺身那樣，我把自己的手肘彎曲，用力一推，把全身的重量都往他身上壓過去。他慘叫一聲，腳步踉蹌，跌了下去，摔到樓梯底下。

沒有任何聲音。

我打開電燈。

伊安躺在地上，動也沒動。他臉朝下躺在地板上，我看到他後腦勺出現了一個很大的傷口，微量的鮮血從傷口中冒出。我站著看他，渾身發抖。

我緊抓住欄杆，慢慢走下樓梯，眼睛一刻也沒有從那具趴在底下的人身上移開過。再一步就到底了，我停住了腳步，伊安的胸膛仍有微微的動靜。

我的呼吸又急又快，我伸出一隻腳，輕輕地踩在伊安身旁的石地板上，一動也不敢動，像在玩一二三木頭人一樣。

我跨過他伸長的手臂。

他抓住了我的腳踝，我放聲尖叫，但太遲了。我已經跌到了地板上，伊安在我的上面。他爬到了我身上，臉上跟手上都有血。他想要說話，但聲音沒有出來，他的臉孔因用力而變形。他把手往上伸，抓住了我的肩膀並藉此使力，讓自己能跟我面對面，我用膝蓋猛擊他的下體。他大吼，放開了我，身體因疼痛而弓了起來，我趕忙站起來。毫不猶豫地朝大門跑過去，接著不停把弄門閂。在手指滑掉了兩次之後，才拉開門閂，用力打開。夜晚的空氣冷冰冰，雲朵遮住了銀色的月亮，僅一絲月光從中透出。我沒命地跑，才開始沒多久就聽到後頭傳來伊安沉重的腳步聲。我沒有回頭去看他離我多遠，但我可以聽見他每踩出一步就發出的呻吟聲。他跑得上氣不接下氣。

赤腳跑在石徑上很痛，但我身後的噪音似乎越來越細微，我認爲自己已經離他有一段距離。跑步的時候，我都盡量不呼吸，盡可能把聲響控制到最小。

直到聽見潮水打在海灘上的聲音，我才意識到自己跑過了頭，錯過了那個通往營地的轉角。

我咒罵自己的愚笨。現在只有兩個選擇，往下跑向海灘，或右轉，沿著離培菲克越來越遠的沿海小徑跑下去。我帶阿波走過很多次那條路，但從沒有在這麼暗的時候走過。那裡離懸崖的邊緣很近，我總是擔心牠會沒踩好掉下去。我猶豫了片刻，被困在海灘上的想法太過駭人。如果繼續跑的話，我逃脫的機率應該會比較大吧？我右轉，走上沿海小徑。風力增強，雲朵移位，月亮又多透出了一些光芒。我賭命回頭快速看了一眼，但小徑上並沒有其他人。

我降低速度，改用走的，然後停下來聽聲音。周圍很安靜，只聽得見大海的聲音，我的心跳開始平穩了一些。潮水規律地沖刷海灘，我聽見遠方的船隻發出了刺耳的聲音。我讓呼吸平緩下來，試著弄清楚自己人在何處。

「妳逃不掉的，珍妮佛。」我轉身，卻沒有看見他。我仔細望向朦朧的夜色，看出了幾棵灌木叢、一個踏階；遠方有一間小小的建築，我知道那是一間牧人小屋。

「你在哪裡？」我大叫，但強風吹散了我的字句，把它們吹往大海。我停下來喘口氣，準備尖叫，但忽然間，他已經在我的背後，他的前臂架住了我的喉嚨，把我往後拖，直到我無法呼吸。我用手肘撞他的肋骨，他的手稍微放鬆，剛好讓我吸一口氣。我還不會死，我心想。長大以後，我大部分的人生都在躲藏，逃跑，害怕，可是現在，就在我終於覺得自己很安全以後，他又要來把安全感從我身旁奪走。我不會讓他稱心如意。我感覺體內湧起一股力氣，於是向前傾。這個動作讓他失去了平衡，我轉身從他身旁退開。

而且我不會跑。就爲了躲他，我已經逃夠了。

他伸手要來抓我，我手往前一推，用手掌去推他的下巴。

這個衝擊的力道把他往後推了好幾步。他腳步在懸崖的邊緣蹣跚了好幾秒。他朝我伸手，指甲刮過我的浴袍，手指在布面上摩擦。我大叫，往後退，卻失去了平衡，一度以爲自己會跟著他一起走，在往下墜入海面之前先在懸崖的岩石上撞得粉身碎骨。我趴在懸崖邊緣，而他掉了下去。我往下看，只匆匆瞥見了他上翻的眼球，接著就被底下的潮水吞沒了。

52

車開到卡地夫邊緣時，雷的手機響了。他看了螢幕一眼。

「是南威爾斯警局的探長打來的。」

凱特看著雷聆聽培菲克那邊的最新狀況。

「感謝老天，」雷對著電話說。「沒問題。謝謝你通知我。」

掛掉電話以後，他呼出了長長的一口氣。「她沒事。呃，她不算沒事啦，不過還活著。」

「彼得森呢？」凱特問。

「就沒那麼好運了。聽說她沿著灣岸的小徑跑，他則追在後頭。他們纏鬥了一下，接著彼得森就從懸崖掉了下去。」

凱特皺了一下眉。「死得眞慘。」

「他活該，」雷說。「聽對方話裡的意思，我想他應該不算是『掉』下去的，如果妳明白我的意思的話，不過斯溫西刑事調查部選擇了正確的處理方式，把這起事件歸爲意外。」

他們陷入了沉默。

「我們現在要回局裡了嗎？」凱特問。

雷搖了搖頭。「都來到這裡了。珍娜現在在斯溫西醫院，不用一個小時就可以到了。剛好幫這個案子收個尾，回去以前，我們還可以去吃點東西。」

又往前走了一段路以後，路上的交通流暢了許多。他們抵達斯溫西醫院的時候才剛過七點不久。急診室的入口擠了一群抽菸的人，他們身上有著匆忙組裝成的懸吊皮帶、包紮過的腳踝，以及各種各樣看不見的傷。雷從一個因為胃痛而弓著身子的男人身旁走過。他的女友拿著一根菸放在他的唇邊，他猛抽了一大口。殘留於冷空氣中的菸味被急診室的溫暖所取代，雷把警徽拿給櫃檯裡面一個一臉倦容的女人看。他們被帶著穿過一扇雙開門，進入C病房區，再從那裡進到一個側邊的房間，珍娜就躺在裡面，一疊枕頭撐住了她的身體。

雷很訝異地看到深紫色的瘀青從她的病人服裡擴散出來，延伸到她的頸子。她那一頭亂髮直直地披掛到肩膀上，她的臉上帶有疲倦與疼痛的痕跡。派翠克坐在她旁邊。一旁放了一份報紙，攤開的那一面是字謎。

「嘿，」雷輕聲說：「還好嗎？」

她虛弱地笑了笑。「不算太好。」

「妳經歷了很多事情。」雷走過去站在床邊。「很抱歉我們沒有及時趕上。」

「現在也沒差了。」

「聽說你是剛好趕上的大英雄呢，馬修斯先生。」雷轉頭面向派翠克，他則舉起一隻手表達異議。

「幾乎沾不上邊。如果早到一個小時的話，可能還有點用處，但我在醫院被拖住了，等我去到那裡的時候……呃……」他看著珍娜。

「要不是有你幫忙的話，我一定沒辦法回到小屋，」她說。「我想我應該還趴在那邊，凝望著底下的海洋。」她顫抖了一下。雖然院內的空氣很悶，但雷感受到一股寒意。趴在懸崖的邊緣看著海浪，究竟是怎麼樣的感受呢？

「院方有說妳要在這裡住多久嗎？」他問。

珍娜搖搖頭。「他們想要再觀察一陣子，我是不知道要觀察什麼啦，不過我希望不要超過二十四小時。」她看著雷跟凱特。「我謊報了開車的人是誰，會因此惹上什麼麻煩嗎？」

「從妨礙司法公正的角度來看，是會有一些問題啦，」雷說：「不過我很確定大眾對這部分應該是興趣缺缺。」他露出了微笑，珍娜鬆了一口氣。

「不打擾妳了，」雷說。他看著派翠克。「你會好好照顧她吧？」

他們離開醫院，開了一小段路去到斯溫西警局，當地的探長正在等著跟他們談話。探長法蘭克·拉什頓比雷大個幾歲，體格看起來與其說適合當探長，還不如說適合去打橄欖球。他熱情地歡迎他們，帶他們去他的辦公室，想請他們喝杯咖啡，不過他們婉拒了。

「我們還得趕回去，」雷說。「不然這位伊凡斯探員會害我的加班預算爆表。」

「真可惜，」法蘭克說。「我們才準備要去吃咖哩呢——局裡的一個隊長要退休了，這有點像是爲他舉辦的歡送會。很歡迎你們一起來。」

「謝謝你的邀請，」雷說：「不過我們還是早點回去比較好。你會把彼得森的遺體留在這裡，還是需要我聯絡布里斯托那邊的驗屍官？」

「如果你知道他們的號碼的話，那就太好了，」法蘭克說。「等找到遺體，我就打個電話過去。」

「還沒找到嗎？」

「還沒，」法蘭克說。「他掉下去的地方離葛雷的小屋約有一公里，是在培菲克露營車營地的反方向。我想你們應該都去過她那裡吧？」

雷點點頭。

「那個發現她的人，派翠克．馬修斯，把我們帶到那邊，那裡肯定就是案發現場，」法蘭克說。「葛雷說她有跟對方拚搏過，而現場地上留下的痕跡與她的證言一致，而且那片懸崖的邊緣的確是剛剛才磨損的。」

「但是沒有找到遺體嗎？」

「坦白說，這一點也不奇怪。」法蘭克注意到雷挑起了眉頭，於是笑了一聲。「我的意思是說，沒有立刻發現遺體很正常。有些奇怪的人會去那邊跳海，也會有旅客在從酒吧出來以後在那邊踩空掉下去，通常得要過個幾天——有時候還要更久——遺體才會被沖上岸。有時候根本就不會再回來，有時候只會回來一部分。」

「什麼意思？」凱特問。

「從那邊的懸崖掉到海裡的距離是六十公尺，」法蘭克說。「就算中途沒有撞到岩石，一旦墜海以後，你會一遍一遍又一遍地被海浪砸往那些石壁。」他聳了聳肩。「人的身體是很脆弱的。」

「天啊，」凱特說：「我現在覺得住在海邊不怎麼吸引人了。」

法蘭克露出了笑容。「現在，你們確定不想去吃個咖哩嗎？我曾經有考慮過要轉調去亞芳與薩莫塞特警察大隊，如果能聽聽自己錯過了些什麼還挺不錯的。」他起身。

「我們的確想過要找點東西吃。」凱特看著雷說。

「那就來吧，」法蘭克說。「我們會玩得很開心。刑事調查部的人大部分都會過去，也會有些員警參加。」他把他們帶到前檯，跟兩人握手。「我們現在就要出發，大概半小時左右就會抵達街上的『英屬印度餐廳』。因爲破了肇逃案，你們立了大功，對吧？你們應該要徹夜狂歡才對，這樣才叫做慶祝嘛！」

他們跟雷道別。離開警局，往車子方向走過去時，雷飢腸轆轆。在經過了忙碌的一天後，他需要的正是吃一盤咖哩雞肉，再配一瓶啤酒。他看了凱特一眼，心想如果可以輕鬆地跟這些斯溫西的朋友談天說笑，這樣的夜晚還眞是不賴。就這樣開車回家太可惜了，而且法蘭克說得沒錯——他或許可以在這邊狂歡個一整夜，畢竟也還有一些細節要尙待明天去釐清。

「走吧，」凱特說。她停下腳步，轉頭面向雷。「一定很好玩，而且他說得沒錯，我們是該慶祝一下。」他們兩人站得很近，幾乎能碰到彼此，而雷想像吃完咖哩，離開那些斯溫西男孩以後；或許可以再找個地方喝點什麼，然後一起走回旅館。他吞了一口口水，想像在那之後可能會發生些什麼事。

「改天吧。」他說。

話語暫歇，凱特慢慢點了點頭。「當然。」她走向他們的車子，雷拿出手機，發了訊息給梅格絲。

要回家了。有想點個外帶嗎？

53

護士人都很好。他們安靜又有效率地處理了我的傷。爲了確定伊安是不是眞的死了，我一次又一次地問，問了他們足足有一百次，但他們似乎並不介意。

「一切都結束了，」醫生說。「現在就好好休息吧。」

我並沒有感受到什麼強烈的解放或自由。只有揮之不去的疲憊感。派翠克沒有離開我的身旁。夜裡我數度嚇醒，他總是會立刻撫平我的夢魘。到最後，我輸給了護士幫我注射的鎮定劑的效力。我似乎聽見了派翠克跟誰在講電話，但在問他對方是誰之前，我又睡著了。

醒來時，陽光已經穿過百葉窗照了進來，在我的床上留下了光影構成的條紋。我身旁的桌上有一個餐盤。

「茶應該都涼了，」派翠克說。「我看看能不能找個人幫妳泡一杯新的。」

「沒關係。」我說，掙扎著坐起身。喉嚨很痛，我小心地摸摸痛處。派翠克的手機發出了嗶嗶聲，他拿起手機讀簡訊。

「怎麼了？」

「沒事，」他說。他改變了話題。「醫生說，妳的身體會痛個兩、三天，不過骨頭都沒斷。他們幫妳塗了藥物，以減輕漂白水的效力，妳每天都要抹，才能避免皮膚過於乾燥。」

我抽起自己在床上的腳，讓他有足夠的空間坐在我的旁邊。他眉頭深鎖，我恨自己竟讓他這麼擔心。「我沒事，」我說。「保證。我只想回家。」

他想從我的臉上找出答案：他想知道我對他的感覺，但這個問題就連我自己都不知道。我只知道我不能信任自己的判斷。我強迫自己露出微笑，證明我沒事，然後閉上雙眼，主要是爲了迴避派翠克的目光，卻毫無預警地睡著了。

我聽到門外有腳步聲，於是醒了過來。我以爲是醫生，結果卻聽見派翠克跟人在說話。「她在裡面。我去販賣部買杯咖啡，讓妳們兩個有時間獨處一下。」

我沒辦法想像來者是誰。就連門已完全敞開，看見一個身穿有著大鈕釦的亮黃色大衣的纖細身影時，仍花了一秒才知道自己看見了誰。我張開嘴卻一陣哽咽，說不出話來。

伊芙跑了過來，緊緊緊緊地擁抱我。「我好想妳！」

我們緊抱著對方，直到啜泣聲慢慢平息，然後兩人盤腿面對面坐在床上握著手。我們彷彿又回到了孩提時代。以前我們共用一個房間，會像現在這樣坐在上下鋪的下面那張床上。

「妳剪頭髮了，」我說。「很適合妳。」

伊芙不安地碰了碰自己平滑的鮑伯頭。「我猜傑夫喜歡我留長，但我喜歡這個長度。喔對了，他要我問候妳。噢還有，孩子們做了這個要送妳。」她翻了一下包包，拿出一張皺巴巴的圖畫。卡片是對摺的，上面寫著希望我早日康復。「我告訴他們妳在醫院，他們以爲妳得了水痘。」

我看著那張描繪我躺在床上，身上到處都是斑點的圖畫，笑了出來。「我好想他們。我好想你們全家。」

「我們也很想妳。」伊芙深呼吸了一口氣。「我不該說那些話的，我沒有那個權利。」

我還記得，班出生以後，我躺在醫院的床上。沒有人想過要把我床邊的那張塑膠嬰兒床移走，而這張總是會出現在我眼角的嬰兒床似乎在嘲笑我。消息還沒傳出去，伊芙就來了。但從她臉上的表情來看，我知道護士有跟她打過照面。一個曾經包得漂漂亮亮的禮物被塞進了她手提包的深處，包裝紙又皺又有裂痕，只因她努力往下塞，不想讓我看見。她不知道會怎麼處理裡面的東西——她幫我兒子挑了一件不知什麼的衣物，不知道她有沒有辦法再找到適合穿這件衣物的寶寶。

一開始她開不了口，後來卻是闔不上。

「伊安對妳做了什麼?他有，對不對?」

我別過頭，看到那張空蕩蕩的嬰兒床，閉上眼睛。伊芙從來都不相信伊安，縱使他很小心地不讓別人注意到他的壞脾氣。我否認有任何事情出了差錯，一開始是因爲愛情讓我盲目，讓我看不見感情關係中的裂痕，後來是因爲我羞於承認自己竟然在一個傷我傷得這麼重的男人身旁待了這麼久。

當時，我其實是想要伊芙抱著我。緊緊、緊緊地抱住我，以抗衡那讓我幾乎無法呼吸的深深痛楚。但我的姊姊很生氣，她哀傷地要我說出答案，給她一個理由，讓她知道該怪誰。

「他是個麻煩人物，」她說。她罵個不停，我緊閉雙眼去承受。「妳或許已經盲目，但我沒有。懷孕以後，妳就不應該待在他身邊，這樣的話說不定寶寶還活著。該怪的人不只有他，妳自己也要負起相同的責任。」

我難過地張開眼，伊芙說的一字一句在我體內燃燒。「出去，」我說。我的語調悲傷而堅決。「我的人生跟妳無關，妳沒有權利告訴我該怎麼做。出去！我不想再看到妳了。」

伊芙跑出病房，留我一個人心煩意亂地把手按在空空的肚皮上。伊芙的話傷我極深，其中的眞實性亦然。我姊姊只是單純道出了眞相。是我害死了班。接下來的幾個禮拜，伊芙有試過要跟我聯繫，但我拒絕跟她說話。最後她也放棄了。

「妳發現了伊安是個怎麼樣的人，」如今，我對她說。「我應該要聽妳的話才對。」

「妳愛他，」她簡單地說。「就像媽愛爸那樣。」

我坐起身。「妳說這話什麼意思？」

她頓了一下，我知道伊芙是在決定要不要跟我說。我搖了搖頭，因爲我忽然明白自己小時候不想承認的事情。「他會打她，對不對？」

她無聲地點點頭。

我想起我那英俊、聰明的父親，總是會跟我分享很多趣事，明明我很大了，還是會把我抱著轉圈圈。我想起母親，總是安靜，難以親近，冷漠。我想起她要他離開時，我是多麼地恨她。

「她忍耐了好幾年，」伊芙說：「後來有一天放學回家，我走進廚房，看見他在打她。我尖叫，要他住手，於是他轉過來打我。」

「噢天啊，伊芙！」我因爲我倆童年記憶竟是如此不同而難受。

「他嚇了一跳。他跟我道歉，說他沒有看到我站在那邊。但在打我以前，我看到了他的眼神。在那一瞬間，他很恨我，而我眞的以爲他會把我殺掉。媽體內有種東西忽然被喚醒，她要他離開這個家，於是他一言不發地走了。」

「我上完芭蕾課回來時，他已經走了。」我說，同時憶起知道時有多麼難過。

「媽告訴他，如果他敢再靠近我們的話，她就會去報警。她也很不忍心讓他再也見不到我們，但她說她得保護我們。」

「她從來都沒有跟我說過。」我說，但我知道自己從沒給過她解釋的機會。我不知道自己怎麼會有這麼深的誤解。眞希望媽還活著，這樣我就可以修補這一切。一陣洶湧的情感溢上我的心頭，我開始啜泣。

「我懂，親愛的妹妹，我懂。」伊芙就像兒時那樣撫摸我的頭髮，抱住我，開始落淚。她待了兩個小時，其間派翠克徘徊於販賣部跟我的病床之間。一方面想多給我們一些相處的時間，一方面又怕我太累。

伊芙留給我一疊我不會看的雜誌，承諾我一回到小屋就會再來看我。醫生說我再一、兩天就可以出院。

派翠克捏了捏我的手。「葉斯頓從農場找了兩個人去清理小屋，」他說：「他們會換鎖，可以確定只有妳有鑰匙。」他一定看到我臉上焦慮的神色。「他們會把那邊都打掃乾淨，」他說。

「彷彿那件事從來都沒有發生。」

不可能，我心想，永遠都不可能。

但我捏了捏他的手，我在他臉上看到誠摯與仁慈。我想，雖然發生了很多事情，我可以跟著這個男人一起繼續過日子。人生可以很快樂。

尾聲

夜晚越來越長，培菲克又找回了自己的節奏，這個節奏只會被夏天湧進海灘的那些家庭所打亂。空氣中滿是防曬乳跟海鹽的氣息，小村商店門上的鈴鐺似乎從未停止。露營車營地刷上了新漆，藉此表示正式開放，商店的貨架上擺滿了假期的必需品。

遊客對當地的醜聞毫無興趣，而幸好村民也很快就忘掉了那些事情，開始會跟我胡扯閒聊。長夜再度來臨時，所有的流言蜚語都因缺乏新的資訊而消失殆盡。倘若有人說自己知道當時事件的眞相，蓓森跟葉斯頓就會嚴詞反駁，負責任地把事情說清楚。早在最後一頂帳篷收起前，早在賣出最後一組桶子跟鏟子之前，早在吃完最後一枝冰淇淋之前，這件事情就已經被人們遺忘了。曾經的批判，曾經關上的那些大門，如今變成了仁慈與歡迎。

葉斯頓遵守了自己的承諾，把小屋整個打理乾淨。他換了鎖，裝了新窗戶，在木門的塗鴉上刷上了一層油漆，同時處理掉那起事件殘留下來的所有痕跡。而雖然我永遠也無法忘卻那夜發生的事情，但我還是想繼續住在這裡，住在懸崖的頂端。這裡什麼也沒有，只有圍繞著我的風聲。我在小屋裡過得很開心，我拒絕讓伊安毀掉我的人生。

我拿起阿波的牽繩，牠焦急地站在門邊。我穿上大衣，在上床以前帶牠出去跑最後一次。我仍然沒有辦法不鎖門。但如果人在裡面的話，我就不會上鎖，也不會上閂。蓓森沒敲門跑進來時，我也不會再嚇一跳。

派翠克現在更常待在這裡了。不過當他偶爾趕在我之前發現我急需獨處的時候，就會悄悄地回去艾利斯港，讓我專心想自己的事情。

我從岸邊往下看著潮水湧入。沙灘上到處都是遊客、寵物，以及從空中俯衝而下拉出沙蟲的海鷗所留下的痕跡。時間很晚了，再也沒有其他人走在這條位於崖頂的沿海小徑上。新蓋好的柵欄提醒來此漫步的人別離邊緣太近。我忽然覺得很孤單。我希望派翠克今晚還會回來。

潮水打在海灘上，浪花以白色泡沫的姿態跑上沙灘，然後冒泡，最後在潮水退卻時消失。每一道浪都會再前進一些，離去時留下數秒光滑閃亮的沙，直到另一道浪衝進來補足了那塊空缺。轉身時，我看到沙上似乎有什麼痕跡。才一眨眼的工夫，那痕跡又不見了。大海沖刷掉我不確定自己有沒有看到的字跡。當夕陽餘暉照在爬上岸的水面時，黑暗、潮溼的沙便隨之閃閃發光。我搖了搖頭，轉身面向小屋，但有種東西把我拉了回去，讓我又回到懸崖的邊緣，在勇氣許可的範圍內站得盡可能近，然後往下望向海灘。

什麼都沒有。

我拉緊大衣，好驅散那忽然包覆我的寒冷。我在作白日夢。沙上什麼也沒寫；沙上沒有出現又粗獷又筆直的字跡。它不在那兒。我沒有看見自己的名字。

珍妮佛。

風平浪靜。又一波海浪打在留於沙灘的痕跡上，痕跡於焉消失。潮水湧來，一隻海鷗飛過海灣，夕陽落入地平線。

黑暗降臨。

後記

我從一九九九年開始接受警察訓練，二〇〇〇年時被派駐牛津。那年十二月，在黑鳥牧場住宅區內，幾個人開著一輛偷來的車撞死了一個九歲的男孩。接下來的四年間，警方耗費了大量的人力展開調查。後來，驗屍官判定此案爲「非法殺害」。

在我初擔任警察的那幾年，這宗案件就這樣一直懸著。三年後，我進入了刑事調查部。當時，仍會有人來查詢這宗案件的相關資料。

警方提供了一大筆獎金，也承諾若同車乘客願意出面指控該名駕駛，就不會遭到判刑。但縱使因此逮捕了幾名嫌犯，仍無人被判有罪。

這起犯罪事件的結果在我的心中留下了深刻的印象。爲什麼那輛 Vauxhall Astra 的駕駛能夠心安理得地過日子？爲什麼同車的乘客能對此沉默不語？爲什麼孩子的母親有辦法面對如此巨大的失去？每年到了同一個日子，檢調單位都會提出上訴，而警方也敬業地詳查一則又一則訊息，希望能從中找出遺漏的那個環節。他們的努力，令我深深著迷。

多年以後，我的兒子在截然不同的情況下過世了。我直接而明確地感受到情緒如何蒙蔽一個人的判斷力，並影響我們的行爲。悲傷與罪惡感都是很強烈的感受，我開始去想，如果在同一起事件中，兩名立場截然不同的女性都感受到了這兩種情緒，會是怎麼樣的一種情況。《我讓你走》因此而生。

虛構043

我讓你走
I LET YOU GO

作者　克萊爾．麥金托　Clare Mackintosh
譯者　朱浩一

出版者　愛米粒出版有限公司
地址　台北市10445中山北路二段26巷2號2樓
編輯部專線　(02)25622159
傳真　(02)25818761
【如果您對本書或本出版公司有任何意見，歡迎來電】

總編輯　莊靜君
主編　林淑卿
企劃　葉怡姍
校對　金文蕙、黃薇霓
美術編輯　張蘊方
印刷　上好印刷股份有限公司
電話　(04)23150280
初版　二〇一六年（民105）九月一日
二刷　二〇一六年（民105）十月三十日
定價　480元
總經銷　知己圖書股份有限公司　郵政劃撥：15060393
(台北公司)台北市106辛亥路一段30號9樓
電話：(02)23672044／23672047　傳真：(02)23635741
(台中公司)台中市407工業30路1號
電話：(04)23595819　傳真：(04)23595493
法律顧問　陳思成 律師
國際書碼　978-986-92934-8-8　CIP：873.57 / 105012844

愛米粒出版有限公司
Emily Publishing Company, Ltd.

因為閱讀，我們放膽作夢，恣意飛翔—
成立於2012年8月15日。不設限地引進世界各國的作品，分為「虛構」、「非虛構」、「輕虛構」和「小米粒」系列。在看書成了非必要奢侈品，文學小說式微的年代，愛米粒堅持出版好看的故事，讓世界多一點想像力，多一點希望。來自美國、英國、加拿大、澳洲、法國、義大利、墨西哥和日本等國家虛構與非虛構故事，陸續登場。

愛米粒出版
Emily

廣	告	回	信			
台	北	郵	局	登	記	證
台	北	廣	字	第	04474	號

平　信

To：愛米粒出版有限公司　收

地址：台北市10445中山區中山北路二段26巷2號2樓

＊請沿虛線剪下，對摺裝訂寄回，謝謝！

當讀者碰上愛米粒

姓名：＿＿＿＿＿＿＿＿ □男 / □女：＿＿＿ 歲

職業 / 學校名稱：＿＿＿＿＿＿＿＿＿＿

地址：＿＿＿＿＿＿＿＿＿＿

E-Mail：＿＿＿＿＿＿＿＿＿＿

＊請沿虛線剪下，對摺裝訂寄回，謝謝！

● 書名：我讓你走

● 這本書是在哪裡買的?

a.實體書店 b.網路書店 c.量販店 d. ____________

● 是如何知道或發現這本書的?

a.實體書店 b.網路書店 c.愛米粒臉書 d.朋友推薦 e.____________

● 為什麼會被這本書給吸引？

a.書名 b.作者 c.主題 d.封面設計 e.文案 f.書評 g.____________

● 對這本書有什麼感想？有什麼話要給作者或是給愛米粒？

※ 只要填寫回函卡並寄回，就有機會獲得神祕小禮物！

讀者只要留下正確的姓名、E-mail和聯絡地址，
並寄回愛米粒出版社，即可獲得晨星網路書店$30元的購書優惠券。
購書優惠券將mail至您的電子信箱（未填寫完整者恕無贈送！）

得獎名單將公布在愛米粒Emily粉絲頁面，敬請密切注意！
愛米粒Emily: https://www.facebook.com/emilypublishing

愛米粒出版有限公司
Emily Publishing Company, Ltd.